INCENDIE NOCTURNE

Né en 1956, Michael Connelly commence sa carrière comme journaliste en Floride, ses articles sur les survivants d'un crash d'avion en 1986 lui valant d'être sélectionné pour le prix Pulitzer. Il travaille au *Los Angeles Times* quand il décide de se lancer dans l'écriture avec *Les Égouts de Los Angeles*, pour lequel il reçoit l'Edgar du premier roman. Il y campe le célèbre personnage du policier Harry Bosch, que l'on retrouvera notamment dans *Volte-face* et *Ceux qui tombent*. Auteur du *Poète*, il est considéré comme l'un des maîtres du roman policier américain. Deux de ses livres ont déjà été adaptés au cinéma, et l'ensemble de son œuvre constitue le cœur de la série télévisée *Bosch*. Les romans de Michael Connelly se sont vendus à plus de 80 millions d'exemplaires dans le monde et ont été traduits en trente-neuf langues.

Paru au Livre de Poche :

LA BLONDE EN BÉTON
LE CADAVRE DANS LA ROLLS
CEUX QUI TOMBENT
LE CINQUIÈME TÉMOIN
CRÉANCE DE SANG
DANS LA VILLE EN FEU
LE DERNIER COYOTE
DEUIL INTERDIT
LES DIEUX DU VERDICT
EN ATTENDANT LE JOUR
LES ÉGOUTS DE LOS ANGELES
L'ENVOL DES ANGES
LA GLACE NOIRE
JUSQU'À L'IMPENSABLE
LA LUNE ÉTAIT NOIRE
MARIACHI PLAZA
NUIT SOMBRE ET SACRÉE
L'OISEAU DES TÉNÈBRES
LE POÈTE
SUR UN MAUVAIS ADIEU
UNE VÉRITÉ À DEUX VISAGES
VOLTE-FACE

MICHAEL CONNELLY

Incendie nocturne

ROMAN TRADUIT DE L'ANGLAIS (ÉTATS-UNIS)
PAR ROBERT PÉPIN

CALMANN-LÉVY

Titre original :

THE NIGHT FIRE
Publié avec l'accord de Little, Brown and Company, Inc.,
New York, U.S.A.

Les personnages et événements décrits dans ce livre sont de pure fiction. Toute ressemblance avec, morts ou vivants, des individus réels n'est que coïncidence et n'a pas été voulue par l'auteur.

ISBN : 978-2-253-24245-1 – 1re publication LGF

Pour Titus Welliver
qui donne vie à Harry Bosch.
Tiens bon !

BOSCH

Chapitre 1

Bosch arriva en retard et dut se garer dans une allée du cimetière, un peu plus loin. Il avança prudemment entre les tombes en boitant et sa canne s'enfonçant dans le sol meuble, jusqu'à ce qu'il voie les gens rassemblés devant celle du vieil inspecteur John Jack Thompson. Aucune place où s'asseoir : il comprit que ça n'allait pas être bon pour son genou, qu'il s'était fait opérer six semaines plus tôt. Il rejoignit le Jardin des légendes non loin de là et s'assit sur un bloc en ciment du mémorial dédié à Tyrone Power. C'était très clairement un banc, cela ferait l'affaire. Il se rappela comment sa mère l'emmenait voir les films de la star quand il était gosse. De vieux trucs qu'on repassait dans des cinémas d'art et d'essai de Beverly Boulevard. Il se souvint du bel acteur en Zorro et en accusé américain dans *Témoin à charge*. Tyrone Power était mort d'une crise cardiaque alors qu'il tournait une scène de duel en Espagne. Bosch pensait depuis toujours que partir de cette façon, en faisant ce qu'on aime, n'était pas une mauvaise chose.

La cérémonie dura une demi-heure. Bosch était trop loin pour entendre ce qui se disait, mais le devina. « John Jack », comme on l'appelait, était un type droit qui avait donné quarante ans de sa vie au Los Angeles Police Department, d'abord en qualité de flic en tenue, puis d'inspecteur. Il avait expédié des tas de criminels en prison et enseigné comment s'y prendre à des générations entières de jeunes recrues.

L'une d'elles était Bosch lui-même : plus de trois décennies auparavant, il avait été mis en tandem avec cette légende vivante alors qu'il venait juste d'obtenir ses galons d'inspecteur des Homicides à la Hollywood Division. Entre autres choses, John Jack lui avait appris à lire les signes qui trahissent un menteur dans une salle d'interrogatoire. Il savait toujours quand on lui mentait. Un jour, il lui avait même affirmé que seul un menteur est capable d'en reconnaître un autre, mais ne lui avait jamais expliqué d'où cette sagesse lui était venue.

Bosch apprenant vite et John Jack devant former d'autres apprentis inspecteurs, leur tandem n'avait duré que deux ans, mais étudiant et mentor étaient restés en contact au fil des années. Bosch avait pris la parole à son pot de départ à la retraite et avait raconté comment, alors qu'ils enquêtaient sur un assassinat, John Jack avait arrêté une camionnette de livraison de gâteaux après l'avoir vue tourner à un carrefour sans avoir marqué l'arrêt. Quand Bosch avait voulu savoir pourquoi ils avaient interrompu leur recherche de suspects dans une affaire de meurtre pour une infraction aussi mineure, John Jack lui avait répondu que son épouse Margaret et lui recevaient quelqu'un à dîner ce soir-là, et qu'il devait rapporter le dessert. Il était donc descendu de son véhicule de fonction, s'était approché de la camionnette et avait montré son badge au conducteur. Puis il l'avait informé qu'il venait de commettre une violation du code de la route passible de deux gâteaux d'amende. Mais, juste comme il l'était, il avait fini par réduire la peine à un seul gâteau aux cerises et avait regagné sa voiture avec le dessert pour la soirée.

Ce genre d'anecdotes et la légende de John Jack Thompson avaient perdu de leur éclat depuis que ce dernier avait pris sa retraite vingt ans plus tôt, mais la foule qui s'était rassemblée autour de sa tombe était importante et Bosch reconnut bon nombre d'hommes et de femmes avec lesquels il avait travaillé du temps où il portait lui-même le badge du LAPD. Il se doutait que la réception donnée chez John Jack après la cérémonie serait aussi très courue et pourrait durer jusque tard dans la nuit.

Bosch avait assisté à trop d'enterrements d'inspecteurs à la retraite pour pouvoir les compter. Sa génération était en train de perdre cette guerre d'attrition. Mais ces funérailles-là étaient du genre haut de gamme, avec cornemuses et garde d'honneur officielle du LAPD. Ainsi saluait-on la stature de John Jack dans le service. « Amazing Grace » retentit bientôt en tristes échos dans tout le cimetière et franchit le mur qui le séparait des studios de la Paramount.

Une fois le cercueil descendu dans la fosse et les gens commençant à regagner leurs voitures, Bosch traversa la pelouse pour rejoindre l'endroit où Margaret restait assise, un drapeau plié sur les genoux. Elle lui sourit en le voyant approcher.

— Tu as donc reçu mon message, dit-elle. Je suis heureuse que tu sois venu.

— Je ne pouvais pas ne pas venir.

Il se pencha, l'embrassa sur la joue et lui prit la main.

— C'était un type bien, Margaret, reprit-il. J'ai beaucoup appris avec lui.

— C'est vrai qu'il était bien. Et tu étais un de ses préférés. Il était très fier de toutes les affaires que tu bouclais.

Bosch se retourna et regarda dans la fosse. Le cercueil de John Jack donnait l'impression d'être en acier inoxydable.

— C'est lui qui l'a choisi, dit-elle. Il trouvait qu'il ressemblait à une balle.

Bosch sourit.

— Je suis désolé de ne pas l'avoir vu avant la fin.

— Ce n'est pas grave, Harry. Tu avais ton problème de genou. Comment ça va ?

— De mieux en mieux chaque jour, répondit-il. Je ne vais plus avoir besoin de cette canne très longtemps.

— Quand il s'est fait refaire les siens, John a déclaré que c'était comme un nouveau départ dans la vie. Il y a quinze ans de ça.

Bosch se contenta de hocher la tête. « Un nouveau départ dans la vie » lui paraissait un rien optimiste.

— Tu viens à la maison ? demanda-t-elle. J'ai quelque chose pour toi. De sa part.

Bosch la regarda.

— De sa part ?

— Tu verras. Quelque chose que je ne donnerai qu'à toi.

Bosch aperçut des membres de la famille rassemblés près de quelques limousines dans l'allée du parking. On aurait dit deux générations d'enfants.

— Je te raccompagne à la voiture ? demanda-t-il à Margaret.

— Ce serait gentil, Harry.

Chapitre 2

Ce matin-là, Bosch était allé chercher un gâteau aux cerises chez Gelson, ce qui l'avait mis en retard pour les obsèques. Il l'apporta au bungalow d'Orange Grove, où John Jack et Margaret Thompson avaient passé plus de cinquante ans de leur vie. Il le posa sur la table de la salle à manger, au milieu des assiettes et des plateaux de nourriture.

La maison était bondée. Bosch y alla de quelques saluts et serrements de main, puis se fraya un chemin à travers la foule pour chercher Margaret. Il la trouva à la cuisine, en train de sortir un plat du four avec ses maniques.

— Harry, dit-elle, as-tu apporté le gâteau ?

— Oui, répondit-il. Je l'ai posé sur la table.

Elle ouvrit un tiroir et lui tendit un couteau et une spatule.

— Qu'est-ce que tu dois me donner ? demanda-t-il.

— Minute, minute ! Commence par couper le gâteau et après, va au bureau de John Jack. Au bout du couloir, à gauche. C'est sur son bureau, tu ne peux pas le rater.

Bosch regagna la salle à manger et coupa le gâteau en huit parts avec le couteau qu'elle lui avait passé. Puis il retraversa la foule, qui s'était entassée dans le séjour, pour rejoindre le couloir menant au bureau de John Jack. Il y était déjà venu. Bien des années auparavant, à l'époque où ils bossaient encore sur des affaires ensemble, après une longue réunion de travail, Bosch se retrouvait souvent chez les Thompson pour y prendre un repas tardif que Margaret leur avait préparé et entamer une énième séance de réflexion avec John Jack. Parfois, il s'allongeait sur le divan du bureau pour y dormir quelques heures avant de se remettre à étudier l'affaire. Il gardait même des vêtements de rechange dans le placard. Et Margaret lui laissait toujours une serviette propre dans la salle de bains de la chambre d'amis.

La porte était fermée ; sans savoir pourquoi, il frappa alors que personne ne risquait de lui répondre.

Il ouvrit la porte et entra dans une petite pièce encombrée, avec un divan, des étagères contre deux murs et un bureau poussé contre un troisième, sous une fenêtre. Et, posé sur un sous-main avec buvard, il découvrit un épais classeur bleu en plastique avec dix centimètres de documents à l'intérieur.

Un livre du meurtre.

BALLARD

Chapitre 3

Ballard examina sans sourciller ce qu'elle pouvait voir du cadavre. De là où elle se tenait, l'odeur de kérosène se mêlant à celle des chairs brûlées était envahissante, mais elle tint bon. Elle s'était retrouvée à superviser la scène de crime en attendant l'arrivée des experts incendie. La tente en Nylon avait fondu et s'était effondrée sur la victime. Elle l'entourait comme un vague linceul là où le feu ne l'avait pas calcinée de part en part. L'homme paraissant dormir, elle se demanda comment il avait fait pour ne pas se réveiller. Les tests de toxicité détermineraient combien il avait de drogue et d'alcool dans le sang. Cela dit, il n'avait rien senti.

Elle savait que l'affaire ne lui reviendrait pas, mais sortit son portable et prit des photos du cadavre et de ce qui l'entourait, y compris des plans rapprochés du chauffage de camping renversé apparemment à l'origine du sinistre. Puis elle ouvrit l'application météo et constata qu'il faisait onze degrés à Hollywood. Elle noterait la température dans son rapport, celui-ci étant ensuite transmis à la section incendies criminels du Fire Department.

Elle recula et regarda autour d'elle. Il était 3 h 15 du matin et Cole Avenue était très largement déserte, à l'exception des SDF sortis des tentes et abris en carton qui bordaient le trottoir le long du Hollywood Recreation Center. Les yeux écarquillés et l'esprit confus, ils regardaient comment avançait l'enquête sur la mort d'un des leurs.

— Pourquoi on a hérité de ce truc ? demanda-t-elle.

Stan Dvorek, le sergent de la patrouille qui l'avait appelée, s'approcha. Il travaillait au service de nuit depuis plus longtemps que quiconque à la Hollywood Division – plus de dix ans au moins. Ses collègues l'appelaient « la Relique », mais jamais en face.

— C'est les pompiers qui nous ont avertis, répondit-il. Ils ont reçu un appel. Quelqu'un qui passait par là en voiture a vu les flammes et parlé d'incendie.

— Il a laissé un nom ?

— Il n'en a pas donné. Il a passé l'appel et continué de rouler.

— Sympa.

Deux camions de pompiers étaient toujours sur les lieux. Arrivés de la caserne 27, à peine trois rues plus loin, ils avaient noyé la tente en feu. Les deux équipes attendaient d'être interrogées.

— Je prends les soldats du feu, dit-elle. Et si tu demandais à tes gars d'interroger ces gens, des fois qu'ils auraient vu quelque chose ?

— Ce serait pas plutôt le boulot des experts incendie ? lui renvoya Dvorek. Ils seront obligés de les interroger de toute façon si jamais on tombe sur quelqu'un d'intéressant.

— C'est au premier arrivé de s'en charger, Devo. Faut faire ça comme il faut.

Et elle s'éloigna pour mettre fin au débat. Si Dvorek était bien le chef de la patrouille, c'était à elle que revenait la direction des premières constatations. Jusqu'à ce qu'il soit déterminé que cet incendie fatal était purement accidentel, elle devait traiter les lieux comme une scène de crime.

Elle rejoignit les pompiers qui attendaient, leur demanda laquelle des deux équipes était arrivée en premier et ordonna aux six hommes qui la composaient de lui dire ce qu'ils avaient vu. Les renseignements qu'ils lui fournirent étaient minces. La tente avait déjà presque entièrement brûlé lorsque le premier camion était arrivé, et personne n'avait été vu aux alentours de l'incendie ni dans le parc non loin de là. Aucun témoin, aucun suspect. On s'était servi d'un extincteur du camion pour éteindre les dernières flammes, et la victime ayant été déclarée morte, on ne l'avait pas transportée à l'hôpital.

De là, Ballard remonta l'avenue jusqu'au croisement suivant, puis la redescendit en cherchant des caméras de surveillance. Le campement des sans-abri longeant les terrains de basket du parc municipal, elle n'en trouva aucune. Du côté ouest de Cole Avenue s'alignaient des hangars remplis d'accessoires et de matériel à louer pour le cinéma et la télé. Elle remarqua bien quelques caméras, mais pensa qu'elles étaient fausses ou mal orientées pour son enquête.

Elle était revenue à son point de départ lorsqu'elle vit Dvorek en train de parler avec deux officiers de la patrouille qu'elle reconnut. Elle les avait vus à l'appel du matin.

— Des trucs ? demanda-t-elle.

— Ce à quoi il fallait s'attendre, répondit-il. « J'ai rien vu », « j'ai entendu que dalle » et « je sais vraiment rien ». On perd son temps.

Elle acquiesça.

— Mais il fallait le faire, dit-elle.

— Bon alors, ils sont où, les experts incendie, bordel ? reprit Dvorek. Faut que je ramène mes gars, moi !

— Aux dernières nouvelles, ils sont en route. Ils ne sont pas de service vingt-quatre heures sur vingt-quatre et il a fallu sortir des types du lit.

— Putain ! On va les attendre jusqu'au matin ! Tu as averti le coroner ?

— En route, lui aussi. Tu devrais pouvoir libérer la moitié de tes hommes, et toi avec. Laisse-moi juste une voiture.

— Ça marche.

Il partit donner de nouveaux ordres à ses officiers. Ballard regagna la scène de crime et regarda la tente qui avait fondu sur le mort. Elle l'examinait encore lorsque du terrain de basket du mouvement attira son attention. Elle leva la tête et vit une femme et une ado sortir d'un abri confectionné avec une bâche en plastique bleu attachée à la grille du terrain de basket. Elle se hâta de les rejoindre et les éloigna du corps.

— Vaut mieux pas aller là, leur dit-elle. Passez par ici.

Et elle les fit longer le trottoir jusqu'au bout du campement.

— Qu'est-ce qui s'est passé ? demanda la femme.

Ballard regarda l'ado.

— Quelqu'un a brûlé, répondit-elle. Vous avez vu quelque chose ? Ça s'est produit y a à peu près une heure.

— On dormait, répondit la femme. Elle a école demain matin.

L'ado n'avait toujours rien dit.

— Pourquoi vous n'êtes pas dans un refuge ? C'est dangereux ici. L'incendie aurait pu se propager.

Elle passa de la mère à la fille.

— Quel âge as-tu ? lui demanda-t-elle.

Grands yeux marron et cheveux bruns, légèrement en surpoids.

— Je vous en prie, ne me la prenez pas ! s'écria la mère en se mettant devant l'ado.

Ballard vit la supplique dans les yeux, eux aussi marron, de sa mère.

— Je ne suis pas ici pour ça, répondit-elle. Je veux juste m'assurer qu'elle est à l'abri. Vous êtes sa mère ?

— Oui. C'est ma fille.

— Comment s'appelle-t-elle ?

— Amanda… Mandy.

— Quel âge ?

— Quatorze ans.

Ballard se pencha vers l'ado qui avait baissé les yeux.

— Mandy ? Ça va ?

Mandy acquiesça.

— Tu veux que j'essaie de vous trouver une place dans un refuge pour femmes avec enfants ? Ça pourrait être mieux qu'ici.

— Non, je veux rester là avec maman, répondit la jeune fille en regardant sa mère.

— Je ne vais pas vous séparer. Je vous y emmène toutes les deux, si tu veux.

L'ado chercha encore une fois conseil auprès de sa mère.

— Vous nous placez là-bas et ils me la prendront, dit la femme. Je le sais.

— Non, moi je reste ici, dit vite la fille.

— Bon, d'accord, dit Ballard à la mère. Je vous laisse tranquilles, mais je pense que vous devriez aller ailleurs. Cet endroit n'est pas sûr, ni pour elle ni pour vous.

— Les refuges non plus, lui renvoya la femme. On y vole tout.

Ballard lui tendit une carte de visite professionnelle.

— Appelez-moi si vous avez besoin de quoi que ce soit. Je suis de service de nuit et je serai là.

La mère prit la carte et hocha la tête. Ballard revint à ce qui l'occupait, pivota sur elle-même et lui montra la scène de crime.

— Vous le connaissiez ?

— Un peu. Il s'occupait de ses oignons.

— Vous savez comment il s'appelait ?

— Euh… Ed, je crois. « Eddie », comme il disait.

— OK. Et ça faisait longtemps qu'il était là ?

— Deux ou trois mois. Il racontait qu'il venait de l'église du Blessed Sacrament, mais qu'il commençait à y avoir trop de monde pour lui.

Ballard savait que cette église de Sunset Boulevard autorisait les sans-abri à camper sur son parvis. Elle passait souvent devant en voiture et savait à quel point l'endroit regorgeait de tentes et d'abris de fortune dès la nuit tombée, tout cela disparaissant au petit matin avant la première messe.

Sans ses néons et ses lumières scintillantes, Hollywood était un lieu bien différent, et Ballard le constatait nuit après nuit. N'y restaient plus que les proies et leurs prédateurs, et rien entre les deux. Alors que les nantis étaient confortablement installés derrière leurs portes fermées à double tour, ceux qui n'avaient rien erraient alentour. Ballard n'avait jamais oublié les mots d'un poète de la patrouille de nuit qui qualifiait ces derniers d'« amarantes humaines que chassent les vents du destin ».

— Il avait des problèmes avec d'autres sans-abri ? reprit-elle.

— Pas que j'aurais vus, répondit la mère.

— Et hier soir, vous l'avez vu ?

— Non, je ne crois pas. Il était pas là quand on s'est endormies.

Ballard regardait Amanda en se demandant si la jeune fille avait une autre réponse lorsqu'une voix l'interrompit :

— Inspecteur ?

Elle fit volte-face. C'était un des officiers de Dvorek. Un certain Rollins. Il venait d'arriver dans la division, d'où ses manières protocolaires.

— Quoi ?

— Les experts incendie sont là. Ils…

— OK, j'arrive.

Elle se retourna de nouveau vers la femme et sa fille.

— Merci, dit-elle. Et n'oubliez pas, vous pouvez m'appeler à n'importe quelle heure.

Alors qu'elle rejoignait le corps et les experts incendie, elle ne put s'empêcher de repenser à la phrase sur les amarantes. Elle avait été écrite sur une fiche d'interpellation par un officier qui, elle l'avait appris plus tard, avait vécu tant d'heures sombres et démoralisantes à la patrouille de Hollywood qu'il avait mis fin à ses jours.

Chapitre 4

Les experts incendie s'appelaient Nuccio et Spellman. Comme l'exigeait le règlement, ils portaient des combinaisons bleues avec le badge du Los Angeles Fire Department cousu sur leur poche de poitrine et le mot *ARSON*[1] dans le dos. L'enquêteur en chef, Nuccio, déclara qu'il dirigerait les opérations. Les deux hommes serrèrent la main de Ballard avant que Nuccio annonce qu'à partir de maintenant, l'enquête leur appartenait. Ballard leur expliqua qu'un premier ratissage du campement n'avait suscité aucun témoignage, et que remonter l'avenue sur un bloc n'avait révélé la présence d'aucune caméra de surveillance braquée sur le lieu du sinistre. Elle mentionna aussi que le bureau du coroner envoyait une unité de légistes et qu'un criminaliste du laboratoire du LAPD s'était lui aussi mis en route.

Nuccio ne parut pas intéressé. Il lui tendit une carte de visite professionnelle avec son adresse e-mail et lui

1. Littéralement : « incendie criminel ».

demanda de lui faire parvenir son rapport sur le décès par e-mail dès qu'elle serait de retour au commissariat de Hollywood.

— C'est tout ? demanda-t-elle. C'est tout ce dont vous avez besoin ?

Elle savait que les experts incendie du LAFD suivaient une formation d'inspecteur et étaient censés mener une enquête exhaustive quand il y avait mort d'homme. Elle savait aussi qu'ils étaient en concurrence avec le LAPD comme peut l'être le cadet avec son frère aîné. Ils n'aimaient pas se retrouver dans l'ombre du LAPD.

— C'est tout, oui, répondit Nuccio. Vous m'envoyez votre rapport et j'aurai votre adresse e-mail. Je vous ferai savoir où ça nous mène.

— Vous aurez ça à l'aube, dit-elle. Vous voulez que les flics en tenue restent ici pendant que vous travaillez ?

— Bien sûr. Un ou deux, ce serait sympa. Juste pour qu'ils surveillent nos arrières.

Ballard s'éloigna et rejoignit Rollins et son coéquipier, Randolph, qui attendaient les consignes à côté de leur voiture. Elle leur ordonna de ne pas bouger et de surveiller la scène de crime pendant la durée de l'enquête.

Elle appela ensuite le bureau de veille de la division et annonça qu'elle était sur le point de quitter les lieux. Le lieutenant s'appelait Washington, venait d'être transféré de la Wilshire Division et s'il avait déjà travaillé au « troisième quart », comme le quart de nuit était officiellement appelé, il en était encore à se familiariser avec les us et coutumes du commissariat de Hollywood. Là où la plupart des divisions plongeaient dans le calme après minuit, c'était chose rare à la division de Hollywood. C'est pour ça qu'on l'avait surnommée « Late Show[1] ».

— Le LAFD n'a pas besoin de moi ici, lieutenant, dit-elle.

— Comment ça se présente ? demanda Washington.

— Il semble que le type ait renversé son chauffage au kérosène pendant son sommeil. Mais on n'a ni témoins ni caméras de surveillance dans le coin… On n'en a pas trouvé en tout cas, et je ne crois pas que les experts incendie iront chercher plus loin.

Washington garda le silence quelques instants, le temps de prendre sa décision.

— Bon, OK, dit-il enfin, revenez ici et faites votre rapport. Ils veulent tout garder, eh bien, qu'ils s'en occupent !

— Reçu cinq sur cinq ! Je rentre.

Elle raccrocha, rejoignit à nouveau Rollins et Randolph pour leur annoncer son départ et leur demanda de l'appeler au commissariat s'il y avait du nouveau.

À 4 heures du matin, le commissariat n'était qu'à cinq minutes de voiture. Le parking de derrière était silencieux lorsqu'elle se dirigea vers la porte du fond. Elle entra avec sa carte-clé et prit par le plus long chemin pour atteindre le bureau des inspecteurs et saluer le lieutenant Washington. Il n'en était encore qu'à son deuxième déploiement et apprenait en tâtonnant. Ballard

1. Littéralement : « La dernière séance ».

passait exprès devant son bureau deux ou trois fois par nuit pour lui devenir familière. Techniquement parlant, son patron était Terry McAdams, le lieutenant de la division, mais elle ne le voyait presque jamais parce qu'il était de jour. Washington était donc son patron sur le terrain et elle tenait à avoir de bonnes relations avec lui.

Assis à son bureau, il regardait l'écran de déploiement où s'affichaient tous les lieux où se trouvaient les unités de la division. Grand, afro-américain, il avait le crâne rasé.

— Comment ça se passe ? demanda-t-elle.

— À l'ouest, rien de nouveau, répondit-il.

Les yeux plissés, il scrutait un point particulier de son écran. Elle fit le tour de son bureau pour voir de quoi il s'agissait.

— Qu'est-ce qu'il y a ?

— J'ai trois unités au croisement de Seward Street et de Santa Monica Boulevard, répondit-il. Et il n'y a pas d'appel en cours là-bas.

Ballard lui montra. La division comprenait trente-cinq zones géographiques appelées « districts de signalement », elles-mêmes couvertes par sept zones de voitures de patrouille. À tout moment, il devait y avoir une patrouille dans chaque zone de voitures, avec d'autres véhicules sous le commandement de superviseurs tels que le sergent Dvorek qui, lui, était responsable des patrouilles dans toute la division.

— Ici, vous avez trois zones contiguës, lui dit-elle. Et c'est à cet endroit qu'un camion de *mariscos*[1] se

1. « Fruits de mer » en espagnol.

gare toute la nuit. Ce qui fait que tout le monde peut se prendre un code 7[1] sans quitter sa zone.

— Pigé, dit-il. Merci, Ballard. C'est bon à savoir.

— Pas de problème. Je vais me faire un petit café à la salle de repos. Vous en voulez un ?

— Écoutez, je ne suis peut-être pas au courant pour le camion de *mariscos*, mais vous, je vous connais et vous n'avez pas besoin de m'apporter un café. Je suis tout à fait capable d'aller m'en chercher un tout seul.

Surprise, Ballard eut aussitôt envie de lui demander ce qu'il savait déjà précisément sur son compte. Mais elle se retint.

— Pigé, répondit-elle à la place.

Elle redescendit le grand couloir, puis prit à gauche pour rejoindre le bureau des inspecteurs. Comme il fallait s'y attendre, il était désert. Elle jeta un coup d'œil à la pendule murale et s'aperçut qu'il lui restait encore deux heures à tirer avant la fin de son service. Cela lui donnait tout le temps de rédiger son rapport. Elle se dirigea vers le box du fond qu'elle utilisait. Il lui offrait une vue complète de la salle et de tous ceux qui auraient pu y entrer.

Elle avait laissé son ordinateur portable ouvert sur son bureau lorsqu'elle avait reçu l'appel signalant l'incendie de la tente et elle resta un instant debout : quelqu'un avait changé KNX 1070 News, sa station habituelle sur la petite radio qu'elle écoutait, pour KJAZ 88.1. Et ce quelqu'un avait aussi poussé son ordinateur sur le côté

1. La pause repas, en argot du LAPD.

pour laisser la place à un classeur d'un bleu vieilli – un livre du meurtre – posé pile au centre de son poste de travail. Elle le feuilleta et tomba sur un Post-it collé à la page de la table des matières.

Ne dis pas que je ne t'aurai jamais rien donné.

B

PS : Le jazz te fera plus de bien que les infos.

Elle enleva le Post-it qui cachait le nom de la victime.

John Hilton

né le 17/01/1966, décédé le 3/08/1990

Elle n'eut pas besoin de la table des matières pour trouver le cahier photo du classeur. Elle fit passer plusieurs fichiers de rapports par-dessus les trois anneaux en acier et arriva aux clichés glissés bien à l'abri dans des pochettes en plastique. Ils montraient le corps d'un jeune homme affalé en travers des sièges avant d'une voiture, un orifice d'entrée de balle derrière l'oreille droite.

Elle les examina un moment, puis elle referma le classeur. Sortit son portable, y chercha un numéro, l'appela et jeta un coup d'œil à sa montre en attendant qu'on décroche. L'homme qui lui répondit ne lui fit pas l'effet d'avoir été tiré d'un profond sommeil.

— C'est Ballard, dit-elle. Tu es passé au commissariat cette nuit ?

— Euh, oui, j'y ai fait un saut il y a à peu près une heure. Et tu n'étais pas là.

— Je répondais à un appel. Et donc… d'où sort ce livre du meurtre ?

— On pourrait dire qu'il avait disparu au combat. Hier, je suis allé à un enterrement… Mon premier coéquipier aux Homicides, à l'époque. C'est lui qui m'a formé. Il est mort et je suis allé au cimetière, et après chez lui, et sa femme… sa veuve… m'a donné ce classeur. Elle voulait que je le rende à la police. Et… c'est à toi que je l'ai rendu.

Ballard le rouvrit et lut les infos générales portées au-dessus de la table des matières.

— Tu as été en tandem avec George Hunter ? demanda-t-elle.

— Non, mon coéquipier, c'était John Jack Thompson. Au début, il ne s'occupait pas de l'affaire.

— Effectivement, mais il en a piqué le livre du meurtre avant de partir à la retraite.

— C'est que… Je ne sais pas si je dirais qu'il l'a volé.

— Et tu dirais quoi ?

— Qu'il a repris une affaire que personne ne travaillait. Lis la chronologie et tu verras qu'elle prenait la poussière. Le premier enquêteur avait dû partir à la retraite et personne n'y touchait plus.

— Il s'est arrêté quand, Thompson ?

— En janvier 2000.

— Merde ! Et il a gardé ce dossier tout ce temps-là ? Pendant presque vingt ans ?

— On dirait bien que oui.

— C'est quoi, ces conneries ?

— Écoute, je n'essaie pas de défendre John Jack, mais il est probable que cette affaire a bénéficié de plus d'attention de sa part qu'elle n'en aurait jamais eu à l'unité des Affaires non résolues. Ils bossent essentiellement sur des histoires d'ADN là-bas, et ici, il n'y en a pas. Le dossier serait juste passé de main en main et n'aurait fait qu'amasser de la poussière si John Jack ne l'avait pas rapporté chez lui.

— Et donc, tu sais qu'il n'y a pas d'ADN ? Tu as vérifié dans la chronologie ?

— Oui, je l'ai parcourue d'un bout à l'autre. Je m'y suis mis dès que je suis rentré chez moi après les obsèques, et je t'ai apporté le classeur après avoir fini.

— Pourquoi à moi ?

— Parce qu'on a conclu un marché, tu te rappelles ? On s'est dit qu'on travaillait des affaires ensemble.

— Et donc, tu veux qu'on travaille sur celle-là.

— Oui, en quelque sorte.

— Qu'est-ce que ça veut dire ?

— Que j'ai aussi des trucs de mon côté. Des trucs médicaux. Et je ne sais pas combien…

— Quels trucs médicaux ?

— Je viens de me faire opérer un genou et je dois faire de la rééducation, et il pourrait y avoir des complications. Bref, je ne sais pas trop jusqu'où je peux m'impliquer.

— Tu es en train de me refourguer l'affaire. Tu m'as changé ma station radio et maintenant, tu me refiles une enquête.

— Non, je veux t'aider, et je le ferai. C'est John Jack qui m'a formé. C'est lui qui m'a appris la règle, tu sais ?

— Quelle règle ?

— Celle qui dit qu'il faut prendre toutes les affaires personnellement.

— Quoi ?

— Quand tu prends une affaire personnellement, ça te fout en colère. Et ça allume un feu en toi qui te donne le tranchant dont tu vas avoir besoin pour tenir la distance.

Ballard réfléchit à ce qu'il disait. Elle comprenait, mais savait que c'était une façon dangereuse de vivre et de travailler.

— Et il parlait de toutes les affaires ?

— Oui, toutes.

— Et donc, tu as lu le livre d'un bout à l'autre.

— Oui. Ça m'a pris environ six heures. Avec quelques interruptions. Il faut que je marche et fasse travailler mon genou.

— Et là-dedans, c'était quoi, ce qui rendait cette affaire « personnelle » pour John Jack ?

— Je ne sais pas. Je n'ai pas trouvé. Mais je sais qu'il arrivait toujours à faire en sorte que n'importe quelle affaire le soit. Si toi, tu trouves de quoi il s'agit, tu pourrais très bien la résoudre.

— Si « moi », je le trouve ?

— Bon d'accord, si nous le trouvons. Mais comme je viens de te le dire, j'ai déjà cherché.

Elle feuilleta les documents jusqu'au moment où, encore une fois, elle tomba sur les photos dans leurs pochettes en plastique.

— Je ne sais pas, dit-elle. Ça me semble bien problématique. Si George Hunter n'a pas réussi à résoudre l'affaire et qu'après, même John Jack Thompson n'y est pas arrivé, qu'est-ce qui te fait croire que nous en serons capables ?

— Parce que ce truc-là, tu l'as, toi… Le feu. On peut y arriver, et faire justice à ce gamin.

— Ne recommence pas avec tes histoires de justice. Ne me baratine pas, monsieur Bosch.

— OK, j'arrête, mais… Tu pourrais peut-être juste lire la chronologie et feuilleter le classeur avant de te décider, non ? Tu fais ça, et tu choisis si tu veux continuer ou pas. Tu gardes le classeur ou tu me le rends et je m'y mettrai tout seul. À mes heures perdues.

Ballard commença par ne pas répondre. Il fallait qu'elle réfléchisse. Elle savait que la procédure à suivre aurait été de passer le classeur à l'unité des Affaires non résolues, de leur expliquer comment il avait refait surface après le décès de Thompson, puis d'en rester là. Mais comme l'avait dit Bosch, cette approche n'aurait pour résultat probable que de le voir finir sur une étagère à prendre la poussière.

Elle regarda de nouveau les photos. À première vue, cela ressemblait à une arnaque liée à la drogue. La victime se gare, file le liquide et se prend une balle dans le crâne au lieu d'un ballon d'héroïne ou de toute autre drogue de son choix.

— Il y a bien quelque chose, reprit Bosch.

— Oui, quoi ?

— La balle… Si elle est toujours là. On la passe au NIBIN[1] et on voit ce que ça donne. Cette base de données n'existait pas en 1990.

— Si tu veux, mais on a quoi ? Une chance sur dix que ça marche ?

Elle savait que cette base de données nationale détenait tous les détails sur les balles et les douilles retrouvées sur des scènes de crime, mais qu'elle était loin d'être complète. Les caractéristiques de tout nouveau projectile devaient y être entrées pour pouvoir faire un jour partie d'un processus de comparaison et les trois quarts des services de police, LAPD compris, étaient très en retard dans ce domaine. Il n'empêche : ces archives remontaient au début du siècle et les données qu'elles contenaient ne cessaient de grandir année après année.

— Ça vaut mieux qu'aucune chance, lui renvoya Bosch.

Ballard garda le silence. Elle regarda le livre du meurtre et fit glisser bruyamment son ongle tout le long de l'épaisse liasse de documents qu'il contenait.

— Bon d'accord, je vais lire ça, dit-elle enfin.

— Parfait. Fais-moi savoir ce que tu en penses.

---

1. National Integrated Ballistic Information Network.

BOSCH

Chapitre 5

Bosch se glissa sans bruit dans la dernière rangée de sièges de la Chambre 106 et n'attira que l'attention du juge Paul Falcone, qui lui adressa un léger hochement de tête pour lui signifier qu'il l'avait reconnu. Cela remontait à des années, mais Bosch avait défendu plusieurs dossiers devant lui. Il l'avait aussi réveillé plus d'une fois en pleine nuit pour lui demander d'approuver un mandat de perquisition.

C'est alors que Bosch vit son demi-frère, Mickey Haller, installé au pupitre à côté des tables de la défense et de l'accusation. Il était en train d'interroger son témoin. Bosch le savait parce qu'il avait suivi l'affaire en ligne et dans la presse et que c'était le jour où la défense allait se lancer dans un combat apparemment impossible à gagner. Haller défendait un type accusé d'avoir assassiné Walter Montgomery, un juge de cour supérieure, dans un parc de la ville situé à moins d'une rue du prétoire. L'accusé, Jeffrey Herstadt, avait non seulement été relié au crime par son ADN, mais avait en plus, et fort obligeamment, avoué son meurtre dans un enregistrement vidéo.

— Docteur, reprit Haller à l'adresse du témoin assis à la gauche du juge, aidez-moi à y voir clair. Êtes-vous en train de nous dire que les problèmes psychologiques de Jeffrey l'auraient plongé dans une paranoïa telle qu'il redoutait le mal qui lui arriverait s'il n'avouait pas ce crime ?

L'homme assis dans le box des témoins avait une soixantaine d'années, des cheveux blancs et une barbe fournie étonnamment plus foncée. Bosch avait raté le moment où il avait prêté serment et ne connaissait pas son nom. Mais entre son allure et ses manières professorales, tout disait Freud dans son esprit.

— C'est ça, les désordres de type schizo-affectif, répondit Freud. On a tous les symptômes de la schizophrénie, tels que les hallucinations, mais aussi tous les troubles de l'humeur comme l'obsession, la dépression et la paranoïa. Cette dernière conduit la psyché du patient à prendre des mesures de protection comme acquiescer et se montrer d'accord avec tout ce qu'on dit, et c'est ce qu'on voit dans cette vidéo d'aveux.

— Et donc, lorsque d'un bout à l'autre de l'interrogatoire il hochait la tête à ce que lui disait l'inspecteur Gustafson, Jeffrey ne faisait que quoi… ? essayer d'éviter les coups ?

Bosch remarqua que, manœuvre calculée destinée à rendre l'accusé plus humain aux yeux des jurés, son demi-frère ne cessait d'appeler son client par son prénom.

— Exactement, répondit Freud. Il voulait sortir indemne de cet interrogatoire. L'inspecteur Gustafson était une figure de l'autorité qui tenait son destin entre ses mains. Jeffrey le savait et sa peur est visible dans cette vidéo. Dans sa tête, il y avait danger et il voulait en réchapper.

— Ce qui l'aurait conduit à dire tout ce que voulait l'inspecteur Gustafson ? demanda Haller, bien que ce fût plus une affirmation qu'une question.

— C'est bien cela, répondit Freud. Au début, ce n'est pas grand-chose, les questions de Gustafson semblent avoir peu d'importance. « Connaissiez-vous ce parc ? », « Y étiez-vous ? » Mais ensuite, bien sûr, on passe à des interrogations nettement plus sérieuses : « Avez-vous tué le juge Montgomery ? » À ce moment-là, Jeffrey se sent déjà en danger et c'est de son plein gré qu'il répond : « Oui, je l'ai tué. » Mais de là à parler d'aveux volontaires… Au vu de cette situation, ces aveux n'ont donc pas été faits librement, volontairement et en toute intelligence. Il y a eu coercition.

Haller laissa cette phrase planer un instant dans la salle en faisant semblant de vérifier quelque chose dans son bloc-notes. Puis il attaqua dans une tout autre direction :

— Docteur, enchaîna-t-il, qu'est-ce que la schizophrénie catatonique ?

— C'est un sous-genre de schizophrénie qui fait que le patient peut paraître pris d'une attaque ou de ce qu'on appelle négativisme ou rigidité, répondit Freud. Cela se traduit par une résistance à toute instruction ou tentative de déplacement forcé.

— Quand cela se produit-il, docteur ?

— Dans des moments de stress intense.

— Et c'est ce que vous voyez à la fin de l'interrogatoire mené par l'inspecteur Gustafson ?

— Oui, mon avis professionnel est que Jeffrey a alors été pris d'une attaque, qu'au début, l'inspecteur Gustafson n'a pas remarquée.

Haller demanda au juge Falcone s'il pouvait repasser cette partie de l'interrogatoire de Herstadt. Bosch l'avait déjà vu en entier sur Internet – la vidéo était devenue publique après que l'accusation l'avait présentée à la cour.

Haller l'enclencha à la vingtième minute, au moment où Herstadt donnait l'impression de se fermer aussi bien physiquement que mentalement. Il se figeait et, catatonique, regardait fixement la table. Puis, comme Jeffrey ne répondait plus à ses nombreuses questions, Gustafson comprenait que quelque chose n'allait pas.

Il appelait alors des secouristes qui arrivés rapidement, lui prenaient le pouls et la tension, vérifiaient son taux d'oxygène dans le sang, et déterminaient qu'il était victime d'une crise. Jeffrey était aussitôt transporté à l'USC Medical Center du comté, où, l'interrogatoire interrompu, il était soigné et placé en détention. Mais Gustafson avait déjà ce dont il avait besoin, Herstadt qui disait clairement « Oui, je l'ai tué », aveu plus tard confirmé par la correspondance entre son ADN et les traces retrouvées sous l'un des ongles du juge Montgomery.

Haller reprit son interrogatoire à la fin de la vidéo.

— Qu'avez-vous vu dans cet enregistrement, docteur ?

— J'ai vu un homme en état de catatonie.

— Déclenché par… ?

— Par le stress, c'est très clair. On l'interrogeait sur un assassinat qu'il a reconnu, mais qu'à mon avis il n'a pas commis. N'importe qui aurait été stressé, et encore plus un patient atteint de schizophrénie paranoïaque.

— Avez-vous découvert en analysant son dossier que Jeffrey avait en plus été victime d'une attaque quelques heures à peine avant que le juge Montgomery ne se fasse assassiner ?

— Oui. J'ai lu les rapports portant sur un incident survenu environ quatre-vingt-dix minutes avant le meurtre, incident au cours duquel Jeffrey a été soigné pour une crise dans une cafète.

— Connaissez-vous les détails de cet incident, docteur ?

— Oui. Il semble que Jeffrey soit entré dans un Starbucks et ait commandé un café sans avoir de quoi le payer. Il avait laissé son portefeuille dans un foyer. Le caissier ayant haussé le ton, il se serait senti menacé et aurait eu une crise. Ce que les secouristes ont confirmé dès leur arrivée.

— A-t-il été emmené à l'hôpital ?

— Non, il a recouvré ses esprits, puis a refusé d'être soigné et a filé.

— Ce qui fait que nous avons une crise avant et après le meurtre dont nous parlons. Quatre-vingt-dix minutes avant et approximativement deux heures après, l'une et l'autre ayant, d'après vous, été causées par le stress.

— Tout à fait.

— Docteur, diriez-vous que commettre un meurtre en plongeant un couteau trois fois dans la poitrine de la victime peut être cause de stress ?

— Absolument.

— Bien plus qu'essayer de se payer un café sans avoir l'argent nécessaire ?

— Bien, bien plus stressant, oui.

— Commettre un meurtre serait donc, selon vous, plus stressant qu'être interrogé sur un meurtre ?

L'accusation éleva une objection au motif qu'Haller entraînait l'expert dans un domaine au-delà de ses compétences en avançant des hypothèses bien trop spéculatives. Le juge en convint et rejeta la question, mais Haller avait marqué un point.

— D'accord, docteur, passons à autre chose, reprit-il. Permettez que je vous demande ceci : est-ce qu'à un moment dans votre suivi de l'affaire, vous avez eu connaissance d'un rapport indiquant que Jeffrey Herstadt aurait eu une attaque en commettant ce crime des plus violents ?

— Non jamais.

— Était-il, à votre connaissance, victime d'une crise lorsque la police l'a arrêté à Grand Park, près de la scène de crime, et placé ensuite dans une cellule pour l'interroger ?

— À ma connaissance, non.

— Merci, docteur.

Haller informa le juge qu'il se réservait le droit de rappeler l'expert à la barre si nécessaire, puis se tourna vers le témoin de l'accusation. Le juge Falcone s'apprêtait à décréter une suspension d'audience pour le déjeuner avant de passer au contre-interrogatoire, mais le procureur en qui Bosch reconnut la district attorney adjointe Susan Saldano promettant de ne pas passer plus de dix minutes à contre-interroger l'expert, il l'autorisa à se lancer.

— Bonjour, docteur Stein, commença-t-elle en fournissant ainsi un début d'identité de l'homme à Bosch.

— Bonjour, lui répondit Stein, méfiant.

— Et maintenant, parlons d'autre chose concernant l'accusé. Savez-vous si un échantillon de son sang a été analysé pour recherche de drogue et taux d'alcoolémie lors des soins qui lui ont été prodigués à l'hôpital suite à son arrestation ?

— Oui, ç'a été fait. Simple routine.

— Et quand vous avez étudié cette affaire pour la défense, avez-vous consulté ces résultats ?

— Oui.

— Pouvez-vous dire aux jurés ce qui est alors apparu, si tant est qu'il soit apparu quoi que ce soit ?

— Les résultats ont montré des traces d'une drogue appelée palipéridone.

— Et que vous connaissez…

— Oui, pour l'avoir moi-même prescrite à M. Herstadt.

— De quoi s'agit-il ?

— D'un antidopamine. D'un agent psychotrope destiné à soigner la schizophrénie et les troubles schizo-affectifs. Dans beaucoup de cas, à condition d'être administré comme il convient, il permet aux patients atteints de ces troubles de mener une vie normale.

— Ce médicament a-t-il des effets secondaires ?

— Cela peut arriver. Chaque situation étant différente, nous trouvons des thérapies appropriées et tenons compte de tous les effets secondaires répertoriés.

— Savez-vous si le fabricant de palipéridone met en garde ceux qui en prennent contre des effets secondaires incluant agitation et conduites agressives ?

— Oui, bien sûr, mais dans le cas de Jeffrey…

— Répondez par oui ou par non, docteur. Avez-vous connaissance de ces effets secondaires, oui ou non ?

— Oui.

— Merci, docteur. Il y a à peine quelques instants, lorsque vous décriviez ce médicament, vous avez précisé « à condition d'être administré comme il convient ». Vous rappelez-vous l'avoir dit ?

— Oui.

— Bien, et maintenant… Savez-vous où habitait Jeffrey Herstadt au moment du crime ?

— Oui, dans un foyer des Angelino Heights.

— Et à ce moment-là, il avait en sa possession une ordonnance que vous lui aviez faite pour de la palipéridone, exact ?

— Exact.

— Et qui dans ce foyer devait-il la lui administrer comme il convient ?

— Il y a un travailleur social sur place qui se charge de donner les médicaments aux résidents du foyer.

— Savez-vous donc, et de première main, si ce médicament a été administré à M. Herstadt ?

— Je ne suis pas sûr de comprendre votre question. J'ai vu les résultats de l'analyse de sang après son arrestation et comme ils montraient des niveaux convenables de palipéridone, on peut supposer qu'on lui en donnait et qu'il en prenait les doses recommandées.

— Pouvez-vous assurer aux jurés qu'il n'en a pas pris après le meurtre, mais avant qu'on lui fasse une prise de sang à l'hôpital ?

— Eh bien, non, mais…

— Pouvez-vous assurer à ce jury qu'il n'avait pas fait des provisions de ces comprimés et n'en a pas avalé plusieurs d'un coup avant le meurtre ?

— Encore une fois, non, mais vous êtes en train de…

— Je n'ai plus de questions.

Et Saldano regagna la table de l'accusation et s'assit. Bosch vit Haller se lever aussitôt et dire au juge qu'il n'avait besoin que de quelques minutes pour son interrogatoire en contre. Le juge acquiesça d'un signe de tête.

— Docteur, lança Haller, aimeriez-vous pouvoir aller au bout de votre réponse à la dernière question de maître Saldano ?

— J'aimerais bien, oui, répondit Stein. J'allais juste dire que l'analyse effectuée à l'hôpital montrait un niveau convenable de ce médicament dans son sang. Tout scénario impliquant autre chose que la juste administration de ce médicament ne tient pas la route. Qu'il en ait fait des provisions et s'en soit ensuite suradministré, ou n'en ait pas pris et n'en ait avalé qu'après le crime serait très clairement apparu dans l'analyse.

— Merci, docteur. Depuis combien de temps soigniez-vous Jeffrey avant cet incident ?

— Quatre ans.

— Quand l'avez-vous mis sous palipéridone ?

— Il y a quatre ans.

— L'avez-vous déjà vu agir de manière agressive envers quiconque ?

— Non, jamais.

— Avez-vous déjà entendu dire qu'il l'aurait fait ?

— Avant cet… avant cet incident, non, jamais.

— Receviez-vous régulièrement des rapports sur sa conduite du foyer où il vivait ?

— Oui, régulièrement.

— En avez-vous jamais reçu un signalant que Jeffrey se serait montré violent ?

— Non, jamais.

— Avez-vous jamais craint qu'il se montre violent à votre endroit ou à celui de quiconque ?

— Non. Si ç'avait été le cas, je lui aurais prescrit un autre médicament.

— Bien, et maintenant… Vous êtes psychiatre, mais aussi médecin généraliste, n'est-ce pas ?

— Oui.

— Et lorsque vous avez étudié ce dossier, avez-vous aussi consulté les rapports d'autopsie du juge Montgomery ?

— Oui.

— Vous avez donc vu qu'il avait été poignardé trois fois de très près sous l'aisselle droite, n'est-ce pas ?

— Oui.

Saldano se leva.

— Monsieur le juge, où veut donc en venir maître Haller avec tout ça ? demanda-t-elle. Cela va bien au-delà de ce que couvrait mon contre-interrogatoire.

Falcone se tourna vers Haller.

— Je me le demande, moi aussi, maître Haller.

— Monsieur le juge, ceci est effectivement un champ de questions assez différent, mais je me suis réservé le droit de rappeler le docteur Stein. Si l'accusation le préfère, nous pourrions tous aller déjeuner et je le rappellerai juste après. Ou alors, nous pouvons régler ça tout de suite. Je serai bref.

— Objection rejetée, déclara le juge. Allez-y, maître Haller.

— Merci, monsieur le juge.

Et Haller reporta son attention sur le témoin.

— Docteur, lança-t-il à nouveau, il y a bien des vaisseaux sanguins absolument vitaux dans la région du corps où le juge Montgomery a été poignardé, n'est-ce pas ?

— Oui, il y en a qui vont droit au cœur et d'autres qui en sortent.

— Avez-vous les dossiers personnels de M. Herstadt ?

— Oui.

— A-t-il jamais servi dans l'armée ?

— Non, jamais.

— Aurait-il suivi une formation médicale ?

— Pas que je sache.

— Comment donc aurait-il pu savoir frapper le juge à l'endroit le plus vulnérable du corps, juste sous son…

— Objection !

Saldano s'était remise debout.

— Monsieur le juge, le témoin n'a aucune connaissance qui lui permettrait de seulement risquer une hypothèse sur ce que maître Haller s'apprête à lui demander !

Le juge en convint.

— Si vous voulez poursuivre dans cette voie, dit-il, il vous faudra nous amener un expert en blessures, maître Haller. Et le témoin est tout sauf cela.

— Monsieur le juge, vous venez d'accepter l'objection de maître Saldano sans même me donner la possibilité d'y répondre !

— Effectivement, et je le referais, maître Haller. Avez-vous d'autres questions pour le témoin ?

— Non.

— Maître Saldano ?

Saldano réfléchit un instant, puis répondit qu'elle n'en avait plus elle non plus. Avant que le juge puisse annoncer la pause déjeuner aux jurés, Haller s'adressa à la cour.

— Monsieur le juge, dit-il, je m'attendais à ce que maître Saldano consacre l'essentiel de cet après-midi au contre-interrogatoire du docteur Stein. Et je me disais que j'en consacrerais le reste à la reprendre. La surprise est donc de taille !

— Qu'êtes-vous en train de me dire, maître Haller ? lui demanda le juge, d'un ton qui traduisait une certaine consternation.

— Mon témoin suivant est une experte en ADN et arrive de New York. Et son avion n'atterrira qu'à 16 heures.

— Avez-vous un autre témoin que vous pourriez appeler après le déjeuner ?

— Non, monsieur le juge, aucun.

— Très bien, répondit le juge, visiblement mécontent.

Puis il se tourna vers les jurés et leur annonça qu'ils en avaient fini pour la journée. Il leur enjoignit ensuite de rentrer chez eux, d'éviter toute couverture médiatique du procès et de revenir le lendemain matin à 9 heures. Après quoi, il fusilla Haller du regard et expliqua encore aux jurés qu'ils reprendraient l'audition des témoins avant les 10 heures du matin habituelles afin de rattraper le temps perdu.

Une fois que les jurés eurent quitté la chambre en file indienne, le juge fit à nouveau part de sa frustration à Haller.

— Maître Haller, vous savez très bien que je n'aime pas faire des demi-journées quand j'en ai prévu des pleines dans mon agenda.

— Oui, monsieur le juge, et moi non plus.

— Vous auriez dû faire venir votre témoin dès hier pour qu'il soit disponible quel que soit l'état d'avancement des débats.

— Oui, monsieur le juge. Mais cela aurait eu pour conséquence de lui payer une nuit d'hôtel supplémentaire et, comme le sait la cour, mon client est indigent et j'ai été moi-même assigné à cette affaire par cette même cour, et pour des honoraires fortement revus à la baisse. D'où le fait que la requête que j'ai adressée à l'administrateur de ce tribunal pour faire venir mon témoin un jour plus tôt m'a été refusée pour raisons financières.

— Haller, tout cela est bel et bon, mais des experts en ADN, il y en a de hautement qualifiés ici même, à Los Angeles. Pourquoi était-il si nécessaire d'en faire venir un par avion de New York ?

C'était aussi la première question qui était venue à l'esprit de Bosch.

— Eh bien, monsieur le juge, je ne pense vraiment pas qu'il soit juste de m'obliger à dévoiler ma stratégie de défense à l'accusation, lui renvoya Haller. Cela étant, je puis vous dire que mon experte est de loin la meilleure dans son domaine très précis de l'analyse ADN et que cela vous paraîtra évident quand elle sera à la barre demain.

Le juge regarda longuement Haller, apparemment pour décider s'il valait la peine d'en discuter plus longuement. Et pour finir, il rendit les armes.

— Très bien, dit-il. Le procès est ajourné jusqu'à demain matin 9 heures. Veillez à ce que votre témoin soit prêt, maître Haller, ou il y aura des conséquences.

— Oui, monsieur le juge.

Sur quoi, le juge se leva et quitta la salle.

Chapitre 6

— Où veux-tu aller ?

Ils étaient dans la Lincoln de Haller.

— Ça m'est égal, répondit Bosch. Un endroit calme.

— Tu sais que Traxx a fermé ?

— Vraiment ? J'adorais ce restaurant. La gare de Union Station était un de mes endroits préférés.

— Ça me manque déjà. C'était là que je filais quand j'étais de tribunal. Et ça a tenu vingt ans… et dans cette ville, c'est pas rien.

— Stace, lança Haller en se penchant pour parler à son chauffeur, emmène-nous à Chinatown. Au Little Jewel.

— C'est parti, répondit-elle.

Le chauffeur de Haller était une femme et Bosch n'avait encore jamais vu ça. Haller faisait toujours appel à d'anciens clients pour conduire sa Lincoln. Des hommes qui lui remboursaient ainsi leurs dettes d'honoraires. Il se demanda ce que Stace pouvait bien rembourser. Milieu de la quarantaine, noire, elle ressemblait à une institutrice et pas du tout à quelqu'un qui traîne dans la rue, comme ses chauffeurs l'étaient en général.

— Alors, qu'en penses-tu ?

— De quoi ? De l'audience ? demanda Bosch. Tu as marqué des points pour les aveux. Et ton experte en ADN va être aussi efficace que ça… dans sa spécialité ? Il y avait combien de conneries dans ce que tu racontais ?

— Aucune. On verra. Elle est douée, mais je ne sais pas si elle l'est assez.

— Et elle arrive vraiment de New York ?

— Je te le répète : tout ce que j'ai dit est vrai.

— Et donc, qu'est-ce qu'elle va faire ? S'en prendre au labo des flics ? Déclarer qu'ils ont merdé ?

Bosch en avait par-dessus la tête de ce type de défense. Cela avait bien marché pour O.J. Simpson, mais ça remontait à loin et il y avait des tas d'autres facteurs dans cette affaire. Et pas des moindres. La science de l'ADN était trop exacte, et une correspondance était irréfutable. Et pour flanquer ça par terre, il faut discréditer autre chose que la science.

— Je ne sais pas ce qu'elle va dire. C'est notre accord. Elle ne trichera pas. Elle dira ce qu'elle voit.

— Eh bien, comme je te l'ai dit, j'ai suivi l'affaire, répliqua Bosch. Et déglinguer des aveux est une chose, mais une correspondance ADN, c'en est une autre. Va falloir que tu fasses quelque chose. Tu as le dossier avec toi ?

— L'essentiel… Tout ce qu'il faut pour la phase préparatoire du procès. Dans le coffre. Pourquoi ?

— Je me disais que je pourrais peut-être y jeter un coup d'œil pour toi. Si tu veux bien, évidemment. Je ne te promets rien. Mais il y a un truc qui ne m'a pas paru net tout à l'heure. Et ça me tracasse.

— Dans le témoignage ? Dis-moi quoi.

— Je ne sais pas. C'est seulement qu'il y a quelque chose qui ne colle pas.

— Bon, il reste l'audience de demain et c'est fini. Pas d'autres témoins. Si tu veux regarder, je vais avoir besoin de ton analyse aujourd'hui même.

— Pas de problème. Après le déjeuner.

— Parfait. Fais-toi plaisir. Au fait, comment va le genou ?

— Bien. De mieux en mieux chaque jour.

— Tu souffres ?

— Non.

— Tu ne m'as pas appelé pour une histoire de faute professionnelle, tout de même.

— Non, pas pour ça.

— Pour quoi, alors ?

Bosch regarda les yeux de Stace dans le rétroviseur. Elle ne pouvait pas s'empêcher d'entendre et il ne voulait pas parler devant elle.

— Attends qu'on soit installés, répondit-il.

— Bien sûr.

S'il se trouvait bien à Chinatown, le Little Jewel n'était pas un restaurant chinois, mais cajun pur et dur. Ils commandèrent au comptoir et trouvèrent une table dans un coin raisonnablement tranquille. Bosch avait opté pour un *po'boy*[1] crevette. Haller, lui, en avait commandé un aux huîtres frites et avait réglé les deux.

— Alors comme ça, tu as un nouveau chauffeur ? demanda Bosch.

— Depuis trois mois. Non, quatre. Et elle est bien.

— Une cliente ?

— En fait non, plutôt la mère d'un client. Son fils fait un an de prison pour possession de drogue. On a évité l'intention de revente, ce qui n'est pas si mal. La mère me règle mes honoraires en conduisant.

— Le grand cœur, quoi !

— Il faut bien payer les factures. On n'est pas tous d'heureux retraités comme toi !

— Ça, c'est vrai que c'est tout moi !

Haller sourit. Il avait représenté Bosch avec succès quelques années auparavant, lorsque la ville avait essayé de lui retirer sa pension[2].

— Et cette affaire-là ? reprit Bosch. Celle de Herstadt. Comment as-tu fini par en hériter ? Je croyais que tu ne t'occupais plus des meurtres.

— Tu as raison, mais c'est le juge qui me l'a assignée. Il me l'a collée un jour où j'étais au tribunal à m'occuper de mes oignons dans une autre affaire. Et moi, je lui dis : « Mais, monsieur le juge, je ne fais plus ça, et surtout pas des trucs de haut niveau comme cela », et il me répond : « Eh bien, maintenant si, maître

---

1. Sandwich à base de viande ou de fruits de mer originaire de Louisiane.

2. Aux États-Unis, la police est municipale.

Haller. » Et c'est comme ça que je me suis retrouvé avec un truc perdu d'avance et que j'en suis réduit aux hamburgers au lieu d'un bon steak.

— Comment se fait-il que ce ne soit pas l'avocat de l'aide juridictionnelle qui l'ait prise ?

— Conflit d'intérêts. La victime, le juge Montgomery, a travaillé à l'aide judiciaire dans le passé, tu te rappelles ?

— Ah oui, j'avais oublié.

Leurs numéros étant appelés, Bosch gagna le comptoir pour y prendre leurs sandwichs et leurs boissons. Dès qu'il eut posé tout ça sur la table, Haller passa à l'objet de leur rendez-vous.

— Bon alors, tu m'appelles en plein procès et tu me dis que tu as besoin de causer. Alors vas-y, cause. Tu as des ennuis ?

— Non, non, pas du tout.

Bosch réfléchit un instant avant de poursuivre. C'était lui qui avait organisé la rencontre et voilà qu'il ne savait plus trop comment procéder. Il décida de commencer par le commencement.

— Il y a environ douze ans, j'ai hérité d'une affaire, dit-il. Un type retrouvé mort au belvédère au-dessus du barrage de Mulholland. Deux balles dans la nuque, style exécution. Et il s'avère qu'il s'agit d'un médecin. Spécialiste des cancers gynécologiques. Et là, on apprend que juste avant sa mort, il était passé à l'hôpital de Saint Agatha's Presbytery dans la Valley et avait sorti tout le césium utilisé dans certains traitements d'un coffre-fort en plomb. Place nette.

— Ça me rappelle quelque chose, dit Haller. Le FBI s'est rué sur l'affaire en croyant que c'était lié au terrorisme. Une histoire de bombe sale ou autre[1].

— Voilà. Sauf que ce n'était pas ça du tout. J'ai enquêté et le césium a été récupéré, mais pas avant que j'en prenne une bonne dose. J'ai été soigné et suivi pendant cinq ans avec radios de la poitrine et tout le bazar. Et comme chaque fois je n'avais rien, au bout de ces cinq ans, on m'a dit que j'étais sain et sauf.

Haller hocha la tête pour signaler qu'il savait où ça allait.

— Et donc, tout va bien et, le mois dernier, je vais à l'hosto pour mon genou et on me fait une prise de sang. La routine, sauf que les résultats des tests me reviennent et que j'ai une LMC... une leucémie myéloïde chronique.

— Ah, merde ! s'écria Haller.

— C'est pas aussi grave que ça en a l'air. Je suis soigné, mais...

— Soigné comment ?

— Chimio. Mais moderne. En gros, je prends un cachet tous les jours et c'est tout. Dans six mois, on verra où j'en suis et s'il faut aller plus loin dans le traitement.

— Ah, merde !

— Tu l'as déjà dit. Il y a des effets secondaires, mais ce n'est pas méchant. C'est juste que je fatigue vite. Et ce que je voulais savoir, c'est s'il n'y aurait pas

1. Voir *À genoux*, Calmann-Lévy, 2019.

matière à poursuites… Je pense à ma fille. Parce que si la chimio ne marche pas, je veux être sûr qu'elle ne se retrouve pas sans rien, tu vois ce que je veux dire ? Qu'elle soit à l'abri.

— Tu lui en as parlé ?

— Non. Tu es le seul qui soit au courant.

— Ah, merde !

— T'arrêtes pas de dire ça, mais… qu'est-ce que tu en penses ? Est-ce que je pourrais réclamer des indemnités au LAPD ? Et à l'hôpital ? Parce que faut voir que le type a débarqué là-bas dans sa blouse blanche de toubib avec son badge et est ressorti de l'hosto avec trente-deux barres de césium dans un seau en plomb ! Tout ce truc a révélé le laxisme de la sécurité au service d'oncologie et ils ont changé beaucoup de choses après ça.

— Mais trop tard pour toi. On oublie les indemnités. C'est d'une très, très grosse plainte qu'il faut parler.

— Et pour le délai de prescription ? C'était il y a douze ans.

— Dans ce genre d'affaires, la pendule ne se met pas en marche avant que tu sois diagnostiqué. Donc, de ce côté-là, aucun souci. Le deal qu'on a conclu quand tu as quitté la police t'a donné un million de dollars de couverture santé.

— Ouais, et si je tombe malade à cause de ça… vraiment malade, je veux dire… je les dépenserai en un an. Et il n'est pas question que je pioche dans mon 401K[1]. C'est pour Maddie.

1. Plan d'épargne-retraite par capitalisation.

— Oui, je sais. Côté police, il va falloir se taper un arbitrage et on arrivera très probablement à un accord. Mais c'est du côté de l'hôpital qu'il faut aller. C'est une faille de la sécurité qui a conduit à cette histoire, et cette histoire s'est terminée par ton irradiation. Ça, c'est le plan A.

Ils commencèrent à manger, Haller continuant de parler la bouche pleine :

— Bon alors, j'en termine avec ce procès… plaidoirie dans un ou deux jours max… et on dépose plainte. Je vais avoir besoin d'une déposition vidéo de ta part. On fixe une date et je pense qu'on aura tout ce qu'il nous faut pour avancer.

— Pourquoi la vidéo… Au cas où je mourrais ?

— Y a ça, c'est vrai. Mais c'est surtout parce que je veux qu'ils te voient raconter ton histoire. Ils l'entendent de ta bouche au lieu de la lire dans un truc écrit ou une transcription de déposition et ils chieront dans leur froc. Parce qu'ils sauront tout de suite qu'ils sont du côté des perdants dans cette affaire.

— OK, tu m'organises ça ?

— Oui, j'ai des types qui font ça tout le temps.

Bosch avait à peine avalé une bouchée de son sandwich que Haller, lui, avait presque fini le sien. Bosch se dit qu'une matinée au tribunal avait dû lui donner bien faim.

— Je n'ai pas envie que ça s'ébruite, reprit-il. Tu vois ce que je veux dire ? Pas de médias sur le coup.

— Ça, je ne peux pas te le promettre. Il y a des fois où on peut se servir des médias pour faire pression.

C'est toi qui t'es pris ces radiations en faisant ton boulot. Crois-moi, tu as dix chances contre une d'avoir toute la sympathie du public. Et ça, ça peut t'être utile.

— OK bon, écoute… Il faudra que je sache quand ça va devenir public… pour en parler à Maddie avant.

— Ça, je peux te le promettre. Bon alors, as-tu gardé des éléments de cette affaire ? Des trucs que je pourrais regarder ?

— Ramène-moi à ma voiture quand on aura fini de manger. J'ai la chronologie et l'essentiel des rapports importants. J'en avais fait des copies juste au cas où. J'ai tout dans le coffre.

— OK, on y retourne et on fait un échange de dossiers. Tu me donnes tes pièces et je te donne ce que j'ai sur Herstadt. Marché conclu ?

— Marché conclu.

— Il faudra juste que tu fasses vite avec mon affaire. Je n'ai presque plus de temps.

BALLARD

Chapitre 7

Il faisait bon sous sa tente et elle se sentait bien. Mais les émanations de kérosène envahissaient soudain sa bouche, son nez et ses poumons, et tout se mettait à brûler et à fondre autour d'elle.

Elle se réveilla en sursaut. Les cheveux encore mouillés, elle jeta un coup d'œil à sa montre. Elle n'avait dormi que trois heures et songea à replonger dans le sommeil, mais des franges de rêve la hantaient encore, et l'odeur de kérosène était toujours là. Elle fit glisser une mèche de cheveux sous son nez et huma le shampoing à la pomme qu'elle avait utilisé après sa séance de paddle.

— Lola !

La chienne se rua dans l'ouverture de la tente et s'installa à côté d'elle. Lola était un mix de boxer et de pitbull. Ballard caressa sa tête large et robuste et sentit toute l'horreur de son cauchemar s'atténuer. Elle se demanda si le type dans la tente avait fini par se réveiller et espéra que non. Mieux valait que, drogué ou alcoolisé, il n'ait ressenti aucune douleur, et n'ait jamais su qu'il était en train de mourir.

Elle passa la main sur le Nylon de sa tente et imagina la chaleur d'un incendie la faisant s'affaisser sur elle comme un linceul. Éveillé ou pas, ce type avait eu une mort horrible.

Elle sortit son téléphone de son sac à dos et vérifia ses messages. Ni appels ni textos, rien qu'un e-mail de Nuccio, l'enquêteur incendie, l'informant qu'il avait reçu son rapport et qu'il lui enverrait les siens dès qu'ils seraient prêts. Il ajoutait que son coéquipier et lui avaient conclu à une mort accidentelle et que la victime n'était toujours pas identifiée, vu que toutes les pièces d'identité qu'il aurait pu avoir en sa possession avaient brûlé.

Ballard rangea son portable et lança :

— Allez, ma fille, promenade !

Puis elle sortit de la tente avec son sac à dos et regarda autour d'elle. Elle se trouvait à trente mètres du poste de secours de Rose Avenue, mais le maître nageur n'y était pas. Il n'y avait personne dans l'eau non plus. Il faisait encore trop froid.

— Aaron ? cria-t-elle.

Le sauveteur passa sa tête toute bouclée par-dessus la rambarde de la petite cabane en bois, et elle se demanda s'il n'y avait pas dormi sur le banc.

— Tu surveilles mes affaires ? se demanda-t-elle en lui montrant sa tente et sa planche juste à côté sur le sable.

Aaron leva les deux pouces en l'air.

— Tu veux quelque chose ?

Il tourna un pouce vers le bas. Elle prit une laisse dans une des poches à fermeture Éclair de son sac, l'accrocha au collier de Lola, puis se dirigea vers l'alignement de restaurants et de boutiques à touristes à cent mètres des vagues, son sac sur l'épaule.

Elle gagna le Groundwork de Westminster Avenue, prit un café *latte* et repéra une place au fond où pouvoir travailler sans attirer l'attention des autres clients. Lola se glissa sous la table et se trouva un coin confortable où s'allonger. Ballard rouvrit son sac et en sortit son ordinateur portable et le livre du meurtre que Bosch lui avait laissé.

Cette fois, elle décida de ne pas se balader à droite et à gauche dans tout le classeur. De toute façon, le premier dossier, celui de la chronologie, était le plus important. Il s'agissait d'un journal de l'affaire, dans lequel les inspecteurs notaient au fur et à mesure toutes les dispositions qu'ils prenaient pendant l'enquête.

Avant de commencer sa lecture, elle ouvrit son ordinateur et entra les noms de George Hunter et de son coéquipier Maxwell Talis dans la base de données du personnel du LAPD, et constata que ces deux inspecteurs avaient depuis longtemps pris leur retraite, Hunter en 1996 et Talis l'année suivante. Il apparut aussi que Hunter était mort, mais que Talis touchait toujours sa retraite. Le renseignement avait son importance dans la mesure où, si elle décidait de reprendre sérieusement l'affaire Hilton, elle allait devoir l'appeler pour essayer de savoir ce dont il se souvenait.

Elle ferma son ordinateur, ouvrit le livre du meurtre et attaqua la chronologie par la première entrée – l'appel. Un vendredi matin, Hunter et Talis étaient à leur bureau lorsqu'on les avait alertés que des officiers en patrouille étaient tombés sur une voiture garée dans une ruelle située derrière une rangée de boutiques en retrait de Melrose Avenue et du pont autoroutier de la 101. Les deux inspecteurs s'y étaient rendus avec des équipes de l'unité des premières constatations et des services du coroner.

Blanche et âgée de vingt-quatre ans, la victime avait été provisoirement identifiée comme étant John Hilton grâce au permis de conduire trouvé dans le portefeuille tombé sur le plancher de sa Toyota Corolla de 1988. Et la photo ornant le document semblait correspondre au visage de l'individu étalé sur le flanc droit en travers des sièges et de la console avant du véhicule.

Une vérification des nom et date de naissance portés sur le permis de conduire avait déterminé que ce Hilton n'avait rien à voir avec la famille des grands hôteliers. Libéré de prison l'année précédente, il y avait passé trente mois pour cambriolages et possession de drogue.

C'était en sa qualité d'inspecteur chargé de l'affaire que George Hunter avait rédigé et contresigné toutes les premières entrées de la chronologie de ses initiales. Ballard en eut une bonne idée de ce sur quoi l'enquête s'était concentrée au début. Comme elle l'avait deviné en procédant à un rapide survol du dossier, celle-ci avait eu comme point de départ le passé de drogué et de petit fraudeur du bonhomme. Hunter et Talis, c'était clair, pensaient qu'il s'agissait d'une arnaque de drogue qui avait mal tourné et qu'Hilton avait été assassiné pour le maigre prix d'une dose d'héroïne.

Si elle gérait aujourd'hui les appels du quart de nuit, Ballard avait d'abord occupé le poste d'inspectrice des homicides au QG de la police du centre-ville. Que la ligne politique « on regarde ailleurs » et la misogynie systémique du service en matière d'affaires sexuelles aient causé son affectation à des tâches de moindre importance ne l'empêchait pas d'avoir gardé tous ses talents d'enquêtrice. Bosch s'en était aperçu et y avait fait appel lorsque, un an auparavant, leurs chemins s'étaient croisés au cours d'une affaire. Ils étaient tombés d'accord pour en travailler certaines ensemble, même de manière non officielle et sous le radar. Maintenant à la retraite et hors du service, Bosch n'était plus gêné par les règlements et procédures du LAPD. Ballard, elle, n'était peut-être pas à la retraite, mais très certainement sortie de la vue et de l'esprit des autorités dans son quart de nuit, ce qui lui permettait de jouer sur les deux tableaux, à la fois dans la place et outsider. Et là, face à un deal de drogue à quatre-vingts dollars se terminant par une balle dans la peau quelque trente ans plus tôt, tous ses talents d'ancienne inspectrice des Homicides lui indiquaient que ce serait une affaire très probablement impossible à résoudre. Peut-être y avait-il quelque part dans tout ça quelque chose qui était resté en travers de la gorge de Jack Thompson et avait allumé en lui un feu intérieur, mais en soi, il y avait beau temps que c'était terminé.

Elle commença par soupçonner Hilton d'avoir été un indic. Peut-être même pour Thompson, ce qui aurait expliqué qu'il se soit pris d'un grand intérêt pour ce dossier, même si en fait on ne le lui avait pas assigné. Elle sortit un carnet de notes de son sac et la première chose qu'elle y inscrivit fut une question pour Bosch :

Combien d'autres livres du meurtre John Jack Thompson a-t-il piqués ?

La question était importante parce qu'elle portait sur son degré d'implication dans l'affaire. Bosch avait raison : si elle parvenait à comprendre pourquoi Thompson s'était emparé de ce livre du meurtre en particulier, elle pourrait peut-être découvrir un mobile, puis un suspect. Sauf que les premières entrées de la chronologie racontaient un meurtre bien banal, si tant est que ça existe, pratiquement impossible à résoudre à l'époque, et encore moins vingt-neuf ans plus tard.

— Et merde, murmura-t-elle.

Aussitôt en alerte, Lola leva les yeux et la regarda. Ballard lui gratta la tête.

— Tout va bien, ma fille.

Et elle retourna à sa chronologie en prenant des notes.

La voiture de Hilton, à boîte de vitesses manuelle, était au point mort, mais la clé était sur le contact et en position de démarrage. Le moteur était à l'arrêt faute de carburant. On avait donc supposé qu'Hilton avait pris la ruelle pour y effectuer un achat de drogue et avait été abattu après s'être arrêté et mis au point mort.

Il n'y avait pas eu moyen de déterminer combien il avait d'essence dans le réservoir quand il était entré dans la ruelle, mais d'après les enquêteurs du coroner, Hilton était mort entre minuit et 4 heures du matin, soit entre quatre et huit heures avant que son corps ne soit découvert par un des propriétaires du magasin arrivant au travail et se garant à l'arrière.

Les deux vitres avant étaient baissées, et comme Hilton avait été tué à bout portant, juste derrière l'oreille droite, les inspecteurs s'étaient dit qu'il fallait peut-être chercher deux suspects : celui qui était venu à la portière du conducteur pour attirer son attention et un autre – le véritable assassin –, qui, arrivé de l'autre côté avec son arme, avait exécuté Hilton alors que celui-ci lui tournait le dos pour regarder son complice. Cette hypothèse avait été confirmée par l'endroit où la douille avait été retrouvée, à savoir sur le tapis de sol du siège passager, ce qui voulait bien dire que le coup de feu avait été tiré de ce côté-là du véhicule. Hilton s'était alors très probablement affaissé contre sa portière, mais avait ensuite été repoussé par-dessus la console centrale lorsqu'on avait voulu le fouiller. Sur les photos de la scène de crime, les deux poches avant de son pantalon étaient retournées.

Pour Ballard, cette hypothèse de deux tueurs et la façon dont ils auraient commis leur forfait ne collaient pas avec la théorie d'un simple vol. Tout cela était froid et calculé, et sentait le coup monté. Une arnaque aurait certainement été un peu planifiée, mais pas avec une précision pareille. Elle commença donc à se demander si ces premiers inspecteurs ne s'étaient pas, et d'entrée de jeu, concentrés sur le mauvais mobile. Cela aurait pu les conduire à une manière de vision en tunnel, l'un et l'autre ignorant à partir de là tout élément ne collant pas avec leurs présupposés.

Elle ne croyait pas trop non plus, du reste, à leur autre hypothèse, celle des deux tueurs – un pour distraire Hilton par la gauche pendant que l'autre tendait le bras à l'intérieur du véhicule et le tuait par la droite. Elle savait très bien qu'un seul assassin aurait pu faire le coup. Et que l'attention de Hilton aurait pu être attirée sur la gauche par bon nombre d'autres choses dans la ruelle.

Elle rédigea une deuxième note pour se rappeler de porter tout cela à l'attention de Bosch, puis revint à la chronologie.

Hunter et Talis avaient circonscrit leur recherche de suspects aux alentours immédiats et aux seuls dealers connus dans la ruelle. Ils avaient parlé au sergent assigné au trafic de stupéfiants de la Hollywood Division, qui les avait informés que son équipe avait de temps à autre procédé à des opérations « tu achètes, je t'arrête » dans ce quartier connu pour être un vrai marché de la came à cause de sa proximité avec la 101. Les clients venaient à Hollywood, quittaient l'autoroute à Melrose Avenue et s'achetaient leurs doses avant de filer loin du lieu de leur petite transaction. Sans compter que plusieurs studios de cinéma se trouvant non loin de là, les employés en achetaient en venant au boulot ou en rentrant chez eux. Les plus créatifs, et haut placés dans la hiérarchie, se la faisaient livrer directement à leur porte.

La chronologie faisait apparaître que cette clientèle était essentiellement blanche, les dealers étant, eux, exclusivement noirs et approvisionnés par un gang de South L.A. Les Rolling 60's, appartenant aux Crips, avaient en effet jeté leur dévolu sur cette portion de Hollywood et y régnaient par la violence. De leur point de vue, l'assassinat de John Hilton n'était pas bon pour les affaires, car il noyait de flics tout le quartier et mettait un terme à leurs activités. D'après une remarque inscrite dans la chronologie, un indic avait averti un officier de l'Antigang que certains membres de ces Rolling 60's essayaient eux aussi d'identifier le tueur afin d'en faire un exemple en l'assassinant.

Cette note l'arrêta net et Ballard se demanda si elle n'était pas en train de chercher un fantôme : les Rolling 60's avaient déjà pu attraper et liquider le ou les meurtriers de John Hilton sans que le LAPD fasse le lien entre ces affaires.

Apparemment pas démontés par cette éventualité, Hunter et Talis avaient dressé une liste des dealers connus pour opérer dans le coin et les avaient interpellés pour des interrogatoires. Aucun ne leur avait donné de suspects ou de pistes, mais Ballard remarqua qu'il en manquait au tableau, car quelques-uns de ces individus n'avaient jamais été interceptés ou interrogés. Parmi eux figurait un certain Elvin Kidd, un membre des Rolling 60's qui tenait le territoire où Hilton avait été abattu.

Hunter et Talis s'étaient aussi totalement désintéressés d'un autre dealer, Dennard Dorsey, lorsqu'on les avait avertis que son statut d'indic en or le rendait intouchable. Celui qui le pilotait, un grand ponte de la Major Narcotics du nom de Brendan Sloan, avait mené lui-même son interrogatoire et leur avait rapporté que le bonhomme ne savait rien d'intéressant sur le meurtre de Hilton.

Ballard inscrivit tous ces noms dans son calepin. Cela l'agaçait que les deux inspecteurs n'aient pas interrogé tout le monde et aient laissé l'interrogatoire de l'indic à celui qui le gérait. Paresse ou autre, elle ne savait pas ce qui les en avait empêchés. Il n'y avait jamais eu autant d'homicides à Los Angeles qu'à la charnière entre les années quatre-vingt et quatre-vingt-dix et Talis et Hunter avaient peut-être eu d'autres affaires à traiter en même temps dans la mesure où il leur en arrivait chaque jour.

Elle termina sa lecture une heure et un *latte* plus tard. Ce qui l'avait le plus frappée était cette dernière entrée de Talis le jour du premier anniversaire du meurtre :

> *Ni nouvelles pistes ni nouveaux suspects pour l'instant. Affaire toujours ouverte et en cours.*

Ensuite, plus rien pour décrire comment on avait travaillé sur cette affaire « toujours ouverte et en cours ».

Elle comprit alors que tout ça n'était que des conneries. L'enquête s'était arrêtée par manque de pistes et d'angles d'attaque susceptibles de donner quelque chose, et les deux inspecteurs n'avaient plus fait qu'attendre ce qu'aux Homicides on qualifiait de « guérison miracle », celle-ci se matérialisant sous la forme de quelqu'un qui serait venu les voir pour leur donner le nom du tueur. Très probablement un type du milieu qui, arrêté, puis inculpé, aurait essayé de s'en sortir avec un deal. Pour eux, ç'aurait été la seule façon d'avoir un nom à partir duquel travailler. Bref, Hunter et Talis étaient passés à autre chose, et l'affaire était restée « ouverte » et « en cours ».

Ce qui la frappait également était l'absence totale d'implication de John Jack Thompson dans ce dossier. Aucune des années pendant lesquelles il l'avait eu en main ne l'avait vu y ajouter quoi que ce soit. Rien dans la chronologie n'indiquait qu'il avait pris la moindre décision, procédé au moindre interrogatoire ou découvert quelque élément nouveau. Elle se demanda s'il avait consigné d'éventuelles notes dans un autre dossier, afin de ne rien changer à l'original. Elle comprit qu'elle devrait aussi en parler à Bosch et peut-être même retourner chez Thompson et chercher dans son bureau s'il ne s'y trouverait pas un deuxième livre du meurtre ou des traces du travail qu'il avait effectué.

Elle passa aux rapports plus fournis provenant des enquêteurs et comprenant des éléments de preuve et des interrogatoires. Dans le cahier dédié à la victime, elle lut ainsi une biographie de Hilton rédigée par Talis à partir de divers interrogatoires et documents officiels. Ses parents étaient toujours en vie lorsqu'il avait été assassiné. D'après ce rapport, Sandra Hilton n'avait montré aucune surprise en apprenant la mort de son fils, celui-ci étant, toujours selon elle, revenu complètement changé de son séjour à la prison d'État de Corcoran. Il lui avait paru brisé par cette expérience et avec une seule idée en tête : se défoncer tout le temps. Son mari et elle, elle le reconnaissait, l'avaient expulsé de chez eux peu après son retour, John Hilton leur donnant l'impression de ne faire aucun effort pour se réintégrer dans la société. Il disait vouloir être artiste, mais sans faire quoi que ce soit pour y arriver, et les volait pour pouvoir continuer à se droguer.

Donald Hilton avait en particulier maintenu sa décision de le virer de la maison familiale de la région de Toluca Lake. Il avait rapidement reconnu n'être que son père adoptif, et avait précisé que John avait onze ans lorsqu'il avait rencontré sa mère et s'était marié avec elle. Le père biologique de John n'avait jamais fait partie de la vie du gamin pendant ces onze premières années, et Donald avait souligné que celui-ci avait déjà de sévères problèmes de comportement. Ne pas avoir de liens de sang avec le jeune homme qu'il avait élevé lui avait apparemment permis de le chasser sans se sentir coupable.

Une partie de ce rapport avait été retouchée au feutre noir, et deux lignes au milieu du résumé de son interrogatoire y avaient même été complètement caviardées. Ballard trouva cela bizarre dans la mesure où un dossier de meurtre est un document confidentiel. Seule exception possible, le cas où l'affaire est portée devant un tribunal, et le dossier transmis à la partie adverse. Dans certaines circonstances, on peut alors procéder à des modifications pour protéger l'identité de tel ou tel indic ou autre. Sauf que l'affaire n'ayant jamais donné lieu à la moindre mise en accusation, il était étrange que le rapport d'interrogatoire d'un parent de la victime puisse contenir des renseignements qu'il aurait fallu tenir secrets. Elle ouvrit les anneaux du classeur, en sortit la feuille et la retourna pour voir si l'un des mots effacés n'était pas lisible au dos, en vain. Elle remit la page au début du livre afin de repenser à cette anomalie chaque fois qu'elle le rouvrirait – quel était donc ce renseignement qu'on avait effacé dans le dossier ? Et qui avait procédé à cette modification ?

Parcourir les autres résumés d'interrogatoires de témoins ne suscita chez elle qu'une seule autre question d'importance. Hilton avait partagé un appartement de North Hollywood avec un certain Nathan Brazil, qualifié d'assistant de production aux studios Archway. Ballard savait que ces studios se trouvaient dans Melrose Avenue, près de la Paramount… et de l'endroit où Hilton avait été assassiné. Brazil avait dit aux enquêteurs que le soir du meurtre, il travaillait sur un film, et qu'Hilton avait demandé après lui au vigile posté à l'entrée. Brazil n'avait eu le message que plusieurs heures après et à ce moment-là, Hilton était parti et avait dû descendre Melrose Avenue jusqu'à la ruelle où il avait été abattu. Brazil avait encore précisé qu'il était tout à fait inhabituel qu'Hilton passe le voir à son travail. Cela ne s'était encore jamais produit et il ne savait ni pourquoi Hilton l'avait fait ni ce qu'il voulait.

C'était là encore un mystère que Talis et Hunter n'avaient pas résolu.

Ballard regarda ses notes. Elle y avait inscrit les noms de plusieurs personnes qu'elle allait devoir retrouver et interroger – à condition qu'elles soient toujours vivantes :

Maxwell Talis
Donald Hilton
Sandra Hilton
La veuve de Thompson
Vincent Pilkey, dealer
Dennard Dorsey, dealer et indic... protégé
Brendan Sloan, division Narco
Elvin Kidd
Nathan Brazil, coloc

Ballard savait que la veuve de John Jack Thompson était encore en vie, tout comme, probablement, Maxwell Talis. Brendan Sloan, lui, était toujours de ce monde. En fait, son nom lui était même des plus familiers. Les vingt-neuf ans qui s'étaient écoulés depuis le meurtre de Hilton l'avaient en effet vu passer d'inspecteur des Narcotiques à assistant du patron. Il dirigeait le West Bureau. Ballard ne l'avait jamais rencontré, mais la Hollywood Division étant maintenant placée sous le commandement de ce même West Bureau, techniquement parlant, c'était même son boss.

Entre sa rude séance de paddle face à un vent déchaîné, son manque de sommeil, et le fauteuil inconfortable dans lequel elle était assise depuis deux heures, elle commençait à sentir son dos se raidir, et décida de reporter l'examen des pages et rapports qui lui restaient au lendemain. Elle referma le livre du meurtre et se pencha pour ébouriffer la toison de Lola.

— Allez, ma fille, dit-elle, allons voir Double !

La chienne remua énergiquement la queue. Double était son copain, un bouledogue en pension au centre de soins où elle passait les trois quarts de ses nuits et certains jours lorsque sa patronne travaillait.

Et ce jour-là, sa patronne avait besoin de l'y laisser pour pouvoir continuer à travailler sur l'affaire.

Chapitre 8

Le premier arrêt de Ballard fut pour les scellés, où elle sortit le carton des éléments de preuve portant le numéro de l'affaire John Hilton. Elle vit tout de suite qu'il n'avait pas vingt-neuf ans d'âge et que la bande de scellement n'avait pas autant jauni que ce à quoi il aurait fallu s'attendre. L'emballage était de toute évidence neuf, ce qui n'avait rien d'inhabituel. Hangar des plus massifs, celui des scellés était encore trop petit pour toutes les pièces qu'on y stockait. Les regrouper était un travail de tous les jours et les cartons poussiéreux souvent rouverts, leur contenu étant alors remis dans des boîtes plus petites afin d'économiser de la place. Elle avait la liste des éléments répertoriés dans le livre du meurtre et, vêtements et affaires de la victime, elle allait pouvoir vérifier que tout y était. Elle cherchait plus particulièrement deux objets : la balle extraite du cadavre de Hilton à l'autopsie et la douille retrouvée sur le plancher de sa voiture.

Elle vérifia la feuille de sortie des pièces apposée sur le carton et vit qu'en dehors d'un ré-emballage six ans plus tôt, celui-ci n'avait apparemment pas été ouvert depuis le jour où, trois décennies avant, il avait été déposé aux scellés par Hunter et Talis, les deux premiers inspecteurs affectés à l'affaire. En soi, ce n'était pas étonnant, dans la mesure où, aucun suspect n'ayant été travaillé, il n'y avait eu aucune raison d'analyser des éléments de preuve ayant à voir avec un quelconque assassin potentiel. Hunter et Talis avaient recueilli des pièces à conviction et répertorié le contenu du carton dans le livre du meurtre et savaient donc parfaitement ce qu'ils avaient récolté pour l'avoir vu et tenu dans leurs mains.

Cela étant, Ballard trouvait toujours curieux qu'après avoir pris possession du dossier et s'être apparemment mis à y travailler, John Jack Thompson n'ait jamais fait un saut aux scellés pour en sortir le carton des éléments de preuve. Car il ne l'avait jamais fait.

C'était pourtant la première chose qu'elle avait faite, elle. Certes, il y avait la liste des pièces dans le livre du meurtre, mais il n'empêche : elle voulait les voir. C'était viscéral et, à ses yeux, comme le prolongement des photos de la scène de crime. Cela la rapprochant de l'affaire et de la victime, elle ne voyait pas bien comment travailler sur un dossier sans prendre cette première mesure. Et pourtant, Thompson, le mentor de deux générations d'inspecteurs, avait, semblait-il, choisi de s'en dispenser.

Elle mit la question de côté et évalua le contenu du carton en comparant les pièces à la liste du classeur, avant d'examiner chaque vêtement et article recueilli dans la Corolla. Sur les photos de la scène de crime, elle avait en effet repéré un objet qu'elle voulait sortir des scellés : un petit carnet retrouvé entre les deux sièges avant. La liste mentionnait bien un « carnet », mais n'en disait pas plus et n'expliquait pas pourquoi Hilton en avait un à côté de lui dans sa voiture.

Elle le trouva dans un sac en papier kraft avec d'autres articles récupérés dans le vide-poche central, à savoir un briquet, une pipe à crack, quatre-vingt-dix-sept *cents*, un stylo et une contravention pour stationnement interdit émise six semaines avant la mort de Hilton. La piste avait été explorée par les premiers inspecteurs, un rapport du livre du meurtre attestant leurs efforts. Mais cela semblait n'avoir mené à rien. La contravention avait été dressée dans une rue de Los Feliz où résidait un ami de Hilton, qui se rappelait que celui-ci lui avait rendu visite pour lui vendre une radio que son beau-père lui avait prétendument donnée. Hilton avait fini par rester plusieurs heures chez cet ami qui lui avait offert une dose d'héroïne à partager. C'était pendant qu'il somnolait qu'il avait eu son amende. Hunter et Talis avaient trouvé cette histoire sans intérêt pour l'enquête et Ballard ne voyait rien qui aurait pu lui faire penser le contraire.

Enfin, elle ouvrit le carnet, et sur le rabat intérieur elle découvrit le nom de Hilton et un numéro qu'elle pensa être celui de son matricule à la prison de Corcoran. Les pages étaient essentiellement remplies d'études et de dessins au crayon représentant des durs, nombre d'entre eux avec des tatouages sur la figure et le cou. D'autres prisonniers, pensa-t-elle. Les portraits achevés étaient réussis et elle lui trouva du talent. Savoir qu'en dehors de son addiction à la drogue et de ses penchants pour le vol, il avait aussi cette autre dimension, le lui rendit plus humain. Personne, quelles que soient ses actions, ne mérite d'être abattu dans une voiture, mais il ne fait pas de mal non plus d'avoir une connexion avec la victime. Cela ajoute du carburant au feu sacré que l'inspecteur doit garder en lui par tous les moyens. Ballard se demanda si Talis ou Hunter avaient ressenti un lien quelconque avec Hilton grâce à ce carnet. Et en douta. Si cela avait été le cas, ç'aurait été porté dans le livre du meurtre afin que l'un ou l'autre la voie et le rouvre quand il avait besoin d'attiser la flamme.

Elle finissait d'en feuilleter les pages lorsqu'un dessin – le portrait d'un Noir au crâne rasé – l'arrêta. L'homme s'était détourné de l'artiste et là, sur son cou, était tatouée une étoile à six branches avec le nombre 60 au milieu. Ballard savait que tous les gangs ou groupes de Crips partagent ce symbole, les six pointes de l'étoile faisant référence aux premiers buts altruistes de l'organisation : l'amour, la vie, la loyauté, la compréhension, le savoir et la sagesse. C'est le 60 au milieu de l'étoile qui avait attiré son attention : cela signifiait en effet que le sujet du dessin était un Rolling 60's, donc un membre du groupe notoirement violent qui contrôlait la vente de drogue dans la ruelle où Hilton avait été assassiné. Coïncidence ? Il semblait bien qu'Hilton ait fait le portrait de cet homme alors qu'il était en prison et moins de deux ans après sa libération, il mourait assassiné en plein territoire de ces mêmes Rolling 60's ?

Rien de tout cela ne figurait dans les rapports du dossier qu'elle avait lu. Il faudrait qu'elle revérifie : cela pouvait être un indice important, mais bien sûr aussi une pure coïncidence.

En feuilletant encore le carnet, elle tomba sur un autre dessin et se demanda si ce n'était pas encore un portrait du type au tatouage des Rolling 60's. Mais là encore, le bonhomme étant tourné de côté et dans l'ombre, elle ne put en être certaine. Puis elle découvrit ce qu'elle pensa être un autoportrait de Hilton : il ressemblait aux photos de scène de crime qu'elle avait vues. Avec les poches qu'il avait sous les yeux, on aurait dit un homme hanté. Et qui avait tellement peur que quelque chose, dans ce croquis, la frappa droit au cœur.

Elle décida d'ajouter le carnet aux articles qu'elle allait sortir des scellés. Les dessins lui rappelaient une enquête qu'avait bouclée l'unité des Affaires non résolues quelques années plus tôt – à l'époque, elle était encore aux Vols et Homicides de la division. L'inspectrice Mitzi Roberts avait relié trois meurtres de prostituées à un vagabond du nom de Sam Little. Il avait été arrêté et condamné, et une fois en prison s'était mis à avouer des dizaines de crimes perpétrés tout au long de quatre décennies et dans tout le pays. Camées et prostituées, les victimes étaient des « jetables » qu'aussi bien la société que les services de police avaient marginalisées et auxquelles ils ne prêtaient guère attention. Artiste lui aussi, Little avait fait des portraits de ses victimes pour aider les inspecteurs qui venaient le voir en prison à les identifier et à les relier aux dossiers adéquats. S'il avait bien gardé leurs traits en mémoire, leurs noms lui échappaient parfois. On lui avait fourni tout ce qu'il fallait pour dessiner. Ses portraits en couleur des plus réalistes avaient permis aux enquêteurs de boucler bon nombre d'affaires. Ces dessins avaient rendu ses victimes enfin humaines, contrairement à lui. En lui, on avait vu un psychopathe qui, sans la moindre pitié pour ses victimes, n'en méritait aucune en retour.

Ballard contresigna la sortie de la balle et du carnet, quitta les scellés et appela Bosch dès qu'elle fut à l'extérieur du bâtiment.

— Quoi d'neuf ?

— J'ai sorti la balle et la douille des scellés. Demain mercredi, c'est journée portes ouvertes à la balistique. J'y passerai après mon service.

— Bon plan. Rien d'autre dans le carton ?

— Hilton était un artiste. Il avait un carnet dans sa voiture, avec des portraits qu'il avait faits en prison. Je l'ai pris aussi.

— Pourquoi ?

— Parce que je trouve qu'il dessinait bien. Il y a d'autres choses que je veux revoir. On se retrouve ?

— Je suis un peu occupé, là, mais on pourrait se voir quelques minutes. Je suis tout près.

— Vraiment ? Où ça ?

— Au Nickel Diner, tu connais ?

— Évidemment. J'arrive dans dix minutes.

Chapitre 9

Ballard trouva Bosch assis à une table pour quatre personnes au fond du restaurant, ordinateur portable ouvert et plusieurs documents étalés devant lui. Il était apparemment assez tard dans la journée pour que la direction lui permette de la monopoliser. Posée sur le plateau, une assiette contenant un demi-donut glacé au chocolat indiqua à Ballard que Bosch était un vrai client plutôt qu'un parasite qui ne prend qu'un café pour pouvoir accaparer une table pendant des heures.

Elle s'assit et remarqua la canne accrochée au dossier d'une des chaises vides. Puis elle vit les papiers qu'il s'était mis à empiler dès qu'il l'avait vue approcher et leva les mains en l'air comme pour dire : « C'est-quoi-tout-ça ? »

— Tu es le retraité le plus occupé que j'aie jamais vu !

— Pas vraiment, non. J'ai juste promis de jeter un coup d'œil à ce truc.

Elle posa son sac à dos sur la chaise à sa droite et aperçut l'en-tête d'un des documents que rangeait Bosch : *Michael Haller, avocat au barreau.*

— Ah merde alors ! Tu travailles pour ce type ?

— Quel type ?

— Haller. Tu bosses pour lui, tu bosses pour le diable.

— Vraiment ? Pourquoi tu dis ça ?

— Parce que c'est un avocat de la défense. Et pire encore : il est bon. Il fait acquitter des types qui ne devraient pas l'être. Il défait tout ce qu'on fait. Même que… Tu le connais d'où ?

— J'ai passé pas mal de temps dans des tribunaux ces trente dernières années. Et lui aussi.

— C'est pour l'affaire du juge Montgomery ?

— Comment tu sais ça ?

— Tout le monde est au courant. Un juge assassiné devant le tribunal… ça attire l'attention. En plus de ça, je l'aimais bien, moi, le juge Montgomery. Quand il siégeait au pénal, je lui demandais de me signer des mandats de temps en temps. La loi, il s'y tenait. Je me rappelle une fois où l'huissier m'avait permis d'entrer dans son cabinet pour qu'il me signe un mandat. J'entre, je regarde partout, pas de juge. Et tout à coup, je l'entends me crier : « Ici ! » Il avait ouvert sa fenêtre et s'était hissé sur le rebord pour fumer une cigarette. Au quatorzième étage ! Il n'avait pas voulu contrevenir au règlement interdisant de fumer dans le bâtiment !

Bosch posa sa pile de dossiers sur la chaise vide à côté de lui, mais Ballard n'en avait pas fini.

— Je ne sais pas. Il se pourrait que je revoie notre arrangement. Non, parce que si tu te mets à travailler pour l'autre côté…

— Je ne travaille pas pour le « dark side », pour le côté obscur ou ce que tu veux ! C'est juste pour cette fois, et oui, je me suis porté volontaire. J'étais au tribunal et il y avait un truc qui clochait. J'ai demandé à voir les dossiers et tiens donc, j'ai trouvé quelque chose avant que tu arrives.

— Quelque chose pour aider la défense ?

— Quelque chose que les jurés devraient savoir et peu importe qui ça aide.

— Holà, tu vois, c'est le « dark side » qui parle ! Tu es passé de l'autre côté.

— Bon, tu es venue ici pour qu'on parle de Hilton ou de l'affaire Montgomery ?

— Calme-toi, Harry. Je te cassais juste un peu les couilles.

Elle reprit son sac à dos, l'ouvrit et en sortit le classeur Hilton.

— Tu as bien tout lu, n'est-ce pas ? demanda-t-elle.

— Oui, avant de te le passer.

— OK, deux ou trois remarques, dit-elle en cherchant les enveloppes de la balistique. J'ai demandé le carton aux scellés et j'en ai sorti la balle et la douille. Comme tu l'as dit, on aura peut-être de la chance.

— Bien.

— Et dans le carton, j'ai aussi trouvé ça. (Elle refouilla dans son sac, y prit le carnet et le lui tendit.) Sur les photos de la scène de crime, il était dans la console centrale de la voiture et je crois que ça comptait beaucoup pour lui.

Bosch le feuilleta et regarda quelques croquis.

— Bon, dit-il. Autre chose ?

— Eh bien, c'est tout pour les scellés. Mais l'important pour moi, c'est ce que je n'ai pas trouvé… à savoir ce que tu fais dans le tableau.

— Ça t'embêterait de m'expliquer ?

— John Jack Thompson n'a jamais sorti les éléments de preuve des scellés, dit-elle.

Ballard vit qu'il avait la même réaction qu'elle. S'il avait travaillé sur l'affaire, Thompson aurait sorti le carton pour savoir ce qu'il avait.

— Tu es sûre ?

— Il n'apparaît nulle part dans le registre des sorties. Je ne suis donc pas certaine qu'il ait même jamais enquêté sur cette affaire… à moins qu'il y ait autre chose chez lui.

— Comme quoi ?

— Comme tout ce qui pourrait prouver qu'il a effectivement enquêté… Des notes, des enregistrements, peut-être même un deuxième livre du meurtre. Rien n'indique qu'il ait piqué le dossier pour y travailler… pas même un mot qu'il y aurait ajouté ici ou là… C'est presque comme s'il l'avait pris pour que personne d'autre ne puisse y mettre le nez. Bref, va falloir que tu repasses chez sa veuve pour voir s'il y a autre chose… N'importe quoi qui montrerait ce qu'il faisait avec ça.

— Je peux aller voir Margaret dès ce soir. Mais n'oublie pas qu'on ne sait toujours pas exactement quand il a pris le classeur. Peut-être l'a-t-il piqué le jour où il est parti à la retraite, soit trop tard pour pouvoir passer aux scellés, puisqu'il n'avait plus de badge.

— Sauf que si tu as dans l'idée de prendre un classeur pour pouvoir travailler dessus, tu ne crois pas que tu te débrouillerais pour passer aux scellés avant de claquer la porte ?

— Effectivement, dit Bosch en hochant la tête.

— Bon, d'accord, tu passes chez Margaret et tu vois ce qu'il en est, reprit Ballard. J'ai dressé une liste de noms à partir du dossier. Des gens que je veux voir. Je commence dès qu'on aura fini ici.

— Je peux la voir, cette liste ?

— Évidemment.

Pour la quatrième fois, elle fouilla dans son sac et cette fois, ce fut son propre carnet qu'elle en sortit, ouvrit et tourna sur la table pour qu'il puisse lire.

Maxwell Talis
Donald Hilton
Sandra Hilton
La veuve de Thompson
Vincent Pilkey, dealer
Dennard Dorsey, dealer et indic... protégé
Brendan Sloan, division Narco
Elvin Kidd
Nathan Brazil, coloc

Bosch hocha la tête en lisant tous ces noms. Ballard en déduisit que ça lui convenait.

— Espérons qu'il en restera encore quelques-uns de vivants, dit-il. Sloan est toujours au LAPD, non ?

— C'est le patron du West Bureau. Mon boss, techniquement parlant.

— Alors, tu auras juste à passer par-dessus son assistant.

— Ça ne posera pas de problèmes. Tu vas manger le reste de ce donut ?

— Non. Il est tout à toi.

Elle s'en empara et mordit dedans. Bosch prit sa canne.

— Il faut que je retourne au tribunal, dit-il. Autre chose ?

— Oui, répondit-elle, la bouche pleine. Est-ce que tu as vu ça ?

Elle posa le reste du donut sur l'assiette, ouvrit le classeur, en écarta les anneaux et lui tendit le document qu'elle avait inséré à la première page.

— Ça a été caviardé, enchaîna-t-elle, et je ne vois vraiment pas qui pourrait avoir envie de rayer des passages au feutre noir dans une déposition de parents.

— Moi aussi, je l'avais remarqué, dit-il. C'est bizarre.

— Le dossier était confidentiel, alors pourquoi irait-on y effacer des trucs ?

— Je ne pige pas, moi non plus.

— Et on ne sait pas qui l'a fait… Thompson ou les premiers enquêteurs. Et quand on remet les deux lignes effacées dans leur contexte… celui où le beau-père parle d'adopter le gamin… on ne peut que se demander si ce n'était pas pour protéger quelqu'un. Je vais essayer de faire une recherche sur l'ordinateur de Sacramento avec l'acte de naissance de Hilton, mais ça risque de prendre un temps fou parce que je n'ai pas son vrai prénom. Ça aussi, ç'a été probablement modifié.

— Je pourrais essayer de faire ça à Norwalk. Le prochain week-end où j'irai voir Maddie.

C'était en effet à Norwalk, soit à l'extrémité sud du comté de Los Angeles, que se trouvaient les archives et, compte tenu de la circulation, s'y rendre pouvait prendre une bonne heure à l'aller et une autre au retour. Les actes de naissance n'étaient accessibles par Internet ni au public ni aux forces de l'ordre et l'on devait présenter une pièce d'identité pour pouvoir en sortir un, surtout s'il faisait l'objet de restrictions dues à des accords d'adoption.

— Ça ne marchera que si Hilton est né dans ce comté. Mais bon, ça vaut peut-être le coup d'essayer.

— Bah, d'une manière ou d'une autre on trouvera même si pour l'instant, ça reste un mystère.

— Et il se passe quoi au tribunal ? demanda-t-elle.

— Je veux voir si je ne pourrais pas me dégotter une citation à comparaître. Et il faut que j'y arrive avant que tous les juges ne se tirent.

— D'accord, je te laisse filer. Et après, tu vas voir Margaret Thompson pendant que moi, je m'occupe de la liste, enfin… de ceux qui sont encore en vie.

Bosch se leva, ses documents et son ordinateur portable sous le bras. Il n'avait pas de mallette. Il reposa sa canne sur la chaise pour pouvoir glisser sa main libre dans sa poche.

— Tu as dormi un peu avant de te lancer dans tout ça ?

— Oui, papa, j'ai dormi.

— Ne m'appelle pas comme ça. Il n'y a qu'une personne qui en a le droit, et elle ne le fait jamais.

Il sortit des billets de sa poche et en posa un de vingt dollars sur la table comme si, pour finir, il laissait un pourboire pour quatre personnes.

— Comment va Maddie ? reprit Ballard.

— Elle flippe un peu.

— Pourquoi ? Il est arrivé quelque chose ?

— Elle n'a plus qu'un semestre à tirer avant de décrocher son diplôme et il y a trois semaines de ça, un petit con s'est introduit dans le pavillon qu'elle partage avec trois autres étudiantes près du campus. Un rôdeur en chasse et il y avait deux filles qui dormaient.

— Dont Maddie ?

— Non, elle était ici avec moi à cause de mon genou. Pour m'aider, tu vois ? Mais peu importe : elles sont toutes angoissées parce que ce mec n'est pas entré pour piquer des trucs. Il n'a pas volé d'argent ou quoi que ce soit, mais il a éjaculé sur l'ordinateur qu'une des filles avait posé sur la table de la cuisine. Il devait regarder des photos d'elle quand il a fait ça. Un vrai tordu.

— Ah merde ! s'écria-t-elle. Et on a un profil du mec ?

— Oui, même topo. Il avait déjà fait ça quatre mois plus tôt. Même intrusion chez des filles de Chapman et cette fois-là, il avait laissé son sperme sur une photo collée au frigo. Sauf qu'on n'a aucune correspondance dans la base de données.

— Et Maddie et ses copines ont déménagé ?

— Non, elles sont toutes les quatre à deux mois de leur diplôme et ne veulent pas s'embêter avec un déménagement. On a changé les serrures et installé des caméras à l'intérieur et à l'extérieur, en plus d'une alarme. Et les flics du coin patrouillent deux fois dans la rue à chaque service. Mais elles, elles ne veulent toujours pas bouger.

— Et toi, ça te fait flipper comme un malade !

— Exactement. Et comme ces intrusions ont eu lieu un samedi soir, je me dis que c'est ce soir-là que ce mec est de sortie et qu'il va peut-être revenir. Bref, mon genou et moi y sommes descendus surveiller les lieux ces deux derniers samedis. Je reste assis dans ma voiture avec la jambe en travers du siège et je ne sais toujours pas ce que je ferais si je voyais quelque chose, mais je suis là.

— Hé… Si tu veux de la compagnie…

— Merci, c'est vraiment gentil, mais on a déjà parlé de ça : ne rabiote pas sur ton sommeil. Je me rappelle même que l'année dernière…

— Quoi « l'année dernière » ? Tu veux dire pour l'affaire sur laquelle on travaillait ?

— Oui. On manquait tous les deux de sommeil et… ça a affecté nos décisions.

— Mais qu'est-ce que tu racontes !

— Écoute, je n'ai pas envie de revenir là-dessus. Disons que c'était ma faute. Mes décisions à moi en ont souffert, d'accord ? Faisons seulement en sorte de bien dormir, cette fois.

— Occupe-toi de tes soucis et moi, je m'occuperai des miens.

— Tout à fait. Je m'excuse même d'avoir abordé le sujet.

Sur quoi, il reprit sa canne et se dirigea vers la porte. Il avançait si lentement qu'elle comprit à quel point elle aurait l'air odieuse si elle décidait de passer devant lui pour sortir.

— Bon, je vais faire un tour aux toilettes. On se cause plus tard ?

— Pas de problème, dit-il.

— Et je ne disais pas ça en l'air pour ta fille. Si tu as besoin de moi, tu m'appelles.

— Je sais bien que c'était sérieux. Merci, Renée.

Chapitre 10

Ballard rejoignit le PAB, le Police Administration Building, pour passer certains noms de sa liste à l'ordinateur central. Le bâtiment étant un arrêt habituel pour les trois quarts des inspecteurs des commissariats éloignés, il y avait même des bureaux et des ordinateurs réservés à ces « enquêteurs de passage ». Cela dit, elle devait se montrer subtile. Elle avait travaillé aux Vols et Homicides sis dans ce même lieu et les avait quittés pour le quart de nuit au commissariat de Hollywood dans un véritable nuage de soupçons et de scandale. Une plainte qu'elle avait déposée auprès des Affaires internes pour harcèlement sexuel contre son supérieur hiérarchique avait déclenché une enquête qui avait mis le détachement de l'Homicide Special sens dessus dessous jusqu'au jour où sa plainte avait été jugée « sans fondement ». Elle s'était alors retrouvée expédiée à Hollywood. Dans ce PAB, il y avait toujours ceux qui n'avaient jamais cru à son histoire et ceux qui trouvaient que même avérée, cette infraction ne valait pas qu'une enquête mette en danger la carrière d'un officier supérieur. Elle avait donc, quatre ans après les faits, encore des ennemis dans la place, et ne voulait pas perdre son boulot en franchissant ses portes de verre. Mais repartir à Hollywood sans avoir consulté la base de données aurait constitué une sérieuse perte de temps. Si elle voulait garder son élan, il fallait qu'elle entre dans le PAB, trouve un ordinateur disponible et y passe au moins une demi-heure.

Elle traversa l'entrée et arriva aux ascenseurs sans encombre. Au cinquième étage, elle évita la grande salle des inspecteurs et pénétra dans celle de la Special Assault Section, où elle connaissait une inspectrice qui l'avait soutenue d'un bout à l'autre de la controverse. Amy Dodd était à son bureau et sourit en la voyant entrer.

— Balls[1] ! s'écria-t-elle en l'appelant par le surnom que lui avait valu la façon dont elle avait tenu bon dans la tourmente aux Vols et Homicides. Qu'est-ce que tu fais ici ?

— Salut, Doddy ! Comment ça va ? Je cherche un ordi pour passer des noms à la base de données.

— De ce que je sais, il y a plein de bureaux vides aux Homicides depuis qu'ils ont dégraissé l'unité.

— Aller me poser là-bas est bien la dernière chose dont j'ai envie ! Je pourrais m'y faire poignarder encore un coup !

— Tiens, celui-là est vide, lança Amy en lui montrant le poste de travail à côté d'elle.

1. Soit « la couillue ».

Ballard hésita et Amy comprit.

— T'inquiète pas, je ne vais pas te casser les oreilles. Fais ton truc. J'ai des appels à passer au tribunal.

Ballard s'installa et se mit au boulot. Elle entra son mot de passe dans la base et ouvrit son carnet à la page où elle avait dressé sa liste de gens à voir dans l'affaire Hilton. Elle repéra vite un permis de conduire délivré à un Maxwell Talis résidant à Cœur d'Alene dans l'Idaho, ce renseignement ne lui plaisant pas particulièrement. Oui, Talis était toujours vivant, mais Ballard travaillait sur cette affaire avec Bosch sur son temps libre, et pas en tant qu'enquêtrice du LAPD. Un petit voyage au-delà de Los Angeles était hors de question. Elle devrait donc essayer de joindre Talis par téléphone, ce qui la déçut, les interrogatoires en face-à-face étant toujours préférables, où les signes qui ne trompent pas se lisent plus facilement.

Et les nouvelles continuèrent à être mauvaises au fur et à mesure qu'elle passait d'un nom à un autre. Elle découvrit que Sandra et Donald Hilton n'étaient plus de ce monde. Ils étaient morts – Donald en 2007 et Sandra en 2016 – sans savoir qui avait tué leur fils et pourquoi ; aucune justice n'avait été rendue ni pour sa mort et ni pour leur perte. Aux yeux de Ballard, peu importait que John Hilton ait été un drogué et un criminel. Il avait du talent et de ce fait avait dû nourrir des rêves. Comme celui de sortir de l'existence dont il était prisonnier. Si elle était incapable de lui rendre justice, personne n'y parviendrait.

La suivante sur la liste était Margaret Thompson et c'était Bosch qui s'en occupait. Après venait Vincent

Pilkey et là encore, ce fut une impasse. Pilkey était un des dealers que ni Talis ni Hunter n'avaient jamais réussi à interroger et ce serait la même chose pour elle : Pilkey était décédé en 2008. Il n'avait alors que quarante et un ans. Ballard en déduisit qu'il avait connu une mort précoce à la suite d'une overdose ou de quelque acte de violence, mais ne put le déterminer en lisant les archives auxquelles elle avait accès.

Sa chance tourna avec le nom suivant – celui de Dennard Dorsey, le dealer à qui Hunter et Talis n'avaient pas parlé parce qu'il travaillait aussi comme indic pour la Major Narcotics. Elle avait à peine tapé son nom qu'elle eut droit à une montée d'adrénaline en apprenant que non seulement il avait Dieu sait comment survécu aux trente dernières années, mais qu'en plus, il résidait à deux rues de l'endroit même où elle se trouvait – à savoir à la prison du comté, pour violation de conditionnelle. Elle consulta ses antécédents judiciaires et découvrit qu'au cours de la dernière décennie, il s'était fait arrêter à de nombreuses reprises pour des histoires de drogue et d'agressions, leur accumulation ayant fini par lui valoir une condamnation à cinq ans de taule. Il semblait maintenant assez clair que sa qualité d'indic étant depuis longtemps révolue, il ne jouissait plus de la protection de ses officiers traitants à la Major Narcotics.

— Nom de Dieu ! s'écria-t-elle.

Amy Dodd se renversa dans son fauteuil pour voir de l'autre côté de la cloison qui les séparait.

— T'as trouvé quelque chose de bon ? demanda-t-elle.

— Mieux que ça. J'ai trouvé un type, et je n'aurai même pas besoin de ma voiture pour aller le voir.

— Où est-il ?

— À la prison de Men's Central… et il n'est pas près d'en sortir.

— Veinarde !

Ballard revint à son ordinateur en se demandant si les dés allaient continuer à lui être favorables. Elle sortit l'arrêté de suspension de liberté et sentit une deuxième décharge d'adrénaline en découvrant le nom de l'agent de conditionnelle qui avait lancé la procédure et demandé l'arrestation de Dorsey. Elle prit son portable dans sa poche revolver et appela Rob Compton en numérotation rapide.

— Toi ! répondit Compton. Qu'est-ce que tu veux ?

La rudesse de son ton laissait clairement comprendre qu'il n'avait toujours pas digéré leur dernier échange. Ils avaient eu une liaison épisodique qui avait capoté en plein boulot lorsqu'ils s'étaient disputés sur la stratégie à suivre dans une affaire à laquelle ils travaillaient. Compton avait alors dégagé de la voiture où ils s'engueulaient, puis dégagé de la relation qu'ils entretenaient.

— Je veux qu'on se retrouve à la prison de Men's Central, répondit-elle. C'est pour Dennard Dorsey. Je veux lui parler et j'aurai peut-être besoin de toi pour faire pression.

— Jamais entendu parler de ce type.

— Oh, allons, Rob. Il y a ton nom sur l'ordre de suspension de conditionnelle !

— Va falloir que je cherche.

— Vas-y. Je peux attendre.

Elle l'entendit taper à l'ordinateur et comprit qu'il était au bureau.

— Je ne sais vraiment pas pourquoi je fais ça, reprit-il. Tu ne m'aurais pas laissé le bec dans l'eau la dernière fois que je t'ai rendu service ?

— Allons, allons ! Tu ne m'aurais pas, toi, laissée tellement tomber que je me suis foutue en colère ? Tu es descendu de la voiture et tu as filé, Rob. Tu pourrais te rattraper en m'aidant avec ce Dorsey.

— Me « rattraper » ? Moi ? T'es sacrément gonflée, Ballard ! Ah, ces couilles que t'as ! Y a pas à dire !

Ballard entendit une cascade de rires de l'autre côté de la cloison et sut qu'Amy avait entendu Compton. Elle serra son portable sur sa poitrine pour qu'il ne l'entende pas, puis elle baissa le volume avant de le rapprocher à nouveau de ses lèvres.

— Alors, tu l'as ou tu l'as pas ? reprit-elle.

— Ouais, ouais, je l'ai. Et c'est pas étonnant que je me souvienne pas de ce mec vu que je ne l'ai jamais rencontré parce qu'il ne s'est jamais présenté à moi. Il est sorti de Wasco il y a neuf mois, est revenu à L.A. et ne s'est jamais pointé ici. J'ai lancé un ordre de suspension et on l'a serré.

— Eh ben, y a pas meilleur moment pour faire sa connaissance.

— Je ne peux pas, Renée. J'ai de la paperasse à faire.

— De la « paperasse » ? Oh allons, Robby. Je travaille sur un meurtre, moi, et ce mec pourrait avoir été un témoin clé.

— Il ne me fait pas l'effet d'un type qui va l'ouvrir. Il porte une veste de membre de gang. Les Rolling 60's, et ça remonte aux années quatre-vingt. C'est un dur de dur. Enfin… c'en était un.

— Pas vraiment. À l'époque, c'était un indic. Et protégé. Écoute, Robby, moi, j'y vais. Tu m'aides si tu veux. Donne-lui des raisons de causer.

— Quelles raisons ?

— Je me disais qu'une seconde chance…

— Non, non, non, je ne laisse pas sortir ce mec. Il me chiera dessus direct. Je peux pas faire ça, Ballard.

Qu'il l'ait appelée par son nom de famille lui fit comprendre qu'il n'allait pas changer d'avis.

— Bon d'accord, j'aurai essayé, dit-elle. Je vais tenter autre chose. À plus, Robby. Enfin non, il y a peu de chances.

Elle raccrocha et laissait tomber son portable sur son bureau lorsqu'elle entendit Amy la taquiner de l'autre côté de la cloison.

— Ah, la salope !

— Hé, il le méritait. C'est sur un meurtre que je bosse, moi.

— Reçu cinq sur cinq.

— Il y a intérêt, bordel !

Elle décida de passer à la prison, mais pas avant d'avoir terminé de vérifier sa liste. Après Brendan Sloan – et elle savait déjà où le trouver – venaient Elvin

Kidd, le boss de rue des Rolling 60's, et Nathan Brazil, le coloc de John Hilton. Tous les deux étant encore en vie, elle obtint leurs adresses en consultant la base de données du DMV[1]. Kidd habitait à Rialto, dans le comté de San Bernardino, et Brazil à West Hollywood.

Kidd l'intriguait. Âgé de presque soixante ans, il avait quitté le territoire des Crips, ses démêlés avec la justice ayant l'air d'avoir cessé presque deux décennies plus tôt. Il y avait eu des arrestations, des condamnations et de la prison, mais il semblait bien qu'il se soit mis à voler sous le radar ou qu'il ait découvert la voie étroite d'une vie rangée, cette dernière possibilité n'ayant rien d'inhabituel. Nombre de membres de gangs n'atteignaient jamais la trentaine, beaucoup écopant de peines de prison à perpétuité et les autres renonçant à ce type d'existence en comprenant que seule les attendait cette alternative.

En vérifiant les antécédents de Kidd, elle tomba sur un lien possible avec Hilton. Tous les deux avaient été incarcérés à la prison d'État de Corcoran, une période de seize mois les y voyant en même temps à la fin des années quatre-vingt. Hilton y terminait sa peine alors que Kidd commençait la sienne, celle-ci ayant pris fin treize mois après la libération de Hilton.

Cette simultanéité signifiait qu'ils avaient pu se croiser, même si l'un était blanc et l'autre noir et que les

1. Department of Motor Vehicles, équivalent américain de notre Service des cartes grises.

ethnies avaient tendance à s'autoségréguer dans les prisons d'État.

Elle entra dans la base de données du service des établissements pénitentiaires de Californie, téléchargea des photos de Kidd prises une année après l'autre dans les prisons où il avait séjourné et le reconnut immédiatement sur les clichés de Corcoran : il s'était juste rasé le crâne depuis sa dernière incarcération.

Elle rouvrit vite son sac à dos, en sortit le carnet de croquis de John Hilton et le feuilleta jusqu'au moment où elle arriva à celui du Noir au crâne rasé. Elle le compara aux photos et tout coïncidait : John Hilton avait été assassiné dans une ruelle à trafic de drogue sous le contrôle d'un type qu'il avait manifestement connu et même croqué au pénitencier de Corcoran.

Elle reconfigura sa liste à partir de ce qu'elle savait des noms qui s'y trouvaient et sépara ces derniers en deux groupes correspondant aux angles d'attaque qu'elle allait devoir adopter pour les contacter :

Dennard Dorsey
Nathan Brazil
Elvin Kidd

d'un côté et

Maxwell Talis
Brendan Sloan

de l'autre.

Elle se sentait galvanisée, car elle savait maintenant qu'elle avançait. Elle savait aussi que ses trois premiers interrogatoires, si elle arrivait à faire parler ces types, lui donneraient un contexte sur lequel s'appuyer lors de la conversation qu'elle espérait avoir avec Talis, un des premiers enquêteurs sur l'affaire. Elle ferait passer Sloan en dernier dans la mesure où, selon qu'elle puisse parler avec Dorsey ou pas, il était même possible qu'il ne présente aucun intérêt pour son enquête.

Elle sortit de la base de données et rangea tous ses documents sur l'affaire dans son sac à dos. Puis elle se leva et se pencha par-dessus la cloison pour regarder Amy Dodd. Elle se faisait toujours du souci pour elle. Amy avait passé toute sa carrière d'inspectrice à travailler sur des agressions sexuelles et Ballard savait à quel point cela pouvait épuiser et vider quelqu'un.

— Je vais y aller, dit-elle.

— Bonne chance ! lui renvoya Amy.

— Toi aussi, Amy. Ça va ?

— Oui, oui, ça va.

— Bon. Comment ça se passe ici ?

— Pas de controverses récentes. Olivas a l'air de faire profil bas depuis qu'il est passé capitaine. En plus, j'ai appris qu'il ne lui restait plus qu'une année à tirer avant de rendre son tablier et de prendre sa retraite. Il n'a probablement pas envie de faire des vagues avant de dégager. Il se pourrait même qu'on le nomme chef de la police adjoint.

Olivas était le lieutenant-maintenant-capitaine qui avait dirigé l'unité de Ballard, l'Homicide Special.

C'était lui qui, ivre, l'avait poussée contre un mur lors d'une fête et essayé de lui forcer sa langue jusqu'au fond de la gorge. Cet instant avait altéré la trajectoire de la carrière de Ballard et laissé à peine un petit bleu sur la sienne : à présent capitaine, il était le grand patron de tous les détachements de la division des Vols et Homicides. Mais bon, elle avait fait la paix avec tout ça et s'était même trouvé une nouvelle vie à la dernière séance. La hiérarchie croyait l'avoir exilée dans les ténèbres de la nuit, mais ne voyait pas qu'en fait, elle l'avait régénérée : elle avait trouvé sa place.

Il n'empêche, découvrir qu'Olivas se préparait à mettre la clé sous la porte dans un an était un renseignement intéressant.

— Le plus tôt sera le mieux, dit-elle. Prends bien soin de toi, Doddy.

— Toi aussi, Balls !

Chapitre 11

La prison de Men's Central se trouvait dans Bauchet Street, à vingt minutes de marche du Public Administration Building, mais Ballard changea d'idée et décida de s'y rendre en voiture afin de pouvoir prendre la route après avoir parlé avec Dennard Dorsey et passer à l'interrogatoire suivant.

Elle attendit un gros quart d'heure dans une salle d'interrogatoire avant qu'un adjoint du shérif répondant au nom de Valens lui amène Dorsey et le fasse asseoir en face d'elle à une table. Dorsey affichait une désinvolture indiquant que l'environnement ne le gênait pas. Ce n'était pas un petit nouveau aux yeux grands écarquillés dans cet endroit. Afro-Américain, il avait la peau si noire que tout le collier de tatouages qu'il avait autour du cou était illisible et aux yeux de Ballard ressemblait plus à une collection d'anciens bleus. Ses cheveux blancs tressés étaient assortis d'un bouc si long qu'il l'avait tressé lui aussi. Il avait les poignets menottés dans le dos et dut se pencher légèrement en avant sur sa chaise.

D'après les renseignements qu'elle avait récoltés, Dorsey venait d'avoir cinquante ans, ce qui lui en donnait vingt et un au moment où John Hilton avait été assassiné, mais l'homme qu'elle avait devant elle paraissait nettement plus vieux – jusqu'à en avoir soixante ou pas loin. Son vieillissement était si extrême qu'elle commença à se dire qu'il y avait erreur et que Valens lui avait amené quelqu'un d'autre.

— Vous êtes bien Dennard Dorsey ? demanda-t-elle.

— C'est moi, oui. Qu'est-ce que vous voulez ?

— Quel âge avez-vous ? Donnez-moi votre date de naissance.

— 10 mars 1969. J'ai cinquante ans. De quoi y s'agit, bordel ?

Enfin convaincue, Ballard passa à la suite :

— Ça concerne John Hilton.

— Qui c'est, ça ?

— Le type qui s'est fait tuer dans la ruelle en retrait de Melrose Avenue où vous vendiez de la came.

— Je vois pas de qui on parle !

— Bien sûr que si. Vous en aviez parlé à votre officier traitant du LAPD, Brendan Sloan, vous vous rappelez ?

— Qu'il aille se faire foutre, le Brendan Sloan. Ce fils de pute a jamais rien fait pour moi.

— Il vous a protégé de l'Homicide Special quand ils ont voulu vous parler de John Hilton.

— Va chier, avec l'Homicide Special ! J'ai jamais tué personne.

Sur quoi il se retourna pour voir s'il pouvait attirer l'attention du garde à travers la porte vitrée derrière lui : il allait se lever pour partir.

— Restez assis, Dennard, lui ordonna Ballard. Vous ne sortirez pas d'ici. Pas avant qu'on ait eu une petite conversation.

— Et pourquoi que j'aurais une petite conversation avec vous ? Je parle qu'avec mon avocat, c'est tout.

— Sauf que là, moi, je vous parle comme à un témoin potentiel. Si vous me ramenez un avocat, je vous parle comme à un suspect.

— J'vous l'ai déjà dit : j'ai jamais tué personne.

— Je vais donc vous donner deux raisons de me parler. Un, je connais votre officier de conditionnelle… Celui à qui vous ne vous êtes jamais présenté à votre sortie de Wasco. On a travaillé sur des affaires ensemble. Vous me filez un coup de main, je lui glisse un mot. Peut-être même qu'il retire sa suspension et que vous vous retrouvez dehors.

— Et la deuxième raison, c'est quoi ?

Ballard portait un tailleur marron à fines rayures, elle glissa la main dans la poche intérieure de sa veste et en sortit un document – une page qu'elle avait extraite du livre du meurtre pour préparer cet interrogatoire. Elle la déplia et la posa sur la table devant Dorsey. Il se pencha un peu plus.

— Je peux pas lire ce truc, dit-il. On m'a pas donné de lunettes ici. C'est quoi ?

— C'est la déclaration d'un témoin dans le meurtre de John Hilton en 1990. L'enquêteur en chef nous dit qu'il ne peut pas vous parler parce que vous êtes un indic important pour Sloan.

— Des conneries, oui ! Je suis pas un indic.

— Peut-être plus maintenant, mais à l'époque, vous en étiez un. C'est dit sur cette feuille, Dennard, et vous ne voudriez pas qu'elle tombe entre de mauvaises mains… si vous voyez ce que je veux dire. Que croyez-vous que feraient les boss d'ici s'ils tombaient sur un document pareil, hein ?

— Vous vous foutez de moi. Vous pouvez pas faire ça.

— Ah, vous croyez ? Vous voulez parier ? J'ai besoin que vous me parliez de ce meurtre qui remonte à vingt-neuf ans. Vous me dites ce que vous savez et ce dont vous vous souvenez, et ce bout de papier disparaît sans que vous ayez plus jamais à vous en soucier.

— OK, bon, je me rappelle avoir parlé de ça à Sloan à l'époque. J'lui ai dit que j'étais pas là ce jour-là.

— Et c'est ce qu'il a raconté aux enquêteurs. Sauf qu'il y a plus et que vous savez quelque chose. Un meurtre de ce genre, ça ne se produit pas sans que les dealers qui tiennent la rue en sachent rien ou aient vent de quoi que ce soit avant ou après. Et donc, vous me dites ce que vous savez.

— À peine si j'me rappelle si loin en arrière. C'est que j'me suis pas mal drogué moi-même.

— Se rappeler même « à peine » signifie qu'on se souvient de certaines choses. Alors, parlez.

— Écoutez, tout c'que j'sais, c'est qu'on m'avait dit de pas être là. Genre, on croyait avoir un tuyau comme quoi il allait y avoir une descente. Ce qui fait que j'y étais pas comme j'ai dit à Sloan et vous le dis à vous maintenant. J'ai rien vu et j'sais rien, parce que j'y étais pas. Point final. Et maintenant, déchirez-moi ce papier comme vous avez dit.

— C'est ça que vous avez raconté à Sloan ? Qu'on vous avait dit de dégager ?

— Je sais pas. J'lui ai dit que j'y étais pas ce jour-là et je mentais pas.

— Bon d'accord et… Qui vous avait dit de pas être dans cette ruelle ?

— Je sais plus. J'me rappelle pas.

— C'était forcément un boss, non ?

— Peut-être que oui. Ça date pas d'hier.

— Quel boss, Dennard ? Faut m'aider et on y est presque.

— Je travaille pas avec vous, moi. Vous me sortez d'ici et je vous dis qui c'était.

Ballard n'appréciait pas vraiment que ce soit Dorsey qui essaie de dicter les termes du deal.

— Non, non, dit-elle, c'est pas comme ça que ça marche. Vous me filez un coup de main et ensuite, c'est moi qui vous aide.

— Mais c'est ce que j'suis en train de faire ! protesta-t-il.

— Pas du tout. Vous ne faites que me raconter des conneries. Vous me dites qui vous a donné l'ordre de dégager et après, moi, je vais voir votre officier de conditionnelle. C'est ça, le deal, Dennard. Vous le voulez, oui ou non ? Je suis sur le point de partir parce que je déteste être dans une prison.

Il resta immobile un instant, puis il hocha la tête comme s'il était parvenu à se convaincre d'accepter l'accord.

— Bah, de toute façon, j'crois qu'il est mort, dit-il.

— Alors, me donner son nom ne devrait pas poser de problèmes, pas vrai ? Qui c'était ?

— Un chef appelé Kidd.

— Je veux son vrai nom.

— C'est comme ça qu'il s'appelait !

— Et son prénom ?

— Elvin. Presque comme Elvis. Elvin Kidd. Il avait une ruelle et c'était lui, le boss.

— Et il vous a dit de dégager pour la journée ?

— Non, il a dit, genre : « Aujourd'hui, tu bosses pas. » On était déjà là, alors il est arrivé et nous a dit de filer vite fait.

— « On », c'était qui ? Vous et qui d'autre ?

— Moi et V-Dog… mais comme ce fils de pute, il est mort lui aussi, il va pas beaucoup vous aider.

— OK. Et c'était quoi, son vrai nom, à ce « V-Dog » ?

— Vincent. Mais je sais pas son nom de famille.

— Vincent Pilkey ?

— Je viens d'vous l'dire ! Je sais pas. On faisait juste que bosser ensemble, à l'époque. Je savais pas leurs noms.

Ballard hocha la tête. Déjà, elle revoyait la ruelle vingt-neuf ans plus tôt. Une image se formait dans laquelle Dorsey et Pilkey y vendaient de la drogue lorsque Elvin Kidd arrivait en voiture et leur disait de s'en aller.

Elle en déduisit qu'Elvin Kidd savait ce qui allait arriver à John Hilton avant que ça se produise.

— OK, Dennard, dit-elle. Je vais appeler votre officier de conditionnelle.

— Parlez-lui comme il faut.

— C'est prévu.

BOSCH

Chapitre 12

Bosch gara sa Jeep Cherokee le long du trottoir nord de Fremont Avenue, assez près de la caserne nº 3 du Los Angeles Fire Department pour pouvoir s'y rendre sans sa canne. D'un design très moderne, elle se trouvait au pied du grand building du Department of Water and Power[1], et à moins de six rues du Starbucks où Jeffrey Herstadt avait eu une attaque le jour de l'assassinat du juge Montgomery.

Il s'en approchait lorsqu'il s'aperçut quc les grandes doubles portes de la caserne étaient ouvertes et les véhicules prêts à partir, ce qui signifiait que personne n'était en mission. Le garage comprenait deux rangées de véhicules, la grande échelle en occupant une à elle toute seule, cependant que deux séries de fourgons pompe-tonne et un véhicule de premiers soins prenaient le reste de la place. Un homme en uniforme bleu inspectait la grande échelle, une écritoire à la main. Bosch l'interrompit dans son travail.

1. Service des eaux et de l'électricité.

— Je cherche un secouriste du nom d'Albert Morales. Il est là ? demanda-t-il en remarquant que celui inscrit sur la poche de chemise du pompier était Seville.

— Oui, il est là. Qui le demande ?

— Il ne me connaît pas. Je viens juste le remercier de la part de quelqu'un dont il s'est occupé.

Et d'une poche intérieure, il sortit une petite enveloppe rose avec le nom *Morales* inscrit dessus. Il l'avait achetée au CVS[1] du centre commercial souterrain près du bâtiment fédéral.

— Vous voulez que je la lui donne ? demanda Seville.

— Non, y a aussi toute une histoire qui va avec et j'aimerais la lui raconter.

— OK, d'accord. J'essaie de vous le trouver.

— Merci. J'attendrai ici.

Seville disparut derrière la grande échelle et s'enfonça dans le garage. Bosch se retourna et regarda dehors. Un remblai soutenant la 101 passait au-dessus de la caserne et il entendait les bruits de la circulation. Ça n'avançait pas beaucoup là-haut. C'est vrai qu'on était en pleine heure de pointe.

Il leva le pied et plia son genou raide plusieurs fois.

— Vous vouliez me voir ?

Bosch se retourna et découvrit un homme en tenue bleue du LAFD, le nom *Morales* au-dessus de sa poche de chemise.

1. Importante chaîne de produits de santé et de consommation courante.

— Oui, monsieur. Vous êtes bien Albert Morales, de la troisième brigade de secours ?

— C'est ça. Qu'est-ce qui…

— Alors ça, c'est pour vous, dit Bosch en glissant la main dans une poche intérieure de sa veste pour en sortir une feuille de papier pliée qu'il lui tendit.

Morales l'ouvrit, y jeta un coup d'œil et parut ne pas comprendre.

— Mais c'est quoi, ça, bon sang ? s'écria-t-il. Seville m'a dit que c'était pour un mot de remerciement !

— En fait, c'est une citation à comparaître signée par un juge. Vous devez vous présenter au tribunal à 9 heures pétantes demain matin. Et Jeffrey Herstadt vous en remercie par avance.

Sur quoi, Bosch lui tendit l'enveloppe rose, mais Morales refusa de la prendre.

— Minute, ces documents doivent être transmis au QG, en face de la mairie, poursuivit Morales. Et après, on me les passe. Alors portez-les là-bas.

Et il tenta de lui rendre la feuille.

— On n'a plus le temps pour ça, lui renvoya Bosch. Le juge Falcone l'a signé aujourd'hui et il exige que vous soyez au tribunal demain matin à la première heure. Si vous ne le faites pas, il vous collera un mandat d'arrestation.

— Des conneries, oui ! Demain, je ne travaille pas et je m'en vais à Arrowhead. Pour trois jours.

— Vous ne ferez que passer à ce tribunal. Vous pourrez quand même aller à Arrowhead.

— C'est pour quelle affaire ? Vous avez parlé d'un… Herstadt ?

— C'est ça : Jeffrey Herstadt. H-E-R-S-T-A-D-T. Vous l'avez soigné pour une attaque au Starbucks près de Grand Park il y a sept mois de ça.

— C'est le type qui a tué le juge ?

— Apparemment, répondit Bosch en lui montrant la citation que Morales serrait toujours dans sa main. Et vous devrez apporter tous les documents relatifs à cette intervention. Et votre kit de premiers secours.

— Mon kit de premiers secours ? Et pour quoi faire, bordel ?

— Vous le saurez demain. Je n'ai rien de plus à vous dire. Vous avez reçu la citation et on se retrouvera demain matin à 9 heures.

Bosch tourna les talons et repartit vers sa voiture en essayant de ne pas boiter. Morales y allant d'un autre « Tout ça, c'est des conneries », Bosch ne se retourna même pas pour lui lancer :

— À demain !

Puis il arriva à sa voiture et appela aussitôt Mickey Haller.

— T'as eu ta citation ? demanda celui-ci.

— Ouaip. Ça a été rapide… Merci d'avoir arrangé le coup.

— Bon et maintenant, dis-moi que Morales l'a reçue en mains propres.

— Il y a une minute. Il n'est pas très jouasse, mais je crois qu'il viendra.

— Il vaudrait mieux, sinon Falcone va me les briser menu. Et tu lui as bien dit qu'il devait apporter son kit ?

— Oui, et c'était marqué dans la citation. Tu vas pouvoir le faire témoigner à la barre ?

— Le procureur va râler, mais je ne pense pas que le juge me le refuse.

Bosch ouvrit la Jeep, monta dedans et décida de ne pas s'embarquer sur l'autoroute à cette heure. Il allait prendre la 1re Rue jusqu'à Beverly, puis filer à Hollywood.

— Ta nana de l'ADN est arrivée ? reprit-il.

— Tout juste. Elle est en voiture avec Stace et se dirige vers l'hôtel. Elle sera à l'heure au tribunal.

— Tu lui as parlé de tout ça ? Elle connaît ton plan ?

— Je le lui ai détaillé. On est bons. C'est drôle… Aujourd'hui je racontais des quasi-conneries en disant qu'elle avait une spécialité, et il s'avère que c'est bien le cas : elle travaille sur les transferts d'ADN depuis cinq ans. C'est comme si les dieux de la culpabilité me faisaient de grands sourires.

— Génial. Sauf que toi, tu n'as toujours pas de quoi sourire. Il va encore falloir que Morales réponde aux questions comme on l'espère. S'il ne le fait pas, on est cuits.

— Je le sens bien, moi. On va rigoler.

— N'oublie pas que Morales doit passer en premier et que seulement après tu fais venir ta dame ADN.

— Oui, c'est pigé.

Bosch mit le contact, déboîta du trottoir, tourna dans la 1re Rue et passa sous l'autoroute. Et changea légèrement de sujet.

— Tu m'as dit que pour monter ton plan, tu avais demandé à Cisco de voir si on ne pourrait pas jouer le coup de la culpabilité d'un tiers.

Cisco Wojciechowski était l'enquêteur de Haller. Il l'avait aidé à préparer l'affaire Herstadt, mais avait dû arrêter pour se faire opérer de l'appendicite en urgence et ne devait pas reprendre le travail avant la semaine suivante. La culpabilité d'un tiers était une stratégie classique de la défense : c'est quelqu'un d'autre qui a fait le coup.

— On a essayé de voir si c'était possible, répondit Haller. Mais pour jouer ça au prétoire, la défense a besoin de preuves et on n'en a pas, tu le sais.

— Vous vous êtes concentrés sur un seul bonhomme ?

— Merde, non ! Le juge Montgomery avait tellement d'ennemis qu'on ne savait même pas par où commencer. On a dressé une liste, essentiellement en partant du livre du meurtre, mais on n'est jamais arrivés à un moment où on aurait pu montrer du doigt un coupable à la cour. Il n'y en avait tout simplement pas.

— Je n'ai pas vu de liste dans ce que tu m'as donné. Et tu as eu une copie du livre du meurtre ?

— Cisco avait celle de l'échange des pièces entre les parties. Mais si ce truc part dans la direction qu'on croit, on n'aura pas à prouver la culpabilité d'un tiers. Y en aura même pas besoin parce qu'on aura déjà semé plus de doute raisonnable que nécessaire dans les têtes.

— Toi, oui, mais moi, j'en aurai besoin. Vois un peu si tu peux me récupérer le livre du meurtre auprès de Cisco. Je veux pouvoir explorer d'autres pistes. Le LAPD est forcément tombé sur des clients intéressants et moi, je veux savoir qui.

— Ça marche, *broheim*. Je te trouverai ça. Et merci pour ce que tu as fait aujourd'hui.

Bosch raccrocha. Il se sentait mal à l'aise de recourir à un stratagème qui risquait de remettre en liberté un type accusé de meurtre, et se sentait tout aussi mal à l'aise d'enquêter pour un avocat de la défense, même si dans cette affaire, l'accusé était peut-être innocent.

Chapitre 13

Bosch se gara juste devant la maison de Margaret Thompson. Il songea à faire le court trajet jusqu'à la porte sans sa canne, mais découvrit les six marches menant à la véranda. Après une journée entière de mouvements, son genou lui faisait mal. Il décida de ne pas forcer, attrapa sa canne sur le siège passager et alla à l'amble le long de l'allée, jusqu'en haut de l'escalier. Il commençait à faire sombre, mais il ne vit aucune lumière aux fenêtres. Il frappa à la porte en se disant qu'il aurait dû appeler pour ne pas risquer de perdre son temps. C'est alors que l'éclairage de la véranda s'alluma et que Margaret lui ouvrit.

— Harry ?

— Bonsoir, Margaret. Comment vas-tu ?

— Ça va. Qu'est-ce qui t'amène ?

— Eh bien, je voulais prendre de tes nouvelles et aussi te parler de l'affaire… Du livre du meurtre que tu m'as donné. J'espérais pouvoir jeter un coup d'œil dans le bureau de John Jack, histoire de voir s'il n'y aurait pas gardé des notes sur son enquête.

— Tu peux regarder, bien sûr, mais je ne pense pas qu'il y ait quoi que ce soit.

Elle le fit entrer et éteignit derrière eux, Bosch se demandant si elle n'était pas dans le noir lorsqu'il avait frappé.

Arrivée à destination, elle lui montra le bureau. Bosch s'immobilisa et considéra toute la pièce.

— Le classeur était posé sur le plateau lorsque je l'y ai pris, dit-il. Il était déjà là ou bien tu l'as trouvé ailleurs ?

— Il était dans le tiroir du bas à droite, répondit-elle. Je suis tombée dessus en cherchant les papiers du cimetière.

— Les papiers du cimetière ?

— Il avait acheté un emplacement à l'Hollywood Forever[1], il y a des années de ça. Le nom de ce cimetière lui plaisait.

Bosch fit le tour du bureau, s'assit et ouvrit le tiroir. Il n'y avait rien dedans.

— Tu l'as vidé ? demanda-t-il.

— Non. Je ne l'ai pas rouvert depuis le jour où j'ai trouvé le classeur.

— Et donc, il n'y avait rien d'autre dedans ? Rien que le livre du meurtre ?

— Rien d'autre, non.

— John Jack passait beaucoup de temps dans cette pièce ?

1. Hollywood pour toujours.

— Il y venait une ou deux fois par semaine. Pour s'occuper des factures et des impôts, des trucs comme ça.

— Avait-il un ordinateur ?

— Non, il ne s'en est jamais acheté. Il disait détester les ordinateurs, quand il travaillait.

Bosch acquiesça d'un signe de tête et ouvrit un autre tiroir en continuant de parler :

— Avais-tu déjà vu ce classeur avant de tomber dessus ?

— Non, Harry, jamais. C'est quoi, le problème ?

Le tiroir contenait deux carnets de chèques et des piles d'enveloppes du DWP et du Dish Network[1] retenues par des élastiques, soit rien que des factures pour la maison.

— Eh bien, j'ai passé le dossier à une enquêtrice qui a commencé à l'étudier et elle m'a dit que John Jack n'y avait rien ajouté. On s'est donc dit qu'il gardait peut-être ses notes ailleurs.

Il ouvrit le tiroir du haut et n'y vit que des stylos, des trombones et des blocs de Post-it. Il y avait encore une paire de ciseaux, un rouleau de ruban adhésif, une minilampe et une loupe à manche en os gravée de l'inscription :

Pour mon Sherlock
Je t'aime, Margaret

1. Littéralement « Département du travail et des pensions ». Le Dish Network est une société de diffusion télé par satellite.

— C'est comme s'il avait emporté le classeur en partant à la retraite, mais ne l'avait jamais ouvert, reprit Bosch.

Puis il aperçut une porte dans le mur face à lui et demanda :

— Ça t'embête si je jette un coup d'œil dans la penderie ?

— Non, vas-y.

Bosch se leva et alla l'ouvrir. On y avait rangé de vieux vêtements à conserver. Il y avait aussi des clubs de golf qui semblaient avoir été à peine utilisés, Bosch se rappelant alors qu'ils les lui avaient été offerts le jour de son départ à la retraite.

Sur l'étagère au-dessus de la tringle, il repéra un carton de dossiers posé à côté d'une pile de vieux vinyles et d'un casque de bobby qu'un policier anglais avait dû lui donner en venant le voir au commissariat.

— Qu'est-ce qu'il y a dans le carton ? demanda-t-il.

— Je ne sais pas. C'était son bureau à lui, Harry.

— Ça t'embête si j'y jette un coup d'œil ?

— Non, vas-y.

Bosch descendit le carton. Il était lourd et scellé. Il le posa sur le bureau et coupa le ruban adhésif collé sur le dessus avec les ciseaux.

Il était rempli de documents de la police, lesquels n'étaient pas rangés dans des dossiers ou des livres du meurtre. À première vue, ils semblaient y avoir été déposés au hasard de différentes affaires. Bosch en sortit de grosses liasses et les posa sur le bureau.

— Ça risque de prendre un moment, dit-il. Il faut que je voie de quoi il s'agit et si ces papiers ont un rapport avec le livre du meurtre.

— Je vais te laisser travailler, dit-elle. Tu veux que je te fasse un café, Harry ?

— Euh, non. Mais je veux bien un verre d'eau. Mon genou est en train d'enfler et il faut que je prenne un cachet.

— Tu l'as fait trop travailler ?

— Peut-être. La journée a été longue.

— Je vais te chercher ça.

Bosch finit de sortir les documents du carton et se mit à les examiner, ceux du fond en premier. Il devint vite clair qu'ils n'avaient rien à voir avec l'affaire John Hilton. Ce qu'il avait sous les yeux se réduisait à des copies de procès-verbaux, de comptes rendus d'arrestations et de notifications du bureau des conditionnelles de l'État. John Jack Thompson avait gardé des notes sur les individus qu'il avait expédiés en prison, des lettres d'opposition à toute remise en liberté qu'il avait envoyées aux agents de conditionnelle et des suivis de prisonniers rendus à la liberté.

Margaret revint avec un verre d'eau. Bosch la remercia et chercha un flacon de comprimés dans sa poche.

— J'espère que ce n'est pas de cet oxycodone dont on parle partout dans les journaux, dit-elle.

— Non, ce n'est rien d'aussi fort. C'est juste pour soulager la douleur.

— Tu as trouvé quelque chose ?

— Quoi, là-dedans ? Non, pas vraiment. On dirait de vieux trucs sur les gens qu'il a collés en prison. T'a-t-il jamais dit avoir peur que l'un d'eux s'en prenne à lui ?

— Non, jamais. Je le lui ai demandé plusieurs fois, mais il m'a toujours répondu qu'on n'avait rien à craindre. Que les pires des pires ne sortaient jamais de taule.

— C'est probablement vrai, dit Bosch en hochant la tête.

— Bon, je te laisse travailler, dit-elle.

Dès qu'elle eut quitté la pièce, il regarda les documents posés devant lui et décida de ne pas passer deux heures à examiner tous les bouts de papier rangés dans le carton : il était à peu près certain qu'ils n'avaient rien à voir avec Hilton. Pour s'en assurer, il en examina encore un petit nombre et tomba sur le sommaire d'un suivi d'enquête de soixante jours concernant une affaire d'assassinat qu'il reconnut aussitôt.

La victime s'appelait Sarah Freelander, une jeune femme de dix-neuf ans, étudiante au City College de Los Angeles. Elle avait été retrouvée violée, puis poignardée à mort à l'automne 1982. Elle avait disparu en revenant d'un cours du soir, quelque part entre l'université à l'est de la 101 et son appartement à l'ouest. Seules treize rues séparant son logement du City College, elle faisait le trajet à vélo. Sa coloc avait signalé sa disparition, mais elle était jeune et comme rien n'indiquait qu'il y avait eu crime, l'affaire n'avait pas été prise au sérieux.

Thompson et Bosch avaient été appelés sur les lieux lorsque le corps de Sarah et sa bicyclette avaient été découverts sous des arbres en bordure d'autoroute de l'autre côté de la grille du champ extérieur d'un terrain de base-ball du Lemon Grove Recreation Center.

Le petit parc le long de Hobart Boulevard à l'ouest de l'autoroute était équidistant de Melrose Avenue au sud et de Santa Monica Boulevard au nord, ces deux artères étant équipées de passages souterrains qu'elle aurait dû emprunter pour revenir chez elle. Les deux inspecteurs avaient travaillé dur et Bosch se rappela être passé chez John Jack pour échanger des idées et envisager divers scénarios loin de l'agitation du commissariat. John Jack brûlait d'un violent feu intérieur : quelque chose dans le meurtre de Sarah lui faisait mal et il avait juré aux parents de la jeune femme de retrouver son assassin. C'était à ce moment-là que Bosch avait vu pour la première fois toute l'ardeur que son mentor mettait dans son travail de recherche de la vérité.

Mais ils n'avaient jamais résolu l'affaire. Ils avaient bien trouvé un témoin fiable qui leur avait dit avoir vu Sarah se diriger vers le passage de Melrose Avenue à vélo, mais ils n'avaient jamais réussi à confirmer qu'elle était bien passée de l'autre côté. Ils s'étaient concentrés sur un de ses copains étudiants qu'elle avait éconduit un mois plus tôt, mais jamais ils n'avaient pu le faire avouer ou casser son alibi et l'enquête avait fini par ne mener nulle part. Cela dit, John Jack n'avait pas renoncé. Même après que leur collaboration avait depuis longtemps cessé d'exister, il n'était pas rare que Bosch tombe sur lui à un pot de départ à la retraite ou à une séance de formation et qu'aussitôt John Jack remette l'affaire Sarah Freelander sur le tapis et lui dise toute la frustration qu'il éprouvait de ne pas pouvoir mettre la main sur son assassin. Pour lui, c'était toujours l'étudiant éconduit le coupable.

Bosch replaça le sommaire dans le carton, referma ce dernier avec le ruban adhésif, le remit à sa place dans la penderie, quitta la pièce et trouva Margaret assise dans le séjour. Elle regardait fixement les flammes d'une cheminée à gaz.

— Merci, Margaret, dit-il.

— Tu n'as rien trouvé ?

— Non. Il n'y a pas d'autre endroit de la maison où il aurait pu garder des trucs ayant un rapport avec le livre du meurtre, n'est-ce pas ? Dans le garage ?

— Je ne pense pas. Il y rangeait des outils et ses cannes à pêche. Mais va voir, si tu veux.

Il se contenta de hocher la tête : il ne croyait pas y trouver quoi que ce soit. Finalement, Ballard avait peut-être raison : ce n'était pas pour travailler dessus que John Jack avait pris le livre du meurtre. Il y avait autre chose.

— Ce ne sera pas nécessaire, dit-il. Je file, mais je reviendrai s'il y a du nouveau. Comment te sens-tu ?

— Ça va. Je suis juste pleine de nostalgie et je pleure un peu le soir. Il me manque.

Elle était seule. Ils n'avaient pas eu d'enfants. Un jour, John Jack avait dit à Bosch qu'il ne se sentait pas d'élever un enfant dans le monde que son métier lui faisait découvrir.

— Naturellement, dit Bosch. Je comprends. Et si ça ne te gêne pas, je passerai de temps en temps pour voir si tu as besoin de quelque chose.

— C'est gentil, Harry. D'une certaine façon, tu es presque le fils que nous n'avons pas eu. John Jack ne voulait pas avoir d'enfants. Et maintenant, je suis seule.

Bosch ne sut quoi dire.

— Bon, eh bien, s'il te faut quoi que ce soit, tu me passes un coup de téléphone, bafouilla-t-il. De jour comme de nuit. Je file et je fermerai derrière moi.

— Merci, Harry.

De retour à sa voiture, Bosch dut décompresser quelques instants avant de pouvoir appeler Ballard pour lui dire que son passage chez les Thompson n'avait rien donné.

— Rien du tout ? demanda-t-elle.

— Même pas des notes griffonnées, et je pense que tu as raison : John Jack n'a pas emporté le livre du meurtre pour reprendre l'affaire. Il voulait seulement que personne d'autre ne le fasse.

— Mais pourquoi ?

— C'est toute la question.

— Et donc, c'est quoi le plan pour demain ? Tu veux aller à Rialto avec moi ?

— Je ne peux pas. Je suis de tribunal le matin. Je pourrais peut-être y aller plus tard, mais… Qu'est-ce qu'il y a à Rialto ? Ça fait une trotte !

— Il y a Elvin Kidd, le boss de rue des Rolling 60's qui avait dit à ses dealers de dégager de la rue le jour où Hilton s'est fait tuer.

— Comment t'as su ça ?

— Par l'indic que Talis et Hunter n'avaient pas pu interroger en 1990.

— Attends que je sois libre et on va le voir.

Puis, après une hésitation, il ajouta :

— Tu ne devrais pas y aller sans renforts.

— Le mec a dans les soixante ans et n'est plus dans le milieu, lui renvoya-t-elle. Rialto est à deux heures d'ici et à des années-lumière de South L.A. C'est là que terminent les vieux membres de gang quand ils lâchent la rue.

— Peu importe. Je t'appelle dès que j'ai fini et on y va ensemble. Et en plus, ça ne te ferait pas de mal de dormir un peu en attendant.

— Pas possible. Je dois passer à la balistique demain matin à la première heure.

— Alors, rentre chez toi, où que ce soit et de quoi qu'il s'agisse, et dors.

— Oui, papa.

— Je t'ai déjà dit de pas me…

— Je te propose un marché. J'arrête de t'appeler « papa » si t'arrêtes de me dire d'aller faire dodo.

— OK, d'accord, marché conclu.

— Bonne nuit, Harry.

— Toi aussi. Tiens-moi au courant pour la balistique demain.

— Ça marche.

Elle raccrocha et Bosch fit démarrer la Jeep pour rentrer chez lui.

BALLARD

Chapitre 14

Ballard assista à l'appel du troisième quart, mais personne n'eut besoin de ses talents. Pas de suivis d'enquête, pas d'interrogatoires, pas de citations à comparaître à livrer en mains propres, pas même une petite vérification d'aide sociale. Elle gagna la salle des inspecteurs déserte, choisit un bureau, alluma la radio et ne changea pas la station de jazz que Bosch lui avait programmée. Puis elle décida de se mettre à l'ordinateur et se lança dans des recherches approfondies sur Elvin Kidd et Nathan Brazil.

Elle apprit alors que Kidd, propriétaire d'une maison d'une valeur de 600 000 dollars, dirigeait la Kidd Construction, une entreprise du bâtiment spécialisée dans la rénovation des immeubles commerciaux et dont la licence d'exploitation était au nom de Cynthia Kidd. Elle se dit que ce devait être sa femme et qu'il l'avait placée à la tête de la société pour qu'on ne sache pas qu'il avait un casier judiciaire.

Elle eut l'impression, au premier abord en tout cas, qu'à un moment donné, Kidd avait décidé de lâcher les gangs et de mener une vie convenable. La Kidd Construction avait été enregistrée pour la première fois en 2002, soit douze ans après l'assassinat de John Hilton.

Ballard sortit une photo Google Maps de la maison et l'examina longuement. Grise avec parements blancs et garage à deux voitures, on aurait dit la résidence de banlieue idéale. La seule chose qui manquait au tableau était une barrière blanche. Elle remarqua la présence d'un pick-up avec une remorque à matériel de chantier dans l'allée. Peint sur le côté de la remorque, le nom de la société avait été flouté par Google, Ballard ne doutant pas un seul instant qu'il s'agissait de KIDD CONSTRUCTION. Elle ressortit l'adresse inscrite sur la licence et s'aperçut qu'il ne s'agissait que d'un bâtiment à une seule baie de chargement. Il n'était donc pas impossible que Kidd dirige son affaire de chez lui et qu'il ne fasse pas vraiment un malheur. Il n'empêche : il n'y avait qu'une hypothèque sur la maison et le pick-up semblait ne pas avoir plus d'un an ou deux. Ce n'était pas si mal pour un type qui avait fait deux séjours en taule avant d'atteindre la trentaine. Maintenant âgé de soixante-deux ans, il était un des rares membres de gang à avoir eu la chance d'en sortir vivant.

Pour Nathan Brazil, l'histoire était bien différente. Ballard lui découvrit deux banqueroutes et toute une série de procédures d'expulsion engagées à son endroit ces vingt-cinq dernières années. Elle lui trouva encore une demande de location en ligne où il indiquait travailler dans la restauration, ce qui voulait probablement dire qu'il était serveur, barman, mais peut-être aussi chef cuisinier. Dans ce document de 2012, il était fait mention d'une lettre de référence du gérant d'un tex-mex de West Hollywood, le Marix. Ballard y avait souvent dîné lorsque bien des années auparavant elle habitait ce quartier. C'était l'endroit où aller quand on voulait des fajitas et margaritas de qualité. Elle se demanda si le type l'avait jamais servie, même si elle ne le reconnaissait pas sur la photo de son permis de conduire.

Le cliché Google Maps de ce qu'elle pensait être son adresse actuelle lui montra un immeuble des années cinquante. Sur un seul étage au-dessus d'un ensemble de garages, l'endroit avait l'air fatigué et d'un style depuis longtemps dépassé avec sa façade salie par des pancartes « Réservé aux locataires » placardées sur le plâtre jauni.

Elle imprimait des captures d'écran de ce qu'elle venait de découvrir lorsque son portable vibra. L'écran indiquait « appel masqué », mais elle décrocha quand même.

— Max Talis à l'appareil. Vous m'avez laissé un message.

Elle jeta un coup d'œil à la pendule murale et fut surprise : elle lui avait laissé son message quatre heures plus tôt. Elle ne savait pas trop s'il y avait du décalage horaire entre Los Angeles et l'Idaho, mais qu'un type à la retraite comme lui la contacte après minuit lui parut étrange.

— Oui, inspecteur, dit-elle, merci de me rappeler.

— Laissez-moi deviner… C'est pour Biggie ?

— « Biggie » ? Non, je ne…

— C'est pour ça qu'on m'appelle les trois quarts du temps. Je n'ai eu cette affaire que vingt minutes avant que les grands chefs me la piquent. Mais on continue à m'appeler parce qu'il y a mon nom dans les dossiers.

Elle se dit qu'il devait parler de Biggie Smalls, le rappeur dont l'assassinat dans les années quatre-vingt-dix était toujours officiellement non résolu, mais avait fait l'objet d'innombrables articles dans la presse, de documentaires et de films « d'après une histoire vraie ». Ce meurtre comptait au nombre d'une longue série d'affaires qui fascinaient le public alors que dans la réalité il n'était pas très différent de celui dont avait été victime John Hilton abattu sur le siège avant de sa voiture.

Dans son message, Ballard n'avait pas précisé ce qu'elle lui voulait afin de ne pas lui donner une bonne raison de ne pas la rappeler.

— En fait, c'est de l'assassinat de John Hilton que je voudrais vous parler, dit-elle.

Talis marqua une pause avant de répondre :

— John Hilton, dit-il. Va falloir m'aider un peu à me rappeler.

Elle lui donna la date du meurtre et précisa :

— Blanc, vingt-quatre ans, abattu dans sa Toyota Corolla dans une ruelle à drogue en retrait de Melrose Avenue. Une balle derrière l'oreille. C'est vous et Hunter qui en avez hérité. Et maintenant, moi.

— Waouh, ouais ! s'exclama-t-il. Hilton, comme l'hôtel. Je me souviens que quand on a su son nom, on s'est dit : « Vaudrait mieux pas qu'il y ait un lien avec la famille », vous voyez ? Parce qu'on se serait tapé une véritable tempête médiatique.

— Et donc, vous vous souvenez de l'affaire ?

— Je ne me rappelle pas tout, mais je n'ai pas oublié qu'on n'y a rien vu de plus qu'un vol de rue qui avait mal tourné, vous voyez ? Bref, une histoire de drogue et de gang… Pas facile à éclaircir.

— Sauf que certains aspects me font penser aujourd'hui qu'il y avait autre chose. Ça vous va si on cause un peu ? Je sais qu'il est tard.

— Non, je suis au boulot. J'ai tout le temps.

— Vraiment ? Qu'est-ce que vous faites ?

— Dans votre message, vous dites que vous êtes du quart de nuit. Nous, on appelait ça la « dernière séance ». Bon, quoi qu'il en soit, moi aussi, je suis de service de nuit. Je suis veilleur.

— Vraiment ? Dans quelle branche ?

— Dans un relais routier. Je commençais à m'ennuyer, vous voyez ? Alors, je bosse ici trois nuits par semaine. Pour qu'il y ait pas de pétard… parce que moi, j'en ai un, de pétard, si vous voyez ce que je veux dire.

Il était agent de sécurité. Elle trouva que c'était une sacrée dégringolade après avoir été inspecteur des Homicides au LAPD.

— Faites bien attention à vous, dit-elle. Je peux vous poser des questions sur l'affaire ?

— Vous pouvez toujours, mais je ne suis pas sûr de me rappeler quoi que ce soit.

— Voyons voir. Ma première question concerne le livre du meurtre. Dans le procès-verbal d'entretien avec les parents de la victime, il y a deux ou trois lignes rayées au marqueur noir. Je me demande pourquoi et ce qui a été masqué.

— Vous voulez dire sur la feuille ? Comme si quelqu'un y avait noirci des trucs ?

— C'est ça. Ce n'était pas vous ou Hunter ?

— Non. Pourquoi aurait-on fait ça ? Vous voulez dire comme les fédéraux ont caviardé le machin russe[1] ?

— Voilà, « caviardé ». Ça ne fait que deux lignes, mais ça saute aux yeux, vous savez ? C'est la première fois que je vois un truc pareil. Je pourrais vous lire la page ou vous la faxer. Peut-être que ça vous aiderait à vous…

— Non, ça ne m'aiderait pas. Si je me rappelle pas, je me rappelle pas.

Elle ne put s'empêcher de remarquer un changement de ton dans sa voix et se demanda s'il ne venait pas de se souvenir de quelque chose et faisait tout pour le cacher.

— Attendez. Je prends le classeur et je vous lis ça, reprit-elle.

— Non, mon chou, je viens de vous le dire : je me rappelle pas cette affaire et là, je suis un peu occupé.

— Bon, d'accord, permettez que je vous demande ceci : vous souvenez-vous de John Jack Thompson ?

— Bien sûr que oui ! Tout le monde le connaissait. C'est quoi, le rapport avec…

1. Allusion au texte « revu et corrigé » du rapport Mueller sur Donald Trump.

— Avez-vous jamais parlé de cette affaire avec lui ?

— Et pourquoi on aurait fait ça ?

— Je ne sais pas. C'est pour ça que je vous pose la question. C'est lui qui a fini par avoir le livre du meurtre. Il l'a emporté chez lui, enfin… volé, quand il est parti à la retraite et j'essaie de comprendre pourquoi.

— Ben, c'est à lui qu'il faut le demander.

— Impossible. Il est mort la semaine dernière et c'est sa femme qui nous a restitué le livre. Maintenant, c'est moi qui l'ai et j'essaie de comprendre pourquoi il l'avait pris.

— Je suis désolé d'apprendre que John Jack n'est plus parmi nous, mais je peux pas vous aider. Je ne vois vraiment pas pourquoi il a pris le livre. Peut-être qu'il a parlé de ça avec mon coéquipier, mais moi, il ne m'en a jamais rien dit.

D'instinct, elle sentit qu'il mentait. Il savait quelque chose, mais refusait de dire quoi. Elle essaya encore une fois de lui tirer les vers du nez.

— Inspecteur Talis, vous êtes vraiment certain de ne pas pouvoir m'aider ? J'ai l'impression que vous vous souvenez de cette affaire. Vous ne protégeriez pas quelqu'un ou quelque chose, hein ? Vous n'avez pas besoin de…

— Holà, ma fille ! lança-t-il, soudain en colère. Vous dites que je protégerais quelqu'un et que j'aurais des secrets ? Ben moi, c'est là que je vous dis d'aller vous faire foutre. On ne me parle pas comme ça. J'ai donné à la police et à cette ville…

— Inspecteur, je n'essaie pas du tout de vous insulter.

— … vingt-cinq ans de ma vie et j'expédiais des mecs en taule que vous en étiez encore à tailler des pipes à des gamins sous les gradins des stades du lycée. Vous m'insultez moi et vous insultez tout ce que j'ai fait à L.A. Au revoir, inspecteur Ballard.

Et il raccrocha.

Ballard resta assise, le visage rouge de colère et d'embarras.

— Ben toi aussi, va te faire foutre ! lança-t-elle à la salle déserte.

Ce moment gênant fut interrompu lorsqu'elle entendit son nom dans le haut-parleur du plafond : le lieutenant Washington requérait sa présence au poste de veille.

Elle se leva pour le rejoindre.

Chapitre 15

Certains appels suscitent une profonde inquiétude avant même qu'on arrive sur la scène de crime ou que la moindre question soit posée, et celui-là en était un. Le lieutenant Washington venait d'envoyer Ballard à une maison de Beachwood Canyon où l'on venait de signaler un suicide. La patrouille voulait qu'un inspecteur confirme qu'il s'agissait bien de cela et signe la feuille de présence. Et le lieutenant avait précisé que ce suicide était celui d'un enfant.

La maison se trouvait dans Van Ness Avenue, à une rue de Franklin Avenue. De style Craftsman, son revêtement en bois était si vieux qu'il donnait l'impression d'avoir été bouffé de l'intérieur par les termites. Deux voitures de patrouille stationnaient devant, en plus d'un fourgon blanc barré d'une ligne blanche appartenant aux services du coroner. Ballard se gara derrière et descendit de son véhicule.

Deux officiers l'attendaient dans la véranda. Elle les avait vus à l'appel et savait qu'ils s'appelaient Willard et Hoskins. Ils avaient le regard perdu dans le lointain et étaient clairement horrifiés par ce qu'ils avaient découvert à l'intérieur.

— À quoi a-t-on droit ? demanda-t-elle.

— Une fillette de onze ans qui s'est pendue dans sa chambre, répondit Willard. C'est pas beau à voir.

— Quelqu'un d'autre dans la maison ? Où est le père ?

— Pas ici, répondit Hoskins. On ne sait pas où il est.

Ballard passa devant eux, ouvrit la porte et dans l'instant entendit une femme en pleurs. Elle entra et à sa droite elle vit Robards assise sur un canapé à côté de la femme qui sanglotait, le visage enfoui dans ses mains. Ballard lui montra l'escalier et Robards acquiesça d'un hochement de tête : c'était au premier.

Ballard monta les marches et entendit des bruits en provenance d'une porte ouverte, à droite du palier. Elle pénétra dans une chambre aux murs roses et découvrit une fillette pendue à un nœud coulant fait de cravates passées par-dessus une poutre. Par terre, devant un grand lit, une chaise tirée d'un petit bureau où faire ses devoirs du soir avait été renversée. Il y avait de l'urine sur le tapis en dessous du corps et une odeur d'excrément flottait dans la pièce.

Dans la chambre se tenaient l'officier Dautre, les mains dans les poches pour être sûr de ne toucher à rien, un technicien scientifique du nom de Potter et deux enquêteurs des services du coroner que Ballard ne connaissait pas. Ils avaient glissé un thermomètre dans une incision pratiquée dans le corps de la victime afin de mesurer la température de son foie et de pouvoir estimer l'heure du décès.

— Ballard, lança Dautre. C'est vraiment horrible. Une fillette…

Ce n'était pas la première fois que Ballard se retrouvait avec Dautre sur une scène de crime – c'était même elle qui lui avait appris l'astuce des mains dans les poches –, et jamais encore il n'avait paru affecté par ce qu'il voyait. Mais là… Il avait les yeux écarquillés et tout métisse qu'il fût, il était si pâle qu'il en avait la peau presque blanche. Elle lui adressa un signe de tête et se mit à faire les cent pas dans la pièce. Elle n'avait aucune envie de voir le visage de la jeune morte, mais savait qu'il le fallait. Il était tout contorsionné et ses yeux réduits à des fentes. Ballard suivit les lignes de son corps pour y déceler le moindre signe de lutte et finit par ses doigts. Nombre de candidats au suicide changent d'avis au dernier moment et se cassent les ongles ou se lacèrent la peau en se battant avec la corde ou la ceinture qu'ils se sont passée autour du cou. Il n'y en avait pas la moindre trace. Il semblait bien que la fillette ne soit jamais revenue sur sa décision.

Elle portait une jupe verte en plaid et un chemisier blanc, avec l'insigne d'une école privée sur sa poche de poitrine. Elle était en surpoids d'une quinzaine de kilos et Ballard se demanda si cela ne lui avait pas valu d'être harcelée.

Elle remarqua aussi que les deux cravates d'homme avaient été nouées ensemble afin de pouvoir passer par-dessus la poutre et constituer le nœud coulant avec lequel elle s'était pendue. La fillette avait dû les prendre dans la chambre de ses parents et Ballard songea que cela pouvait vouloir dire quelque chose.

— Des problèmes si on la décroche ? lança un des enquêteurs.

— Vous avez terminé ? lui renvoya Ballard.

— Oui. On ne voit rien qui indique une mise en scène. Vous confirmez ?

— Avez-vous trouvé un mot ?

— Non, pas de mot. Mais son portable est sur la commode. On dirait qu'elle a appelé son père hier soir vers 9 heures. C'est tout.

— Je veux un examen de toxicologie complet, une analyse des ongles et une recherche de viol, histoire de tout vérifier.

— Je l'inscris au PV. Vous confirmez le suicide ?

— Je confirme. Pour l'instant. Vous m'envoyez vos rapports, d'accord ? Inspectrice Ballard, troisième quart, commissariat de Hollywood. Et personne ne parle de ça ni au père ni à la mère.

— C'est entendu.

Ballard et Dautre reculèrent pour laisser un des deux hommes du coroner ouvrir un escabeau pendant que son collègue étalait une housse mortuaire sur le sol. Puis le premier monta sur l'escabeau pour couper la cravate du haut au ras de la poutre afin de récupérer le lien en entier. Le second se plaça derrière le corps, écarta les jambes pour s'arc-bouter et passa les bras autour de la fillette. Le lien une fois tranché par l'autre, il tint le corps de la morte contre lui jusqu'à ce que son collègue descende de l'escabeau et l'aide à déposer le cadavre sur la housse. Ils l'enroulèrent ensuite à la manière d'un burrito et le glissèrent dans un sac jaune dont ils remontèrent la fermeture Éclair. L'escalier n'étant pas des plus praticables, ils n'avaient pas apporté de brancard et durent prendre la housse par les deux bouts pour la sortir de la chambre.

Ballard gagna la commode dans l'espoir d'y trouver un mot, enfila des gants et ouvrit les tiroirs et un coffret à bijoux, mais pas de mot.

— T'as encore besoin de moi ici ? demanda Dautre.

— Non, tu peux descendre. Mais on n'a pas fini. Dis à Willard et à Hoskins qu'ils sont libres.

— Reçu cinq sur cinq.

Il ne restait plus que Ballard et Potter dans la pièce.

— Vous voulez le grand jeu ? demanda Potter.

— Je crois, oui. Juste au cas où.

— Vous avez vu quelque chose ?

— Non, pas encore.

Ballard passa vingt minutes de plus à chercher un mot ou quoi que ce soit d'autre qui aurait pu expliquer pourquoi cette fillette de onze ans avait décidé de se donner la mort. Elle chercha dans son portable – il n'était pas protégé par un mot de passe, règle parentale, probablement – et n'y trouva rien d'intéressant hormis la mention d'un coup de fil de douze minutes passé à un contact appelé PAPA.

Elle finit par descendre au rez-de-chaussée et entra dans le séjour. Manifestement impatiente de refiler le cauchemar à Ballard, Robards se leva aussitôt.

— Voici Mme Winter, dit-elle en faisant le tour de la table basse pour lui permettre de s'asseoir à sa place sur le canapé.

— Toutes mes condoléances, madame Winter, dit Ballard. Pourriez-vous nous dire où est votre mari en ce moment ? Avez-vous essayé de le joindre ?

— Il est à Chicago en voyage d'affaires, répondit-elle, et je n'ai pas essayé de lui parler. Je ne sais même pas quoi dire et comment lui annoncer la nouvelle.

— Avez-vous de la famille dans les environs ? Un endroit où vous pourriez passer la nuit ?

— Non, et je ne veux pas partir d'ici. Je veux rester là.

— Je pense qu'il vaudrait mieux que vous partiez. Je peux appeler quelqu'un pour vous aider. Nous sommes débordés, mais…

— Non, je ne veux rien de tout ça. Je veux juste qu'on me laisse tranquille. Je vais rester ici.

— Parlez-moi de Cecilia, enchaîna Ballard qui avait vu le nom de sa fille sur son coffret à bijoux et dans ses manuels scolaires. Avait-elle des problèmes à l'école ou dans le quartier ?

— Non, tout allait bien. Pas de problèmes. Elle me l'aurait dit si elle en avait eu.

— Avez-vous d'autres enfants, madame Winter ?

— Non, je n'avais qu'elle.

Cela déclencha une autre crise de sanglots et lui arracha un cri déchirant. Ballard la laissa s'abandonner à sa douleur.

— Vous avez des prospectus sur l'aide qu'on pourrait lui donner ? demanda-t-elle à Robards. Des numéros à appeler pour parler à quelqu'un ?

— Oui, dans la voiture. Je reviens tout de suite.

Ballard concentra son attention sur Mme Winter. Elle remarqua que celle-ci était pieds nus et que celui qu'elle voyait était sale.

— Vous êtes certaine que votre fille n'a pas laissé un mot ou envoyé un texto pour dire ce qu'elle projetait de faire ?

— Bien sûr que oui ! Je l'aurais stoppée net. Pour quel genre d'horrible mère me prenez-vous ? C'est mon pire cauchemar !

— Je m'excuse, madame. Ce n'était pas ce que je sous-entendais. Je reviens tout de suite.

Elle se leva et fit signe à Dautre de la suivre. Ils rejoignirent la véranda juste au moment où Robards remontait les marches avec un prospectus.

— Vérifiez les poubelles du quartier pour voir s'il n'y aurait pas un mot dedans, dit Ballard à voix basse. Commencez par ici et ne faites pas de bruit.

— OK.

Les deux flics descendirent les marches tandis que Ballard réintégrait la maison et regagnait le canapé. C'est alors que Mme Winter parla, avant même qu'elle puisse s'asseoir.

— Je ne crois pas qu'elle se soit donné la mort.

Ballard n'en fut pas surprise : nier la réalité fait partie du processus de deuil.

— Pourquoi dites-vous ça ?

— Parce qu'elle ne se serait pas tuée. Pour moi, c'est un accident. Elle a fait une erreur. Elle faisait la folle et ça a mal tourné.

— Comment ça, « elle faisait la folle » ?

— Vous savez bien, comme le font les enfants dans leur chambre. Quand ils sont seuls. Elle devait attendre que je rentre et la prenne sur le fait. Pour attirer mon attention. Je l'aurais attrapée et sauvée juste à temps et après, il n'y en aurait plus eu que pour elle.

— Elle était fille unique et trouvait qu'on ne lui prêtait pas assez attention ?

— Aucune enfant ne trouve qu'on s'occupe assez d'elle. Moi, tenez…

Ballard savait que les gens traumatisés par le deuil gèrent leur douleur de mille façons. Elle essayait toujours de ne pas les juger sur leurs paroles quand ils se débattaient dans ce genre de catastrophe.

— Madame Winter, voici un prospectus qui vous donne tous les services que vous pouvez contacter dans ce moment difficile.

— Je vous l'ai déjà dit, je ne veux pas de ça. Je veux qu'on me laisse tranquille.

— Je le pose sur la table au cas où vous changeriez d'avis. Ça pourrait beaucoup vous aider.

— Je vous en prie, partez. Tout de suite. Je veux être seule.

— Ça m'inquiète de vous laisser comme ça.

— Ne vous inquiétez pas. Laissez-moi pleurer ma fille.

Ballard ne bougea pas et garda le silence. Bientôt, la femme releva la tête et la fixa de ses yeux rouges et pleins de larmes.

— Partez ! Qu'est-ce qu'il faut que je fasse pour que vous partiez ?

— OK, dit Ballard en hochant la tête, je m'en vais. Mais je pense que ce serait bien de savoir pourquoi Cecilia a fait ce qu'elle a fait.

— Comme si on pouvait jamais savoir pourquoi un enfant décide de faire ceci ou cela !

Ballard gagna l'entrée et se retourna pour la regarder encore une fois. Elle s'était repris la tête dans les mains.

Ballard quitta la maison et rejoignit Robards et Dautre à leur voiture.

— Rien, dit ce dernier.

— On a vérifié ses poubelles et celles de tous ses voisins, ajouta Robards. Vous voulez qu'on en fasse d'autres ?

Ballard jeta un coup d'œil à la maison et vit s'éteindre la lumière derrière les rideaux de la salle de séjour. Elle savait que certaines énigmes ne sont jamais résolues.

— Non, répondit-elle. Vous pouvez y aller.

Robards et Dautre rejoignirent leur voiture de patrouille au pas de course comme s'il n'y avait rien de plus pressé que de vider les lieux. Ballard ne le leur reprocha pas. Elle monta dans sa propre voiture et resta longtemps immobile à regarder cette maison maintenant à nouveau plongée dans le noir. Elle finit par sortir son portable et appela le numéro que Cecilia avait enregistré sous PAPA dans ses contacts. Un homme décrocha aussitôt, mais n'en parut pas moins arraché au sommeil.

— Monsieur Winter ?

— Oui, qui est à l'appareil ?

— Inspecteur Ballard, Los Angeles Police Department...

— Ah mon Dieu, mon Dieu, qu'est-ce qui est arrivé ?

— Je suis désolée de vous dire que votre fille, Cecilia, est morte.

Un long silence s'ensuivit, uniquement brisé par les bruits d'un homme qui commençait à pleurer à l'autre bout de la ligne.

— Monsieur, reprit Ballard, pouvez-vous me dire où vous êtes ? Y a-t-il quelqu'un qui pourrait vous tenir compagnie ?

— Je le lui avais dit. Je lui avais dit que cette fois ça semblait sérieux.

— À Cecilia ? Que lui avez-vous dit ?

— Non, à ma femme. Ma fille... notre fille... avait des problèmes. Elle s'est tuée, c'est ça ? Ah mon Dieu, je n'arrive pas à...

— Je crains que oui, monsieur. Vous lui avez parlé plus tôt dans la soirée ?

— C'est elle qui m'a appelé. Pour me dire qu'elle allait le faire. Elle l'avait déjà dit avant, mais cette fois ça semblait vrai... Ma femme est là-bas ?

— À la maison, oui. Elle nous a demandé de partir. Est-ce que je peux contacter une amie ou un parent pour qu'elle ne soit pas seule ? C'est surtout pour ça que je vous appelle. Nous avons dû respecter son souhait de nous voir partir, mais à mon avis elle ne devrait pas rester seule.

— Je vais trouver quelqu'un. J'appelle sa sœur.

— Bien, monsieur.

Il gémit encore. Ballard le laissa faire un moment avant de l'interrompre :

— Où êtes-vous, monsieur Winter ?

— À Naperville. C'est là que se trouve le siège de la société pour laquelle je travaille.

— Et où est-ce, monsieur ?

— À la sortie de Chicago.

— Je crois que vous devriez rentrer pour être avec votre femme.

— Je prends le premier avion.

— Pouvez-vous me répéter ce que vous a dit votre fille au téléphone ?

— Elle m'a dit qu'elle en avait assez de ne pas avoir d'amis et d'être trop grosse. On a essayé des tas d'approches avec elle. Pour l'aider, mais rien n'a marché. Cette fois, ça semblait différent. Elle avait l'air si triste ! J'ai dit à Ivy de la surveiller parce que jamais encore je ne l'avais sentie aussi triste, répondit-il, ces dernières paroles comme des éclats de voix alors qu'il se remettait à sangloter.

— Monsieur Winter, il faut que vous soyez avec votre femme. Je sais que vous ne pouvez pas rentrer avant demain, mais vous devriez lui téléphoner. Appelez Ivy. Je raccroche pour que vous puissiez le faire.

— OK… Je vais l'appeler.

— C'est bien votre portable, n'est-ce pas ?

— Euh, oui.

— Vous devriez donc avoir mon numéro dans votre historique. Appelez-moi si vous avez des questions ou si je peux faire quelque chose.

— Où est-elle ? Où est mon bébé ?

— Elle a été emportée au bureau du coroner, et ils vont vous contacter. Bonne nuit, monsieur Winter. Toutes mes condoléances.

Elle raccrocha et resta un long moment immobile dans sa voiture. Elle était déchirée entre accepter qu'une fillette de onze ans mette fin à ses jours et les soupçons qui l'envahissaient parce que la mère n'avait pas tenté de décrocher sa fille, le père, lui, n'ayant même pas cherché à savoir comment son « bébé » s'était tué.

Elle ressortit son portable et appuya sur la touche de rappel. Winter décrocha aussitôt.

— Monsieur Winter, dit-elle, désolée de vous rappeler, mais… Vous parliez à votre femme ?

— Non, répondit-il. Je n'arrive même pas à l'appeler.

— C'est un iPhone que vous avez, monsieur ?

— Euh, oui. Pourquoi me demandez-vous ça ?

— C'est à cause du rapport que je vais devoir rédiger. Je suis obligée de confirmer l'endroit où vous êtes, ce qui veut dire que je dois contacter la police de Naperville et lui demander d'envoyer quelqu'un à votre hôtel, ou alors si vous pouvez juste m'envoyer les infos sur le lieu où vous vous trouvez… Ça nous ferait gagner du temps et aucun policier de là-bas ne serait obligé de vous importuner.

Il y eut un long, très long silence à l'autre bout de la ligne.

— Il faut vraiment que vous fassiez ça ? demanda enfin Winter.

— Oui, monsieur, il le faut. Ça fait partie du protocole. Toute mort donne lieu à une enquête. Si vous ne voulez pas m'envoyer un texto, dites-moi juste où vous êtes et je demanderai à un policier du coin de passer aussi vite que possible.

Il y eut un nouveau silence et quand enfin il parla, sa voix était empreinte d'une froideur manifeste.

— Je vais vous envoyer mes infos et le lieu où je suis, dit-il. Nous en avons fini ?

— Oui, monsieur. Je vous remercie encore une fois de votre coopération et vous renouvelle mes condoléances.

Chapitre 16

Pour revenir au commissariat, Ballard fit un détour par Cahuenga et gagna Cole Avenue. Elle longea lentement l'alignement de tentes, d'appentis de fortune et de sacs de couchage bordant la clôture du jardin public. Elle vit que la place occupée par le type immolé la nuit précédente avait déjà été prise par un autre, celui-là propriétaire d'une tente orange et bleu. Elle s'arrêta en pleine rue – il n'y avait pas à s'inquiéter de gêner la circulation – et regarda la bâche bleue sous laquelle, elle le savait, dormait Mandy, l'adolescente. Tout semblait calme. Une légère brise souleva la bâche sale un instant, mais bientôt tout reprit l'aspect d'une nature morte.

Alors Ballard pensa à Mandy et à ce qu'elle pouvait espérer de la vie. Puis elle songea à Cecilia et se demanda comment elle en était arrivée à perdre tout espoir de bonheur. Et enfin, elle revit ses propres débuts lamentables. Comment un enfant faisait-il pour garder espoir dans de pareilles ténèbres alors qu'un autre en venait à se dire que tout était perdu ?

Son téléphone vibra. C'était le lieutenant Washington, et aussitôt elle regarda le chargeur de la radio pour voir si elle n'avait pas laissé son appareil quelque part. Mais non, sa radio était bien dans son étui. Washington avait préféré l'appeler sur son portable.

— Lieute ?

— Ballard, où êtes-vous ? demanda-t-il.

— Je rentre. Encore trois rues et j'y suis. Qu'est-ce qu'il y a ?

— Pautre et Roberts viennent de passer et ils m'ont parlé de la gamine.

Il avait réussi à complètement écorcher les noms de Dautre et Robards.

— Et… ? lui renvoya-t-elle.

— Et j'ai appris que c'était pas beau à voir. Vous confirmez qu'il s'agit d'un suicide ?

— Je l'ai dit, oui. Les parents m'ont paru plutôt bizarres. Le père est en voyage. Mais oui, je l'ai confirmé : il est bien où il a dit qu'il était. Je vais passer tout ça aux Homicides du West Bureau pour suivi.

— Bon, très bien, mais moi, je veux que vous reveniez ici pour que la BSU vous voie.

La Behavioral Science Unit[1] : cela voulait dire du soutien psychologique, et c'était bien la dernière chose dont elle avait envie. La moitié du service pensait déjà qu'elle avait inventé son histoire de harcèlement sexuel contre un superviseur et, « non fondées », ses allégations avaient eu pour seul résultat celui de l'obliger à subir

1. L'unité des sciences du comportement.

un certain nombre de séances avec la BSU. Ajouter une couche de soins psychologiques à son dossier ne manquerait pas de rallier l'autre moitié du service à l'opinion générale, sans parler du « deux poids deux mesures » concernant les policières. Un policier qui demande du soutien psychologique est fort et courageux ; une policière qui fait de même est seulement faible.

— Putain non, répondit-elle. Je n'en veux pas.

— Ballard, c'était pas beau comme scène de crime, insista Washington. Je viens d'en avoir les détails et c'est une putain d'horreur. Faut que vous parliez avec quelqu'un.

— Lieutenant, je n'ai pas la moindre envie de parler avec quiconque. J'ai vu pire, d'accord ? Et j'ai du travail à faire.

Le ton qu'elle avait pris faisant réfléchir Washington, il y eut un silence de quelques secondes. Ballard vit un homme sortir en rampant d'une tente à une place, gagner le bord du trottoir et se mettre à pisser dans le caniveau. Il n'avait pas plus remarqué sa présence qu'entendu le bruit de sa voiture tournant au ralenti.

— OK, Ballard, je vous l'aurai proposé, dit Washington.

— Oui, lieute, vous l'avez fait, répondit-elle d'un ton plus aimable, et j'apprécie. Je repasse rédiger mon rapport et j'en aurai fini pour la journée. Après, je file à la plage et la vie redeviendra belle. L'eau salée guérit tous les maux.

— C'est d'accord, Ballard.

— Merci.

Mais Ballard savait très bien qu'elle n'allait pas regagner la plage à la fin de son quart. C'était journée portes ouvertes à la balistique et elle avait la ferme intention d'être la première à l'entrée.

BOSCH

Chapitre 17

Il était 9 h 05 à la Chambre 105 et il n'y avait toujours aucun signe du secouriste Albert Morales. Bosch resta debout au fond de la salle afin de pouvoir jeter un nouveau coup d'œil dans le couloir comme il le faisait toutes les cinq minutes. Haller avait pris place à la table de la défense et consultait des dossiers et de la paperasse pour avoir l'air de se préparer aux audiences de la journée.

— Maître Haller, lança la greffière, le juge est prêt.

Son ton trahissait clairement l'impatience que le juge avait dû lui faire sentir en lui téléphonant de son cabinet.

— Oui, je sais, répondit Haller. Je cherche juste une feuille de témoins et on pourra y aller.

— Peut-on faire amener votre client ?

Haller se tourna vers Bosch et lui décocha son regard « Tu t'es bien foutu de ma gueule ».

— Euh, pas tout de suite, répondit-il. Permettez que je discute un instant avec mon enquêteur.

Il se leva, franchit le portillon et rejoignit Bosch à grands pas.

— Je ne suis pas ton « enquêteur », lui chuchota Bosch.

— Rien à foutre, lui renvoya Haller. C'était pour elle, pas pour toi. Où est passé notre putain de témoin ?

— Je ne sais pas. La citation à comparaître était pour 9 heures, je le lui ai dit et il n'est pas là. Je n'ai pas d'autre moyen de le joindre que d'appeler la caserne des pompiers et je sais qu'il n'y est pas parce que c'est son jour de congé.

— Putain !

— Vois si le juge peut t'accorder une heure de plus et moi, je vais…

— La seule chose qu'il va m'accorder est un outrage à magistrat et je parie qu'il est déjà en train d'en rédiger les termes. Je devrais pouvoir empêcher le désastre encore cinq minutes, mais après, je vais être obligé de faire venir mon experte ADN à la barre, reprendre tout à l'envers et…

Il s'arrêta. La porte venait de s'ouvrir et Bosch reconnut Morales. Il était en civil, avait l'air aussi furieux que Haller et le front couvert de sueur. Il avait apporté son kit de secours, qui ressemblait à un grand coffre à pêche.

— Le voilà, dit Bosch.

— C'est pas trop tôt, bordel !

Bosch laissa son demi-frère et se dirigea vers Morales.

— La citation disait 9 heures, lança-t-il.

— J'ai pas trouvé de parking. Alors, je me suis garé à la caserne et je suis venu à pied en portant ce bazar de treize kilos ! Et cet ascenseur de merde prend tout son temps.

— Bon, vous retournez dans le couloir et vous vous asseyez sur un banc. Et vous ne parlez à personne. Détendez-vous et ne bougez pas avant que je vienne vous chercher.

— Je suis en nage, mec. Faut que je passe aux chiottes et que je m'essuie avec une serviette.

— C'est au bout du couloir, après les ascenseurs. Vous faites ce qu'il faut, mais vous le faites vite et vous revenez. Vous voulez que je vous garde votre kit ?

— Pas besoin de vos services. Je ne voulais pas être ici.

Il quitta la salle et Bosch rejoignit Haller.

— Il sera prêt dans cinq minutes. Il est venu de sa caserne à pied et veut se nettoyer un peu.

— Il a le machin dans sa boîte ?

— Il devrait. Je ne le lui ai pas demandé.

— Vaudrait mieux, merde ! s'écria Haller.

Sur quoi, il pivota, repartit vers le portillon et fit signe à la greffière.

— Vous pouvez faire amener mon client et aller chercher le juge. La défense est prête.

Bosch remarqua que Saldano, le procureur, regardait Haller d'un œil soupçonneux. Elle n'avait aucune idée de ce qui se passait.

Dix minutes plus tard, l'audience commençait avec Herstadt assis à côté de Haller. Le juge Falcone avait regagné sa place, mais le box des jurés était entièrement vide. Bosch observa la scène depuis la dernière rangée de la salle, près de la porte.

Le juge était en colère. Il avait dit aux jurés d'arriver tôt et ils lui avaient obéi, mais se tenaient maintenant dans la salle des débats en attendant que les avocats aient fini de se battre sur l'inclusion ou non du témoin inattendu. Morales ne figurait pas dans la liste que la défense avait fournie à la cour et à l'accusation à l'ouverture de l'audience. Saldano venait d'élever une objection à son témoignage – question de principe – sans même savoir qui il était ni ce qu'il allait dire.

Tout cela concourait à un bien mauvais début de journée.

— Maître Haller, lança le juge, en vous accordant cette citation à comparaître tard hier soir, je ne vous garantissais pas que cet homme pourrait témoigner. Je m'attendais à ce que l'accusation ayant élevé une objection, vous m'apportiez de solides éléments pour l'inclure dans les débats à ce moment bien tardif du procès.

— Monsieur le juge, lui renvoya Haller, c'est vrai que la cour a donné beaucoup de latitude à la défense et la défense apprécie. Mais comme vous l'avez dit aux jurés dès le début, ce procès est une vraie recherche de la vérité. Hier soir, mon enquêteur a localisé un témoin qui pourrait en changer le cours. Il serait donc injuste non seulement pour mon client, mais aussi pour le peuple de Californie, de refuser qu'il soit entendu par les jurés.

Falcone jeta un coup d'œil au fond de la salle et y trouva Bosch qui, l'espace d'une seconde, crut voir de la déception dans ses yeux et une fois encore regretta qu'Haller continue de le qualifier d'enquêteur de la défense.

— Oui, mais voyez-vous, maître Haller, avec votre enquêteur et ce témoin, vous venez de créer une situation éminemment préjudiciable à l'accusation, reprit le juge. Maître Saldano n'a pas eu le temps de se préparer et de permettre à son enquêteur de se renseigner sur votre témoin et son passé. Quant à l'interroger…

— Eh bien, mais bienvenue dans mon univers, monsieur le juge ! Je n'ai moi non plus ni rencontré ni parlé à ce témoin ! Comme je l'ai déjà dit, l'importance qu'il revêt n'a été découverte qu'hier soir… et je crois me rappeler que vous ne m'avez signé cette citation à comparaître qu'à 17 h 30. Mais il est là et prêt à témoigner, et nous allons donc tous découvrir ce qu'il a à nous révéler au moment même où il le fera.

— Et que comptez-vous lui demander exactement ?

— Je vais lui poser des questions sur les événements auxquels il a été mêlé le jour du meurtre. C'est lui qui, en sa qualité de secouriste, a soigné mon client pris d'une attaque un peu plus d'une heure avant l'assassinat du juge Montgomery.

Le juge se tourna vers l'accusation.

— Maître Saldano, voulez-vous réagir ?

Saldano se leva. Assignée à l'unité des Major Crimes, elle arrivait à la fin de la trentaine et était une étoile montante du bureau du district attorney. Où qu'elle requière, les médias la suivaient et Bosch avait déjà remarqué les reporters alignés au premier rang.

— Merci, monsieur le juge, dit-elle. L'accusation pourrait tout simplement élever une objection en se fondant sur ce que la cour vient de relever : le manque de temps, le fait que ce témoin n'apparaissait pas sur la liste remise à l'accusation lors de l'échange des pièces et l'impossibilité d'enquêter sur ledit témoin. Mais puisque maître Haller a décidé d'ajouter la très éculée « recherche de la vérité » dans sa plaidoirie afin d'obtenir une dérogation, l'accusation ne peut qu'arguer que ce témoin n'a rien à ajouter qui puisse nous rapprocher de ladite vérité. Nous avons déjà eu la déposition de l'expert de maître Haller sur l'attaque que son client aurait eue dans le café et l'accusation ne s'est pas élevée contre. Ce nouveau témoin ne peut que nous fournir les mêmes informations.

Elle marqua une pause avant de conclure :

— Bref, monsieur le juge, il ne s'agit que d'une manière de retarder l'échéance. Une perte de temps pour la cour. Des jets de fumée et autres jeux de miroirs pratiqués par un magicien qui n'a plus rien dans son sac à malices.

Bosch sourit et vit qu'Haller, qui s'était renversé dans son fauteuil et tourné vers la table de l'accusation, avait, lui aussi, du mal à retenir un sourire.

Une fois Saldano assise, Haller se leva.

— Vous permettez, monsieur le juge ? lança-t-il.

— Je vous en prie, mais soyez bref, maître Haller, lui renvoya Falcone. Les jurés attendent depuis 9 heures du matin.

— Des « jets de fumée » et des « jeux de miroirs », monsieur le juge ? Un « sac à malices » ? C'est la vie d'un homme qui est ici en jeu et je m'élève vigoureusement contre cette façon de parler de l'assistante du district attorney. Cela montre…

— Oh, allons, maître Haller ! Je vous ai déjà entendu être qualifié de bien pire rien que dans cette enceinte. Et ne nous racontons pas d'histoires : maître Saldano vient de vous donner votre prochain slogan pour les pubs que vous mettez sur les bancs des arrêts de bus dans toute la ville. Tenez, je les vois déjà : « "Un magicien du prétoire", déclare le bureau du district attorney. »

Il y eut de petits ricanements dans la salle et Bosch vit Saldano baisser la tête en comprenant ce qu'elle venait de faire.

— Merci pour cette idée de pub, monsieur le juge, reprit Haller. Je m'en occupe dès la fin de ce procès. Mais l'important ici et maintenant, c'est que la vie et la liberté de mon client sont en jeu et que nous avons un témoin assis sur un banc dans le couloir qui veut témoigner et qui, je le crois, apportera de la clarté sur ce qui est arrivé… non seulement dans ce café, mais une heure plus tard à Grand Park à votre ami et collègue, le juge Montgomery. Ce que ce témoin est prêt à nous fournir est pertinent pour la question centrale de savoir si les preuves apportées par l'accusation sont dignes de foi. Pour finir, j'aimerais ajouter que l'existence de ce témoin était ou aurait dû être connue de l'accusation, mon enquêteur ayant en effet trouvé son nom dans les documents mêmes que l'accusation a transmis à la défense lors de l'échange des pièces. Je demande donc l'indulgence de la cour pour inclure ce nouveau témoin dans les débats et lui permettre de s'exprimer.

Le juge se tourna vers Saldano qui ne fit pas un geste pour se lever.

— Accepté, dit-elle seulement.

Le juge approuva d'un signe de tête.

— Bien, qu'on appelle donc les jurés, dit-il. Maître Haller, je vais vous autoriser à appeler votre témoin à la barre, mais je vais aussi permettre à maître Saldano de prendre tout le temps qu'il lui faudra pour préparer ses questions si elle souhaite l'interroger.

— Merci, monsieur le juge, dit Haller.

Sur quoi il se retourna, regarda Bosch et lui fit un petit signe. Bosch se leva et alla chercher Morales.

Chapitre 18

Dès le début, Albert Morales donna l'impression d'en vouloir à tout le monde. Il était clair qu'il n'avait aucune envie de se trouver dans un prétoire pendant son jour de congé et il le montrait en jouant les blasés et en répondant aux questions par des monosyllabes. Aux yeux de Bosch, c'était pour le mieux : son antipathie manifeste à l'endroit de Haller ne pouvait que donner du poids à tout ce que la défense arriverait à lui faire dire de bien à propos de son client.

Encore une fois, il observait tout cela du dernier rang. Moins parce qu'il devait se tenir près de la sortie que parce que cela lui permettait d'être à l'abri des regards de l'huissier assis à un bureau devant la porte de la souricière. L'utilisation des appareils électroniques n'étant permise que dans les couloirs, les huissiers faisaient souvent des exceptions pour les forces de l'ordre et l'accusation, mais jamais pour la défense et Bosch devait pouvoir communiquer avec Haller pendant que celui-ci interrogerait Morales sans avoir pu s'y préparer avant. L'affaire tenait de la haute voltige sans filet et Haller avait besoin de toute l'aide dont il pourrait disposer. À cet effet, il portait une montre qui pouvait afficher les SMS, et à condition que Bosch reste bref dans ses messages, il pourrait les lire en faisant semblant de regarder l'heure.

Identité, métier et expérience, les préliminaires une fois expédiés, Haller passa aux choses sérieuses et demanda à Morales s'il avait reçu un appel concernant un homme à terre au Starbucks de la 1re Rue le jour où le juge Montgomery avait été assassiné.

— Oui, répondit Morales.

— Aviez-vous un collègue avec vous ?

— Oui.

— Qui était-ce ?

— Gerard Cantor.

— Et c'est donc à deux que vous avez soigné cet homme…

— Oui.

— Reconnaissez-vous cet homme dans le prétoire ?

— Est-ce que je le reconnais ? Non.

— Mais vous savez qu'il y est.

— Oui.

— Comment cela se fait-il ?

— C'est passé sur toutes les chaînes. Je sais de quoi il est question dans ce procès, répondit-il d'un ton exaspéré qu'Haller ignora pour passer à la suite.

— Vous savez donc que l'accusé, Jeffrey Herstadt, est bien l'homme dont vous vous êtes occupé ce jour-là au Starbucks ?

— Oui.

— Mais vous ne le reconnaissez pas.

— Je soigne beaucoup de gens et je ne peux pas me souvenir de tout le monde. En plus, on dirait qu'ils l'ont nettoyé, à la prison.

— Et parce que vous ne pouvez pas vous rappeler tous les gens que vous soignez, vous rédigez des rapports dans lesquels vous détaillez tout ce que vous avez fait à la suite de tel ou tel appel au secours, c'est bien ça ?

— Oui.

Ces faits ainsi établis, Haller demanda au juge la permission de produire un exemplaire du rapport d'incident rédigé par Morales pour le service des pompiers. Et dès qu'elle lui fut accordée, il le posa devant Morales et reprit sa place au lutrin.

— Qu'est-ce que ce document, monsieur Morales ? demanda-t-il.

— Le rapport d'incident que j'ai rempli.

— Après avoir soigné Jeffrey Herstadt au Starbucks.

— Exact. Il y a son nom dessus.

— Pouvez-vous lire cette pièce aux jurés ?

— Oui. « Sujet tombé, ou victime d'attaque, sur sol établissement. Signes vitaux OK. Niveau d'oxygène convenable. A refusé soins et transfert à hôpital pour petite lacération au visage suite à chute. Sujet reparti à pied. »

— Bien, et que veut dire la phrase « Sujet reparti à pied » ?

— Ça veut dire exactement ce que ça dit : le sujet a refusé notre aide, s'est relevé et est reparti à pied. Il a franchi la porte et ça s'est terminé comme ça. Je ne vois pas pourquoi c'est si important.

— Eh bien, essayons d'éclairer votre lanterne. Qu'est-ce que…

Saldano se dressa et émit une objection :

— Monsieur le juge, dit-elle, maître Haller importune son propre témoin quand celui-ci se demande, et légitimement, ce qu'il fait ici. Tout comme moi, d'ailleurs.

— Faites attention, maître Haller, lança Falcone.

— Oui, monsieur le juge.

— Je vais me joindre au témoin et à l'accusation et vous demande en quoi nous faisons avancer notre recherche de la vérité avec ce témoin, ajouta le juge.

Morales jeta un coup d'œil du côté du public, y découvrit Bosch et lui décocha un regard assassin.

— Monsieur le juge, reprit Haller, cela deviendra très vite clair aux yeux de tous les gens concernés si vous m'autorisez à poursuivre.

— Alors, faites, je vous en prie.

Haller consulta sa montre comme s'il voulait savoir l'heure et lut le premier texto de Bosch :

Viens-en au bazar

— Monsieur Morales, enchaîna Haller, dans votre rapport il est dit : « Signes vitaux OK. Niveau d'oxygène convenable. » Qu'est-ce que cela signifie ?

— Qu'on lui a pris le pouls et la tension et qu'ils étaient à un niveau acceptable. Et que son sang était bien oxygéné. Que tout allait bien.

— Comment êtes-vous arrivé à cette conclusion ?

— C'est moi qui lui ai pris le pouls, et mon collègue la tension. L'un d'entre nous a mis son doigt dans un oxymètre.

— Procédure habituelle ?

— Oui.

— À quoi sert cet oxymètre ?

— À mesurer le taux d'oxygène dans le sang. Ça permet de se faire une bonne idée de l'état du cœur côté circulation sanguine.

— Est-ce pour cela qu'on l'attache au doigt ? Parce qu'on effectue cette mesure depuis une extrémité du patient ?

— Exactement.

— Je remarque que vous avez apporté votre kit avec vous, c'est bien ça ?

— Oui, parce que c'était exigé dans la citation à comparaître.

— Et cet oxymètre dont vous venez de nous parler se trouve bien dans votre kit ?

— Normalement oui.

— Pouvez-vous ouvrir votre kit et le montrer aux jurés ?

Morales se pencha vers le sol à côté de la barre des témoins et déverrouilla sa mallette. Puis il l'ouvrit et en sortit un petit appareil qu'il montra à Haller, puis aux jurés.

— Comment cela marche-t-il, monsieur Morales ? lui demanda Haller.

— C'est simple, répondit ce dernier. On le met en route, on l'attache au doigt du malade et ça lui envoie des infrarouges à travers le doigt, ce qui permet de mesurer la saturation d'oxygène dans son sang.

— Et on peut l'attacher à n'importe quel doigt ?

— À l'index.

— De n'importe quelle main ?

— De n'importe quelle main.

— Pendant combien de temps avez-vous soigné Jeffrey Herstadt ce jour-là ?

— Permettez que je regarde mon rapport ?

— Je vous en prie.

Morales le consulta et répondit :

— Du début à la fin, quand il est reparti à pied, ça a duré onze minutes.

— Qu'avez-vous fait, ensuite ?

— Eh bien, on a commencé par se rendre compte qu'il était parti avec notre oxymètre au bout du doigt. Je l'ai rattrapé et le lui ai repris. Après, on a tout rangé, puis on s'est payé un *latte* et on est repartis.

— À la caserne…

— Oui.

— Qui se trouve ?

— Au croisement de Fremont Avenue et de la 1re Rue.

— Soit tout près d'ici, n'est-ce pas ?

— Oui.

— D'ailleurs, vous êtes venu depuis votre caserne à pied, avec votre kit, afin de témoigner.

— Oui.

— Avez-vous traversé Grand Park ?

— Oui.

— Y étiez-vous déjà allé ?

— Oui.

— Quand ça ?

— Souvent. C'est dans le périmètre d'intervention de la caserne n° 3.

— Revenons au jour où vous avez soigné Jeffrey Herstadt au Starbucks… La caserne n° 3 a-t-elle reçu un appel d'urgence peu après votre retour ce matin-là ?

— Oui.

— La nature de cet appel ?

— C'était pour des coups de poignard. Pour cette affaire. Celle du juge qui s'est fait agresser au couteau.

Bosch se tourna vers Saldano qui s'était penchée vers son jeune adjoint assis à côté d'elle et lui murmurait des choses à l'oreille. Puis l'adjoint se leva, se dirigea vers un classeur en carton posé sur une chaise à côté de la rambarde et fouilla dans les documents qui s'y trouvaient.

— Vous rappelez-vous combien de temps s'est écoulé entre le moment où vous êtes revenu à la caserne après avoir soigné Jeffrey Herstadt et celui où vous avez reçu cet appel ?

— Pas de tête, non, répondit Morales.

Haller reprit la procédure consistant à demander au juge la permission de passer un rapport d'incident à Morales, celui de l'agression subie par le juge Montgomery.

— Cela rend-il les choses plus claires pour vous, monsieur Morales ? demanda Haller.

— Si vous le dites, lui renvoya Morales.

— En le comparant au premier rapport d'incident, cela ne vous donne-t-il pas un écart d'une heure et neuf minutes entre ces deux appels ?

— On dirait bien.

— Continuons. Vous dites être resté onze minutes avec Herstadt avant de vous payer un *latte*. Combien de temps cela vous a-t-il pris ?

— Me rappelle pas.

— Vous rappelez-vous s'il y avait la queue ?

— C'était dans un Starbucks, donc il y avait la queue.

— Bon d'accord, disons donc au moins quelques minutes. Vous êtes-vous assis à une table pour boire votre *latte* avec votre collègue ou bien les avez-vous emportés avec vous ?

— On les a emportés avec nous.

— Et vous êtes rentrés tout droit à la caserne ?

— Oui, directement.

— Y a-t-il un protocole ou une procédure à suivre quand on revient d'un appel au secours ?

— On remet les fournitures à niveau et on rédige le rapport.

— Après avoir fini vos *latte* ?

— Me rappelle plus.

— Mais après, vous recevez cet appel, celui de l'agression au couteau dans Grand Park, c'est bien ça ?

— C'est bien ça.

— Et vous y répondez.

— Oui.

— Combien de temps vous a-t-il fallu à vous et à votre collègue pour arriver sur place ?

— Quatre minutes, répondit Morales en consultant le rapport d'incident.

— La victime, à savoir le juge Montgomery, était-elle encore en vie quand vous êtes arrivés ?

— Ses réserves se vidaient.

— Que voulez-vous dire par là ?

— Qu'il était en train de mourir. Il avait perdu beaucoup trop de sang et ne réagissait plus. Plus de pouls. En fait, on ne pouvait plus rien faire pour lui.

— Vous venez de dire « Plus de pouls ». Cela signifie donc que vous avez vérifié ses signes vitaux alors même que, comme vous venez de le dire, « ses réserves se vidaient ».

On y était, et Bosch le savait : c'était la question clé du procès.

— Oui, nous les avons vérifiés. C'est le protocole. Quelle que soit la situation, il faut le faire.

— Avec l'oxymètre ?

Morales garda le silence. Aux yeux de Bosch, il semblait bien qu'il venait enfin de découvrir l'importance de son témoignage et de comprendre que tout pouvait basculer selon sa réponse.

— Avec l'oxymètre ? répéta Haller.

— Oui, répondit enfin Morales. Ça fait partie du protocole.

— Était-ce l'oxymètre dont vous vous étiez servi une heure plus tôt pour vérifier les signes vitaux de Jeffrey Herstadt ?

— Ça devait l'être.

— Oui ou non ?

— Oui.

— Un instant, monsieur le juge, dit Haller en laissant planer cette réponse au-dessus des jurés.

Bosch savait qu'il essayait de décider quelle question il allait poser ensuite. Il lui envoya un court texto :

Poser la… ?

Et il vit Haller consulter sa montre.

— Maître Haller ? lança Falcone d'un ton pressant.

— Oui, monsieur le juge. Puis-je m'entretenir juste un instant avec mon enquêteur ?

— Faites vite.

Bosch se leva, glissa son portable dans sa poche et remonta l'allée centrale jusqu'à la rambarde. Les deux hommes s'y rejoignirent et se mirent à murmurer.

— On y est, dit Haller, et je pense en rester là.

— Et moi qui croyais que tu allais jouer le tout pour le tout.

— C'est ce que je fais. Ce que j'ai fait. Mais si je vais trop loin, tout le truc me pète au nez.

— Si tu ne poses pas cette question, c'est l'accusation qui le fera.

— Je n'en suis pas si sûr. Pour elle aussi, ça peut pencher d'un côté ou de l'autre. Elle pourrait très bien ne rien lui demander.

— C'est la vérité qu'on cherche, lui renvoya Bosch. Le juge l'a dit, et toi aussi. Pose-la, cette question. Sinon, moi, je ne suis plus ton enquêteur.

Bosch pivota pour retourner à sa place et pour la première fois, il remarqua la présence de Renée Ballard, là-bas, à l'autre bout de l'espace réservé au public. Il ne l'avait pas vue arriver et n'avait aucune idée du temps qu'elle avait passé dans la salle.

Une fois assis, il concentra de nouveau son attention sur ce qu'il avait devant lui. Haller regardait fixement Morales et se demandait toujours s'il valait mieux en rester là alors qu'il avait gagné des points ou poser la question qui pouvait lui faire gagner ou perdre le bénéfice de son intervention… et le procès.

— Maître Haller, le pressa le juge, avez-vous une autre question ?

— Oui, monsieur le juge. Monsieur Morales, entre ces deux appels au secours auxquels vous avez répondu, où se trouvait l'oxymètre ?

— Dans mon kit.

Bosch vit Haller serrer le poing et en frapper légèrement le lutrin comme s'il venait de transformer un essai.

— Vous ne l'en aviez pas sorti ?

— Non.

— Vous ne l'aviez ni nettoyé ni désinfecté ?

— Non.

— Ni stérilisé ?

— Non.

— Monsieur Morales, savez-vous ce qu'est un transfert d'ADN ?

Saldano se dressa d'un bond pour élever une objection. Elle fit valoir que Morales n'était pas un expert en ADN et ne devait pas avoir le droit de témoigner sur ce point. Le juge n'avait pas eu le temps de réagir qu'Haller déclara :

— Je retire ma question, dit-il.

Haller savait pertinemment qu'il y aurait objection. Il voulait simplement que l'expression « transfert d'ADN » soit dans les minutes du procès et que les jurés y réfléchissent. Ce serait à son témoin suivant de boucler la boucle.

— Vous avez une autre question, maître Haller ? lui demanda le juge.

— Non, monsieur le juge. Je n'ai plus de questions à poser.

Il regagna la table de la défense en jetant un regard à Bosch et lui adressant un petit signe de tête en passant. Bosch, lui, regarda la rangée des journalistes. Ils semblaient figés sur place, le calme qui régnait dans la salle d'audience soulignant ce qu'Haller venait d'accomplir en interrogeant Morales.

— Maître Saldano, reprit le juge, souhaitez-vous interroger le témoin ou prendre le temps de vous préparer pour la suite ?

Bosch s'attendait à ce qu'elle exige une interruption de séance pour pouvoir dire au juge, et sans la présence des jurés, de combien de temps elle allait avoir besoin pour préparer son contre-interrogatoire. Et le juge avait déjà annoncé qu'il lui accorderait beaucoup de latitude.

Mais Saldano surprit Bosch, et probablement tout le monde au prétoire, en se levant et en gagnant le lutrin.

— Ce sera bref, monsieur le juge, dit-elle.

Puis elle posa un bloc-notes grand format devant elle, y vérifia une note et regarda le témoin.

— Monsieur Morales, n'avez-vous qu'un seul oxymètre dans votre kit ?

— Non, j'en ai un de secours. Vous savez, au cas où il n'y aurait plus assez de jus dans le premier.

— Je n'ai plus d'autres questions, conclut-elle.

Et là, dans le silence de la salle, tout sembla indiquer que l'avantage avait changé de camp. Qu'avec cette seule et unique question, Saldano avait défait tout ce qu'Haller avait accompli.

— Autre chose, maître Haller ? s'enquit le juge.

Haller hésita et lui demanda un instant de réflexion, Bosch essayant de trouver une question à lui envoyer par texto. Tout paraissait indiquer que la moindre d'entre elles risquait d'offrir une ouverture à l'accusation. Il lui en envoya une à toute vitesse sans même se donner la peine de corriger ses fautes de frappe :

Dis-y d'ougrir le kit

Et il regarda Haller consulter sa montre. Ce que le juge remarqua lui aussi.

— Je vous arrête avant que vous posiez votre question, maître Haller, dit ce dernier. Nous ne ferons pas de pause ce matin avant que vous n'en ayez fini avec ce témoin.

— Merci, monsieur le juge, répondit Haller avant de se concentrer à nouveau sur son témoin. Monsieur Morales, pourriez-vous rouvrir votre kit et nous montrer l'endroit où vous mettez ces deux oxymètres ?

Morales s'exécuta. L'oxymètre qu'il avait montré aux jurés se trouvant sur le plateau du haut, il souleva ce dernier, passa les mains au-dessus de ce que contenait celui du dessous, trouva le deuxième oxymètre et le brandit.

— Merci, vous pouvez refermer votre kit, dit Haller, et il le regarda s'exécuter.

Il se tourna vers Bosch et lui adressa un léger signe de tête : il allait reprendre l'avantage.

— Ce qui signifie, monsieur Morales, enchaîna-t-il, que lorsque vous nous avez dit avoir un oxymètre de secours, vous parliez de celui qui se trouve au fond de votre kit, celui dont vous vous servez si jamais celui du dessus ne fonctionne pas ou si la pile est morte, c'est bien ça ?

Morales savait très clairement que les renseignements qu'il fournissait aux jurés étaient essentiels et c'était à l'État qu'allait sa loyauté. Il hésita, puis essaya de formuler une réponse qui ne donnerait pas ce qu'il voulait à Haller.

— On ne sait jamais, dit-il. On peut se servir de l'un ou de l'autre, tout dépend de la situation.

— Alors pourquoi donc en avez-vous un au-dessus et l'autre au fond, sous le plateau ? lui renvoya Haller.

— Bah, c'était juste comme ça que je les avais arrangés.

— Non, vraiment ? Alors permettez que je vous soumette une hypothèse, monsieur Morales. La caserne nº 3 reçoit un appel. Un type vient de se faire renverser par une voiture dans la 1re Rue. Vous répondez à l'appel. L'homme est étendu sur la chaussée, il saigne et a perdu connaissance. « Ses réserves se vident », comme vous dites, et vous ouvrez donc votre kit. Prenez-vous l'oxymètre du dessus ou soulevez-vous le plateau pour chercher celui du fond ?

Comme il fallait s'y attendre, Saldano éleva une objection au motif qu'encore une fois, Haller importunait son propre témoin. Haller retira sa question – il savait que les jurés n'avaient pas besoin d'entendre la réponse de Morales. Le simple bon sens disait que Morales aurait pris l'oxymètre du dessus et que c'était bien ce qu'il avait fait pour examiner le juge Montgomery mortellement atteint.

— Je n'ai plus de questions, monsieur le juge, dit-il.

Saldano passa son tour. Elle n'avait aucune envie de s'étendre plus longtemps sur la question de l'oxymètre. Le juge demanda à Haller s'il avait d'autres témoins.

— Oui, monsieur le juge, répondit-il. Le dernier. La défense aimerait appeler le docteur Christine Schmidt à la barre.

— Très bien, dit le juge. Nous allons faire une pause et reprendrons l'audition de votre dernier témoin après. Mesdames et messieurs les jurés, l'heure est venue d'aller aux toilettes et de boire un café. Mais vous devrez tous revenir ici dans un quart d'heure. Je vous remercie.

Il ne fit même pas mine de quitter sa place tandis que les jurés se levaient et franchissaient un par un la porte au bout de leur box. Cela signifiait que l'audience n'était pas levée et que Falcone avait d'autres choses à dire aux avocats dès que les jurés auraient disparu.

Il attendit que le dernier passe la porte avant de reprendre la parole.

— Bien, dit-il, les jurés ne sont plus présents et nous sommes toujours en séance. Je n'ai aucune intention de vous dire comment faire votre travail, mais il me semble que ce serait faire bon usage de cette pause si maître Saldano et maître Haller voulaient bien me rejoindre dans mon cabinet afin de vérifier si cette affaire vaut toujours la peine d'être jugée. Des objections ?

— Non, monsieur le juge, répondit aussitôt Haller.

— Non, monsieur le juge, répondit Saldano en écho, mais après une hésitation.

Chapitre 19

Les avocats étant entrés dans le cabinet du juge, Bosch passa dans le couloir. Christine Schmidt était assise sur un banc en attendant d'être appelée à la barre. Les témoins n'ayant pas le droit d'entendre d'autres témoins pendant un procès, elle n'avait pas conscience de ce que Morales avait révélé, ni non plus du changement proprement sismique que son témoignage avait apporté à l'affaire. Bosch traversa le couloir pour lui parler, mais se contenta de lui expliquer que les avocats conféraient avec le juge et qu'elle devait s'attendre à témoigner juste après.

Puis il gagna le banc où attendait Ballard. Il s'assit et elle posa son sac à dos entre eux deux.

— Bon alors, qu'est-ce qui s'est passé au juste là-dedans ? demanda-t-elle.

— Je pense qu'Haller vient d'obtenir un verdict imposé d'acquittement, répondit-il. En tout cas, je parie que c'est de ça que les avocats parlent avec le juge.

— Le témoignage… Haller a laissé tomber l'ADN ?

— Il a plutôt trouvé le moyen d'expliquer comment l'ADN de l'accusé s'est retrouvé sous l'ongle du juge Montgomery par transfert, répondit Bosch en lui montrant le banc où attendait le docteur Schmidt. C'est elle, l'experte. Elle va parler ADN de contact et de transfert. Celui de Herstadt a été découvert sous un ongle de Montgomery, un seul, celui de l'index, et c'est l'oxymètre qui aurait pu l'y transférer. D'où le doute raisonnable immédiat. D'où le jury bloqué, voire l'acquittement direct.

— Attends, attends, dit-elle. Et les aveux du type ? Il a reconnu son crime.

— Haller a foutu tout ça en l'air hier. Herstadt est schizophrène. D'après son médecin appelé à la barre, il est atteint du genre de psychose qui pourrait lui faire reconnaître n'importe quoi en état de stress, y compris d'avoir assassiné un juge à Grand Park. Et selon moi, le juge le pense aussi.

— Et c'est toi qui as filé ça à Haller ?

Elle avait prononcé ces mots d'un ton dégoûté, comme si cela faisait partie d'un plan concocté par la défense, et Bosch en fut offensé.

— Je lui ai donné des faits, lui renvoya-t-il, pas des astuces. Je pense que ce qu'il a exposé est très exactement ce qui s'est passé. Herstadt n'a pas assassiné le juge.

— Je m'excuse, dit-elle aussitôt. Je ne voulais pas laisser entendre… Je l'aimais bien, moi, le juge Montgomery, tu le sais.

— Moi aussi, je l'aimais bien. Mais je veux être sûr que ce soit le bon type qui tombe pour son meurtre.

— Bien sûr, bien sûr. Comme nous tous.

Bosch ne poussa pas plus loin. Il était toujours blessé d'avoir été injustement accusé. Il pivota et regarda le couloir où certains entraient dans des prétoires et d'autres en sortaient, où l'on attendait assis sur des bancs, où l'on errait sans but dans les enceintes de la justice. Il vit quelques jurés de l'affaire Montgomery qui revenaient des toilettes.

— Alors pourquoi tu es là ? finit-il par demander à Ballard. Tu as eu quelque chose à la balistique ce matin ?

— En fait, non, répondit-elle.

Elle avait changé de ton. Elle devait être contente de ce nouveau sujet de conversation après avoir ainsi foutu les pieds dans la merde.

— Il n'y avait rien dans la base de données qui corresponde au projectile ou à la douille dans l'affaire Hilton. Mais au moins s'y trouve-t-il maintenant quelque chose si jamais il y avait du nouveau un jour.

— Dommage, dit Bosch. Mais bon, on savait que c'était pas gagné. C'est quoi, la suite ? Rialto ?

— Plus je pense à Elvin Kidd, plus je me dis que c'est là qu'est la réponse.

— Qu'est-ce que tu as trouvé ?

Elle prit son sac à dos et en sortit son portable. Elle l'ouvrit et montra les trombines d'un Noir photographié de face, puis de profil.

— Voilà les photos de Kidd prises à Corcoran en 1989, soit l'année où John Hilton et lui s'y trouvaient tous les deux. Et maintenant, regarde ça.

Elle sortit le carnet de croquis de Hilton de son sac, l'ouvrit à une page précise et le tendit à Bosch, qui compara la photo au dessin.

— Ça correspond, dit-il.

— C'est là-bas qu'ils se sont connus, enchaîna-t-elle. Pour moi, ils étaient amants. Et ensuite, ils ont été tous les deux libérés sous condition et sont revenus à Los Angeles, ce qui a posé un problème à Kidd. C'était un boss des Crips et tout soupçon d'homosexualité pouvait lui être fatal.

— C'est beaucoup s'avancer. Tu as la preuve qu'il était gay ?

— Pas pour l'instant, c'est juste une idée. Mais il y a quelque chose dans ces dessins… Sans même parler de cette addiction à la drogue, ni de la froideur dans la déclaration des parents. J'y travaille encore. Pourquoi… Qu'est-ce que tu sais, toi ?

— Rien sur ce point. Mais je me rappelle que John Jack et moi avons travaillé sur quelques meurtres homophobes et que ça ne l'a jamais beaucoup motivé. Il n'avait jamais le feu sacré quand la victime était gay. Je me rappelle une affaire… Une aventure d'un soir. Un vieux qui avait ramassé un jeune à West Hollywood et l'avait ramené chez lui dans les collines en retrait d'Outpost Drive. Le gamin l'a détroussé, puis l'a battu à mort avec sa ceinture équipée d'une boucle de style rodéo et c'était pas beau à voir. Et là, j'ai entendu John Jack dire quelque chose qui ne m'a pas plu : « Des fois, les gens méritent ce qui leur arrive. » Je ne dis pas que c'est toujours faux… J'ai travaillé sur des dossiers où, moi aussi, je l'ai pensé. Mais dans ce cas-là, il avait tort.

— Tout le monde compte ou personne.

— Voilà.

— Ce qui fait qu'encore une fois, on revient à la question de savoir pourquoi John Jack s'est emparé du livre du meurtre. Était-ce parce qu'il détestait les gays et ne voulait pas que l'affaire soit résolue ?

— Ça me semble un peu extrême. Je ne crois pas qu'on en soit là.

— Peut-être pas, en effet.

Ils restèrent un instant assis sans rien dire. De plus en plus de jurés reprenaient le chemin du prétoire et Bosch savait qu'il devait y retourner. Plus pour savoir ce qui allait se passer que par devoir.

— Ce qu'a fait ou n'a pas fait Thompson dans cette affaire n'a aucune importance, dit-il. Pas plus qu'Hunter ou Talis.

— Parce que nous, nous allons la résoudre, cette affaire ! dit-elle.

Il acquiesça d'un signe de tête.

— Et comment !

Il se leva et la regarda.

— Faut que j'y retourne, dit-il. Tu vas à Rialto ?

— Non, à West Hollywood, pour voir l'ancien coloc de Hilton et essayer de confirmer certains trucs.

— Tiens-moi au courant.

Chapitre 20

Bosch entra dans la salle au moment où les derniers jurés regagnant leur place dans le box, le juge se retournait dans son grand fauteuil de façon à pouvoir les regarder dans les yeux dès qu'il reprendrait la parole. Bosch se glissa à sa place habituelle au dernier rang. Il vit alors qu'aussi bien Haller que Saldano étaient assis à leur table et regardaient droit devant eux. Pas moyen de deviner ce qu'ils pensaient. Pile au moment où le juge allait reprendre la parole, la porte de la salle s'ouvrit sur Jerry Gustafson, l'inspecteur du LAPD chargé du dossier. Il remonta rapidement l'allée centrale et s'assit au premier rang, juste derrière la table de l'accusation. Il n'avait pas cessé d'entrer et de sortir de la salle depuis que Bosch assistait aux débats.

— Mesdames et messieurs les jurés, entonna Falcone. Je tiens tout d'abord à vous remercier du service que vous rendez dans cette affaire. La tâche du juré est parfois coûteuse en temps, difficile, voire traumatisante. Vous avez tous été de bons soldats ces dix derniers jours, et l'État de Californie et moi-même vous en félicitons et remercions.

« Cela étant dit, il y a eu un changement et ce procès arrive à sa conclusion. Le Bureau du district attorney a choisi de renoncer à toutes les charges contre M. Herstadt et de ne pas pousser plus loin pour l'instant.

S'ensuivit le murmure habituel des quelques rares observateurs et de la rangée de journalistes réagissant à la nouvelle. Bosch scruta le dos de Haller : aucun mouvement, et l'avocat ne se pencha pas vers son client pour lui donner une petite tape sur le bras ou l'épaule, ou indiquer visuellement qu'il l'avait emporté.

En revanche, il vit que Gustafson, lui, s'était penché en avant et avait posé un bras sur la rambarde du public et baissé la tête comme on le fait en s'agenouillant à l'église pour demander un miracle à son dieu.

Mais c'étaient les deux derniers mots de « pour l'instant » qui troublaient Bosch. Qu'est-ce que cela signifiait ? Il savait, tout aussi sûrement que le juge, que renoncer à l'ensemble des charges maintenant équivalait à un acquittement. On n'y reviendrait pas. En Californie, tout procès est considéré comme engagé dès qu'il y a sélection des jurés. Reprendre des poursuites contre Herstadt après cette déclaration aurait contrevenu aux protections constitutionnelles empêchant toute atteinte à la chose jugée. Bosch n'avait plus aucun doute : le procès contre Jeffrey Herstadt était terminé.

Après cette explication obscure, le juge remercia encore une fois les jurés et leur demanda de regagner la salle des délibérations et de l'y attendre : l'accusation, leur précisa-t-il, avait quelque chose à leur dire. Bosch devina que Saldano voulait les sonder pour voir ce qu'ils pensaient du verdict. Les entendre lui ferait savoir si elle avait commis une erreur critique en renonçant. Mais peut-être aussi cela lui confirmerait-il qu'elle avait pris la bonne décision.

Le juge leva la séance et quitta son siège. Haller attendit qu'il soit sorti pour regarder Bosch, assis au dernier rang. Alors il lui sourit, tendit un doigt en l'air, souffla dessus comme sur le canon brûlant d'une arme, et se pencha enfin vers son client pour lui serrer l'épaule et lui parler à l'oreille.

Saldano et son assistant quittèrent la table de l'accusation et se dirigèrent vers la salle des délibérés, tandis que Gustafson reprenait l'allée centrale pour gagner la sortie, et s'arrêtait pour regarder Bosch. Bien des années auparavant, ils avaient travaillé ensemble aux Vols et Homicides, mais ils ne se connaissaient pas bien.

— Content, Bosch ?

— Qu'est-ce qui s'est passé au juste ?

— Saldano a laissé tomber pour ne pas ternir son palmarès. Herstadt est libre et quoi qu'il arrive maintenant, ce sera ta faute, espèce de connard. Je sais que c'est toi qui as tout arrangé pour Haller.

— Tu crois toujours que c'est Herstadt le coupable.

— Va te faire foutre, mec. Je le sais, et toi aussi.

— Et les cinq autres, Gustafson ?

— Quels cinq autres ?

— On a eu le livre du meurtre à l'échange des pièces entre les parties. Toi et ton pote, vous vous branliez sur cinq types qu'auraient été très contents de voir Montgomery mort, mais vous avez tout lâché dès que vous avez eu la correspondance ADN avec Herstadt. Vous allez revoir leurs cas ?

Gustafson lui montra la porte de la salle devant laquelle Haller murmurait toujours à l'oreille de Herstadt.

— Il est là-bas, ton tueur, Harry. J'ai pas besoin de reprendre le dossier. C'était lui, on le tenait, et t'as tout foutu en l'air. Joli boulot ! Tu devrais être fier. Tu viens juste de défaire tout ce pour quoi tu travaillais quand tu portais le badge.

— Et donc, c'est non ?

— Bosch, en ce qui me concerne, cette affaire est RPA. Et c'est ta faute, lui répondit Gustafson avant de s'en aller.

Bosch resta assis, le visage rouge de colère. Il essaya de se calmer pendant qu'Haller finissait avec son client et autorisait l'officier à le reconduire à la souricière pour qu'il puisse être rendu à la vie civile. Haller rassembla vite ses dossiers et ses blocs-notes, les enfourna dans sa mallette, en boucla les deux fermoirs en cuivre jaune et franchit la rambarde derrière laquelle l'attendaient quatre journalistes. En parlant plus haut les uns que les autres, ceux-ci le couvrirent de questions sur ce qui venait de se produire dans le cabinet du juge.

Haller les informa qu'il leur répondrait dans le couloir, les conduisit hors de la salle et décocha un coup d'œil à Bosch en passant devant sa rangée. Alors Bosch se leva et les suivit, tandis qu'Haller se plantait au milieu du couloir et laissait les journalistes former un demi-cercle autour de lui. Bosch se tint à l'écart, mais assez près pour entendre ce qui se dirait.

Les journalistes se mirent à lui crier diverses questions sur le même thème, et Haller lança d'une voix où perçait l'ivresse de la victoire :

— Bon, OK, écoutez-moi au lieu de parler et je vais vous éclairer.

Et il attendit qu'ils se taisent avant de continuer :

— Bien, on est prêts ? reprit-il. Vu le doute plus que raisonnable suscité par les éléments de preuve présentés au jury, l'État de Californie a choisi la voie de l'honneur en renonçant au procès bien faiblard qu'il intentait à mon client. M. Herstadt est présentement en train d'être relâché et sera libre dans un court instant.

— Mais cette affaire était gagnée d'avance ! s'écria un journaliste que Bosch savait travailler pour le *Times*. Il y avait les aveux et la correspondance ADN. Qu'est-ce qui s'est passé ?

Haller écarta grand les bras et sourit.

— Que vous dire ? À doute raisonnable, prix raisonnable. Ce qui s'est passé ici, c'est que l'accusation n'avait pas fait ses devoirs : les aveux étaient faux... Ils venaient d'un homme qui aurait avoué le meurtre du Dahlia noir si on l'en avait accusé. Sans oublier qu'il y avait une explication parfaitement raisonnable à cette correspondance ADN. Le juge l'a bien vu, a compris que cette affaire tenait du canard sans tête et a interpellé l'accusation. Sur quoi, maître Saldano a appelé son boss et, la raison l'emportant, elle a fait ce que ferait tout procureur avisé : elle a levé le camp.

— Et donc, l'affaire est terminée ? demanda un autre journaliste.

— Le Bureau du district a renoncé et a abandonné toutes les charges.

— Ce qui veut dire qu'ils pourraient y revenir ? s'enquit un troisième reporter.

— Pas du tout, répondit Haller. L'affaire a été jugée et remettre mon client en accusation constituerait une violation de ses droits constitutionnels. Cette affaire est close, les gars, et il vient aujourd'hui d'être prouvé qu'un innocent l'était bel et bien.

— Qui Saldano a-t-elle appelé pour avoir l'autorisation de renoncer ? demanda le journaliste du *Times*.

— Je ne sais pas. Elle est sortie du cabinet du juge pour passer son appel. C'est à elle qu'il faut le demander.

— Et que va devenir votre client ?

— C'est un homme libre. Je vais lui trouver un endroit où il pourra reprendre sa thérapie. Je pense démarrer une page GoFundMe[1] pour l'aider à couvrir ses dépenses. Il est à la rue et n'a pas d'argent. Et il a passé sept mois en prison.

— Allez-vous demander des réparations à la ville et au comté ? demanda un autre reporter.

— Ce n'est pas impossible. Des dédommagements sont nécessaires. Mais cette question-là, c'est pour un

1. Organisme de financement participatif.

autre jour. Je vous remercie. Et n'oubliez pas : Haller s'écrit avec deux *l*. Ne vous trompez pas.

Il s'écarta du demi-cercle et leva le bras vers les ascenseurs : on congédiait les journalistes. En passant devant lui, celui du *Times* lui tendit une carte de visite professionnelle et lui glissa à voix basse quelques mots que Bosch n'entendit pas. Haller prit sa carte et la rangea dans la poche de sa veste de costume, derrière sa pochette rouge-blanc-bleu. Puis il rejoignit Bosch d'un pas sautillant, son sourire tel un trait permanent de son visage.

— C'est pas tous les jours qu'on vit un truc pareil, lança-t-il.

— J'imagine que non. Que s'est-il vraiment passé chez le juge ?

— À peu près ce que je viens de leur raconter. J'ai omis le passage où le juge a dit à Saldano qu'il ne voyait pas un jury prononcer un verdict de culpabilité avec un doute raisonnable. Il lui a donné la possibilité de poursuivre et d'entendre mon experte ADN et ma très solide requête en annulation. C'est là qu'elle s'est levée pour passer son appel à la hiérarchie. Pour le reste, c'est exactement ce que j'ai dit. Peut-être que maintenant, ils vont se donner la peine de chercher le vrai coupable.

— J'en doute. Gustafson croit toujours que c'est ton client qui a fait le coup. Il a même pris le temps de me le dire.

— Amour-propre blessé, rien de plus. Non parce que… qu'est-ce qu'il aurait pu te dire d'autre ?

— D'accord, mais tu ne comprends pas ? Il n'a aucune intention de chercher le vrai coupable. Il me l'a dit lui-même en partant : « RPA »… l'affaire est close.

— Ce qui veut dire ?

— Qu'elle a été Résolue Par Arrestation et ça, ça veut dire : fin de l'enquête. Alors que celui ou celle qui a fait le coup est toujours dans la nature.

— Sauf que ce n'est pas notre problème, si ? C'est pour Herstadt qu'on travaillait et il est libre.

— C'est peut-être pas ton problème à toi, mais moi…

Haller le dévisagea un long moment avant de répondre :

— Faut faire ce qu'il faut, c'est ça ?

Bosch acquiesça.

— Je vais garder les pièces passées à l'échange entre les parties et une copie du livre du meurtre, dit-il.

— Parfait. Comme tu veux. Je te tiens au courant pour l'autre truc dont on a parlé. Le truc médical.

— Je reste dans le coin.

BALLARD

Chapitre 21

Ballard se réveilla dans sa tente avec une grosse douleur entre les omoplates et des fourmillements au pied gauche. Elle se redressa en grognant et découvrit que Lola avait décidé de dormir de tous ses dix-sept kilos en travers de la jambe de sa maîtresse. Elle la libéra en réveillant sa chienne au passage, qui la regarda, l'air trahie.

— Tu m'as écrasé le pied ! s'écria Ballard.

Elle se massa et remua la cheville jusqu'à ce que l'impression de brûlure commence à disparaître. Une fois son pied revenu à la vie, elle roula les épaules pour essayer de dénouer les muscles de son dos. Avant de dormir, elle avait poussé son paddle jusqu'au bout de la jetée, et avait dû batailler au retour contre un fort vent venant de Malibu.

Lola avait maintenant les yeux pleins d'espoir et Ballard comprit le message.

— Juste une petite, Lola. J'ai du boulot.

Ballard sortit de la tente à quatre pattes et regarda autour d'elle. Personne sur la plage. Aaron était sur sa chaise de sauveteur, vautré si bas qu'on ne lui voyait que le dessus du crâne. Ballard prit la laisse posée sur le sable et en entendant le cliquetis de l'attache métallique, Lola bondit aussitôt hors de la tente, passa entre les jambes de Ballard et se mit en position assise devant elle. Puis elle lui jeta un coup d'œil par-dessus son épaule : elle attendait que Ballard lui accroche la laisse au collier.

— T'en veux trop. Ce sera juste une petite balade.

Ballard enfila les sandales qu'elle avait laissées à l'extérieur de la tente et toutes les deux, elles partirent vers la promenade en planches où Lola aimait flâner et observer les gens. Ballard, qui avait pris vers le sud en paddle, décida d'aller vers le nord. Elles montèrent jusqu'à Rose Avenue, puis elles firent demi-tour, Lola essayant sans succès de retenir sa maîtresse.

Une demi-heure plus tard, Ballard comprit qu'elle devait se préparer. Il était presque 16 heures et elle voulait retourner en ville avant la grande cohue des véhicules roulant vers l'est. Elle gagna son van, ouvrit une boîte de nourriture pour Lola et la vida dans son écuelle posée par terre. Puis, pendant que la chienne mangeait, elle inspecta les vêtements accrochés à une barre dans son van afin d'être sûre d'avoir une tenue propre pour sa nuit de travail.

Une fois Lola déposée chez sa gardienne, Ballard évita les autoroutes et rejoignit Hollywood par les voies ordinaires. Elle arriva à 17 h 30, se gara dans le parking du commissariat et se changea au vestiaire avant de récupérer sa voiture de fonction. Alors, elle fila à West Hollywood et passa lentement devant l'immeuble où, pensait-elle, habitait Nathan Brazil, le coloc de John Hilton au moment où celui-ci avait été assassiné.

Elle trouva à se garer dans Willoughby Street et revint vers l'appartement. Il n'y avait pas de portail de sécurité, signe de plus que l'immeuble n'était pas très prisé. Elle arriva au numéro 214 sans encombre et frappa. Presque aussitôt, la porte lui fut ouverte par un homme aux cheveux noirs coupés court et à la barbe bien entretenue. Ballard ne reconnut pas en lui l'individu représenté sur la photo du permis de conduire vieille de quatre ans qu'elle avait sortie de son ordinateur.

Elle décrocha son badge de sa ceinture et le tint bien haut avant de demander :

— Monsieur Brazil ?

— Oui, de quoi s'agit-il ?

— Inspectrice Ballard du LAPD. J'aimerais vous poser quelques questions.

— OK, mais… sur quoi ? Ici, c'est West Hollywood, pas L.A.

— Je sais, mais j'enquête sur le meurtre de John Hilton à Hollywood. Je n'ignore pas que ça remonte à loin, mais j'aimerais vous interroger, sur lui et sur la vie qu'il menait quand vous habitiez ensemble.

— Je ne sais pas de quoi vous parlez. Je n'ai jamais vécu avec quelqu'un de ce nom.

— Vous êtes bien Nathan Brazil, n'est-ce pas ?

— Oh, non ! Moi, c'est Dennis. Nathan est mon mari… J'ai pris son nom. Mais je suis sûr qu'il ne sait rien au sujet d'un meurtre. Qu'est-ce qui…

— Il est ici ?

— Non, il est au travail.

— Où travaille-t-il ?

Dennis commençait à se montrer méfiant.

— Dans un restaurant. Ce qui fait qu'on ne peut pas débarquer comme…

— Il travaille toujours au Marix ?

Les yeux de Dennis le lui confirmèrent en s'écarquillant légèrement de surprise, du genre « mais-comment-vous-savez- ça ? ».

— Vous avez une carte de visite ? reprit-il. Je vais lui demander de vous appeler.

— Vous pourriez aussi lui envoyer un texto pour l'informer que j'arrive et qu'il ferait mieux d'être prêt. C'est d'une enquête pour homicide qu'il est question, monsieur Brazil. On ne prend pas rendez-vous avec les gens qu'on interroge selon leur bon vouloir. Me comprenez-vous bien ?

— Maintenant, oui.

— Parfait. Merci pour votre coopération.

Et elle regagna sa voiture. Le Marix se trouvant au coin de Flores Street, elle aurait mis moins de temps en y allant à pied, mais elle voulait garer son véhicule de police pile devant pour faire montre d'autorité. Si Nathan Brazil avait la même attitude que son mari, il avait peut-être besoin qu'on lui rappelle le pouvoir et la force de l'État.

Elle se rangea dans la zone rouge, juste devant les trois marches menant au restaurant. Elle n'était même pas encore montée sur la première que la porte en verre s'ouvrait et qu'un homme d'une bonne cinquantaine d'années et luttant en vain contre la calvitie, se posta sur celle du haut, les mains sur les hanches. Jean noir, chemise blanche et cravate et tablier noirs.

— Table pour un flic ? lança-t-il, le sarcasme lui dégoulinant de la bouche.

— Monsieur Brazil ?

— Incroyable ! Vous n'avez mis que trente ans pour répondre à mon appel.

Elle le rejoignit sur la marche du haut.

— De quel appel parlez-vous, monsieur ?

— Je voulais parler de mon ami. J'ai appelé je ne sais combien de fois et on ne m'a jamais rappelé parce qu'on n'en avait rien à foutre de John.

Près de la porte d'entrée, Ballard vit un espace clos avec des tables hautes où les clients pouvaient boire et se rassembler en attendant une place. Il ne s'y trouvait personne pour l'instant, Ballard le montra à Brazil d'un geste de la main.

— On pourra y discuter tranquillement ?

— Bien sûr, mais je dois m'occuper d'un client qui dîne tôt.

— Pas de problème.

Ils rejoignirent l'enclos, Brazil s'y installant de façon à pouvoir garder à l'œil une table de quatre à travers les vitres du restaurant.

— Depuis combien de temps travaillez-vous ici ? lui demanda Ballard.

— Presque huit ans. Les gens sont gentils, la bouffe est bonne et je peux aller au boulot à pied.

— Je sais que la nourriture est bonne. J'ai déjà mangé ici plusieurs fois.

— Et c'est là que vous vous mettez à me passer de la pommade et me racontez que l'affaire ne sera jamais résolue ?

— Pas du tout. C'est là que je vous dis qu'on va la résoudre.

— Ben voyons.

— Écoutez, Nathan, je ne vais pas vous raconter d'histoires. Beaucoup d'eau a coulé sous les ponts. Les parents de John sont morts, un des premiers enquêteurs est décédé et l'autre a pris sa retraite dans l'Idaho. Il y a…

— De toute façon, ils n'en ont jamais rien eu à foutre… Ils s'en moquaient complètement.

— Vous dites ça parce qu'on ne vous a jamais rappelé ?

— Pas seulement, mon chou. Pas que ce serait vraiment différent aujourd'hui, mais à l'époque, ils n'allaient pas sauter dans des cerceaux enflammés pour une fiotte accro à la drogue. C'était comme ça, point barre.

— Vous voulez dire un gay ?

— Une fiotte, un pédé, une tarlouze… Appelez-nous comme vous voulez. Le LAPD s'en branlait. Et il s'en branle toujours.

— Pour moi, c'est une victime et c'est tout ce que je vois dans cette affaire, d'accord ? J'ai hérité du dossier parce qu'il avait disparu et vient d'être retrouvé. Je suis dessus, et que John Hilton ait été ceci ou cela et qu'il ait choisi ce style de vie plutôt qu'un autre m'importe peu.

— Eh bien, voilà, c'est exactement ce que je disais. C'est ça, le problème. Il ne s'agit pas d'un « style de vie ». Pas plus que d'un choix. Vous êtes hétéro, n'est-ce pas ?

— Oui.

— Et pour vous, c'est un « style de vie » ou c'est juste que vous êtes hétéro ?

— Je comprends. Je m'excuse, et j'apprécie ce que vous dites. Mais ce que je vous dis, moi, c'est que pour moi, ce qu'était ou faisait John n'a aucune importance. Gay, drogué ou les deux, il ne méritait pas ce qui lui est arrivé et son affaire m'intéresse, quoi qu'aient pensé les gens avant moi. D'accord ?

— OK. Mais là, moi, faut que j'aille m'occuper de ma table.

— Je vous attends ici.

Brazil s'éloigna et passa dans la partie restaurant. Ballard le vit prendre une autre commande de margaritas – c'était le happy hour –, la transmettre au bar, puis revenir vers elle quelques instants plus tard. Elle avait le sentiment d'avoir évacué la question des règles du jeu et laissé Brazil se lâcher. L'heure était maintenant venue de passer aux choses sérieuses.

— Bon alors, depuis combien de temps viviez-vous avec John lorsqu'il a été tué ?

— Assassiné. Je préfère « assassiné », parce que c'est ce qui s'est passé.

— Vous avez raison. Il s'agit bien d'un assassinat. Combien de temps avez-vous vécu avec lui ?

— Onze mois. Je m'en souviens parce que c'était, disons… un peu délicat. On habitait dans un taudis à North Hollywood et il fallait s'engager pour un nouveau bail. Ni l'un ni l'autre, nous ne le voulions, mais on était trop paresseux pour chercher autre chose et envisager de déménager toutes nos merdes. C'est à ce moment-là qu'il a été assassiné et que je me suis retrouvé incapable de payer le loyer tout seul. J'ai dû dégager.

— Dans le rapport d'enquête, il est dit que John Hilton est venu vous voir au studio où vous travailliez le soir où il s'est fait tuer.

— Oui, aux studios d'Archway. Je l'ai appris plus tard par le type à l'entrée.

— Sa visite était-elle inhabituelle ?

— Un peu. Mais pas vraiment.

Ce détail dans la chronologie du livre du meurtre, à savoir qu'il était rare que Hilton se rende au studio de Brazil, avait intrigué Ballard et voilà qu'elle avait droit à un autre son de cloche.

— Dans un rapport de la première enquête, j'ai lu que vous aviez déclaré qu'il ne l'avait encore jamais fait, le pressa-t-elle.

— Je ne connaissais pas le type qui m'interrogeait, répondit Brazil. Je l'appelais « l'inspecteur Vitalis », parce que… vous savez, la lotion capillaire… Et pendant un moment… jusqu'à ce qu'ils confirment mon alibi… je pensais qu'ils essayaient de m'accuser et de faire passer ça pour un crime entre pédés. Alors j'ai dit ce que j'avais à dire.

— Et c'était un mensonge.

— Non, pas un mensonge. Mais il y avait plus. Je travaillais chez un traiteur. Vous savez bien… qui apportait toute la bouffe, les snacks et autres, et des fois on filmait en extérieur, genre dans les rues. Alors moi, je disais toujours à John où on serait et il passait et je lui filais un peu de bouffe en douce, vous voyez ? Et c'est pour ça qu'il était venu au studio ce jour-là : il avait faim. Il ne devait plus avoir d'argent et il voulait quelque chose à manger. Mais donner mon nom au gardien d'Archway n'aurait pas marché. C'était la première fois qu'on bossait à cet endroit et on ne me connaissait ni d'Ève ni d'Adam.

Ballard acquiesça. Il valait toujours mieux avoir toute l'histoire, mais parfois plus on en savait, plus on découvrait de choses qui ne cadraient pas avec les infos qu'on avait.

— Sauf que s'il n'avait pas d'argent au point de passer vous voir, comment a-t-il pu acheter de la drogue dans cette ruelle ? demanda-t-elle.

— Je ne sais pas, répondit Brazil. Peut-être qu'il avait quelque chose à échanger. Qu'il avait volé un truc. C'était son genre, vous savez ?

Elle acquiesça de nouveau. C'était possible.

— Tout ce que je sais, c'est qu'il est passé me voir parce qu'il n'avait pas de fric, reprit Brazil. Bon, faut que j'aille au bar.

Pendant son absence, Ballard décida de réorienter ses prochaines questions. Cette fois, elle dut attendre un moment avant qu'il finisse de servir les boissons à sa table de un, puis de prendre la commande et de regagner les cuisines.

— Vous savez quoi ? dit-il en revenant. Je vous aime bien, vous. Vous n'êtes pas du tout comme l'inspecteur Vitalis.

— Vous parlez sans doute de l'inspecteur Talis, non ? lui renvoya-t-elle. J'ai eu assez de mal avec lui, moi aussi.

— Non, pas lui. C'était pas à cause de son nom. Il avait une raie sur le côté et les cheveux bien brillants et figés. Sa lotion Vitalis, je la reconnaissais parce que c'était celle qu'utilisait mon père.

— S'appelait-il Hunter ?

— Oui, c'est ça ! Hunter. Je m'en souviens parce qu'à l'époque il y avait un bar qui s'appelait comme ça dans le boulevard : « Le Hunter ». Même que le logo disait : « Là où le chasseur rencontre le gibier[1]. » Mais bon bref, c'était un con.

— Il est mort.

— Ben, c'est que déjà à l'époque, il avait l'air vieux.

— John et vous étiez amants ou seulement colocs ?

— Oh, oh, mais ça devient nettement plus personnel, ça !

— Ça fait partie du boulot, désolée.

— On pourrait dire qu'on était les deux. Rien de sérieux, mais bon, parfois, il y avait des choses qui arrivaient.

— Avait-il quelqu'un d'autre dans sa vie ?

---

1. *Hunter* signifie « chasseur ».

— Oh mais oui ! Il avait son fantasme inaccessible. On en a tous un.

— Et qui était le sien ?

— John avait fait de la prison, vous savez ? Ses parents ne voulaient pas lui trouver un bon avocat et il s'est retrouvé condamné à trois ans. Et là, il est tombé amoureux d'un mec qui le protégeait. Là-bas, mais seulement là-bas. En taule, y a des types qui font ce qu'il faut, mais une fois qu'ils sont dehors, c'est une autre histoire. Ils passent de l'amour gay à la haine des gays. Ça se voit tout le temps. C'est du déni.

— Vous a-t-il jamais dit le nom de ce type ?

— Non. Ou en tout cas, je ne m'en rappelle pas. Et comme ça n'avait plus d'importance puisque c'était terminé… Son amant était sorti de taule et avait retrouvé son existence d'hétéro.

— Mais John, lui, n'a pas décroché de son fantasme ?

— C'est ça, de son rêve. Il passait son temps à dessiner des portraits de ce mec.

— Des portraits ?

— Ce mec posait pour lui en prison et John était assez bon en dessin. C'était ça qu'il faisait le mieux, et il dessinait tout le temps. Sur les serviettes, sur des bouts de papier, sur tout et n'importe quoi. Il avait même gardé un carnet des croquis qu'il avait faits en prison.

— En avez-vous parlé à l'inspecteur Vitalis ?

— Non. Il ne m'a jamais rappelé après ce premier interrogatoire. Une fois que je ne pouvais plus lui servir de suspect, je lui étais inutile.

— Était-ce pour ça que vous tentiez de le joindre ? Pour le type en prison ?

— Non, ce que je voulais, c'est qu'il rappelle mon patron pour lui dire que je n'étais suspecté de rien. C'est à cause de lui que j'ai été viré… Il a dit à mon patron que je filais de la bouffe à Johnny en cachette de temps en temps, et on m'a renvoyé. Ils me considéraient comme un suspect et ce n'était pas juste.

Ballard ne put qu'acquiescer. Elle ne doutait pas un seul instant de la véracité de cette histoire. Hunter et Talis avaient bâti un livre du meurtre incomplet à partir d'une enquête qui n'était pas allée jusqu'au bout. Ils avaient alors dévié de la vérité ou s'en étaient volontairement écartés. Il n'y avait en tout cas rien de surprenant à ce qu'ils aient laissé d'autres victimes derrière eux et causé d'autres dégâts sur leur passage.

— Ne soyez pas comme eux, conclut Brazil.

— Je ne le suis pas, répondit-elle.

Chapitre 22

Arrivée en avance pour prendre son service, elle entra dans une salle des inspecteurs qu'elle n'avait jamais vue aussi peuplée si tard dans la journée. Plusieurs de ses collègues de jour avaient pris place à leur bureau et faisaient marcher téléphones et ordinateurs. Il était arrivé quelque chose. Son patron, le lieutenant McAdams, se tenait debout à côté d'un inspecteur et lisait ce qu'il écrivait par-dessus son épaule.

Elle s'approcha.

— Lieute, dit-elle, qu'est-ce qui se passe ?

— Ballard, qu'est-ce que vous faites ici si tôt ? lui renvoya McAdams en se tournant vers elle.

— Je voulais prendre de l'avance. J'ai de la paperasse en retard et je voulais la finir avant l'appel. On ne sait jamais ce qui peut se passer après.

— De la paperasse sur quoi ?

— Oh, juste du suivi sur le carbonisé de l'autre soir. Les experts de l'ARSON voulaient les photos que j'ai prises avec mon portable. Mais ils ne m'ont jamais envoyé leurs conclusions. Et donc, je les leur demande, histoire de voir s'ils ont identifié la victime. Qu'est-ce qui se passe, ici ?

— On a un plouc qui a décidé de se faire la recette de l'In-N-Out de Sunset Boulevard. Et ce connard dégage, mais comprend qu'il ne peut pas sortir du parking parce que la queue au drive-in bloque l'entrée. Il bazarde sa voiture et court jusqu'à Hawthorne Boulevard, où il essaie de détourner un camion UPS sans se rendre compte que le chauffeur est à l'arrière avec les paquets. Le camion démarre, le gars à l'arrière le surprend, ils se battent pour le contrôle du véhicule et le camion emboutit trois bagnoles.

— Waouh !

— Et c'est pas fini, parce que le type saute du camion et continue de cavaler, sauf que maintenant il a le mec d'UPS et un autre type qui était dans une des voitures qui lui courent après. Il reprend vers le nord, essaie de traverser Hollywood Boulevard et se fait renverser par un bus touristique de la TMZ[1]. Vous voyez d'ici la tonne de paperasse que ça a généré ? J'ai trois gars en heures sup dessus et deux autres que j'ai empruntés à Wilshire. Bref, j'espère bien que vous n'allez pas me demander une verte pour votre carbonisé.

Une « verte », à savoir une demande d'heures supplémentaires.

— Non, lieute. Pas d'heures sup pour moi.

1. Soit de la Thirty Mile Zone, ou Zone de trente miles des studios de cinéma de Hollywood ayant pour centre le croisement des boulevards West Beverly et North La Cienega.

— Parfait. Non parce que ça va couler la banque, tout ce déploiement, et il ne nous reste plus que huit jours d'heures sup au budget.

— Vous inquiétez pas. Vous avez besoin de moi sur ce coup-là ? demanda-t-elle en sentant qu'elle devait lui faire cette offre même si elle n'avait aucune envie de s'occuper de l'affaire.

— Non, on maîtrise la situation, répondit McAdams. Occupez-vous de votre carbonisé et de tout ce qui arrivera cette nuit. À ce propos... Toujours rien sur un nouveau binôme pour vous, mais le capitaine Dean de Wilshire me dit qu'ils peuvent très bien gérer la Hollywood Division les nuits où vous êtes de congé.

— Génial, dit-elle. Mais ça ne me fait rien de bosser seule. J'ai toujours la patrouille en renfort si besoin.

Elle pivota et chercha un bureau vide. Celui dont elle se servait depuis peu était occupé par son propriétaire de jour. Elle en choisit un loin de l'agitation générale et s'y assit pour se mettre au boulot.

Elle ne savait pas trop quoi penser des efforts de McAdams pour la mettre en tandem avec quelqu'un. Son dernier coéquipier avait pris sa retraite quatre mois plus tôt, après un congé prolongé pour deuil. Tout bien considéré, cela faisait déjà sept mois qu'elle travaillait seule. Alors que la tâche exigeait en théorie depuis toujours que deux inspecteurs de nuit se la partagent, la réalité était bien différente depuis qu'elle l'accomplissait en solo. Elle avait certes connu des moments de pure terreur, mais pour l'essentiel, elle aimait mieux ça que de supporter un coéquipier ou de devoir constamment lui rapporter tout ce qu'elle faisait. Elle appréciait que le commandant de veille ne la surveille que de loin. Et que son vrai superviseur, McAdams, ne sache jamais vraiment ce qu'elle avait derrière la tête.

Ballard se rendit compte alors que ce qu'elle avait débité à McAdams sur le carbonisé comportait un élément de vérité. Elle n'avait effectivement toujours rien reçu des experts incendie, et cela l'empêchait de terminer son propre rapport.

Elle retrouva la carte de visite de Nuccio au fond de son sac à dos, ouvrit sa session informatique du LAPD et lui envoya un e-mail lui demandant l'identité de la victime, la cause officielle de sa mort et tout autre détail pertinent, y compris si les proches du SDF avaient été localisés et informés de sa mort. Elle ne s'attendait pas à recevoir de réponse avant le lendemain : elle savait que les experts de l'ARSON étaient du genre 9 heures-17 heures, à moins de recevoir un appel ou de régler une affaire.

Mais son téléphone sonna une minute plus tard.

— Ballard, Nuccio à l'appareil.

— Je viens de vous envoyer un e-mail. J'ai besoin…

— Je l'ai lu. C'est pour ça que je vous appelle. Vous pouvez laisser tomber. Ce sont les Vols et Homicides qui s'en occupent.

— Minute… Quoi ?

— On a fini par trouver cette mort suspecte, et c'est le règlement. Bref, c'est la division des Vols et…

— Qu'est-ce qu'elle a de suspecte, cette mort ?

— Plusieurs choses. Et d'un, croyez-le ou non, mais le mort avait du répondant. Il sortait d'une riche famille de San Diego. Du coup, ça va attirer l'attention sur l'affaire.

— Comment s'appelle-t-il ?

— Edison Banks Junior, son père a un chantier naval et s'est fait une fortune en contrats avec la Navy. Il est mort l'année dernière et le gamin à la tente a hérité d'un paquet de fric, mais n'en savait probablement rien. Il y a cinq ans de ça, son père en a eu marre de ses conneries, lui a filé dix mille dollars en liquide et l'a viré de chez lui. Il avait vingt ans et la famille n'a plus jamais entendu parler de lui. Je pense qu'il a dépensé tout son pognon et que depuis il était à la rue. Il a un frère cadet et maintenant, c'est lui qui ramasse tout.

— Et vous dites que c'est ça qui éveille les soupçons ?

— Non, ce que je dis, c'est que ça nous a donné envie d'aller vérifier toute l'histoire. Et qu'en le faisant, on a eu des doutes.

— Comment ça ?

— Deux choses. La première, c'est l'autopsie. Le test d'alcoolémie a explosé tous les records. Il nous est revenu avec du 2,4 grammes, soit trois fois plus que la limite autorisée pour conduire.

— Plutôt quatre, à mon avis. Sauf qu'il ne conduisait pas, Nuccio.

— Je sais bien, mais d'après l'autopsie, le gamin ne faisait qu'un mètre soixante-seize pour soixante-trois kilos. Avec tout ça de bibine dans le sang, il n'aurait jamais pu conduire ou autre. Il serait resté sur le carreau pour de bon.

Ballard ne se donna pas la peine de lui rappeler que l'alcoolémie n'est pas affectée par le poids ou la taille du buveur.

— Saoul ou pas, ça n'a pas d'importance, dit-elle seulement. Il aurait quand même très bien pu renverser le réchaud dans son sommeil.

— Ça se peut, oui, répondit Nuccio. Sauf qu'on a aussi examiné l'appareil et qu'il est équipé d'une valve qui empêche le carburant d'arriver à la flamme si l'inclinaison du bazar dépasse les quarante-cinq degrés. Dispositif de sécurité. Le renverser éteint automatiquement la flamme et ça ne peut pas déclencher un incendie.

— Et vous l'avez testé ?

— Plusieurs fois. Et le machin ne fuit pas. Pour y arriver, il aurait fallu dévisser le bouchon et renverser l'appareil, et le bouchon était bien vissé. D'où les soupçons. Le mec est raide saoul dans sa tente, pour une raison ou pour une autre un type y entre, dévisse le bouchon, vide l'huile de chauffage, revisse le bouchon et s'éloigne dare-dare. Après quoi, il craque une allumette, la balance dans la tente et *pfouit*, ça s'embrase. Le pauvre mec n'aura jamais su ce qui lui arrivait. C'est la seule manière possible et ça rend l'affaire douteuse. D'où les Vols et Homicides qui prennent le relais.

Ballard garda le silence en évaluant le scénario que Nuccio venait de lui servir. Ce fut comme si elle voyait un film dans sa tête.

— Qui a hérité de l'affaire aux Vols et Homicides ? demanda-t-elle.

— Je ne sais pas, répondit Nuccio. J'en ai parlé au capitaine Olivas qui m'a annoncé qu'il y aurait un grand *pow-wow* demain à 8 heures. C'est là que je saurai à qui ç'a été assigné.

Évidemment que c'était Olivas : les Vols et Homicides raflaient toutes les grosses affaires. Ballard avait jadis fait partie d'une de ces équipes – jusqu'au moment où se défendre contre Olivas lui avait coûté sa place.

— OK, Nuccio, dit-elle, je vous y retrouve demain.

— Quoi ? s'écria Nuccio. Non, non, ce que je vous ai dit, c'est pas officiel, et c'est pas votre affaire, Ballard. C'est les Vols et Homicides qui l'ont et en plus, vous ne savez même pas où va se tenir la réunion.

— Je sais parfaitement qu'on va aux Vols et Homicides. C'est jamais eux qui viennent à vous. On se retrouve demain.

Et elle raccrocha. Elle n'était pas certaine d'aller à la réunion (elle avait juré de ne jamais se retrouver à nouveau dans une salle avec Olivas), mais elle avait besoin que Nuccio soit persuadé de sa venue. Ça le mettrait en colère, lui, et Olivas aussi quand on le lui ferait savoir, et c'était ça qu'elle voulait.

Chapitre 23

Ballard passa la première heure après l'appel à essayer de trouver quelque chose sur Edison Banks Junior. Il n'avait pas de casier judiciaire et son permis de conduire avait expiré trois ans plus tôt et n'avait pas été renouvelé. Elle sortit la photo de la DMV et se dit qu'elle avait dû être prise sept ans auparavant, lorsque le permis lui avait été délivré. On y voyait un individu du genre surfeur, aux cheveux blonds, aux lèvres minces et aux yeux verts. Ballard en fit un tirage papier, même si elle savait qu'il serait vain de la montrer à des gens qui avaient fait sa connaissance récemment.

Ensuite, elle se mit au téléphone et appela refuges, soupes populaires et centres d'aide aux sans-abri de la région de Hollywood. Il n'y en avait pas beaucoup et tous n'étaient pas ouverts vingt-quatre heures sur vingt-quatre. Elle cherchait la moindre information sur Banks à avoir dans sa poche si jamais elle décidait de débarquer à la réunion des Vols et Homicides du lendemain matin. Elle ne s'attendait pas à garder l'affaire – c'était couru d'avance avec Olivas à la direction de l'enquête –, mais si elle arrivait avec des infos susceptibles de la faire démarrer ou de lui imprimer une direction, ce qu'elle avait fait la nuit où le corps avait été découvert serait peut-être jugé moins sévèrement. Elle savait qu'Olivas n'attendait qu'une occasion de remettre en cause ses décisions, et dans ce cas précis, elle prêtait le flanc à la critique : elle avait laissé aux experts de l'ARSON ce qui avait tout l'air d'être un homicide et ça, ça n'aurait jamais dû se produire. C'est elle qui aurait dû en informer les Vols et Homicides, pas les pompiers de Los Angeles.

Au bout d'une heure, elle n'avait toujours rien. Il semblait bien que Banks se soit tenu à l'écart de tous les endroits où l'on ne vous donne un lit, un repas chaud ou une savonnette qu'après avoir pris votre nom et votre photo. Ou alors, il avait un alias. Dans un cas comme dans l'autre, il avait réussi à rester sous le radar. Ce qui laissait clairement entendre qu'il effaçait ses traces et ne voulait pas que sa famille le retrouve.

Elle récupéra la photo dans l'imprimante et sa radio dans le poste de chargement avant de traverser le couloir conduisant au bureau du chef de veille. Elle annonça au lieutenant Washington qu'elle allait procéder à un porte-à-porte plus serré de la zone maintenant que la mort de Banks avait été déclarée douteuse.

— Les morts à la suite d'un incendie volontaire passent aux Vols et Homicides, lui rappela Washington.

— Je sais, dit-elle. Il y a une réunion demain à 8 heures. Je veux juste terminer mon rapport et le rendre. Il y a deux ou trois personnes qu'on a ratées l'autre soir et c'est le moment de les rattraper. Tous ces oiseaux s'envolent au lever du soleil.

Washington lui demanda si elle voulait des renforts, mais elle déclina son offre. La présence d'officiers de police en tenue ne l'aiderait pas à recueillir des infos auprès des résidents de la nuit hollywoodienne.

Elle commença par faire le tour du parc et suivre lentement Cole Avenue. Elle ne repéra aucune activité, en dehors de quelques habitants du campement qui, encore éveillés, s'étaient assis au bord du trottoir ou sur des chaises pliantes pour fumer ou boire seuls.

À l'extrémité nord du parc, elle tomba sur un petit groupe d'individus assis sous un lampadaire. Elle se gara de l'autre côté de la rue et, pure routine, prit sa radio pour avertir le bureau de veille de l'endroit où elle se trouvait.

Elle descendit de voiture, ôta sa veste de tailleur de façon que le badge qu'elle portait à sa ceinture soit nettement visible, puis elle traversa la rue et découvrit quatre hommes assis ensemble dans un petit dégagement entre deux tentes et un appentis fait d'une bâche bleue accrochée à la grille du parc. Elle n'était pas encore arrivée à leur hauteur qu'un des types l'interpellait d'une voix grinçante de whisky et soignée à la cigarette :

— Eh mais, v'là la plus jolie policière que j'aie jamais vue !

Les autres rigolèrent, et elle comprit qu'ils étaient passablement saouls.

— Salut, les mecs, lança-t-elle. Et merci du compliment. Qu'est-ce qui se trame, ce soir ?

— Que dalle, répondit Voix grinçante.

— On fait juste une veillée irlandaise pour Eddie, ajouta un autre qui portait un béret noir.

Un troisième leva une petite bouteille de vodka en l'honneur du défunt.

— Alors comme ça, vous connaissiez Edison ?

— Ouais, répondit le quatrième.

Avec ses joues à peine ombrées d'une barbe, il donnait l'impression d'avoir tout juste vingt ans.

— Vous étiez là l'autre soir ? reprit Ballard.

— Oui, mais on n'a rien vu, dit Béret.

— Et avant ? insista-t-elle. Vous n'avez pas vu Eddie un peu plus tôt ? Il n'était pas dans le coin ?

— Si, répondit Voix grinçante. Il avait une 75 et il voulait rien partager.

— Une « 75 » ? C'est quoi ?

— Une 75 centilitres de bibine.

Elle acquiesça. À voir la bouteille du type, elle se dit que récolter assez de petite monnaie au coin des rues pour s'en payer une devait être rare.

— Et comment l'a-t-il eue, cette 75 ? demanda-t-elle.

— Il, euh… avait un ange gardien, répondit le gamin.

— Quelqu'un qui la lui a achetée ? Vous avez vu qui ?

— Non, c'était juste quelqu'un. C'est ce qu'il a dit. Il a dit que quelqu'un lui avait filé le litron pour rien. Il a même pas eu à sucer un mec.

— Vous vous rappelez ce qu'il buvait ?

— Oui, de la Tito's.

— C'est de la tequila, non ?

— Non, de la vodka. Et de la bonne.

— Où est-ce que vous vous achetez à boire, les gars ? demanda-t-elle encore en montrant la bouteille dans la main de l'autre.

Le type lui indiqua Santa Monica Boulevard.

— Là-bas, chez Mako.

Ballard connaissait l'endroit, une espèce de mini-market nocturne où on vendait essentiellement de l'alcool, des clopes, du papier à cigarette, des pipes et des capotes. Elle avait répondu à de nombreux appels émanant de cet endroit au fil de ses services de nuit. Les artistes de l'arnaque et de l'agression y étaient attirés comme par un aimant. D'où la présence de caméras de surveillance à l'intérieur comme à l'extérieur de l'établissement.

— Et vous croyez que c'est là qu'Eddie s'est payé sa 75 ?

— Ouais, répondit le gamin.

— Forcément, renchérit Bouteille. Y a pas d'autre endroit où c'est ouvert tard.

— Eddie a-t-il eu des ennuis avec quelqu'un ?

— Nan, tout l'monde l'aimait bien, le Eddie.

— Une bonne âme que c'était, ajouta Voix grinçante.

Elle attendit. Personne ne voulait dire qu'Eddie aurait pu avoir des ennuis.

— OK, les mecs, merci, dit-elle. Faites attention.

— Ouais, dit le gamin. Pas envie de finir comme Eddie.

— Hé, miss inspecteur, lança Béret. Pourquoi vous posez toutes ces questions ? Avant, Eddie, tout l'monde s'en foutait.

— Oui, mais maintenant, on ne s'en fout plus. Bonne nuit, les gars.

Elle regagna sa voiture et descendit Santa Monica Boulevard. Prit à droite, parcourut trois blocs jusqu'à un minicentre commercial, où se trouvait « Chez Mako » à une extrémité, et une boutique de donuts ouverte vingt-quatre heures sur vingt-quatre à l'autre. Au milieu, on avait droit à deux commerces vides, à un Subway et à une petite échoppe où l'on pouvait s'acheter des formulaires notariaux, faire des photocopies, et perdre du poids ou renoncer à la cigarette grâce à l'hypnose.

La voiture de patrouille locale s'était garée devant la boutique de donuts – confirmant le cliché selon lequel les flics adorent ça. Ballard descendit de voiture et agita la main paume vers le bas pour dire que tout allait bien. Au volant du véhicule, elle reconnut Rollins, un des officiers qui avaient répondu à l'appel fatal. Il lui fit un appel de phares pour confirmer qu'il l'avait vue. Son coéquipier devait être à l'intérieur du magasin.

Une vraie forteresse, Chez Mako. La porte d'entrée était munie d'une serrure électronique qu'on ne pouvait actionner que de l'intérieur. Une fois dans la place, Ballard s'aperçut que l'affaire avait tout d'une banque construite dans un quartier à fort taux de criminalité. La porte donnait sur une antichambre de trois mètres sur deux où se trouvait un distributeur de billets. Au milieu courait un long comptoir en acier inoxydable avec tiroir traversant surmonté d'une paroi de verre blindé. À droite du comptoir se dressait une porte en acier à triple serrure. Un homme était assis de l'autre côté de la vitre. Il reconnut Ballard et lui adressa un signe de tête.

— Ça va, Marko ? demanda-t-elle.

L'homme se pencha en avant, appuya sur un bouton et parla dans un micro.

— Tout va bien, inspecteur, dit-il.

Ballard avait entendu dire que Marko Linkov avait commandé le panneau extérieur et accepté la faute d'orthographe pour la moitié du prix annoncé. Elle ne savait pas si l'histoire était vraie.

— Vous vendez de la vodka Tito's ?

— Bien sûr. J'en ai au fond du magasin, répondit-il, et il se mit en devoir de quitter son tabouret.

— Non, je n'en veux pas, dit-elle. Je voulais juste savoir si vous en vendiez. Vous en avez vendu une bouteille l'autre soir ? Lundi ?

Marko réfléchit un instant, puis hocha lentement la tête.

— Peut-être, dit-il enfin. Je crois que oui.

— Je vais avoir besoin de voir la vidéo.

Marko lâcha son tabouret.

— Pas de problème, dit-il. Entrez.

Il disparut sur la gauche et Ballard l'entendit débloquer les serrures de la porte en acier. Elle ne s'attendait ni à un refus ni à des questions sur un quelconque mandat signé par un juge et autres exigences légales.

Marko dépendait de la police pour la surveillance de son entreprise et comptait sur elle pour répondre à ses appels à l'aide lorsque des clients se montraient douteux ou belliqueux. Et il savait que ce genre de services se payaient par renvoi d'ascenseur.

Une fois Ballard entrée, Marko ferma à clé derrière elle. Elle remarqua qu'en plus des verrous, il rabattait une barre antivol en métal en travers de la porte.

Il lui fit longer les présentoirs jusqu'à une arrière-salle servant de resserre et de bureau. Un ordinateur y était posé sur un petit bureau poussé contre un mur, et une porte au fond conduisait à la ruelle de derrière. Elle aussi était en acier et munie de deux barres antivol.

— Bon, alors..., lança Marko sans même finir sa phrase.

Il se contenta d'ouvrir un écran divisé en quatre rectangles. Les deux premiers permettaient de voir l'avant de l'établissement, soit le parking et la porte d'entrée, le troisième la porte de derrière et le quatrième le distributeur de billets dans la pièce de devant. Ballard vit la voiture de patrouille toujours arrêtée devant la boutique de donuts. Marko la lui montra.

— C'est des mecs bien, dit-il. Ils se baladent dans le coin et me surveillent des trucs.

Ballard songea que les donuts pouvaient quand même être ce qui les attirait, mais n'en dit rien.

— OK, lundi soir, lâcha-t-elle seulement.

Elle n'avait aucune idée du moment où Edison Banks Junior s'était vu offrir la bouteille de Tito's que ses collègues de campement avaient remarquée dans ses mains, ni de combien de temps il lui avait fallu pour la finir. Elle demanda à Marko de passer en lecture rapide et d'attaquer dès le lundi soir au crépuscule. Un client entrait-il dans l'établissement qu'aussitôt il remettait la vidéo à la vitesse normale jusqu'à ce que Ballard constate que le bonhomme n'achetait pas ce qu'elle cherchait.

Vingt minutes plus tard, ils eurent bien une touche pour la vodka Tito's, mais ce ne fut pas ce à quoi elle s'attendait : un coupé Mercedes entrait dans le parking et se garait devant le magasin. Une femme aux longs cheveux bruns, habillée d'un pantalon et d'une veste en cuir noir et chaussée de talons aiguilles, en descendait et entrait en acheter une bouteille après avoir tiré du liquide au distributeur. Chez Marko, on ne payait qu'en espèces.

— Elle vient souvent ?

— Elle, non, répondit-il. Jamais vue. Elle ressemble pas à une pute, vous savez ? Sont pas comme ça.

— C'est vrai, et elles ne conduisent pas des Mercedes.

Ballard regarda la femme regagner sa voiture, y monter, quitter le parking et prendre vers l'ouest et Santa Monica Boulevard – soit à l'opposé du parc municipal où Edison Banks Junior devait mourir brûlé quatre heures plus tard. Elle n'eut aucun mal à enregistrer le numéro d'immatriculation : c'était celui d'une plaque personnalisée, « 14U24ME ».

— C'est quoi ? demanda Marko.

— Un Pour Toi, Deux Pour Moi.

— Génial, ça.

— Quelle est la banque du distributeur ?

— C'est moi, répondit-il. Enfin je veux dire… C'est une société, mais je leur fais payer le droit de mettre le distributeur ici. J'ai un pourcentage, vous voyez ? Et ça rapporte pas mal parce que ici, y a besoin de cash.

— Je vois. Je pourrais avoir les relevés ?

— Quels relevés ?

— Les relevés des sommes tirées. Je veux savoir qui était cette femme.

— Hmm, je sais pas. Faudrait peut-être avoir le papier pour ça. C'est pas ma boîte, vous voyez ?

— Vous voulez dire un mandat de perquisition ? Pas de problème.

— Si c'était que moi, je vous donnerais tout, vous savez ? J'aide toujours la police. Mais le mec pourrait pas être pareil.

— Je comprends. J'ai le numéro de plaque de la femme. Je peux la retrouver juste avec ça.

— OK, on continue ? dit-il en lui montrant l'écran de l'ordinateur.

— Oui, on continue. On n'est même pas au milieu de la nuit.

Quelques minutes plus tard en temps réel, mais une heure en lecture vidéo, quelque chose attira son attention : un type en haillons qui poussait un caddie plein de bouteilles et de boîtes de conserve s'arrêtait devant Chez Mako. Il immobilisait son Caddie sur le trottoir, appuyait sur la sonnette pour qu'on le laisse entrer et une fois à l'intérieur, il laissait tomber assez de pièces et de billets froissés dans le tiroir traversant pour s'acheter un litre de liqueur de malt Old English. Après quoi, il quittait le magasin, regagnait son Caddie, mettait son achat à l'abri au milieu des bouteilles et boîtes de conserve qu'il avait ramassées et sortait du parking en poussant vers l'est dans Santa Monica Boulevard. Ballard crut alors reconnaître en lui un des individus qu'elle avait vus après l'incendie.

Cela lui donna une autre idée.

Elle décida d'aller rendre visite au type qui ramassait les bouteilles.

Chapitre 24

Juste avant la fin de son service, Ballard reçut un appel qui l'empêcha de finir son rapport sur Banks pour la réunion des Vols et Homicides et l'obligea à faire des heures sup non payées – une affaire du type « il-a-dit/elle-a-dit » dans Citrus Avenue, juste au sud de Fountain Avenue. La patrouille voulait qu'elle arbitre une violente querelle domestique entre deux hommes qui partageaient un studio avec une seule salle de bains et voulaient tous les deux être le premier sous la douche avant de partir travailler. Ils avaient passé l'essentiel de la nuit à picoler et à se droguer, la dispute ayant démarré lorsque l'un des deux s'était emparé de la dernière serviette propre et aussitôt enfermé dans la salle de bains. L'autre n'avait pas apprécié et avait défoncé la porte à coups de pied, puis frappé si fort son ami au visage qu'il lui avait cassé le nez. La bagarre avait fait rage dans tout le petit appartement et réveillé des voisins. Lorsque la police était enfin arrivée après de multiples appels au 911, les deux hommes présentaient des blessures à la suite de l'altercation – et personne n'était parti au boulot.

Les officiers de la patrouille qui avaient répondu à l'appel voulaient se couvrir et attendaient qu'un inspecteur décide quoi faire afin de ne pas avoir de retour de bâton dans l'affaire. Une fois sur place, Ballard leur parla à tous les deux, puis s'entretint avec le couple. Elle avait compris que ce n'était pas d'une simple histoire de serviette propre ou de priorité de passage à la salle de bains qu'il était question, mais bien d'un problème dans leur relation. Il n'empêche, elle choisit de les coffrer tous les deux, pour assurer leur protection et la sienne : les querelles domestiques sont délicates. On pourrait croire que calmer les colères et adoucir les nerfs de chacun avant de tout simplement s'en aller est la tactique la plus judicieuse, sauf que si une heure, une semaine ou un an plus tard ladite relation se termine par un meurtre, les voisins ne manqueront pas de déclarer devant les caméras de télé que la police était déjà venue – et n'avait rien fait. Il valait donc mieux jouer la sécurité tout de suite que le regretter plus tard. Telle était la règle mais aussi la raison pour laquelle la patrouille n'avait pas voulu s'en mêler.

Ballard avait arrêté les deux hommes et les avait fait transporter, séparément, à la prison de la division de Hollywood, où ils allaient terminer dans des cellules voisines. D'où la paperasse pour leur mise en cellule et la préparation d'autres documents l'obligeant à travailler après 7 heures du matin et la fin de son service.

Après avoir rempli les formulaires d'arrestation adéquats, elle prit sa voiture de fonction, gagna le centre-ville et se gara dans la 1re Rue, devant le Public

Administration Building. Ce n'était pas autorisé, mais elle était en retard et espéra que même le dernier des flics de la circulation comprendrait à qui il avait affaire et ne lui collerait pas une contredanse. Sans parler du fait qu'elle ne comptait pas s'éterniser dans le bâtiment.

Elle passa son sac à dos par-dessus son épaule et emporta une sacoche à éléments de preuve avec elle. Arrivée au sixième, elle entra dans les locaux de la division des Vols et Homicides, et se rendit compte que c'était la première fois qu'elle y retournait après avoir été transférée, contre son gré, au service de nuit de la division de Hollywood. Elle scruta la grande salle en commençant par le bureau du capitaine tout au fond, regarda par la paroi vitrée et découvrit que personne ne s'y trouvait. Sans signe de lui – ni de Nuccio et Spellman –, elle s'avança jusqu'à la salle de crise. Arrivée à la porte, elle vit que l'écriteau coulissant avait été mis sur « Occupé » et comprit qu'elle avait trouvé ce qu'elle cherchait. Elle frappa une fois et entra.

La salle de crise était une ancienne réserve de trois mètres cinquante sur neuf, équipée d'une table de style conseil d'administration, de tableaux blancs et d'écrans plats accrochés aux murs. On s'en servait pour les affaires confiées aux détachements spéciaux ou lorsqu'on ne pouvait pas parler ouvertement d'un dossier sensible dans la salle des inspecteurs.

Le capitaine Robert Olivas s'était installé au bout de la longue table avec Nuccio et Spellman à sa gauche. À sa droite avaient pris place les inspecteurs Drucker et Ferlita, deux fonceurs des Vols et Homicides spécialisés dans les affaires d'incendie. Drucker travaillait à la brigade depuis si longtemps qu'on l'appelait « la Ferraille » à cause des deux genoux, de la hanche et de l'épaule qu'il avait dû se faire remplacer au fil du temps.

— Inspectrice Ballard, lança Olivas d'un ton où rien ne perçait de l'inimitié qu'il nourrissait à son endroit.

— Capitaine, lui renvoya-t-elle d'une voix tout aussi égale.

— L'enquêteur Nuccio m'a averti que vous pourriez vous joindre à nous. Mais je crois que nous maîtrisons la situation et n'allons donc pas avoir besoin de vos services.

— Et c'est parfait parce que je me suis garée en zone rouge. Mais avant de partir, je me disais que vous pourriez avoir envie de voir et entendre certains éléments de preuve que j'ai rassemblés.

— Des « éléments de preuve », inspectrice ? On m'a rapporté que vous aviez quitté la scène de crime aussi vite que vous le pouviez, lundi soir.

— Pas tout à fait, non, mais je suis effectivement partie dès que les pompiers m'ont assuré qu'ils contrôlaient la situation et qu'ils contacteraient les Vols et Homicides si jamais il y avait du nouveau.

Ainsi informait-elle Olivas de sa défense si jamais il essayait de remettre en question la façon dont elle avait géré l'appel. Elle devinait aussi que ni Nuccio ni Spellman ne lui poseraient de problèmes, parce qu'ils étaient assez futés pour ne pas s'immiscer dans un conflit interne.

Taciturne et bien enrobé, Olivas donna l'impression de penser que ça ne valait pas le coup de pousser plus loin. Cela faisait partie de ce « pas de vagues » qu'avait mentionné Amy Dodd : il ne voulait pas d'embrouilles pendant sa dernière année de service et Ballard savait que pour elle, ce serait un atout à jouer lors de cette réunion.

— Et vous auriez quoi ? reprit Olivas. Nous ne sommes même pas certains d'avoir affaire à un homicide.

— Et c'est pour ça que vous autres touchez gros, pas vrai ? lança-t-elle. C'est à vous de tout comprendre.

Olivas en avait fini avec les plaisanteries préliminaires.

— Bref, comme je disais, vous avez quoi, Ballard ? lança-t-il.

Le ton commençait à déraper, la condescendance et l'antipathie prenant le dessus. Ballard posa sa sacoche sur la table.

— Ceci, pour commencer, répondit-elle. Une bouteille de vodka vide.

— Et ça s'inscrirait où dans le schéma ?

— Hier, l'inspecteur Nuccio, répondit-elle en le montrant du doigt, m'a dit que l'alcoolémie de la victime avait été mesurée à 2,4 grammes, ce qui fait beaucoup. J'ai donc discuté avec quelques-uns des sans-abri qui connaissaient la victime et ils m'ont appris que ce lundi soir-là, Banks s'était attaqué à 75 centilitres de Tito's et qu'il n'avait pas voulu partager. Ils ont ensuite ajouté que c'était quelqu'un… un « ange gardien »… qui lui en avait fait cadeau. J'ai récupéré la bouteille auprès d'un autre sans-abri qui campe sur le même trottoir et gagne sa vie en recyclant des bouteilles et des boîtes de conserve. Côté chaîne de traçabilité, c'est plutôt merdique, mais il était à peu près sûr d'avoir ramassé la bouteille de Banks après que celui-ci l'avait siphonnée et je me dis que vous pourriez peut-être la passer aux empreintes. Vous en trouvez, ça vous confirme l'histoire. Mais vous pourriez aussi avoir celles de l'ange gardien, et ça, c'est quelqu'un à qui il faudrait parler. Enfin… si on a aidé Banks à se saouler pour pouvoir le cramer ensuite.

Olivas digéra l'info quelques instants avant de répondre :

— Et quelqu'un a-t-il vu cet ange gardien ? On parle de quoi ? D'un homme ? D'une femme ?

— Les types à qui j'ai posé des questions n'ont rien vu. Mais je suis descendue jusque Chez Mako et la vidéo de surveillance montre une femme garer sa Mercedes devant l'établissement et y acheter une bouteille de Tito's quatre heures avant que Banks ne meure brûlé. C'est peut-être une coïncidence, mais… je vous laisse en juger.

Olivas regarda ses hommes.

— C'est un peu maigre, dit-il. Oui, tout ça est bien maigre. Mais vous me ramassez cette bouteille et tout ce qu'a Ballard. Il va falloir prendre l'appareil de chauffage et le tester. En attendant, nous suspendons la qualification du décès jusqu'à ce que nous sachions de quoi il retourne. Et vous, Ballard, vous pouvez disposer. De toute façon, vous n'êtes déjà plus en service, n'est-ce pas ?

— Effectivement, dit-elle, et je file… Et vous autres, vous me faites savoir s'il faut que je retourne sur les lieux pour y chercher autre chose ce soir ?

— Ce ne sera pas nécessaire, lui renvoya Olivas. À partir de maintenant, c'est nous qui gérons.

— J'aurai juste besoin que vous me signiez mon rapport sur la récupération de la bouteille, répliqua-t-elle. Pour que la chaîne de traçabilité soit enregistrée et qu'il n'y ait pas de confusion plus tard si jamais la bouteille de Tito's avait de l'importance.

— Et qu'on vous reconnaisse le mérite de l'avoir trouvée.

Ce n'était pas une question et elle fut heureuse de voir comment il le prenait.

— C'est ce qu'on veut tous, non ?

— Comme vous voudrez. Écrivez-moi ce truc et je vous le signerai.

Elle ouvrit son sac à dos et en sortit un dossier contenant deux exemplaires d'un document de deux pages. Entièrement consacrée à l'origine de la bouteille, la première page était détaillée, la deuxième se réduisant aux seuls nom et rang d'Olivas sous la ligne de signature.

— Il y en a un pour vous et un pour moi, dit-elle en posant le tout sur la table.

Olivas signa. Ballard prit un document, laissa l'autre et sortit des Vols et Homicides en essayant de se calmer et de maîtriser ses émotions. Ce fut difficile. Olivas arrivait toujours à l'atteindre. Il lui avait pris quelque chose, tout comme d'autres hommes l'avaient fait par le passé. Mais les autres avaient payé d'une manière ou d'une autre – vengeance… ou justice, quel que soit le terme adéquat. Pas Olivas. Pour l'instant. Il s'en était tiré avec une petite tache à sa réputation, mais elle avait assez vite disparu. Que Ballard puisse se montrer plus futée que lui ou meilleure enquêtrice ne changeait rien à l'affaire – toujours, il aurait cette chose indicible qu'il lui avait prise.

Chapitre 25

Après les Vols et Homicides, Ballard traversa le couloir pour se rendre à la Special Assault Section. Cette fois, Amy Dodd n'était pas dans son alcôve. Le poste de travail voisin paraissant toujours inutilisé, Ballard s'y assit et entra dans l'ordinateur du service. Elle respira un grand coup et tenta enfin de se calmer, maintenant qu'elle était loin de celui qui la persécutait. En fait, elle avait fini sa journée, mais à cause d'Olivas et de ce qu'elle éprouvait en le voyant, l'angoisse la tenait. Elle venait de renoncer à une affaire et voulait reprendre l'autre. Pour aller de l'avant.

Elle ouvrit son carnet de notes à côté de l'ordinateur et trouva la page où elle avait noté les infos qu'elle avait glanées sur Elvin Kidd, dont son numéro de portable et celui du fixe de son entreprise. Elle se connecta à Nexis/Lexis, lança une recherche sur les deux et trouva son opérateur, manœuvre obligatoire pour obtenir une mise sur écoute. Dès que ce fut fait, elle ouvrit un formulaire de demande de mandat pour pouvoir surveiller ces deux numéros.

Demander une mise sur écoute est difficile et compliqué, écouter les conversations téléphoniques privées d'un individu allant à l'encontre du Quatrième Amendement à la Constitution censé le protéger contre toute recherche et saisie illégales. La cause probable exigée par le juge pour pareille intrusion dans l'intimité d'un citoyen doit être complète, sans faille, et de dernier recours. Complète et sans faille parce que le demandeur doit prouver que le seuil d'activité criminelle de la cible a été plus que dépassé. De dernier recours parce qu'il doit aussi avancer, et de manière convaincante, que cette mise sur écoute est la seule façon de faire progresser l'enquête. Parce qu'elle ne peut être qu'une mesure de dernier ressort, l'inspecteur doit obtenir le consentement écrit de son service, le document nécessitant obligatoirement la signature d'un superviseur de haut rang.

Ballard mit une heure à rédiger un texte de sept pages pour prouver qu'il y avait bien cause probable, son travail reprenant des arguments juridiques classiques et un résumé de ce qui était reproché à Kidd. Elle s'appuyait lourdement sur les renseignements que lui avait fournis un informateur du LAPD dûment certifié, un certain Dennard Dorsey, et affirmait que sa demande était bien une mesure de dernier recours puisque l'affaire était vieille de vingt-neuf ans et que certains témoins étaient morts, avaient des souvenirs flous ou ne pouvaient pas être retrouvés. Elle n'indiquait nulle part que Dorsey avait cessé toute activité depuis plus d'une décennie, ni que Kidd n'était pas un membre actif des Rolling 60's depuis encore plus longtemps.

Ballard relisait son texte lorsque Amy Dodd arriva à son poste de travail.

— Hé mais, lança-t-elle, ça devient une habitude !

Ballard la regarda. Dodd avait l'air fatiguée, comme si elle avait passé une longue nuit sur une affaire. Une fois encore, Ballard se sentit inquiète.

— Tu arrives juste à temps, dit-elle. C'est quoi, le code de l'imprimante ?

Dodd lui répondit qu'elle allait devoir chercher. Puis elle s'assit à son bureau, alluma son ordinateur et le lui donna, et Ballard lança l'impression de sa demande de mise sur écoute.

— Alors, quoi de neuf ? reprit Dodd de l'autre côté de la cloison. Tu t'installes ?

— Je fais une demande de mandat. Il faut que je l'apporte au juge Thornton avant qu'il entame ses audiences.

— Écoute téléphonique ?

— Oui. Deux lignes.

Billy Thornton était le juge des écoutes à la Cour supérieure, ce qui voulait dire que toutes les demandes de surveillance téléphonique devaient passer par lui et avoir son aval. Il dirigeait aussi une chambre très active, où l'on attaquait habituellement à 10 heures du matin.

En suivant les directives de Dodd, Ballard gagna une pièce de repos au fond de la salle des inspecteurs afin d'y récupérer son document imprimé. Elle revint ensuite à son bureau d'emprunt et sortit de son sac à dos le dossier qu'elle avait montré à tout le monde lors de la réunion avec Olivas. Elle attacha la page de signature du document de traçabilité au dos de sa demande de mandat et fut prête à partir.

— Je dégage, dit-elle. Et si t'as envie qu'on se retrouve après le boulot, je serai là. Au moins jusqu'au début de mon service.

— Merci, lui répondit Dodd qui semblait avoir senti l'inquiétude de Ballard. Je pourrais bien te prendre au mot.

Ballard descendit par l'ascenseur et traversa le parvis pour rejoindre sa voiture. Elle vérifia son pare-brise et n'y vit pas de contravention. Elle décida de retenter sa chance et ne déplaça pas son véhicule. Le tribunal n'était qu'à une rue de là, dans Temple Street ; en courant vite et à condition que le juge Thornton n'ait pas ouvert son prétoire, elle pourrait revenir en moins d'une demi-heure. Elle accéléra l'allure.

Des plus respectés, Billy Thornton était un vrai pilier du système pénal local. Il avait servi la justice aussi bien comme défenseur que comme adjoint du district attorney au début de sa carrière. Élu juge, il travaillait maintenant à la Chambre 107 de la Cour supérieure depuis plus d'un quart de siècle. Ses dehors sans prétention cachaient un sens juridique très affûté, raison pour laquelle c'était à lui qu'on devait adresser les demandes de mise sur écoute. Clarence William Thornton de son nom complet, il préférait qu'on l'appelle Billy, ce que l'huissier ne manquait jamais de faire en lançant « l'honorable juge Billy Thornton » chaque fois qu'il entrait dans son prétoire.

Prendre un ascenseur dans ce bâtiment vieux de cinquante ans étant synonyme d'attente interminable,

Ballard n'arriva à la Chambre 107 qu'à 9 h 50 et s'aperçut que l'audience allait commencer. Dans sa tenue bleue de prisonnier du comté, un type était déjà assis à côté de son avocat en costume. Un procureur qu'elle reconnut, mais dont elle ne se rappelait pas le nom, avait pris place à l'autre table. Tout le monde semblait prêt, le seul individu absent étant Billy Thornton. Ballard écarta les pans de sa veste pour que son badge soit bien visible, franchit le portillon, passa entre les tables des avocats et gagna le poste du greffier à droite du fauteuil du juge. Un type au col de chemise élimé la regarda. Le nom inscrit sur sa plaque de bureau était Adam Trainor.

— Bonjour, chuchota Ballard comme si elle était à bout de souffle, de façon que Trainor se dise qu'elle venait de monter les sept étages en courant et ait pitié d'elle. J'aurais une petite chance de voir le juge pour une demande de mise sur écoute avant que vous démarriez ?

— Ah mon Dieu, c'est qu'on n'attend plus que le dernier juré pour commencer, répondit Trainor. Il se pourrait que vous soyez obligée de revenir à la suspension de séance du déjeuner.

— Vous pourriez juste lui demander ? Mon document ne fait que sept pages et les trois quarts ne sont que des trucs standard qu'il a lus des millions de fois. Ça ne devrait pas lui prendre longtemps.

— Voyons voir. Votre nom et votre service ?

— Renée Ballard, LAPD. C'est pour un homicide non résolu. Et il y a un élément de temps.

Trainor sortit son portable, appuya sur une touche et pivota dans son fauteuil pour tourner le dos à Ballard afin qu'elle n'écoute pas sa conversation. Cela n'avait aucune importance dans la mesure où moins de vingt secondes plus tard, l'affaire était pliée, Ballard s'attendant à ce que la réponse soit non au moment où Trainor se retournait vers elle.

Mais elle se trompait.

— Vous pouvez y aller, dit-il. Il est dans son cabinet et a une dizaine de minutes à vous accorder. Le dernier juré vient d'appeler du parking.

— Pas avec ces ascenseurs, rétorqua Ballard.

Trainor ouvrit une petite porte qui lui permit d'atteindre celle du fond du prétoire. Elle traversa une salle pleine de dossiers et trouva un couloir. Elle était déjà venue au tribunal pénal et savait qu'il conduisait à une suite de bureaux attribués à divers juges. Elle se demandait si celui de Bill Thornton était à droite ou à gauche lorsqu'elle entendit une voix lancer :

— Par ici !

C'était à gauche. Elle vit une porte ouverte et découvrit le juge en train d'enfiler sa robe noire debout à côté d'un bureau.

— Entrez, dit-il.

Elle s'exécuta. Le cabinet du juge Thornton ne se distinguait en rien de tous ceux qu'elle avait déjà vus. Il se réduisait à un coin bureau et à un autre où s'asseoir, l'ensemble entouré sur trois côtés de rayons pleins de livres de droit reliés cuir. Elle songea qu'ils n'étaient là que pour la déco, tout se trouvant maintenant dans des bases de données.

— Une affaire non résolue, hein ? lança Thornton. Remontant à… ?

— 1990, répondit-elle en ouvrant son sac à dos et en sortant son dossier. On a un suspect et on aimerait le faire parler et enregistrer ce qu'il dira.

Elle lui tendit le dossier, il le prit, s'assit et en lut les pages sans les sortir de la chemise.

— Le greffier me dit qu'il y a un élément de temps ?

Ballard ne s'attendait pas à cette question.

— Euh, eh bien…, répondit-elle en improvisant complètement. Ce type fait partie d'un gang et nous avons parlé de l'affaire avec d'autres membres de son gang. Ça pourrait lui retomber sur le nez avant qu'on puisse secouer un peu tout ça et le faire parler au téléphone.

Thornton continua de lire, et Ballard remarqua la photo en noir et blanc d'un musicien de jazz accrochée au mur près du portemanteau où le juge gardait une robe de rechange.

— C'est que je traite les demandes de mise sur écoute avec la plus grande attention, dit ce dernier en donnant l'impression de lire la troisième page du document. Il n'y a pas pire intrusion dans la vie d'un citoyen que d'écouter ses conversations privées.

Ballard se demanda si elle devait dire quelque chose ou s'il s'agissait d'un commentaire purement rhétorique de sa part.

— Nous aussi, répondit-elle avec nervosité. Mais nous pensons que c'est notre meilleur moyen de résoudre l'affaire… Que si on le pousse un peu, il ira causer avec ses associés et qu'on aura peut-être des aveux de culpabilité.

Elle avait repris les termes mêmes du document que Thornton était en train de lire. Il acquiesça sans relever la tête.

— Vous voulez aussi les messages sur son portable ?

— Oui, monsieur le juge.

Il arrivait à la sixième page lorsqu'elle le vit tiquer et commença à se dire qu'il allait rejeter sa demande.

— Vous dites que ce type était haut placé dans la hiérarchie du gang ? reprit-il. Même à l'époque du meurtre ? Vous pensez qu'il pourrait avoir commis le crime lui-même ?

— Euh, oui, nous le pensons. Il avait le pouvoir d'en donner l'ordre, mais nous pensons que c'est lui-même qui a perpétré le crime à cause de la situation embarrassante dans laquelle il était.

Elle espéra que le juge ne lui demande pas qui était ce « nous », vu qu'il n'y avait qu'elle à travailler sur l'affaire : Bosch ne comptait pas dans la mesure où il ne faisait plus partie du LAPD.

Thornton arriva à la dernière page et Ballard sentit qu'elle ne s'accrochait plus qu'à des brins d'herbe pour l'acceptation de sa cause probable.

— Ce carnet de croquis dont vous parlez, reprit Thornton, vous l'avez avec vous ?

— Oui, monsieur le juge.

— Permettez que j'y jette un coup d'œil ?

— Oui, monsieur le juge, répéta-t-elle en le sortant de son sac et le lui tendant par-dessus son bureau. Le dessin mentionné dans la demande est signalé par un Post-it.

Elle n'en avait indiqué qu'un, Kidd n'étant pas clairement reconnaissable sur l'autre. Thornton feuilleta le carnet plutôt que d'aller directement au marqueur. Quand enfin il y arriva, il étudia longuement le dessin qui prenait toute la page.

— Et vous me dites qu'il s'agit bien de Kidd ? demanda-t-il.

— Oui, monsieur le juge. J'ai des photos de lui remontant à cette époque… des photos de l'identité judiciaire… si vous voulez les voir.

— Oui, laissez-moi regarder ça.

Elle retourna à son sac pendant qu'il continuait son examen.

— Mon souci, dit-il, c'est que vous concluez de manière subjective que un, ce croquis représente bien Kidd et que deux, cela sous-entend une sorte de relation amoureuse carcérale.

Elle ouvrit son ordinateur portable, y afficha les photos de Kidd prises alors qu'il se trouvait à Corcoran et tourna l'écran vers le juge, qui se pencha en avant pour les regarder de près.

— Vous voulez que je les agrandisse ? demanda-t-elle.

— Ce ne sera pas nécessaire. Je vous concède qu'il s'agit bien de M. Kidd. Mais la relation amoureuse…

Vous n'en avez pas la preuve, sauf à dire que vous la voyez dans ce dessin. Il se pourrait tout simplement qu'Hilton ait été bon portraitiste.

— Moi, je l'y vois clairement, insista Ballard. En plus de quoi, le colocataire de la victime confirme son homosexualité et qu'il avait quelqu'un. Et Hilton a été assassiné dans une ruelle contrôlée par Kidd après que celui-ci l'avait vidée de tous les autres membres du gang. Pour moi, Kidd était bien amoureux de Hilton, ce qui se passe en prison restant naturellement en prison. Et Kidd ne pouvait pas se payer le luxe que sa relation amoureuse mine sa position d'autorité au sein du gang. Je crois que tout est bien là, monsieur le juge.

— C'est à moi d'en décider.

— Oui, monsieur le juge.

— Votre théorie, elle, est bien là, dit-il, et une partie en est étayée par cause probable, mais comme je le disais, l'autre est pure hypothèse, voire conjecture.

Elle ne répondit pas. Elle avait l'impression d'être une écolière qui se fait enguirlander par le maître après la classe et sut qu'il allait la descendre en flammes. Il allait lui dire qu'elle n'avait pas ce qu'il fallait et de revenir quand sa cause probable tiendrait debout. Elle le regarda tourner la dernière page du carnet, celle où Olivas avait apposé sa signature.

—Vous travaillez sur ce dossier avec le capitaine Olivas ? voulut-il savoir.

— C'est lui qui dirige les affaires non résolues.

— Et il vous a signé ça ?

Soudain, elle se sentit mal – jusqu'au plus profond d'elle-même. Elle venait de comprendre que son petit manège l'avait jetée sur une mauvaise pente : elle était en train de mentir à un juge de Cour supérieure. Son inimitié envers Olivas l'ayant poussée à user d'un subterfuge avec un homme pour lequel elle n'avait que du respect, elle regretta d'avoir pris le livre du meurtre à Bosch.

— Bon, reprit Thornton. Force m'est de supposer qu'il sait ce qu'il fait. J'ai travaillé avec lui lorsqu'il était procureur il y a vingt-cinq ans de ça et il savait déjà ce qu'il faisait.

— Oui, monsieur le juge, dit-elle.

— Mais j'ai aussi entendu des rumeurs sur son compte. Disons… sur son style de management.

Ballard ne dit rien, et Thornton, comprenant qu'elle ne mordrait pas à l'hameçon, passa à autre chose.

— Vous me demandez une écoute de sept jours, dit-il. Je vais vous en donner trois. Si vous n'avez rien à ce moment-là, j'exige que vous arrêtiez. On coupe tout. Me comprenez-vous bien, inspectrice ?

— Oui, monsieur le juge. Soixante-douze heures. Merci.

Il se mit en devoir de lui signer le mandat qu'elle présenterait aux fournisseurs d'accès de Kidd. Elle aurait voulu qu'il se dépêche, et sortir de son cabinet avant qu'il change d'avis. Elle contemplait la photo du musicien accrochée au mur, mais ne la voyait pas vraiment tant elle pensait déjà à la suite.

— Vous savez qui c'est ? demanda-t-il.

— Euh, non, répondit-elle, justement je me posais la question.

— La Brute et la Beauté… C'est comme ça qu'on l'appelait. Ben Webster. Il était capable de vous faire pleurer quand il jouait du sax ténor. Mais il devenait méchant quand il buvait. Violent, même. Et ça, c'est une histoire que je vois tous les jours dans mon cabinet.

Elle se contenta d'acquiescer d'un hochement de tête.

— Tenez, voilà votre mandat, dit-il en lui rendant ses documents.

BOSCH

Chapitre 26

Bosch s'assit à la table de sa salle à manger, les copies des documents de l'affaire Walter Montgomery réparties en six tas posés devant lui. Il y avait là tous les rapports d'enquête du LAPD sur le meurtre du juge que Mickey Haller avait reçus lors de l'échange des pièces avant le procès. Compte tenu de ce qu'il savait des inspecteurs des Homicides, des procureurs et des règles encadrant cet échange, il était à peu près certain de ne pas avoir tous les éléments de l'enquête. Cela étant, il en avait assez pour au moins commencer la sienne.

Il était également certain d'être le seul à enquêter. Lorsque les charges retenues contre Jeffrey Herstadt avaient été abandonnées, Jerry Gustafson, le patron des investigations, lui avait fait clairement comprendre que pour lui, l'assassin avait été remis en liberté. Revoir son travail sous un jour nouveau aurait remis en cause ses premières conclusions. Les péchés d'orgueil et d'autosatisfaction avaient mis un terme à tout espoir de justice pour le juge Montgomery.

Et cela agaçait sacrément Bosch.

Les six piles de documents posées devant lui disaient cinq pistes qu'avaient suivies Gustafson et son coéquipier Orlando Reyes, jusqu'au moment où l'ADN de Herstadt avait été retrouvé sous l'ongle du juge. Alors, on n'avait plus enquêté que sur lui. Bosch avait déjà eu affaire à ce genre d'œillères, et s'était peut-être même rendu coupable de les porter lui-même lorsqu'il était aux Homicides du LAPD. Il avait vu de manière répétée la science prendre le pas sur le travail d'enquête dès que la médecine légale avait eu recours à l'ADN. L'ADN, c'était la panacée. La moindre correspondance transformait une investigation en une rue à sens unique où accuser devenait facile comme bonjour. Dès qu'ils avaient cru tenir leur coupable, Gustafson et Reyes avaient laissé tomber toutes les autres pistes.

La sixième pile contenait la chronologie et quelques rapports annexes sur le meurtre, dont les conclusions de l'autopsie, en plus de certaines déclarations de témoins s'étant trouvés dans le parc où avait eu lieu l'agression mortelle. Bosch avait déjà laissé tomber toutes les pistes ne conduisant pas à Herstadt.

Il y avait également six disques de caméras de surveillance du voisinage, dont trois dans le parc lui-même. Bosch en avait eu connaissance lors du procès, mais commença néanmoins par les revoir dans leur intégralité. Aucune de ces caméras n'avait enregistré quoi que ce soit du meurtre à proprement parler, celui-ci s'étant déroulé hors champ – à savoir derrière un petit bâtiment abritant les ascenseurs permettant d'accéder aux

parkings en sous-sol. Dans d'autres disques échangés entre les parties, on trouvait aussi les enregistrements vidéo des caméras installées dans les deux ascenseurs et sur les cinq niveaux du parking, mais rien n'y indiquait la présence de suspects, ni même de simples citoyens présents au moment du crime.

Les enregistrements des caméras du parc n'avaient qu'une utilité : celle de donner très précisément l'heure du crime. On y voyait le juge Montgomery arriver de Grand Street, où il venait de prendre son petit déjeuner. Il était précédé de quelque six mètres par une femme blonde qui, elle aussi, se dirigeait vers le tribunal, avec ce qui ressemblait à un badge accroché à son chemisier. Elle passait derrière la bâtisse aux ascenseurs, Montgomery toujours sur ses talons. Quelques secondes plus tard, elle émergeait de derrière le bâtiment et poursuivait sa route vers le tribunal. Montgomery, lui, ne réapparaissait jamais. Son assaillant l'avait attendu à l'abri de l'œil des caméras. Il l'avait poignardé, puis, supposait-on, avait profité de cet angle mort pour s'échapper en empruntant un escalier situé juste à côté des ascenseurs. Il n'y avait pas de caméras de surveillance dans la cage d'escalier, et celles disséminées sur les cinq niveaux du parking étaient mal placées, manquantes ou cassées. Ainsi l'assassin avait-il pu passer facilement entre les mailles du filet.

En travaillant sur ces enregistrements, Gustafson et Reyes avaient réussi à identifier le nom sur le badge de la femme qui précédait le juge et découvert qu'il s'agissait d'un juré. L'après-midi du meurtre, Reyes

s'était rendu à la salle où ceux-ci étaient rassemblés et l'y avait trouvée au moment où elle allait être appelée. Elle s'appelait Laurie Lee Wells, elle était actrice, avait trente-trois ans et habitait à Sherman Oaks. Sa déclaration, que relut Bosch, n'avait cependant pas permis de découvrir une piste sur le meurtre. Elle écoutait de la musique en se rendant au tribunal et n'avait rien entendu derrière elle en longeant les ascenseurs. Gustafson et Reyes ne lui avaient donc accordé aucune valeur en tant que témoin.

Comme point de départ, Bosch prit les pistes qu'avaient suivies les deux inspecteurs avant que la correspondance ADN n'incrimine Herstadt. Il devait être sûr qu'ils ne s'étaient pas trompés avant même que cela ne les égare.

Ces cinq pistes incluaient deux affaires au civil jugées par Montgomery, dont une toute récente, et deux autres remontant à l'époque où il exerçait au pénal. Ces dernières concernaient deux condamnés qui l'avaient menacé, quant aux affaires au civil, elles avaient mis de fortes sommes en jeu en fonction de son jugement, rendu ou à venir.

D'expérience, Bosch savait que les trois quarts des menaces proférées par des criminels en route pour la prison étaient creuses. Il ne s'agissait que des derniers soupirs d'individus écrasés par le système et qui, n'ayant plus rien à perdre, y allaient de promesses de vengeance vides à l'égard de ceux qu'ils considéraient comme leurs bourreaux. Il en avait lui-même été souvent victime lorsqu'il était flic, et pas une fois la

personne qui avait tenté de l'intimider n'était passée à l'acte.

Il s'intéressa donc d'abord aux deux pistes impliquant des menaces envers le juge lorsqu'il travaillait au pénal, moins parce qu'il les pensait intéressantes que parce qu'il voulait s'en débarrasser au plus vite afin de se concentrer sur les affaires où de grosses sommes d'argent avaient été en jeu : l'argent était toujours le meilleur mobile.

Il mit un enregistrement de Charles Mingus à Carnegie Hall sur la platine, sa version de vingt-quatre minutes de « C Jam Blues ». Enlevé, plein d'énergie et tout ce qu'il y avait de plus improvisé, ce concert de 1974 était très exactement ce dont il avait besoin pour se traîner d'un rapport à un autre. Parce qu'il incluait aussi un passage de John Handy, son saxophoniste préféré, ce concert l'aida à trouver l'humeur qui convenait.

La première menace émanait d'un type condamné à perpète pour le meurtre de son ex-petite amie qu'il avait enlevée et torturée trois jours durant avant qu'enfin elle ne périsse d'une hémorragie. Rien dans le procès n'indiquait qu'une quelconque décision du juge aurait pu prêter à controverse de la part de la défense. Lors de son arrestation, le suspect, un certain Richard Kirk, était en possession des couteaux et des outils que les légistes avaient reliés aux blessures subies par sa victime. De plus, c'était lui qui avait loué le hangar où s'étaient déroulés ces tortures et ce meurtre. Un mois après la condamnation de Kirk, Montgomery avait reçu une lettre anonyme lui promettant d'être éviscéré avec une lame de dix-huit centimètres et qu'alors, il « pisserait le sang comme un cochon qu'on égorge ». Pas de signature, mais le document avait toutes les caractéristiques d'un Richard Kirk qui avait effectivement usé d'une lame de dix-huit centimètres pour torturer sa victime.

S'il n'avait pas été « éviscéré », Montgomery avait été poignardé trois fois juste sous le bras, ce qui suggérait une attaque au surin caractéristique des prisons – soit trois coups rapides portés avec une lame improvisée.

Dès que la lettre de menaces était arrivée, une enquête avait été ouverte par les services du shérif, et l'empreinte d'un auxiliaire juridique travaillant pour la défense de Kirk avait été retrouvée sur le timbre. L'avocat avait reconnu avoir pris la lettre de Kirk lors d'une visite qu'il lui avait rendue à la prison pour discuter d'un appel. Il avait précisé ne pas l'avoir lue parce qu'elle se trouvait à l'intérieur d'une enveloppe scellée et s'être contenté de la confier à son employé afin qu'il la poste. L'enquête avait eu pour résultat d'expédier Kirk au mitard pendant un an, son avocat se faisant discrètement réprimander par le barreau de Californie.

L'incident avait placé Kirk dans la ligne de mire des inspecteurs travaillant sur le meurtre de Montgomery. Reyes avait exigé d'avoir la liste de tous les copains de prison de Kirk ayant été libérés l'année précédente, l'hypothèse étant que d'une manière ou d'une autre, Kirk aurait pu payer un détenu en passe d'être libéré afin qu'il liquide le juge. La liste s'était réduite à un seul individu qui avait été envoyé en maison de transition à Los Angeles un mois avant l'assassinat de

Montgomery. Interrogé, il avait été exonéré par les caméras de surveillance de la maison de transition où il avait l'obligation de séjourner. Gustafson avait arrêté là son enquête, Herstadt étant à ce moment devenu son suspect principal.

Bosch se leva et retourna le disque. L'orchestre que Mingus avait mis sur pied était passé à un morceau intitulé « Perdido ». Bosch s'empara de la jaquette et l'examina. Trois photos de Mingus y figuraient, dont une où on le voyait serrer sa contrebasse dans ses grands bras, aucune ne permettant de voir son visage en entier. Sur l'une d'elles, il tournait même carrément le dos au photographe. C'était la première fois que Bosch le remarquait et cela lui parut curieux. Il alla voir dans sa collection de disques et y chercha ceux de Mingus. Tous ou presque montraient clairement son visage, dont trois où il était en train d'allumer ou de fumer un cigare. Mingus n'ayant rien d'un timide dans la vie ou sur les autres pochettes d'album, les photos de ce concert à Carnegie Hall avaient quelque chose de mystérieux.

Il reprit son travail et passa à la deuxième menace proférée contre Montgomery en sa qualité de juge au pénal. Une sentence qu'il avait prononcée avait été invalidée à la suite d'une erreur qu'il avait commise dans ses instructions aux jurés, ce qui avait généré un appel et un nouveau procès.

L'accusé était un certain Thomas O'Leary, un avocat condamné pour possession de cocaïne. D'après le rapport de Gustafson, O'Leary avait été serré après une opération de police sous couverture au cours de laquelle un adjoint du shérif s'était fait passer pour un dealer, l'avait engagé comme défenseur et payé à trois reprises avec de la cocaïne. Des caméras placées dans une voiture banalisée l'avaient filmé en train d'accepter la drogue. À son procès, O'Leary avait reconnu l'avoir reçue, mais avait plaidé l'incitation policière et argué que jamais auparavant il n'en avait accepté en guise de paiement. Il avait aussi prétendu que la ville le ciblait parce qu'il avait défendu des clients importants contre des accusations concoctées par l'unité antidrogue de ce même shérif. L'assertion d'O'Leary était qu'il n'avait jamais contrevenu ainsi à la loi jusqu'à ce que l'agent sous couverture ne le persuade de le faire.

Dans ses instructions aux jurés, le juge Montgomery avait déclaré qu'O'Leary ne pouvait pas être condamné s'ils pensaient que sans l'incitation du policier, il n'aurait pas accepté la drogue en guise de paiement la première fois. Mais il avait refusé de leur communiquer une autre instruction, réclamée par la défense, selon laquelle s'il n'était pas condamné pour le premier paiement, O'Leary ne pouvait pas l'être pour les deux suivants, dans la mesure où ils découlaient du premier.

Les jurés avaient alors déclaré O'Leary non coupable de la première charge retenue contre lui, mais coupable des deux autres, et Montgomery l'avait condamné à onze ans de prison. Plus d'un an s'était écoulé lorsque la cour d'appel avait rendu un verdict favorable à O'Leary et ordonné qu'il soit libéré de prison sous caution et rejugé. Le bureau du district attorney avait décidé de ne pas le poursuivre une deuxième fois et les charges contre O'Leary avaient été abandonnées. Mais entre-temps, il avait été radié de l'ordre des avocats et sa femme avait demandé le divorce. Il travaillait maintenant comme assistant dans un cabinet d'avocats. Lors de la dernière audience du procès, celle qui s'était terminée par un non-lieu, O'Leary s'en était pris à Montgomery sans le menacer directement de violences, mais en lui hurlant qu'un jour ou l'autre il devrait payer l'erreur qui lui avait coûté sa carrière, son mariage et toutes ses économies.

Gustafson et Reyes avaient enquêté sur O'Leary, vérifié son alibi et déterminé qu'au moment exact du meurtre, son badge d'employé du cabinet d'avocats avait été enregistré par la sécurité du bâtiment. L'alibi n'était pas pour autant sans failles dans la mesure où il n'y avait pas de caméra de surveillance à cet endroit. Mais les deux inspecteurs n'avaient pas cherché plus loin après qu'Herstadt était devenu leur suspect n° 1.

Bosch rédigea quelques notes sur un bloc – des idées sur la façon dont il pourrait suivre ces deux pistes. Il n'empêche, d'instinct, aussi intense qu'ait été leur colère contre Montgomery, il ne voyait ni Kirk ni O'Leary en assassins du juge. Il eut envie de passer aux trois autres pistes pour voir si elles étaient plus fiables.

Il se leva pour marcher un peu avant de se replonger dans le dossier. Son genou se raidissait lorsqu'il restait assis trop longtemps. Il gagna la terrasse de derrière et admira la vue sur le col de Cahuenga. On n'était encore qu'au milieu de l'après-midi, mais, chargée dans les deux sens, la circulation n'avançait guère. Il comprit alors qu'il avait travaillé toute la matinée. Il avait faim, mais il décida de dédier une heure de plus à l'affaire avant de descendre la colline pour acheter quelque chose qui lui tiendrait lieu de déjeuner et de dîner.

Une fois rentré, il s'aperçut que la musique s'était arrêtée et alla chercher un disque qui, lui aussi, l'aiderait à garder son élan. Il choisit de s'en tenir à une solide contrebasse pour assurer les arrières de l'orchestre et fouilla dans sa collection de Ron Carter.

Et fut interrompu par quelqu'un qui sonnait à la porte.

Chapitre 27

C'était Ballard.

— J'ai besoin de ton aide, dit-elle.

Il recula pour la laisser entrer. Puis il la suivit à l'intérieur et remarqua qu'elle avait un sac à dos à l'épaule. Elle longeait la table de la salle à manger lorsqu'elle jeta un coup d'œil aux documents qu'il y avait empilés en tas séparés.

— C'est l'affaire Montgomery ?

— Euh, oui, répondit-il. On a eu droit à une copie du livre du meurtre à l'échange des pièces. J'étais en train de regarder les…

— Génial. Alors tu y travailles ici.

— Où voudrais-tu que je…

— Non, ça va. C'est ici que j'ai besoin de ton aide.

Elle avait l'air nerveuse, tendue à craquer. Il se demanda si elle avait dormi après son service.

— De quoi s'agit-il, Renée ?

— Je voudrais que tu suives une écoute quand je ne pourrai pas le faire. J'ai le programme dans mon ordi et je peux te le laisser.

Bosch marqua une pause pour rassembler ses idées avant de répondre :

— Ç'a à voir avec l'affaire Hilton ?

— Évidemment. Notre affaire à tous les deux. Tu peux continuer à travailler sur le dossier Montgomery, mais dès qu'un appel ou un texto arrivera, tu auras une alerte sur mon ordi et tu n'auras plus qu'à suivre la conversation.

Sur quoi, elle lui montra les papiers sur la table et ajouta :

— C'est une bonne chose que tu aies quelque chose d'autre à faire en même temps que l'écoute.

— Renée, dit-il, c'est une écoute légale ?

— Bien sûr, répondit-elle en riant. J'ai obtenu le mandat signé ce matin même et j'ai passé les deux heures suivantes à mettre tout en route avec les fournisseurs d'accès… Un fixe et un portable. Textos inclus. Ensuite, je suis passée à l'unité technique qui m'a installé le programme sur mon portable.

— Tu es allée voir Billy Thornton avec ça ?

— Oui, à la Chambre 107. Qu'est-ce qu'il y a, Harry ?

— Il n'aurait jamais signé un truc pareil sans l'aval du service, et je croyais que cette affaire restait entre nous. Et maintenant, la hiérarchie est au courant ?

— J'ai trouvé un capitaine pour me signer le formulaire et qui ne nous posera aucun problème.

— Qui ça ?

— Olivas.

— Quoi ?

— Harry, tout ce que tu as besoin de savoir, c'est que c'est une écoute légale. On peut y aller.

— Billy a-t-il toujours la photo de son musicien de jazz accrochée à son mur ?

— Putain, Harry, tu ne me crois donc pas ? C'est celle de Ben Webster, d'accord ? La Brute et le Beau. Ça te va ?

— La Beauté.

— Quoi ?

— Webster. C'est comme ça qu'on l'appelait : « La Brute et la Beauté ».

— Comme tu voudras. Satisfait ?

— Oui, bon, satisfait.

— J'arrive pas à croire que tu me penses capable de falsifier un mandat de perquise.

Il comprit qu'il valait mieux changer de sujet.

— Bon… Quand Olivas est-il passé capitaine ?

— Il vient juste de recevoir ses galons.

Bosch savait qu'Olivas était la némésis de Ballard dans le service… et elle la sienne. Il décida qu'il ne voulait pas savoir comment elle avait fait pour qu'il lui signe le document. Le lui demander aurait pu créer une autre fissure dans leur relation.

— C'est que… ça fait longtemps que j'ai pas travaillé sur une écoute, dit-il seulement. À l'époque, fallait qu'on aille à la salle d'écoute de Commerce Street. Et tu dis que je peux suivre ça d'ici ?

— Absolument. Tout est dans l'ordi.

Il acquiesça d'un signe de tête.

— Et on écoute qui ?

— Elvin Kidd. Et on commence demain. Je veux que tu sois prêt et bien installé, et moi, après mon quart, j'irai à Rialto, histoire de le secouer un peu. Ce que j'espère, c'est qu'il décroche son téléphone et appelle ou envoie des textos à ses vieux copains de South L. A. pour savoir ce qui se passe. S'il avoue un seul truc, on le coffre.

Bosch acquiesça encore une fois.

— Tu as faim ? demanda-t-il.

— Je suis même affamée.

— Parfait. On se prend quelque chose à manger et on voit ça en détail. Quand as-tu dormi pour la dernière fois ?

— Me souviens pas. Mais on avait un deal, tu te rappelles ?

— Ah oui, c'est vrai.

Ce fut lui qui prit le volant. Ils descendirent la colline, traversèrent l'autoroute par Barham Boulevard et gagnèrent la Smoke House à côté des studios de Warner Bros. Ballard lui avoua qu'elle n'avait rien avalé depuis une pause casse-croûte lors de son dernier quart. Elle commanda un steak, une patate au four et du pain à l'ail à se partager. Bosch, lui, se contenta d'une salade au poulet grillé. Ballard avait pris son sac à dos et pendant qu'ils attendaient leurs plats, elle le mit au courant des dernières avancées de son enquête et lui détailla l'entretien qu'elle avait eu avec l'ancien coloc de Hilton, Nathan Brazil – lequel avait confirmé qu'Hilton était gay et amoureux d'un homme inaccessible.

— Et tout ça nous ramène à Kidd, conclut-elle. C'était sa ruelle et il en avait viré tout le monde pour donner rendez-vous à Hilton et l'exécuter.

— Et le mobile ? demanda Bosch.

— L'orgueil. Il ne pouvait pas accepter que son petit amoureux mette en danger sa réputation. As-tu lu le registre des appels dans le livre du meurtre ?

— Oui, mais juste en diagonale.

— Plusieurs ont été passés depuis le fixe de l'appartement de Hilton à un numéro de cabine de South Central. Dans un centre commercial au croisement de Slauson Avenue et de Crenshaw Boulevard, soit en plein milieu du territoire des Rolling 60's. Les premiers enquêteurs n'en ont rien fait en se disant que c'était un appel entre dealers, mais moi, je pense que c'est Hilton qui appelait Kidd, et que Kidd, ça commençait à lui poser des problèmes.

Bosch s'était renversé en arrière et envisageait son hypothèse lorsque la nourriture arriva. Dès que la serveuse fut partie, il résuma ses conclusions.

— Amours interdites, lâcha-t-il. On est amoureux en prison, mais une fois dehors, ça menace la position et le pouvoir de Kidd. Il aurait pu se faire virer… voire tuer.

— 1990 ? reprit-elle. Ça ne serait jamais passé dans les rues tenues par le gang.

— Et ça ne passerait toujours pas aujourd'hui. Quelques années avant que j'arrête, j'ai entendu parler d'une affaire où des gars en perquise on-frappe-pas-avant-d'entrer se font un repaire de drogue et tombent sur un mec de Grape Street au pieu avec un autre. En moins de cinq minutes, ils l'avaient transformé en indic. Ça avait plus de force que de le menacer de cinq ans de taule. Les types savent très bien qu'ils peuvent purger leur peine si c'est nécessaire et qu'une fois dehors, ils seront de nouveau à la manœuvre. Mais avoir une réputation de gay, personne ne veut de ça dans un gang. Tu te traînes ça, t'es foutu.

Ils attaquèrent leurs plats. Ils avaient tellement faim qu'ils cessèrent de parler, Bosch se repassant tout dans la tête en silence et ne reprenant la parole qu'après avoir contenté son estomac.

— Et donc, demain, comment vas-tu faire réagir Kidd ?

— J'espère l'attraper chez lui, répondit-elle la bouche pleine. Il est marié, maintenant, et son entreprise est au nom de sa femme. Ce que j'espère, c'est qu'il panique dès que je mentionnerai Hilton et leur relation… Je doute que sa femme soit au courant de ses amours homosexuelles. Et j'ai le carnet. Si je commence à lui montrer les dessins, je suis sûre qu'il chiera dans son froc.

— Peut-être, mais de là à lui faire décrocher son téléphone… Jusqu'ici, tout ça ne se passe qu'entre lui et sa femme.

— Et tu proposes quoi, toi ?

— Je n'en suis pas encore très sûr. En tout cas, il faut relier tout ça au gang.

— J'y ai pensé, mais c'est Dennard Dorsey que je mettrais en danger. Il est dans l'aile des Rolling 60's à la prison de Men's Central. Si jamais Kidd fait passer le mot à un type de là-bas, Dorsey est cuit.

— Il faut qu'on planifie ça autrement. On ne se sert pas de Dorsey.

— Dans le livre du meurtre, il y avait un autre gars qui gérait la rue avec Dorsey : Vincent Pilkey. Mais il est mort il y a quelques années.

— Après que Kidd a quitté South Central, c'est ça ? Tu crois qu'il sait que Pilkey est mort ?

Ballard haussa les épaules et s'attaqua au pain à l'ail.

— Difficile à dire. Se servir de son nom pourrait être risqué. Kidd pourrait très bien comprendre l'arnaque.

— C'est possible, oui, reconnut Bosch.

Il la regarda manger. Avec son air épuisé, elle lui fit penser à un sans-abri qui a trouvé un bout de pizza dans une poubelle.

— Et bien sûr, tu vas là-bas sans renforts.

— Des renforts ? On n'en a pas. Il n'y a que toi et moi, et moi, j'ai besoin de toi pour l'écoute.

— Et si j'étais dans le coin ? Dans un endroit avec le Wi-Fi ? Il y a sûrement un Starbucks près de là où tu vas. Ça, ou bien tu me montres comment créer un point d'accès Internet sur mon téléphone. Maddie le fait tout le temps.

— Trop risqué. Tu perds le signal, et c'est tous les appels que tu paumes. Non, je n'aurai pas de problème. Je frappe, j'entre, j'allume la mèche et je sors. Et lui, en tout cas je l'espère, il commence à appeler. Peut-être même à envoyer des textos.

— D'accord, mais il faut quand même trouver comment tu vas allumer la mèche.

— Je vais juste lui dire que je travaille sur des affaires non résolues, qu'on m'a confié celle-là et que je me suis aperçue qu'à l'époque on ne l'avait pas interrogé. Et en passant, je laisse tomber que, toujours à l'époque, un témoin a décrit un tireur qui lui ressemblait beaucoup. Il nie et nie encore, et je m'en vais, mon pari étant qu'il dégaine aussitôt son téléphone pour essayer de savoir qui était ce témoin.

Bosch réfléchit et conclut que ça pouvait marcher.

— OK, dit-il. C'est bon.

Cela étant, il savait que si c'était effectivement le plan, il allait devoir en venir à l'état de préparation de Ballard.

— Écoute, je sais qu'on a conclu un marché et tout et tout, mais ça, c'est une manœuvre super risquée et il faut que tu sois prête. Et donc, je ne peux pas ne pas te le dire : tu as l'air fatiguée… et tu ne pourras pas l'être à ce moment-là. Je pense que tu devrais repousser l'opération jusqu'à ce que tu sois vraiment en forme.

— Je suis prête, protesta-t-elle. Et je ne peux pas repousser : je n'ai que soixante-douze heures de mise sur écoute. C'est tout ce que le juge m'a accordé, et ça commencera dès que les fournisseurs d'accès lanceront le signal… soit en fin de journée. Bref, on n'a que trois jours pour jouer le coup. On ne peut pas remettre ça à plus tard.

— OK, OK, alors tu te prends un jour de congé maladie pour pouvoir dormir.

— Ça non plus, il n'en est pas question. On a besoin de moi au quart de nuit et je ne vais pas les laisser le bec dans l'eau.

— Bon, d'accord, alors on retourne chez moi. J'ai une chambre d'amis que tu peux prendre. Tu dormiras sur un lit, pas sur du sable, jusqu'à l'heure de ton quart ce soir.

— Non, j'ai trop de trucs à faire.

— Alors, tant pis. Tu crois que ce mec est inoffensif parce qu'il ne fait plus partie du gang ? Eh bien, non, il n'est pas inoffensif du tout… Il est dangereux. Et je ne surveille rien du tout pour toi si je m'aperçois qu'il y a quelque chose qui cloche dans le plan.

— Harry, tu exagères.

— Non, absolument pas. Et là, tout de suite, le truc qui ne va pas, c'est toi. Manquer de sommeil amène à faire des erreurs, parfois mortelles, et moi, je ne participe pas à ça.

— Écoute, c'est sympa de t'inquiéter, mais je ne suis pas ta fille.

— Je le sais, et ça n'a rien à voir. C'est non négociable. Tu prends ma chambre d'amis ou tu dis à Olivas de surveiller lui-même ton écoute.

— Bon d'accord. Je vais dormir. Mais j'emporte ce pain à l'ail.

— Pas de problème.

Bosch chercha la serveuse pour régler la note.

Chapitre 28

Ballard dormait déjà lorsque Bosch reprit l'affaire Montgomery. Il avait éteint la musique pour ne pas la déranger. Comme il ne savait pas quand elle allait se lever, il décida de se plonger dans la plus petite pile des documents portant sur les trois dernières affaires qu'il avait besoin de revoir. Toutes tournaient autour du travail du juge pendant les deux dernières années de sa vie.

L'affaire de la petite pile était en fait double, le juge y ayant officié tant au civil qu'au pénal. Elle avait pour point de départ un certain John Proctor, condamné pour meurtre et délit de fuite commis sur une femme qui regagnait sa voiture après avoir quitté un bar de Burbank où elle avait rejeté plusieurs fois ses avances après qu'il avait essayé de lui payer à boire pour engager la conversation.

Lors de son procès, Proctor avait été défendu par un avocat du nom de Clayton Manley. Mais il l'avait viré après avoir été déclaré coupable et en avait embauché un autre, George Grayson, pour s'occuper de son appel. Avant que Proctor ne soit condamné, Grayson avait demandé l'ouverture d'un nouveau procès en alléguant l'incompétence de son prédécesseur. Si classique soit-il, ce pari où l'on cherche à obtenir un nouveau procès pour cause de mauvaise défense est rarement couronné de succès. Dans ce cas précis cependant, l'argumentation ne manquait pas de mérite. Il y était mentionné un certain nombre de démarches que Manley n'avait pas effectuées pour se préparer au procès, dont celle de mettre en place une stratégie accusant une tierce personne, fondée sur le fait que la victime était en pleine procédure de divorce au moment de sa mort et que le futur ex-mari avait déjà été arrêté deux fois pour violences domestiques.

Dans cet appel, il était aussi reproché à Manley de n'avoir pas posé, et ce plusieurs fois, les bonnes questions au témoin de l'accusation, ou d'avoir dû y être poussé par le juge avant d'enfin élever des objections contre la manière dont le procureur interrogeait ses témoins à charge. Le juge avait repris Manley sur la piètre qualité de sa prestation à deux reprises, en l'absence des jurés, allant même jusqu'à lui demander s'il ne prenait pas des médicaments qui auraient pu expliquer son manque de concentration.

Manley travaillait pour Michaelson & Mitchell, un cabinet d'avocats du centre-ville qui avait pris l'affaire et la lui avait confiée. Il avait plaidé plusieurs fois au pénal, mais c'était son premier procès pour meurtre.

Décision qui tenait du un sur mille, Montgomery avait ordonné l'ouverture d'un nouveau procès au moment où il devait énoncer sa sentence contre Proctor. En séance plénière, il avait alors déclaré être d'accord avec la théorie de Grayson selon laquelle Manley avait bousillé le procès à force d'inattention et d'inaction. En plus d'annuler la sentence et d'ordonner un nouveau procès, Montgomery avait ouvertement donné son opinion sur la prestation de Manley et en plus de lui reprocher ses nombreux manquements, lui avait interdit de reparaître dans son prétoire.

Le procès ayant attiré l'attention des médias au vu de la nature du crime, un journaliste du *Los Angeles Times* avait été dépêché à l'énoncé de la sentence. Au lieu de quoi, il avait eu droit à l'histoire de Manley et avait écrit un article qui, publié le lendemain, reprenait nombre des remarques les plus dures du juge. Manley était alors vite devenu le « gamin » qu'on étrille au tribunal et avait fait l'objet d'innombrables plaisanteries qu'on échangeait dans les couloirs du palais. Il avait même eu droit au surnom d'« UnManley[1] ».

Lors du nouveau procès, les jurés avaient déclaré John Proctor non coupable. Personne d'autre n'avait été accusé du meurtre depuis lors.

Montgomery avait ensuite été assigné à des procès au civil par le juge en chef[2] et s'était lui-même vite retrouvé embringué dans des poursuites. Clayton Manley l'avait en effet accusé de diffamation et avait

1. Soit « efféminé ».
2. Soit le grand patron de la cour d'appel, ayant plusieurs juges sous son autorité.

réclamé des dommages et intérêts pour les « déclarations injustes et contraires à la vérité » qu'il avait faites au tribunal et que la presse avait rapportées. Dans sa requête, Clayton affirmait que Montgomery avait fait de lui un paria des tribunaux et détruit sa carrière. Il disait toujours travailler au cabinet Michaelson & Mitchell, mais ne plus avoir le droit de préparer des affaires au pénal et ne plus avoir jamais plaidé depuis le procès Proctor.

Ces poursuites avaient vite été abandonnées, les arrêts et déclarations d'un juge en séance étant non seulement protégés par le Premier Amendement à la Constitution sur la liberté de parole et de presse, mais aussi considérés comme sacro-saints pour le rendu d'une justice libre et indépendante dans l'enceinte d'un tribunal. Manley avait fait appel, mais des cours supérieures l'avaient débouté à deux reprises avant qu'il abandonne.

Ainsi tout cela s'était-il terminé jusqu'au jour où Montgomery ayant été assassiné, son greffier avait donné le nom de Clayton Manley aux inspecteurs qui cherchaient de possibles ennemis du juge. Gustafson et Reyes avaient accordé suffisamment de crédit à cette possibilité pour enquêter et revoir tout ce qui concernait l'affaire Proctor. Ils avaient trouvé assez de choses pour passer à la vitesse supérieure, Reyes allant jusqu'à interroger Manley à son travail et en présence de son avocat, William Michaelson. Mais Manley lui avait fourni un solide alibi pour le matin du meurtre : il était en vacances avec sa femme à Hawaï, dans une station balnéaire de Lanai. Il lui avait même donné des copies de ses cartes d'embarquement, de ses factures d'hôtel et de restaurants, jusqu'à des photos de lui-même prises avec son iPhone et le montrant en train de pêcher au gros. Sans parler de copies d'e-mails d'amis et d'associés – dont Michaelson – lui apprenant la nouvelle à des milliers de kilomètres de là.

L'interrogatoire de Manley s'était déroulé une semaine avant que les résultats du test ADN ne fassent apparaître une correspondance avec celui de Herstadt. Voilà qui expliquait le fait que la pile de Manley soit la plus petite : les inspecteurs semblaient bien avoir accepté les dénégations et l'alibi de l'avocat.

Il n'empêche, il y avait dans les pages concernant Manley quelque chose qui tracassait Bosch : dans la chronologie, il n'était nulle part mentionné que son interrogatoire avait été organisé à l'avance. Cela eût été du plus mauvais effet, les enquêteurs ayant pour habitude d'approcher leurs suspects sans prévenir. Il vaut mieux obtenir des réponses improvisées que des déclarations préparées, la règle de base de tout travail sur des homicides étant : surtout, ne pas laisser le suspect vous voir venir.

Mais alors même que rien dans ces documents n'indiquait que Reyes avait en quelque manière que ce soit averti Manley de sa visite, celui-ci semblait y avoir été préparé, son avocat étant présent, et il avait à disposition toutes les preuves pour étayer son alibi. Bosch se demandait si cela avait troublé Reyes ou Gustafson, parce que lui, il trouvait ça bizarre.

Manley ayant, il est vrai, et depuis longtemps, un contentieux avec Montgomery, il pensait sans doute que la police finirait par vouloir lui parler, mais ce n'était pas ça qui avait l'air douteux aux yeux de Bosch. Même le fait d'avoir un avocat présent n'éveillait pas ses soupçons : c'était quand même dans un cabinet d'avocats qu'il travaillait. Non, c'était son alibi plus que détaillé qui le faisait tiquer. Il donnait l'impression d'être à toute épreuve, jusques et y compris à cause des date et heure auxquelles la photo de Hawaï avait été prise, comme par hasard quelques minutes à peine avant que Montgomery ne se fasse poignarder à Los Angeles. Bosch savait d'expérience qu'un alibi, même légitime, est rarement à toute épreuve, et celui-là lui faisait l'effet d'une mise en scène. Comme si Manley savait précisément à quel moment il allait en avoir besoin.

Gustafson et Reyes ne semblaient pas avoir éprouvé les mêmes sentiments, eux qui, une semaine plus tard, laissaient tomber Manley comme assassin potentiel dès qu'ils avaient eu les conclusions du test ADN. Bosch ne pensait pas qu'il aurait réagi de cette façon, même avec un ADN correspondant à celui d'un autre suspect.

Il le nota dans son bloc. Un seul mot : *Manley*. S'il ne voyait aucun mal à oublier les deux premières pistes d'enquête qu'il avait revues, il était d'avis que celle de Manley méritait qu'on s'y attarde.

Il se leva de table et fit disparaître la raideur qu'il avait au genou. Puis il attrapa sa canne appuyée dans un coin du mur près de la porte d'entrée et partit faire un petit tour, le temps de monter la côte sur un bloc et de la redescendre. Son genou se détendit et lui parut de nouveau assez solide. Il attendait avec impatience le moment où, dans quelques jours, il pourrait se débarrasser entièrement de sa canne.

En rentrant chez lui, il tomba sur Ballard assise à la table où il avait travaillé.

— Qui est ce Manley ? demanda-t-elle.

— Oh, c'est juste un type, peut-être un suspect, répondit-il. Je pensais que tu dormirais un peu plus que deux heures.

— Pas besoin. Je me sens revigorée. Deux heures dans un lit en valent cinq sur le sable.

— Quand est-ce que tu vas arrêter ça ?

— Je ne sais pas. J'aime bien être à la plage. Mon père disait que l'eau salée soigne tous les maux.

— Il y a d'autres moyens d'arriver à ce résultat. Tu te sens peut-être « revigorée » maintenant, mais demain matin tu te traîneras quand tu iras affronter Kidd.

— Ça ira. Je fais ça tout le temps.

— Comme si c'était rassurant ! Il nous faut une espèce de signal pour que je puisse envoyer des renforts si nécessaire. Y aller toute seule est complètement fou.

— Je travaille seule toutes les nuits. Ça n'a rien de nouveau.

Il hocha la tête – il n'était toujours pas satisfait.

— Écoute, reprit-elle, ce que je veux pour l'instant, c'est te montrer le programme pour que tu puisses tout surveiller dès que je partirai d'ici pour secouer les puces de Kidd. Je repasserai dans la matinée pour te laisser mon ordi avant d'y aller.

— Tu ne pourrais pas transférer tout ça sur le mien ?

— Non, pas possible. C'est un programme en propriété exclusive. Mais ça ne te prendra que quelques minutes pour le maîtriser. Je sais que tu es un peu vieille école et que tu n'as jamais utilisé ça, mais...

— Montre-moi, c'est tout.

Il dégagea un coin de table afin qu'elle puisse s'asseoir à côté de lui et elle ouvrit le programme de surveillance.

— Ah, génial, c'est parti ! s'exclama-t-elle. L'écoute est en place.

— Ce qui veut dire que ton délai de soixante-douze heures est déjà entamé ?

— Voilà. Sauf que bien sûr, tout ce qui se dira aujourd'hui n'aura aucun intérêt vu qu'il ne sait même pas qu'il fait l'objet d'une enquête.

Elle lui montra comment faire marcher le programme. Elle installa des alarmes différentes pour le portable et le fixe de Kidd, programmées pour se déclencher dès qu'un appel était passé, entrant ou sortant, une troisième tonalité étant dédiée aux textos. Puis elle lui réexpliqua les règles de l'écoute, la police n'ayant légalement pas le droit d'écouter des conversations privées. Lors de tout appel ne concernant pas spécifiquement le crime décrit dans la déclaration de cause probable rédigée pour l'obtention du mandat, l'officier qui écoutait devait couper le son, étant entendu que toutes les trente secondes il avait le droit de vérifier si la conversation était toujours privée ou pas.

Le programme n'enregistrait que ce qui était écouté, tout appel qui ne l'était pas ne pouvant faire l'objet d'un quelconque enregistrement. C'était la raison pour laquelle une écoute exigeait d'être suivie vingt-quatre heures sur vingt-quatre et cela faisait au moins dix ans que Bosch n'avait pas travaillé sur une affaire impliquant pareille procédure. Si le programme était nouveau, les règles, elles, n'avaient pas changé, et il informa Ballard que tout ça, il le comprenait.

— Mais… et le fait que je ne sois plus flic, hein ? demanda-t-il. Qu'est-ce qui se passe si je tombe sur quelque chose de bon après que tu lui auras secoué les puces et que moi, je suis là, assis tout seul dans mon coin ?

— Tu es toujours de réserve à San Fernando, non ?

Après son départ du LAPD, Bosch s'était engagé comme réserviste au service de police de cette toute petite ville de la Valley pour y travailler sur des affaires non résolues. Mais il en avait été suspendu presque une année plus tôt, le jour où il avait été accusé de prendre un peu trop de libertés avec les règles.

— C'est-à-dire que… oui, en quelque sorte, répondit-il. Ils ne m'ont pas encore repris mon badge parce que quelques affaires sur lesquelles j'ai travaillé ne sont toujours pas passées devant un juge. Les procureurs veulent que je fasse toujours partie de la réserve quand je devrai témoigner. Ce qui fait que techniquement, oui, je suis officier de réserve même si je ne fais pas vraiment de…

— Aucune importance. Tu as un badge et, même réserviste, un officier est toujours assermenté. C'est bon, tu as le droit de faire ça.

— OK.

— Je passe donc dans la matinée pour te déposer l'ordinateur et tu n'auras plus qu'à le laisser allumé pendant que tu feras ton boulot. Et dès que tu entendras une alarme, tu écoutes et tu enregistres jusqu'à ce que tu saches de quel genre d'appel il est question.

— Et toi, tu m'appelles dès que tu démarres.

— Oui.

— Et quand tu auras fini. Que tu seras en sécurité.

— Reçu cinq sur cinq. T'as pas à t'inquiéter.

— Faut bien que quelqu'un le fasse. Et si tu prenais quelques flics de Rialto en renfort ? Pour t'attendre dehors pendant que tu seras à l'intérieur.

— Si tu insistes, je vais finir par le faire.

— J'insiste.

— OK, je les appelle en partant pour voir s'ils peuvent me trouver une patrouille.

— Parfait.

Bosch s'en sentit mieux pour tout. Il ne lui restait plus qu'à s'assurer que le matin venu, elle fasse bien ce qu'elle avait promis de faire.

Elle tendait la main vers son ordinateur pour le fermer lorsqu'une des tonalités qu'elle avait programmées se fit entendre.

— Oh, oh, dit-elle, appel entrant. On va voir comment ça marche.

Elle posa sa main sur l'écran et poussa le curseur vers le bouton « Enregistrement ». Ils entendirent une voix répondre :

— Allô ?

Chapitre 29

C'était un appel en PCV de la prison de Men's Central. Une voix de robot informa le destinataire qu'il provenait de « D au carré » et qu'il fallait appuyer sur la touche 1 pour l'accepter ou la 2 pour le refuser. Elvin Kidd prit l'appel.

— Yo, E… C'est toi, mec… ?

— Tu veux quoi ? J'te paie pas ta caution. J'suis hors du coup et tu l'sais.

— Non, non, non, mon gars… j'veux rien… Ils m'ont mis en attente de conditionnelle. J'fais que te tenir au jus, mec.

— Au jus de quoi ?

Ballard attrapa le bloc-notes où Bosch avait inscrit le nom de Manley, y gribouilla quelques mots et le glissa sur la table devant lui :

D au carré = Dennard Dorsey. Lui ai parlé mardi.

Bosch acquiesça. Il avait compris qui appelait Kidd. Ni Kidd ni Dorsey ne pouvaient les entendre, mais ils n'en gardèrent pas moins le silence pour ne rien rater de leur conversation.

— C'est pour l'truc dans la ruelle y a longtemps, mec. Une flic est passée et a posé des tas de questions sur ce qui est arrivé au gamin blanc.

— Quoi, comme questions ?

— Genre si j'y étais et ce qui s'est passé.

— Et t'as dit quoi ?

— Que dalle. J'étais même pas là. Mais j'me suis dit que j'devrais t'avertir que ça les intéresse toujours, si tu vois c'que j'veux dire. Alors, profil bas, mec…

— C'était quand ?

— Elle est venue mardi. Ils m'ont collé dans une pièce avec elle.

— Toute seule ?

— Ouais. Même que ça m'plairait d'y mettre ma queue !

— Et elle a un nom ?

— Ouais. Genre « Ballet ». J'ai pas vraiment capté au début vu que j'étais du genre : « Qu'est-ce tu m'veux, connasse ? » Mais elle savait des trucs, mec. Elle savait que moi et V-Dog, on travaillait dans c'te rue à l'époque. Tu t'rappelles V-Dog, non ? Il est mort à Folsom ou autre. C'est un truc genre « affaire non résolue », tu vois ?

— Qui lui a parlé de moi, à c'te nana ?

— Sais pas. Elle m'a juste fait chier et a posé des questions sur toi.

— Comment t'as eu ce numéro ?

— J'l'avais pas. L'a fallu que j'appelle deux ou trois OG[1]. C'est pour ça que ça m'a pris quelques jours pour te contacter.

— Quels OG ?

— Marcel. Il avait un numéro pour…

— OK, mec, tu m'appelles plus. Je ne suis plus dans le coup.

— Je sais, mais je m'disais quand même que…

Kidd mit fin à l'appel.

Ballard bondit aussitôt de son siège et se mit à faire les cent pas.

— Putain ! s'écria-t-elle. Dorsey vient juste de faire ce que j'avais prévu de faire demain.

— Sauf que Kidd n'a rien donné, Bosch la mit-il en garde. Il a été prudent.

— C'est vrai, mais il a posé des tas de questions. On tient le bon type. C'est lui, et on a eu un sacré coup de bol que l'écoute ait été déjà installée. Mais qu'est-ce que je fais, maintenant ? J'y vais toujours demain ?

— Absolument pas. Il sera prêt à te recevoir et on ne veut pas de ça.

Elle acquiesça en continuant de faire les cent pas.

— Tu peux repasser l'enregistrement ? demanda-t-il.

Elle revint vers la table et s'exécuta. Bosch y chercha attentivement ce qui aurait pu être un code entre les deux anciens membres de gang, mais dut conclure qu'Elvin Kidd ne s'attendait pas à cet appel et que celui-ci

1. Soit Original Gangster, membre fondateur ou ancien d'un gang.

ne contenait aucun message secret. Comme il l'avait dit lui-même, Dorsey se contentait de l'avertir d'un possible danger.

— Qu'est-ce que t'en penses ? demanda Ballard.

Bosch réfléchit un instant.

— Je pense qu'on attend que Kidd fasse quelque chose.

— Sauf que maintenant qu'il est au courant de l'enquête, il pourrait très bien ne plus se servir de ce téléphone, dit-elle. Il s'achète un jetable et… C'est ce que je ferais si j'étais à sa place.

— Je pourrais aller le surveiller cette nuit.

— J'y vais avec toi.

— Non, ça ne marchera pas. Ça prend facile deux heures pour aller là-bas aux heures de pointe et tu as ton quart, et comme tu m'as dit que tu ne pouvais pas le rater… Tu devrais faire demi-tour quasiment en arrivant. Non, c'est moi qui y vais et toi, tu surveilles l'écoute, juste au cas où il serait complètement con.

La tonalité texto retentit dans l'ordinateur de Ballard.

— En parlant de ça…, dit-elle.

Elle lut le message. Il émanait du téléphone de Kidd.

Besoin de te voir. Chez Dulan à 13 heures demain. Important ! ! !

Ils fixèrent tous les deux l'écran en attendant la réponse.

— Tu crois que c'est le Marcel qu'a mentionné Dorsey ? demanda Ballard.

— Je ne sais pas. Mais il y a des chances.

Une brève réponse arriva.

J'y serai.

Bosch se leva de la table pour dégourdir son genou.

— On arrive à trouver qui est ce Dulan et demain on le piège, dit-il.

— Chez Dulan est une chaîne de restaurants soul, dit-elle. Délicieux. Mais j'en connais au moins trois à South L.A…

Bosch hocha la tête, impressionné.

— Il n'y en aurait pas un sur le territoire des Rolling 60's ? demanda-t-il.

— Si, dans Crenshaw Boulevard, vers la 50e Rue.

— Alors, c'est sans doute celui-là. Tu y as déjà mangé ? On risque de détonner dans le paysage ?

— Toi, oui. Moi, je peux passer pour une jaune pâle[1].

C'était vrai. Ballard était métisse, en partie polynésienne sans aucun doute, même si Bosch ne lui avait jamais posé de questions sur ses ascendants.

— Et donc, toi dedans et moi dehors, dit-il. Je ne suis pas trop sûr d'aimer ça.

— Ils ne tenteront rien dans un restaurant bondé, fit-elle remarquer. Et à 13 heures, il y aura foule.

— Si c'est le cas, comment feras-tu pour t'approcher assez près d'eux pour entendre quoi que ce soit ?

1. Soit issue d'un parent blanc et d'un parent noir en argot afro-américain.

— Je trouverai un moyen.

— Il va falloir que tu t'habilles moins bien.

— Quoi ? Et pourquoi ?

— À cause de ce que D au carré lui a dit au téléphone… que t'étais une beauté.

— Ce n'est pas exactement ce qu'il a dit, mais je note. Je retournerai à la plage une ou deux heures après le boulot et je me mettrai moins en beauté. T'inquiète pas.

— Il vaudrait peut-être mieux rameuter les troupes. Va voir ton lieutenant, mets-le au courant de ce que tu fais et prends-toi quelques mecs.

— Si je m'amène avec un homicide, on me le piquera encore plus vite qu'un pickpocket un portefeuille sur la promenade de Venice Beach.

Il acquiesça. Il savait qu'elle avait raison. Il lui montra son ordinateur portable.

— Ce soir, quand tu seras au boulot, tu pourras retrouver le numéro où il a envoyé son texto et savoir à qui il appartient ?

— Je peux essayer, mais c'est probablement celui d'un jetable.

— Pas sûr. Kidd n'est plus dans la partie et il s'est servi de son portable pour envoyer son message… ce qui est une belle erreur. Mener une vie rangée signifie peut-être qu'il n'a pas de jetable alors que ceux qui continuent en ont tous et en changent sans arrêt. Et Kidd connaissait le numéro qu'il a appelé… Ça pourrait être celui d'un appareil parfaitement réglo.

Elle acquiesça.

— Peut-être, oui, dit-elle. Je vais voir si je peux le retrouver.

Bosch gagna la baie vitrée, l'ouvrit et passa sur la terrasse, Ballard sur les talons.

— Spectaculaire, la vue, dit-elle.

— C'est la nuit que je la préfère. Les lumières, l'autoroute, tout paraît beau.

Elle rit.

— On ne sait toujours pas pourquoi John Jack avait ce livre du meurtre en sa possession et pourquoi il n'en a rien fait pendant vingt ans.

Ballard le rejoignit à la rambarde.

— C'est important ? demanda-t-elle. On a le type qui a fait le coup dans le collimateur. En plus de son mobile et de ce qui lui a permis de frapper.

— C'est important pour moi, rétorqua Bosch. Je veux savoir.

— On y arrivera. On finira par comprendre.

Il acquiesça d'un signe de tête, peu convaincu. Ils – surtout elle – avaient fait en une semaine tout ce dont John Jack avait été incapable en deux décennies, et Bosch commençait à souscrire à l'hypothèse de Ballard selon laquelle cela cachait quelque chose de sinistre… À savoir que si John Jack Thompson s'était emparé du livre du meurtre, c'était parce qu'il ne voulait pas que l'affaire soit résolue.

Ce qui suscitait un nouveau mystère. Et des plus douloureux.

BALLARD

Chapitre 30

Ballard prit son service à l'appel du troisième quart. Rien n'ayant été déposé dans sa boîte par les inspecteurs de jour, elle monta à l'étage pour avoir une idée de ce qui se passait dans les rues. Le lieutenant Washington avait pris place au podium, signe de plus que la nuit s'annonçait calme. D'habitude, il demandait à un sergent de le remplacer afin de rester dans son bureau de veille et suivre les événements.

Il appela les équipes et leur rappela leurs districts :

— Meyer/Shuman : six - A - quinze… Doucette/Torborg : six - A - quarante-cinq… Travis/Marshall, ce soir vous avez le quarante-neuf…

Il annonça encore que les assurances State Farm poursuivaient leur campagne « voitures retrouvées » et donnaient toujours des pin's à tout officier récupérant au moins cinq véhicules volés pendant le mois. Il mentionna que certains d'entre eux en avaient déjà cinq à leur palmarès alors que d'autres se traînaient encore à trois ou quatre, et exigea que tout le monde s'y mette. En dehors de ça, il n'y avait pas grand-chose à dire et l'appel se termina sur cet avertissement du lieutenant :

— Je sais que ces dernières nuits ont été un peu calmes, mais ça ne va pas durer. Comme toujours, précisa-t-il. Je ne veux donc pas de sous-marinage. N'oubliez pas qu'on ne fonctionne plus comme autrefois. J'ai tous vos marqueurs de GPS sur mon écran et donc… si j'en vois un qui tourne autour du fort, il se tape le trente et un au prochain déploiement.

« Faire du sous-marinage » consistait à quitter son territoire de patrouille et à tourner autour du commissariat de façon à pouvoir y revenir dès la fin du service, au moment où les équipes du premier quart arrivaient et rejoignaient leurs zones d'intervention. La six - A - trente et un, soit la zone de patrouille la plus éloignée du commissariat, couvrait essentiellement une East Hollywood où les appels anonymes (passés par des sans-abri, des poivrots et autres fauteurs de troubles) étaient plus fréquents. Personne ne voulant en hériter, surtout pour des déploiements de vingt-huit jours, elle était habituellement assignée à ceux qui atterrissaient dans la liste des emmerdeurs du commandant de veille.

— Bon, les mecs, conclut Washington. On se bouge et on fait du bon boulot.

La réunion se terminait, mais Renée resta assise afin de s'entretenir avec lui après que les flics en tenue auraient quitté la salle. Il vit qu'elle l'attendait et connaissait la chanson.

— Qu'est-ce qui se passe, Ballard ? demanda-t-il.

— Vous avez quelque chose pour moi, lieutenant ?

— Pas pour l'instant. Vous avez des choses sur le feu ?

— J'en ai deux ou trois qui me restent d'hier, dont un numéro de téléphone à identifier. Vous me dites quand vous aurez besoin de moi ?

— OK, Ballard.

Elle redescendit l'escalier pour rejoindre la salle des inspecteurs où, comme d'habitude, elle s'installa dans un coin. Elle alluma son ordinateur et ouvrit le programme d'écoute au cas improbable où Elvin Kidd déciderait de passer un appel ou d'envoyer un texto à minuit. Elle savait que c'était loin d'être gagné, mais la pendule continuant de grignoter ses soixante-douze heures de surveillance, rester en alerte au cas où elle aurait à nouveau de la chance ne pouvait pas faire de mal.

Elle se mit à tracer le numéro auquel Kidd avait envoyé son texto après avoir reçu l'appel de Dennard Dorsey depuis la prison. Elle commença par l'entrer dans un annuaire inversé déniché sur Google. Cela ne donna rien, et une recherche Lexis/Nexis pas plus fructueuse lui confirma que le numéro n'apparaissait nulle part sur Internet. Elle ouvrit ensuite la base de données de la police et y lança une recherche afin de savoir si le numéro avait déjà été mentionné dans un rapport d'enquête criminelle ou dans un document du service. Cette fois, elle eut de la chance : il avait été enregistré dans la base nationale et elle n'eut aucun mal à l'afficher sur son écran.

L'interrogatoire avait été mené par une équipe de renseignements de l'Antigang du South Bureau qui avait interpellé un type en train de rôder devant un restaurant fermé au croisement de Slauson et Keniston Avenue. Ballard localisa l'endroit pile à la frontière entre Los Angeles et Inglewood – soit en plein territoire des Rolling 60's. Le type s'appelait Marcel Dupree. Âgé de cinquante et un ans, il avait nié appartenir à un gang alors même qu'il avait l'étoile à six branches des Crips tatouée sur le dos de la main gauche.

D'après le rapport d'interpellation, il avait raconté aux officiers qui l'avaient arrêté qu'il attendait que sa copine vienne le chercher parce qu'il avait trop bu. Constatant qu'aucun délit n'avait été commis, les policiers s'étaient contentés de remplir une fiche d'interpellation comprenant ses numéro de portable, adresse, date de naissance et autres détails… et l'avaient laissé tranquille.

Ballard entra son nom dans la base des données criminelles et y trouva de nombreuses arrestations et au moins deux condamnations remontant à trente-trois ans. Dupree avait fait deux séjours en prison, le premier pour vol à main armée et le second pour avoir tiré des coups de feu dans un bâtiment occupé. Plus important, elle découvrit qu'un mandat d'amener avait été émis à son endroit pour non-paiement de pension alimentaire. Ce n'était pas grand-chose, mais elle avait maintenant quelque chose pour lui mettre la pression si nécessaire.

Elle passa l'heure suivante à sortir tous les rapports d'arrestation et tomba plus d'une fois sur des signalements où il avait droit au titre de « donneur d'ordres » des Rolling 60's. Le délit de non-paiement de pension alimentaire avait été requalifié en crime parce que cela faisait trois ans qu'il devait plus de 100 000 dollars à deux femmes différentes.

Ballard jubila. Elle venait de relier deux points dans l'enquête sur Kidd et tenait enfin quelque chose sur Dupree dont elle pourrait se servir. Elle eut envie de le dire à Bosch, mais songea qu'il était peut-être en train de dormir. Elle téléchargea la dernière photo de Dupree prise pour son permis de conduire quatre ans plus tôt, en plus de sa dernière photo d'identité judiciaire qui, elle, était plus ancienne d'une décennie. Sur les deux, il avait une tête parfaitement ronde et les cheveux en bataille. Ballard les joignit à un texto qu'elle envoya à Bosch. Elle voulait qu'il sache à quoi ressemblait Dupree avant qu'ils ne mettent sur pied leur opération de surveillance du lendemain.

Peut-être avait-il laissé son portable en mode silencieux, car cinq minutes plus tard elle n'avait toujours pas de réponse. Elle s'empara de la radio qu'elle avait prise sur un chargeur au début de son service et appela le lieutenant Washington pour l'informer qu'elle partait en code 7 – pour manger quelque chose –, mais que, bien sûr, elle aurait comme d'habitude sa radio avec elle. Sur quoi, elle traversa le parking complètement désert du commissariat, gagna sa voiture et se mit en route.

Il y avait un camion à tacos ouvert toute la nuit au croisement de Sunset Boulevard et de Western Avenue.

Elle y mangeait souvent un morceau et connaissait bien Digoberto Rojas qui tenait l'affaire. Elle aimait tester son espagnol sur lui et le perdait complètement avec son mélange d'anglais et d'espagnol.

Cette nuit-là, il travaillait seul et, dans son espagnol hésitant, elle lui demanda où était son fils. Le jeune homme avait travaillé pratiquement toutes les nuits avec son père jusqu'à récemment. Mais les deux ou trois dernières fois qu'elle était venue, Digoberto était seul à la manœuvre et ça l'inquiétait: cela faisait de lui une cible plus facile. Ils engagèrent la conversation par la fenêtre du comptoir, Digoberto lui préparant deux tacos aux crevettes.

— Il est paresseux, dit-il. Il veut traîner toute la journée avec ses *vatos*. Après il dit trop fatigué pour venir travailler.

— Vous voulez que je lui parle? demanda-t-elle en laissant tomber l'espagnol. Je le ferai…

— Non, c'est OK.

— Digoberto, je n'aime pas vous voir travailler tout seul la nuit. C'est dangereux.

— Et vous, hein? Vous seule aussi.

— C'est pas pareil.

Elle souleva le pan de sa veste pour lui montrer l'arme dans son holster de hanche, puis sa radio.

— Si j'appelle, mes amis arrivent en courant, dit-elle.

— Les flics, ils me protègent, lui renvoya Digoberto. Comme vous.

— Oui, mais on ne peut pas être là tout le temps et j'ai pas envie de recevoir un appel où on me dira que vous avez été volé ou blessé. Si votre fils ne veut pas vous aider, trouvez-vous quelqu'un d'autre. Faites-le vraiment.

— OK, OK. Tenez ! dit-il, et il lui tendit une assiette en papier par la fenêtre du comptoir.

Il avait enveloppé les tacos dans de l'alu. Elle lui glissa 10 dollars, Digoberto levant aussitôt les mains en l'air comme si elle l'arrêtait.

— Non, non, pour vous ! dit-il. Je vous aime bien. Vous amenez d'autres policiers ici.

— Vous avez besoin de gagner votre vie. Ce n'est pas juste.

Elle posa le billet sur le comptoir, refusa de le reprendre et apporta son assiette à une table où étaient disposées des serviettes et des sauces piquantes. Elle prit quelques serviettes et une bouteille de sauce douce, et rejoignit la table de pique-nique déserte.

Elle mangea en regardant Sunset Boulevard, le dos tourné au camion de tacos. Ils étaient si délicieux qu'elle ne se donna pas la peine de mettre de la sauce sur le second. Elle ne l'avait pas fini que Digoberto sortait de sa cuisine par la porte de derrière et lui en apportait un autre.

— *Mariscos*, dit-il. Essayer.

— Vous allez faire de moi *el gordo*, dit-elle. *Pero gracias.*

Elle en prit une bouchée et le trouva aussi bon que ceux aux crevettes. Mais plus doux. Elle ajouta de la sauce. Sa deuxième bouchée fut encore meilleure, mais il n'y en eut pas de troisième : sa radio venait de se déclencher et Washington l'envoyait à un stop de Cahuenga Boulevard, sous le pont de la 101, à moins de cinq minutes de là. Elle lui demanda pourquoi la présence d'un inspecteur était nécessaire, il lui répondit seulement :

— Vous verrez.

Elle n'avait eu aucun appel de la patrouille ou du dispatching concernant ce lieu, elle comprit que quoi qu'il ait pu s'y passer, on avait décidé de le taire à la radio. Des tas de fouineurs des médias surveillaient les fréquences de la police et répondaient à tout appel pouvant leur fournir des vidéos à vendre.

D'un signe de la main, elle remercia Digoberto qui était remonté dans son camion, jeta ses assiettes dans une poubelle, prit le volant et s'engagea dans Sunset Boulevard, direction Cahuenga et la 101. Où elle découvrit un unique véhicule de patrouille tous gyrophares de toit allumés arrêté derrière un vieux van équipé de panneaux latéraux faisant de la publicité pour un service de nettoyage de tapis vingt-quatre heures sur vingt-quatre. Elle n'eut pas le temps de se demander qui pouvait bien avoir besoin de nettoyer ses tapis en pleine nuit qu'un des officiers qui avait arrêté le van s'approchait d'elle, lampe torche allumée à la main. C'était Rich Meyer qu'elle avait vu un peu plus tôt, à l'appel.

Elle coupa le contact et descendit de voiture.

— Qu'est-ce qu'on a, Rich ? demanda-t-elle.

— Le mec du van… Il a dû lâcher l'autoroute et se garer ici pour que les femmes qu'il avait à l'arrière puissent faire leur affaire. Et Shu et moi on passait par là quand on en a vu quatre accroupies sur le trottoir.

— « Accroupies » ?

— Oui, en train d'uriner ! Ça ressemble beaucoup à de la traite, mais personne n'a de pièces d'identité et ne parle anglais.

Elle se dirigea vers le van où Shuman, le coéquipier de Meyer, se tenait à côté d'un homme et de quatre femmes, tous menottés les mains dans le dos avec des attaches en plastique. Les femmes portaient des robes courtes et avaient l'air débraillées. Toutes avaient les cheveux noirs – des Latinas sans le moindre doute. Et personne ne semblait avoir plus de vingt ans.

Ballard décrocha sa minitorche de sa ceinture et commença par en pointer le rayon entre les portes du van ouvertes à l'arrière. Un matelas et des couvertures en haillons y étaient jetés sur le plancher, en plus de deux ou trois sacs en plastique remplis de vêtements. Ça sentait la sueur et le désespoir.

Elle passa le faisceau de sa torche à l'avant du véhicule et découvrit un téléphone en mode GPS encastré dans le tableau de bord. Elle gagna la portière côté conducteur, l'ouvrit, se pencha à l'intérieur et sortit l'appareil de son support. Elle tapota l'écran et trouva l'adresse de destination : quelque part dans la Valley, dans Etiwanda Street. Elle glissa le téléphone dans sa poche et rejoignit Meyer et Shuman avec leurs prisonniers.

— On a quelqu'un qui parle espagnol ? demanda-t-elle.

— Euh, y a Perez… Elle est dans l'U-boat, répondit Meyer. Et Basinger le parle couramment.

Ballard se rappela avoir vu ces deux officiers à l'appel. Elle connaissait assez bien Perez et songea qu'une femme serait mieux indiquée pour interroger les quatre filles. Si elle était effectivement d'U-boat (comme on appelait une voiture à un seul officier chargé de ne gérer que des délits mineurs), l'appeler à l'aide ne la distrairait pas de son service. Ballard porta sa radio à ses lèvres et demanda qu'on la lui envoie. Perez répondit qu'elle était d'accord et arriverait d'ici à huit minutes.

— On devrait juste appeler l'ICE[1], dit Shuman.

— Pas question, lui renvoya Ballard en faisant non de la tête.

— C'est le protocole, insista-t-il. Ce sont manifestement des clandestines… On appelle l'ICE.

Ballard vit qu'il avait un galon sur sa manche. Donc cinq ans de service. Elle regarda Meyer qui, lui, en avait quatre et, légèrement en retrait de Shuman, leva les yeux au ciel de sorte que seule Ballard le voie. Il n'allait pas l'embêter sur ce point.

— C'est moi, l'inspectrice, reprit-elle, et cette enquête, c'est moi qui la dirige. On n'appellera pas l'ICE. Si ça vous pose un problème, vous pouvez toujours retourner à la voiture et reprendre votre patrouille. Je m'occuperai du reste.

---

1. Soit l'United States Immigration and Customs Enforcement, agence de contrôle de l'immigration et des frontières dépendant de la Sécurité intérieure des États-Unis.

Shuman se détourna d'elle et hocha la tête.

— Si on appelle l'ICE, expliqua-t-elle, elles seront renvoyées chez elles et retenteront leur chance. Et se retaperont tous les viols et les horreurs qu'elles ont subis pour arriver jusqu'ici la première fois.

— C'est pas notre problème.

— Peut-être que ça devrait.

— Hé, Shu, lança Meyer, c'est moi qui gère. Et si tu retournais à la boutique pour taper ton rapport ?

« La boutique », soit la voiture de patrouille. Shuman s'éloigna sans un mot de plus et s'installa au volant. Ballard le vit faire brutalement pivoter l'ordinateur de bord vers lui pour se mettre au travail.

— J'espère qu'il écrira mon nom comme il faut, dit-elle.

— Je suis sûr qu'il le fera, dit Meyer.

Perez arriva avec deux minutes d'avance et avec elle comme interprète, Ballard commença par interroger le conducteur qui prétendit ne savoir qu'une chose : on l'avait payé pour emmener les quatre jeunes femmes à une fête et il ne se rappelait ni l'endroit où il les avait prises ni qui l'avait payé. Ballard ordonna à Meyer de le coller à l'arrière de sa voiture de patrouille et de le conduire à la prison du commissariat de Hollywood où elle remplirait un rapport d'arrestation pour trafic d'êtres humains.

Les quatre femmes retrouvèrent la parole dès que le conducteur eut quitté les lieux. Par Perez interposée, l'une après l'autre, elles racontèrent des histoires aussi tristes qu'horribles, et caractéristiques des périples entrepris par des individus désespérés. Elles étaient parties d'Oaxaca, au Mexique, et avaient franchi la frontière enfermées dans un camion d'avocats équipé d'un compartiment secret, chacune d'elles ayant été obligée de payer en nature avec plusieurs trafiquants. Une fois à Calexico, elles avaient été jetées dans le van, informées qu'elles devaient des milliers de dollars de plus pour le reste du voyage, puis expédiées à Los Angeles. Elles n'avaient aucune idée de ce qui les attendait à l'adresse d'Etiwanda Street, mais Ballard, elle, le savait parfaitement : l'asservissement sexuel dans des bordels gérés par les gangs, et sans la moindre possibilité d'être jamais libérées de leurs dettes. Après quoi, elles ne manqueraient à personne si jamais elles cessaient de travailler et que leurs maîtres décidaient alors de les enterrer dans le désert.

Après avoir demandé le remorquage du van, Ballard appela un centre de protection des femmes battues de North Hollywood où elle avait déjà amené des victimes. Elle parla au contact qu'elle y avait et lui expliqua la situation. Son interlocutrice accepta de prendre les quatre Mexicaines et de veiller à ce qu'elles soient soignées et qu'on leur donne un lit et des vêtements. Le matin venu, on les informerait de leurs options : soit retourner au Mexique, soit demander l'asile en arguant des menaces que le groupe qui les avait détenues ne manquerait pas d'exercer sur elles si elles décidaient de rentrer au pays. Aucun de ces choix n'était bon. Ballard connaissait les nombreux malheurs qui les attendaient.

Une remorque à plateau plat étant arrivée du garage de la police pour saisir le van, Ballard et Perez prirent chacune deux jeunes femmes dans leur voiture et les conduisirent au refuge de North Hollywood.

Ballard ne retrouva pas le commissariat avant 5 heures du matin. Elle rédigea son rapport d'arrestation du chauffeur du van, et lui donna le nom de Juan Doe[1] parce qu'il refusait toujours de s'identifier, ce qui ne la chagrina pas. Elle savait que ses empreintes digitales révéleraient son identité s'il avait déjà eu des problèmes avec la police et la justice américaines, ce qui était plus que probable.

Il y avait un détachement spécialisé dans le trafic d'êtres humains au Police Administration Building. Ballard leur prépara un dossier sur l'affaire et le déposa au courrier interne afin qu'il leur arrive le lendemain matin à la première heure. C'était une des rares occasions où, comme l'exigeait le protocole en vigueur au quart de nuit, passer une affaire à un autre service ne la gênait pas. La traite des êtres humains était un des crimes les plus odieux auxquels elle était confrontée en sa qualité d'inspectrice. Il laissait des cicatrices et lui rappelait des souvenirs, en particulier quand elle s'était retrouvée seule dans les rues de Honolulu à quatorze ans.

Elle quitta le commissariat à 7 heures et se dirigea vers son van. Elle n'avait pas oublié qu'elle devait

1. Déformation de « John Doe », le nom générique dont la police américaine se sert pour désigner des personnes dont elle ignore l'identité.

rejoindre le district de Crenshaw au plus tard à midi afin d'espionner la rencontre entre Elvin Kidd et Marcel Dupree. Pour l'heure, cependant, c'était de la plage qu'elle avait besoin. Aussi fatiguée qu'elle fût, elle n'avait aucune intention de dormir. Il fallait qu'elle récupère sa chienne et retrouve l'océan pour y affronter le courant, plonger sa pagaie le plus profond possible jusqu'à s'en épuiser le corps et l'esprit et repousser les fantômes qui la hantaient.

BOSCH

Chapitre 31

Bosch s'était levé tôt pour terminer son évaluation des cinq pistes abandonnées dans l'affaire Montgomery. Il voulait avoir fini avant d'aller épauler Ballard Chez Dulan.

La veille au soir, après le départ de cette dernière, il avait revu la quatrième enquête et conclu qu'il fallait pousser plus loin. Tout tournait autour d'un arrêt pris par le juge dans un contentieux au civil. La bagarre avait démarré le jour où un citoyen de Sherman Oaks, un certain Larry Cassidy, avait commercialisé une lunch box qu'il prétendait avoir inventée. L'objet comportait un compartiment froid et un compartiment chaud séparés, et son originalité tenait dans le cadre en plastique transparent installé à l'intérieur du couvercle, où les parents pouvaient glisser un mot ou une photo à découvrir par l'enfant à l'heure du déjeuner.

Les ventes étaient restées modérées jusqu'à ce que l'épouse de Cassidy, Melanie, fasse des apparitions au Home Shopping Network du réseau câblé et y fasse la promotion de ces boîtes à raison de 19,95 dollars chacune. Elle se rendait deux fois par mois aux studios de la HSN à Tampa, en Floride, et en vendait des milliers à chacune de ses apparitions. Le prix de revient étant bas, même après le pourcentage dû à l'HSN, le couple se faisait presque 200 000 dollars par mois. C'est à ce moment-là que l'ex de Cassidy, Maura Frederick, avait exigé une part du gâteau pour avoir conçu la boîte à l'époque où ils étaient encore mariés et alors qu'elle élevait leur fils, Larry Junior.

Cassidy avait refusé de partager jusqu'au plus petit pourcentage des revenus générés par la « Love for Lunch Box » et Frederick l'avait poursuivi en justice. Ce à quoi il avait répondu en la poursuivant à son tour pour tentative d'extorsion de fonds.

Lors d'une audience en examen des preuves, le juge Montgomery avait écouté les deux parties exposer leur version de l'histoire. En plus de croquis originaux effectués bien après son divorce, Cassidy avait présenté sa demande de brevet et les factures du fabricant de matières plastiques ayant réalisé d'après ces mêmes croquis les premiers prototypes de cette boîte haute en couleur.

Frederick, elle, n'avait exhibé qu'une déclaration notariée de son fils, Larry Junior, alors âgé de dix-sept ans, dans laquelle celui-ci affirmait se rappeler avoir trouvé des notes, schémas et croquis de sa mère dans la lunch box modèle Star Wars que tout gosse, il emportait à l'école.

Montgomery avait débouté Frederick et statué que si ses créations avaient à l'époque certainement pu inspirer l'invention de la Love for Lunch Box, son implication n'était pas allée plus loin – elle n'avait pris aucun des risques et décisions créatives dans la fabrication et la vente du produit. Il avait comparé sa démarche à celle d'un individu qui, ayant l'habitude de dresser son téléphone contre un livre pour en regarder l'écran, déciderait de poursuivre en justice les fabricants d'accessoires de téléphones permettant de faire la même chose. Frederick ne pouvait prétendre être le seul parent à avoir glissé un mot dans une lunch box pour son enfant.

Tout semblant bien pesé et emballé, Bosch avait commencé par se demander pour quelle raison cette affaire avait pu compter au nombre des pistes d'enquête retenues dans le meurtre du juge. Jusqu'au moment où il avait découvert un rapport établissant que Larry Cassidy Senior et sa deuxième femme, soit le visage public de cette Love for Lunch, avaient été retrouvés morts à Tampa, où ils s'étaient rendus pour enregistrer un spot publicitaire sur HSN. Ils avaient été abattus dans une voiture de location abandonnée dans le parking désert d'un country club non loin d'un restaurant où ils aimaient dîner lorsqu'ils descendaient en Floride. L'un et l'autre avaient reçu une balle dans la nuque, tirée par un individu assis à l'arrière du véhicule. La région ne connaissant pas un taux de criminalité très élevé, ces deux assassinats n'étaient toujours pas résolus lorsque le juge Montgomery avait lui-même été assassiné à Los Angeles. Une copie de demande d'homologation de testament retrouvée dans les pièces du procès avait alors révélé que Larry Junior était l'héritier de son père – et des revenus générés par la commercialisation des lunch box. Et Larry Junior vivait toujours chez sa mère, Maura Frederick.

Les inspecteurs du LAPD Gustafson et Reyes avaient inclus l'affaire dans la liste des pistes à suivre en supposant que si Frederick était impliquée dans le meurtre de son ex-mari et de sa nouvelle épouse, la colère qu'elle éprouvait à l'endroit du couple pouvait s'être étendue au juge qui l'avait déboutée. Ils s'étaient donc mis en devoir de l'interroger, mais leurs tentatives avaient été bloquées par son avocat, puis complètement abandonnées après les arrestation et mise en accusation de Herstadt.

Dans sa liste de suspects possibles, Bosch porta le nom de Maura Frederick sous celui de Clayton Manley. À ses yeux, la dame méritait un examen plus approfondi.

Et là, un mug de café posé devant lui sur la table, Bosch s'attaquait à la dernière piste, soit l'autre procès au civil qui avait attiré l'attention des deux inspecteurs. Cette fois, la bataille opposait un célèbre acteur de Hollywood à son agent de longue date, le premier accusant le second de l'avoir roulé de plusieurs millions de dollars pendant toute sa carrière. Celle-ci commençant à décliner, l'acteur exigeait un décompte précis de tout ce qu'il avait gagné, et le remboursement de ce qui lui avait été volé.

Les différends à Hollywood ne donnent normalement pas matière à enquête pour meurtre, mais les poursuites intentées par l'acteur contenaient des accusations selon lesquelles l'agent travaillait pour une famille du crime organisé – et qu'il s'était servi de son standing à Hollywood pour blanchir l'argent de ses clients en l'investissant dans des productions cinématographiques. Toujours d'après l'acteur, l'agent et ses associés l'auraient menacé de violences physiques, notamment de lui rendre une petite visite (son adresse était jalousement tenue secrète) et de lui jeter de l'acide à la figure s'il ne laissait pas tomber ses poursuites ou tentait de changer d'agent.

Dans cette affaire couvrant les trois années où il avait siégé au civil, Montgomery avait fini par trancher en faveur de l'acteur, lui accorder des dommages et intérêts s'élevant à 7,1 millions de dollars et déclarer nul et non avenu le contrat qui le liait à son agent. Ce dossier avait été inclus dans l'enquête de Gustafson et Reyes parce qu'à un moment donné de cette procédure interminable, Montgomery avait signalé aux autorités judiciaires que le chat de son épouse avait été retrouvé mort dans leur jardin, l'acte criminel ne faisant guère de doute. L'animal avait en effet été ouvert au couteau des pattes avant aux pattes arrière et ne semblait pas avoir de blessures attribuables à un coyote, même si Montgomery et son épouse vivaient dans les Hollywood Hills.

Dans l'enquête menée à la suite de cet incident, la dispute opposant l'acteur à son agent avait refait surface à cause des menaces dont le premier disait avoir été victime de la part du second. Cela étant, aucun lien n'avait été trouvé entre la mort du chat et toutes les affaires que Montgomery avait à juger.

S'ils avaient inclus celle-là dans leur liste de pistes possibles, Gustafson et Reyes n'avaient pas poussé plus loin et Bosch trouvait lui aussi que c'était la moins probable des cinq qu'ils avaient retenues. Bien que l'acteur ait eu droit à des dédommagements importants et à la rupture de son contrat avec l'agent, aucun mal ne lui avait été fait après la conclusion du procès et il n'avait jamais plus parlé de menaces quelconques à son endroit. Il paraissait peu plausible qu'on puisse s'en prendre au juge alors qu'on laissait l'acteur tranquille et lui payait ses dommages et intérêts.

Bosch en avait enfin terminé avec le réexamen du livre du meurtre et ne se retrouvait qu'avec deux noms sur sa liste d'individus à suivre : Clayton Manley, l'avocat que Montgomery avait publiquement humilié, et Maura Frederick, à laquelle il avait refusé des droits d'auteur dans l'affaire de la Love for Lunch Box.

Et bien sûr, Bosch n'était pas vraiment enthousiasmé par l'une ou l'autre de ces pistes. Si elles méritaient son attention, elles n'offraient guère de chances de succès, sans même parler du fait qu'à ses yeux, aucun de ces deux individus ne se haussait vraiment au statut de suspect indéniable.

De plus, certains aspects de l'affaire (jusqu'à de possibles suspects) ne figuraient pas dans le livre du meurtre échangé entre l'accusation et la défense. Bosch avait déjà connu les deux côtés de ce genre de situation. Le livre du meurtre était certes la Bible des enquêteurs, et donc sacré, mais ancré au plus profond de tout inspecteur, il y a toujours le désir de garder quelque chose par-devers soi et l'instinct de ne jamais tout donner à l'avocat de la défense. Il devait partir du principe que Gustafson et Reyes n'avaient pas fait exception à la règle. Sauf que le savoir ne lui servait à rien. Après ce qu'il lui avait dit à la suite du non-lieu dans l'affaire Herstadt, Gustafson allait-il accepter de lui révéler quoi que ce soit d'autre dans ce dossier ? Et Reyes ?

Bosch était à peu près certain que la réponse à cette question serait un non retentissant. Cela dit, il faudrait bien qu'il passe l'appel, sans quoi il n'en aurait jamais le cœur net.

Il avait toujours en tête le numéro de la division des Vols et Homicides. Et ne l'oublierait probablement jamais. Il le composa sur son portable, tomba sur une secrétaire et demanda à parler à l'inspectrice Lucia Soto.

— Lucky Lucy ! lança-t-il. C'est moi, Bosch.

— Harry, dit-elle avec un sourire dans la voix. Des tréfonds du passé.

— Oh allons, ça ne remonte pas à si loin, non ?

— Quand même un peu.

Soto avait été sa dernière coéquipière au LAPD. Cela faisait maintenant plus de trois ans que Bosch avait pris sa retraite, mais leurs chemins s'étaient croisés plusieurs fois depuis.

— Bon alors, faut que je murmure ? reprit-elle. Non, parce qu'ici, t'es du genre *persona non grata*, depuis peu.

— À cause de l'affaire Montgomery ?

— Tout juste.

— Eh bien, c'est justement pour ça que je t'appelle. Il faut que je parle à Gustafson ou à Reyes. Ils peuvent toujours laisser tomber leur enquête parce qu'ils pensent tenir le bon mec, mais moi, je n'abandonne pas. J'y travaille toujours, et je ne les connais ni l'un ni l'autre. Lequel des deux serait le plus ouvert à un coup de fil de ma part, à ton avis ?

Il s'ensuivit un court silence.

— Hmm, dit-elle. Bonne question. Pour moi, la réponse est ni l'un ni l'autre. Mais si ma vie en dépendait, j'essaierais Orlando. Il est plus calme et ce n'était pas lui qui dirigeait l'enquête. C'était Gussy, et il a plutôt mal pris ce qui s'est passé. S'il avait un jeu de fléchettes sur le mur de son bureau, ce serait ta photo qui lui servirait de cible.

— OK, dit Bosch. C'est bon à savoir. Ce Reyes, tu le vois dans la salle ?

— Euh… oui. Il est à son bureau.

— Et Gustafson ?

— Non. Aucun signe de lui.

— Tu n'aurais pas le numéro de la ligne directe de Reyes, par hasard ?

— Il y a toujours une entourloupe avec toi, pas vrai, Harry ?

— Une « entourloupe » ? Je cherche juste un numéro de téléphone, c'est quoi, le problème ?

Elle lui donna le numéro.

— Alors, c'est comment, de travailler pour l'autre côté ?

— Je ne travaille pas pour l'autre côté. Ce truc que je fais, là, c'est pour moi. C'est tout.

Il avait dû s'emporter, car Soto revint vite à de petits sujets sans importance et lui demanda s'il avait besoin d'autre chose.

— Non, répondit-il. Mais j'apprécie ton aide. Avec qui tu travailles, maintenant ?

— Robbie Robins. Tu le connais ?

— Oui, c'est un bon. Solide, et on peut compter sur lui. Il te plaît ?

— Oui, il est OK. J'aime bien son style et on a déjà résolu deux ou trois affaires.

— Tu bosses toujours aux non résolues ?

— Aussi longtemps qu'on nous les laissera... D'après la rumeur, le nouveau patron veut fermer le service pour mettre plus de flics dans les rues.

— Ce serait dommage.

— Tu m'en diras tant.

— Bon, bonne chance, Lucia. Et encore merci.

— Quand tu voudras, Harry.

Ils coupèrent la communication. Bosch regarda aussitôt le numéro de l'inspecteur Orlando Reyes qu'il avait noté. Il ne pensait pas que Soto l'avertirait de son appel, mais il décida de lui téléphoner sans attendre.

— Division des Vols et Homicides, inspecteur Reyes à l'appareil. Vous désirez ?

— Que vous ne me raccrochiez pas au nez. Harry Bosch.

— Bosch... C'est ce que je devrais faire. Et c'est à mon coéquipier qu'il faut causer, pas à moi.

— Je lui ai déjà parlé. Et maintenant, c'est avec vous que je veux discuter.

— J'ai rien à vous dire, mec.

— Gustafson et vous pensez toujours avoir chopé le coupable ?

— On ne le pense pas. On le sait.

— Et donc vous ne travaillez plus sur ce dossier.

— Affaire résolue. On n'a pas obtenu le résultat qu'on voulait… à cause de vous… mais l'affaire est RPA.

— Ce qui fait que ça ne coûte rien de me parler, non ?

— Bosch, je suis arrivé ici après votre départ, mais j'ai entendu des tas de trucs sur vous. Je sais que vous vous êtes battu pour les bonnes causes et que vous avez fait du bon boulot. Mais ça, c'était hier. Vous faites partie du passé, et moi, faut que j'y aille.

— Une seule question…

— Quoi ?

— Qu'est-ce que vous avez gardé pour vous ?

— De quoi parlez-vous ?

— De l'échange des pièces entre les parties. J'ai le livre du meurtre qu'on nous a filé, mais vous, vous avez gardé des trucs pour vous. Je veux savoir quoi.

— Au revoir, Bosch.

— Vous savez que l'alibi de Clayton Manley était préparé, non ?

Il y eut un silence, et Bosch n'eut plus à s'inquiéter que Reyes lui raccroche au nez.

— Qu'est-ce que vous racontez ?

— Il sait que Montgomery va se faire buter et il file à Hawaï, où il garde tous les reçus de ce qu'il achète, au *cent* près. Et il prend des tonnes de selfies, dont un où on le voit sur un bateau de pêche au gros à l'aube… moins d'une heure avant que le juge y passe et… ça ne vous a pas paru un peu bidon ?

— Bosch, il n'est pas question que je parle de cette affaire avec vous. Vous voulez vous en prendre à Clayton Manley ? Amusez-vous bien. Mais n'attendez pas qu'on vous soutienne. C'est à vous de jouer.

— Et Maura Frederick ? La jolie épouse n° 2 qui fait la promo de son invention et empoche des millions, si c'est pas un mobile, ça !

Il entendit Reyes éclater de rire. Il avait essayé de le mettre en colère à coups de remarques provocantes, mais il ne s'attendait pas à des rires…

— Parce que vous trouvez ça drôle ? lança-t-il. La laisser l'emporter au paradis après un meurtre ?

— C'est ça qui arrive quand on n'a plus de badge, dit Reyes. Ouvrez votre ordi, Bosch. Allez sur Google : la police de Tampa a résolu ce meurtre il y a un mois, et Maura Frederick n'avait rien à y voir. Vous m'en devez une, mon pote ! Je viens de vous épargner un gros, gros embarras.

Bosch bouillit d'humiliation. Il aurait dû se renseigner sur l'affaire avant de la jeter à la figure de Reyes. Il réussit à se reprendre et à répliquer :

— Non, Reyes, c'est vous qui m'en devez une. Je vous ai épargné la honte d'avoir condamné un innocent.

— Des conneries, tout ça, Bosch. Un assassin se balade dans la nature à cause de ce que vous et ce connard de Haller avez fait. Mais tout cela n'a plus d'importance parce que nous deux, on en a fini.

Reyes raccrocha, et Bosch se retrouva seul avec le silence au bout du fil.

Chapitre 32

Bosch se leva de table et passa à la cuisine pour se refaire du café. Il brûlait encore de honte à la suite de la remarque cinglante que lui avait assénée Reyes. Il ne doutait pas du bien-fondé de ce qu'il avait fait pour Jeffrey Herstadt, mais cela faisait mal quand un membre de la police à laquelle il avait donné trente ans de sa vie le rembarrait aussi durement.

Un assassin se balade dans la nature à cause de vous.

Cette phrase le blessait assez pour qu'il ressente le besoin de revoir chacune de ses décisions afin d'être sûr qu'il ne s'était pas trompé quelque part.

Il consulta sa montre. Il lui restait une heure avant de devoir prendre la route pour rejoindre Ballard. Elle lui avait donné rendez-vous dans une station-service avant d'aller espionner la rencontre entre Elvin Kidd et Marcel Dupree.

Il reprit une tasse de café et regagna la table de la salle à manger. Et décida de faire très exactement ce que Reyes lui avait suggéré : oui, il allait chercher les derniers développements de l'affaire de Tampa sur Internet.

Il n'en avait pas encore eu le temps lorsque son portable vibra. C'était Mickey Haller.

— Pour le truc dont on a parlé au déjeuner pendant le procès…, lança ce dernier. Quand veux-tu qu'on fasse la vidéo ?

Bosch était plongé si profondément dans son réexamen de l'enquête sur le meurtre de Montgomery qu'il ne comprit pas ce dont lui parlait Haller.

— Quelle vidéo ?

— Ta LMC, tu te rappelles ? Ta leucémie myéloïde chronique ? Je veux faire une déposition vidéo avec toi en guise de point de départ. On envoie une demande avec la vidéo.

Enfin, Bosch se rappela.

— Euh, dit-il, va falloir attendre un peu.

— Pourquoi ? Non, parce que c'est toi qui m'en as parlé. Tu sais bien, pour être certain que Maddie soit à l'abri financièrement. Et maintenant, faudrait attendre ?

— Juste un peu. Je bosse sur deux affaires différentes. J'ai pas le temps de faire une vidéo. Donne-moi une semaine, à peu près.

Et il pensa à quelque chose en mentionnant ces deux affaires.

— C'est ta vie à toi, lui renvoya Haller. Préviens-moi quand tu seras prêt. Je serai là.

— Hé, écoute, reprit Bosch. Je ne sais pas si ça se produira, mais il se pourrait que j'aille voir un autre avocat. Pas pour l'embaucher, mais ça m'arrangerait qu'il en ait l'impression. Je pense mentionner cette histoire… ma LMC… et il risque de me demander pourquoi je l'ai choisi, lui. Ça t'embête si je lui réponds que c'est toi qui me l'as recommandé ? Et s'il vérifie, tu me couvres et tu me le fais savoir ?

— Mais de quoi tu parles, bordel ?

— C'est compliqué. Le mec s'appelle Clayton Manley. Tout ce que t'auras à faire s'il t'appelle sera de dire que oui, c'est toi qui me l'as recommandé.

— Clayton Manley… Pourquoi ce nom me dit-il quelque chose ?

— Ç'a été un des premiers suspects dans le meurtre de Montgomery.

— Ah oui ! Je le savais. Tu bosses toujours sur l'affaire, non ? Et tu crois que c'est lui l'assassin.

Bosch regretta de lui avoir fait part de cette idée encore à l'état embryonnaire.

— Je suis en train de revoir le livre du meurtre… Enfin, ce que tu en as eu après l'échange des pièces entre les parties, et j'ai envie de mettre Manley à l'épreuve. Et c'est là que tu entres en scène.

— Mais l'affaire est bouclée, Harry ! s'écria Haller. Et on a gagné !

— Toi, oui ! Mais non, l'affaire n'est pas terminée. Je tiens du LAPD, et de première main, qu'ils ne font rien parce que pour eux, le coupable, c'est Herstadt. L'affaire est close, ce qui veut dire que personne n'essaie de trouver le véritable assassin.

— Sauf toi. T'es comme un chien avec un os, Harry.

— Si tu le dis. Mais ça marche pour le truc avec Manley ? Au cas où ?

— C'est bon, oui. Mais ne l'embauche pas à ma place !

— T'inquiète pas pour ça. Aucun risque.

Ils raccrochèrent, et Bosch reprit sa recherche sur Google. Il trouva rapidement ce qu'il voulait et afficha un article du *Tampa Bay Times* sur l'arrestation de deux suspects dans l'assassinat de Larry et Melanie Cassidy.

« Deux individus arrêtés
pour les meurtres de Palma Ceia »
Alex White

Deux hommes ont été arrêtés jeudi dans l'affaire du couple originaire de Californie abattu par balle dans un meurtre de style exécution dans un parking du Country Club de Palma Ceia en février dernier.

Lors d'une conférence de presse donnée au siège de la police de Tampa, le chef Richard « Red » Pittman a annoncé l'arrestation de Gabriel Cardozo et Donald Fields pour le meurtre de Larry et Melanie Cassidy le 18 février dernier. Les deux hommes sont aujourd'hui en détention sans possibilité de libération sous caution avant inculpation.

D'après Pittman, ces meurtres auraient été motivés par l'argent. Larry Cassidy avait sur lui au moins 42 000 dollars en liquide, somme qu'il avait gagnée plus tôt dans la journée au Hard Rock Resort & Casino. Pittman affirme que les suspects ont enlevé le couple dans leur propre voiture et emmené leurs victimes dans un coin sombre du parking du Country Club de Palma Ceia désert parce que fermé le lundi. Ils auraient ensuite obligé Larry Cassidy à leur donner le liquide qu'il avait sur lui, en plus des bijoux portés par le couple. On pense que Cardozo aurait alors exécuté le mari et la femme d'une balle dans la nuque.

« Tuerie de sang-froid, déclare Pittman. Ils ont eu ce qu'ils voulaient… l'argent et les bijoux… mais ils les ont quand même tués. Aucune pitié. D'après les premières constatations, les victimes ne leur ont opposé aucune résistance. »

Pour Pittman, Cardozo serait l'auteur des coups de feu. Le chef de la police a loué le travail des inspecteurs Julio Muniz et George Companioni qui ont permis de boucler l'affaire. Toujours selon Pittman, ces deux inspecteurs ont résolu le meurtre en retraçant méticuleusement les faits et gestes du couple pendant les jours qui ont précédé l'assassinat.

D'après Muniz et Companioni, Larry et Melanie Cassidy sont arrivés de Los Angeles le dimanche 17 février, Melanie devant faire son apparition dans l'émission du Home Shopping Network le mardi après-midi suivant. Elle y était la vedette régulière d'un segment du programme concernant une lunch box *que son mari et elle avaient conçue. Ils étaient déjà venus à Tampa à plusieurs reprises et descendaient régulièrement au Hard Rock parce qu'ils en aimaient le casino. C'étaient aussi de vrais piliers de la Bern's Steakhouse.*

Pittman a affirmé que la sécurité du Hard Rock a pleinement coopéré avec les enquêteurs. Muniz et Companioni ont ainsi pu se servir des caméras de surveillance du casino pour suivre les déplacements des victimes le jour de leur assassinat. Ils les ont vues jouer et gagner le gros lot à une des tables à jackpot progressif, la valeur du pot ne cessant de monter au fur et à mesure que les joueurs de toutes les tables connectées continuaient de miser. Comme certaines de ces mains gagnantes récoltent un pourcentage des gains du jackpot progressif, Larry Cassidy avait fini par toucher un chèque de 42 000 dollars remis par le casino.

Pittman ajoute que les enquêteurs ont aussi vu deux hommes suivre le couple après que Larry eut décroché le gros lot. Ces deux individus, plus tard identifiés comme étant Cardozo et Fields, ont donc été suivis eux aussi. D'après les enquêteurs, ils auraient emboîté le pas aux Cassidy lorsque ceux-ci ont quitté le casino pour aller fêter leurs gains en dînant chez Bern's. Selon un rapport précédent, un journaliste du Times *s'était entretenu avec James Braswell, le serveur qui s'est occupé des Cassidy. D'après ce dernier, Larry et Melanie venaient souvent, mais ce lundi soir-là, ils se seraient montrés plus enclins à célébrer leur victoire, auraient commandé une bouteille de champagne coûteuse, et l'auraient même partagée avec un couple assis à une table voisine.*

D'après Pittman, après ce dîner le couple aurait quitté le restaurant et se serait dirigé vers Bayshore Boulevard pour regagner son hôtel. Au feu rouge de Howard Avenue, la voiture de location de Larry et Melanie aurait été emboutie par l'arrière. Et quand il en serait descendu pour vérifier les dégâts, Larry se serait retrouvé nez à nez avec Cardozo qui lui aurait montré son arme de poing à sa ceinture et l'aurait obligé à remonter dans sa voiture, avant de s'installer lui-même sur le siège arrière. Le véhicule des Cassidy aurait alors gagné le Country Club de Palma Ceia de MacDill Avenue, Fields suivant dans la voiture des suspects, et l'assassinat se serait produit peu après que Larry et Melanie s'y furent garés.

Cardozo et Fields ont été identifiés grâce à un logiciel de reconnaissance faciale utilisé pour analyser les vidéos des caméras de surveillance du casino. Mené par le Florida Department of Law Enforcement, ce travail a pris plus de quinze jours, les suspects étant entre-temps remontés aux deux appartements distincts des Tampa Heights où ils habitaient sous de faux noms et dont ils payaient le loyer en liquide.

Une équipe d'officiers dirigée par le lieutenant Greg Stout de la Special Operations Unit a effectué une descente dans ces appartements tôt dans la matinée de jeudi, et les deux hommes ont été arrêtés sans incident. Lors de la conférence de presse, Stout a déclaré qu'une arme dont on pensait qu'elle avait servi au meurtre a été retrouvée cachée chez Cardozo.

« Nous n'avons aucun doute sur le fait que ce sont eux les coupables », a précisé Stout.

S'ils ont bien fait une apparition à la conférence de presse, ni Muniz ni Companioni ne se sont adressés aux médias. Contacté plus tard par téléphone, Companioni nous a dit :

« Ce type, ce Cardozo, est un vrai [grossièreté], et c'est tout ce que j'ai à en dire. »

Les suspects devraient être inculpés demain au tribunal du comté de Hillsborough.

Bosch relut l'article une seconde fois et en sortit aussi convaincu que semblait l'être la police de Tampa. À lire entre les lignes, il devina que Fields avait craché le morceau en espérant éviter une accusation de meurtre, et attribué carrément les deux assassinats à son coéquipier Cardozo. Il paraissait évident que quelqu'un s'était mis à table, sans quoi les flics n'auraient jamais eu connaissance du froissement de tôles, puis de l'enlèvement du couple au feu rouge.

D'autres articles avaient été publiés les semaines suivantes, mais Bosch n'eut pas besoin de les lire. Ce qu'il avait appris mettait Maura Frederick hors du coup, et de sa liste de suspects.

Mais Clayton Manley, lui, y figurait toujours, et Orlando Reyes n'avait rien dit à son sujet lorsqu'il avait refusé de lui parler.

Bosch attrapa son téléphone et appuya sur le bouton de rappel. L'inspecteur, ne se doutant de rien, lui répondit aussitôt :

— Division des Vols et Homicides, inspecteur Reyes à l'appareil. Vous désirez ?

— Vous pouvez commencer par me dire pourquoi vous avez laissé tomber Clayton Manley.

— Bosch ? Je vous l'ai déjà dit : je ne vous parle plus.

— J'ai vérifié l'histoire de Tampa et vous avez raison : Maura Frederick est hors de cause. Mais ça, ce n'est qu'une esquive, Reyes. Il va falloir que vous me disiez pourquoi vous avez laissé tomber Manley ou alors c'est à un juge que vous devrez le faire.

— Mais c'est quoi ce bordel ? Vous êtes fou ?

— Dans le livre du meurtre, il manque quelque chose sur lui, quelque chose qui n'a pas été transmis lors de l'échange des pièces entre les parties, et si moi, je glisse ça dans le creux de l'oreille de Haller, il va foncer et vous traîner, vous et votre connard de coéquipier, au tribunal pour en parler au juge.

— Le connard là-dedans, c'est vous, Bosch. Il ne manque rien. On a eu la correspondance ADN avec ce cinglé et tout a été dit. *Game over*. On n'avait plus besoin de faire quoi que ce soit.

— C'est dans la chronologie, Reyes. En fait non, c'est plutôt ce qui n'y est pas. L'interrogatoire de Manley a eu lieu une semaine avant la correspondance d'ADN, mais il n'y a rien sur Manley dans la chrono après que vous lui avez parlé. Et vous n'arriverez pas à me faire croire à moi… à Haller ou à un juge… que vous avez cessé de travailler sur Manley cette semaine-là. C'est un suspect de première. En tout cas, plus qu'intéressant. Alors qu'est-ce qui s'est passé, hein ? Qu'est-ce que vous n'avez pas transmis lors de l'échange des pièces ? Qu'est-il arrivé la semaine qui a précédé les résultats du test ADN ?

Comme Reyes ne disait rien, Bosch comprit que son bluff avait visé juste. Gustafson et Reyes avaient bien poussé un peu plus loin leur enquête sur Manley, mais n'avaient pas inclus ce travail dans la version du livre du meurtre qu'ils avaient passée à la défense.

— Parlez-moi, Reyes, reprit-il. Je peux contenir l'affaire. Mais si vous ne me parlez pas, c'est Haller que vous allez avoir aux fesses. Et si jamais il renifle du fric dans tout ça, il vous poursuivra, vous, la police et la ville… et ça vous pétera à la gueule. C'est ça que vous voulez ? Vous êtes nouveau aux Vols et Homicides. Vous croyez qu'on vous gardera si ce truc vous salit ?

Il attendit, et Reyes parla enfin :

— OK, écoutez, Bosch. D'inspecteur à inspecteur, je vais vous donner quelque chose et vous pourrez en faire tout ce que vous voudrez, bordel ! Mais ça ne signifiera rien parce que c'est ce cinglé de Herstadt qui a fait le coup.

— Contentez-vous de me donner l'info.

— Faudra me protéger. Pas de Haller et pas d'avocats !

— Pas de Haller et pas d'avocats.

— Bon alors… La seule chose qu'on n'a pas transmise lors de l'échange des pièces, c'est que, pour Manley, on a commencé par enquêter sur tous les avocats de son cabinet.

— Soit Michaelson & Mitchell.

— Voilà, tous sans exception. On voulait voir à qui on avait affaire et les clients qu'ils représentaient. C'est un gros cabinet, très puissant, et il fallait y aller mollo. On a entré tous les noms des avocats dans l'ordinateur des tribunaux du comté et on a eu toutes les affaires sur lesquelles ils avaient travaillé ces dix dernières années. Ça faisait beaucoup, mais on a remarqué un truc intéressant.

— Quoi donc ?

— Qu'il y a à peu près cinq ans de ça, Michaelson & Mitchell ont représenté Dominick Butino. Et qu'ils l'ont sauvé dans une affaire de trafic d'armes… Le témoin avait changé sa version. C'est là qu'est arrivé l'ADN incriminant Herstadt et on a laissé tomber cette histoire avec le cabinet d'avocats. Ça ne menait à rien de toute façon.

Bosch connaissait ce nom. Dominick « Batman » Butino était une figure respectée du crime organisé de Las Vegas qui menait des affaires à Los Angeles. Bosch comprit très exactement ce qu'avaient fait Gustafson et Reyes. Ils avaient une correspondance ADN reliant Herstadt au meurtre de Montgomery, ils n'allaient certainement pas inclure dans les pièces à échanger quelque chose – dans ce cas précis, un gangster reconnu – qui permette à la défense de détourner l'attention des jurés de quelque façon que ce soit.

Ils ne voulaient pas qu'Haller puisse bâtir une défense sur l'idée qu'un tiers était le coupable en incriminant un avocat qui avait menacé et poursuivi Montgomery, et dont le cabinet représentait un membre notoire de la mafia. Butino ne devait pas son surnom au héros de comics, mais à l'usage qu'il faisait d'une batte de base-ball pour récupérer l'argent qu'on lui devait.

D'où cette manœuvre hyperclassique de tricherie dans l'échange des pièces à laquelle avaient eu recours les deux inspecteurs. Et qui, sans qu'ils le veuillent, avait peut-être profité au vrai assassin.

— Quel avocat ? demanda Bosch.

— Quoi ?

— Quel avocat du cabinet défendait Butino ?

— William Michaelson.

Un des fondateurs de la firme. Bosch le nota.

— Et donc, vous n'avez jamais parlé de ça avec Manley ?

— Pas besoin.

— A-t-il jamais su qu'il était dans votre collimateur ? Qu'il faisait partie des suspects ?

— Non, parce que ce n'en était pas un. Il nous a intéressés à peu près cinq minutes. Vous faites comme si on avait laissé tomber, mais c'est pas du tout ça. On avait une correspondance ADN, on avait un suspect qu'on avait vu dans le voisinage et ensuite, on a eu ses aveux. Et avec tout ça, vous pensez vraiment qu'on aurait dû passer une minute de plus sur ce Clayton Manley ? Réfléchissez un peu, Bosch !

Bosch avait ce qu'il voulait, mais ne pouvait pas mettre fin à l'appel sans lui renvoyer quelque chose à la figure.

— Vous savez quoi, Reyes ? Vous aviez raison tout à l'heure : il y a effectivement un assassin dans la nature. Mais pas à cause de moi.

Et il raccrocha.

BALLARD

Chapitre 33

Ballard retrouva Bosch à une station-service de Crenshaw Boulevard, à quatre rues de Chez Dulan. Elle avait pris son van et Bosch sa Cherokee. Elle avait rangé son paddleboard à l'intérieur de son véhicule pour ne pas attirer l'attention. Ils s'arrêtèrent l'un à côté de l'autre, fenêtre du conducteur contre fenêtre du conducteur. Bosch s'était mis en tenue d'inspecteur, avec veste de sport et cravate. Ballard, elle, était moins chic, jean, sweat-shirt et casquette des Dodgers, ses cheveux encore mouillés de la douche qu'elle avait prise après sa séance de paddle.

— C'est quoi, le plan ? demanda-t-elle.

— Je croyais que tu l'avais.

Elle rit.

— En fait, hier soir, j'ai eu droit à une affaire qui m'a occupée toute la nuit et je n'ai pas eu le temps d'y réfléchir. Cela dit, j'ai une bonne nouvelle.

— Ah ouais ?

— Marcel Dupree n'a pas payé ses pensions alimentaires depuis trois ans et un juge aimerait beaucoup avoir une discussion avec lui à ce sujet. Il y a un mandat d'amener contre lui.

— Ça aide.

— Bon alors, qu'est-ce que tu crois qu'on devrait faire ?

— Tu es déjà entrée dans ce truc ? Ça se présente comment ?

— Une fois, oui. J'avais lu quelque part qu'ils avaient le meilleur poulet grillé de toute la ville. Et une sacrée tarte aux pêches. Alors je suis allée voir. Il y a une espèce de comptoir… On fait la queue, on commande ce qu'on veut, on prend un plateau et on trouve une place où s'asseoir. Ils ont une autre salle en cas de forte affluence et elle sera probablement encore ouverte à 13 heures, soit à la fin du déjeuner.

— Il nous faut du réseau. Au cas où tu aurais besoin de moi. On n'a pas de radios.

— J'ai apporté la mienne au cas où on voudrait serrer Dupree, dit-elle en la lui tendant. Garde-la au cas où ça tournerait vraiment mal et où tu aurais besoin d'appeler des renforts. Tu te souviens des codes ?

— Évidemment. Code 3… « officier demande aide ». Mais… et si rien ne part de travers ? On fait quoi ?

— Eh bien, j'entre. Les trois quarts des gens qui mangent seuls regardent leurs portables. Je t'enverrai des textos au fur et à mesure… et un code 3 si j'ai besoin que tu rameutes les troupes.

Bosch réfléchit avant de reprendre la parole :

— Dès que tu es à l'intérieur et que tu as sorti ton portable, texte-moi un petit bonjour pour que je sache qu'on a du réseau. Mais ma vraie question est : qu'est-ce que tu espères accomplir ? Tu penses vraiment pouvoir entendre ce qu'ils vont se dire, ou juste bien regarder Kidd ? Quoi ?

— Oui, je veux l'observer comme il faut. Et si j'ai de la chance et que je suis assez près, j'espère aussi apprendre des trucs. Je vais mettre mon portable en mode enregistrement même si je sais que c'est pas gagné. Je veux voir s'il panique et si c'est le cas, peut-être qu'on pourra passer à la vitesse supérieure et lui foutre réellement la trouille. On peut aussi serrer Dupree.

— À quel moment ?

— Disons, juste après le déjeuner. Tu es habillé en inspecteur et moi, je suis sous couverture. Et si on appelait le South Bureau pour leur demander quelques types pour l'arrêter ? Ensuite, on le leur amène et on leur emprunte une salle d'interrogatoire.

— Les tables sont proches dans ce restau ?

— Pas tellement. Ils n'auraient pas choisi un lieu pareil s'ils savaient qu'on s'y entasse les uns sur les autres.

Bosch acquiesça.

— OK, voyons ce que ça va donner, dit-il. N'oublie pas de m'envoyer un texto pour que je sache que j'ai du réseau.

— C'est juste un premier pas, dit-elle. Je veux voir à qui on a affaire.

— D'accord. Fais attention à toi.

— Toi aussi.

Ballard s'éloigna. Elle jeta un coup d'œil à l'horloge du tableau de bord et vit qu'il était 12 h 45. Elle fit demi-tour dans Crenshaw Boulevard et repartit vers le restaurant. Il y avait du monde et aucune place de stationnement devant. Elle se rangea le long du trottoir un bloc et demi plus loin et envoya un texto à Bosch avant de descendre de son van.

J'y vais.

Elle sortit de son véhicule, passa son sac à dos, dans lequel elle avait rangé son arme et ses menottes, par-dessus son épaule, et gagna le restaurant. Elle entra dans l'établissement à 13 heures pile et fut tout de suite frappée par des odeurs de bonne cuisine. Et soudain, elle songea qu'afin de bien jouer son rôle d'agent sous couverture, elle allait devoir manger. Elle jeta un coup d'œil autour d'elle. Toutes les tables de la salle de devant étaient prises et il y avait la queue pour commander ses plats. Elle fit semblant de chercher une connaissance et regarda dans la seconde salle à sa droite. Il y avait quelques tables de libres. Elle s'arrêta net en découvrant un type tout seul à une table de quatre. Il passait un texto, elle fut certaine que c'était Dupree… Sa tête ronde, maintenant avec des tresses au lieu de cheveux mal peignés… Il n'avait ni nourriture ni boisson devant lui. Il était en tenue bleue des Crips du haut en bas, jusqu'à sa casquette à visière plate des Dodgers. Il donnait l'impression d'attendre Elvin Kidd avant de commander.

Tout en longueur, la salle comprenait une rangée de tables de quatre à droite, et une autre de deux à gauche. Celle que Dupree avait en face de lui de l'autre côté de l'allée centrale était déjà occupée par un couple. Et celle juste derrière était prise elle aussi, la troisième étant libre. Ballard s'aperçut qu'en s'y asseyant elle verrait parfaitement tout individu s'installant en face de Dupree.

Elle descendit l'allée, passa devant ce dernier et gagna une table libre. Elle accrocha son sac au dossier de la chaise, jeta ses clés de van sur la table, puis se tourna vers celle de l'autre côté de l'allée, où trois femmes venaient de s'asseoir.

— Excusez-moi, leur dit-elle, mais cela vous ennuierait-il de surveiller mes affaires pendant que je vais commander ? Je n'en aurai pas pour longtemps.

— Pas de problème, répondit une des femmes. Prenez votre temps.

— Je fais vite.

— Vous inquiétez pas.

Elle repassa dans la grande salle principale, se mit dans la queue et attendit en gardant les yeux fixés sur la porte pour voir si Kidd entrait. Elle se détourna juste un instant pour envoyer un texto à Bosch et lui faire savoir que seul Dupree était arrivé. Bosch lui répondit qu'il venait de quitter la station-service et se rapprochait du restaurant. Puis il lui demanda si elle était près de Dupree. Ballard lui répondit :

J'ai une table juste assez près pour l'observer.

La réponse de Bosch lui parvint aussitôt :

Fais très attention.

Ballard ne répondit pas. C'était à son tour de commander. Elle prit du poulet grillé, du chou cavalier et de la tarte aux pêches. Elle voulait avoir assez de nourriture pour pouvoir rester à sa table aussi longtemps que Dupree et Kidd resteraient à la leur. Elle paya, emporta son plateau dans la salle voisine et vit que Dupree était maintenant assis en face d'un autre Noir. Elle ne l'avait pas vu arriver et se dit qu'il y avait peut-être une entrée à l'arrière. Elle passa devant eux et regagna sa table, à la diagonale de l'homme qui avait demandé à rencontrer Dupree.

Ballard y alla d'un petit regard désinvolte qui confirma qu'il s'agissait bien de Kidd. Elle sortit son portable et le tint selon un angle qui ferait croire qu'elle regardait quelque chose sur son écran ou qu'elle prenait un selfie et se mit à filmer les deux hommes.

Quelques secondes plus tard, elle arrêta sa vidéo et la texta à Bosch. Sa réponse ne tarda pas :

Non, plus près

Elle lui en renvoya une autre.

Bien reçu

Elle redémarra la vidéo, mais sans garder son portable toujours au même endroit, ce qui aurait pu la trahir. Elle mangea et continua de faire semblant de lire des e-mails en posant de temps en temps l'appareil à plat sur la table, en le relevant à d'autres comme si elle voulait regarder quelque chose de plus près sur son écran. Sans cesser d'enregistrer.

À cause de la distance qui séparait leurs deux tables, elle ne comprenait que très peu de chose de ce que disait Kidd et rien de ce que racontait Dupree. Les deux hommes parlaient à voix basse et ce n'était que par instants que lui parvenait un mot ou deux de Kidd. Mais à son attitude, il était clair qu'il était nerveux, voire en colère. À un moment donné, il appuya violemment un doigt sur la table et Ballard l'entendit clairement déclarer : « Je ne déconne pas ! »

Il avait prononcé ces mots d'un ton contenu mais plein d'une colère qui avait porté malgré le bruit ambiant, les conversations et la musique dans la salle.

À ce moment-là, Ballard avait redressé son portable contre un sucrier. L'appareil était maintenant incliné de façon à donner l'impression qu'elle lisait ou regardait quelque chose, mais elle ne filmait Kidd que par le bas. Elle espéra avoir capté la partie audio.

Kidd baissa de nouveau la voix et continua de parler à Dupree. Puis, apparemment en plein milieu d'une phrase, il se leva de table et se dirigea vers Ballard.

Elle se rendit vite compte que s'il voyait l'écran de son portable, il saurait qu'elle était en train de filmer sa rencontre avec Dupree. Elle attrapa l'appareil juste au moment où il arrivait à sa table.

Et la dépassa.

Elle attendit, voulut se retourner pour voir où il allait, mais n'osa pas risquer le coup.

C'est alors qu'elle vit Dupree se lever à son tour et remonter l'allée vers la grande salle et la porte d'entrée. Et glisser une enveloppe dans la poche de son sweat en marchant.

Elle laissa passer cinq longues secondes avant de se retourner pour regarder derrière elle. Kidd avait disparu. Il y avait un couloir avec un panneau indiquant les toilettes, elle envoya vite un texto à Bosch.

Elvin a quitté le bâtiment. Dupree sort par-devant. Sweat bleu, casquette Dodgers, le lâche pas.

Sur quoi, elle se leva et prit la direction que Kidd avait suivie. Il y avait trois portes au bout du couloir de derrière : deux pour les toilettes et une pour la sortie. Elle l'entrebâilla de quelques centimètres et ne vit rien. Elle l'ouvrit plus grand, aperçut le pick-up blanc avec le logo de la KIDD CONSTRUCTION en train de descendre la ruelle, fit demi-tour et se dépêcha de gagner l'avant du restaurant en appelant Bosch.

— « Elvin a quitté le bâtiment »… vraiment ? demanda-t-il.

— J'ai trouvé ça mignon[1]. Où est Dupree ?

1. Allusion à la phrase rituelle prononcée à la fin des concerts d'Elvis Presley.

— Assis dans une voiture dans la rue. Il téléphone. Où est Kidd ?

— Je pense qu'il est reparti à Rialto.

— Tu as pu avoir quelque chose ?

— Je n'en suis pas sûre. J'étais près d'eux, mais ils chuchotaient. En revanche, je peux te dire un truc : Kidd était en colère. Ça se voyait.

Elle ralentit l'allure pour avoir l'air nonchalante en sortant du restaurant.

— On fait quoi ? lui demanda-t-il.

— Tu ne lâches pas Dupree. Je veux reprendre mon van et voir ce que j'ai à l'écran.

— Bien reçu.

— Je crois que Kidd a donné quelque chose à Dupree et je veux voir si je l'ai en vidéo.

— Tu filmais ?

— J'essayais. Laisse-moi jeter un coup d'œil et je te dis.

Elle raccrocha et, dix secondes plus tard, elle arriva à son van.

Elle s'assit et regarda sa vidéo. Ça sautait beaucoup, mais elle avait bien Kidd à l'écran et de temps en temps Dupree de profil. Même en montant le son au maximum, elle ne put comprendre ce qui se disait jusqu'à l'éclat de Kidd, son « Je ne déconne pas ! », qui, lui, était clair et net.

Elle regarda ensuite la séquence où Kidd se levait de table et venait vers elle. Son corps masquait en partie la vue et le plan avait bougé lorsqu'elle avait pris l'appareil pour stopper l'enregistrement, mais une fraction de seconde avant que la vidéo ne s'arrête, il y avait eu juste assez de lumière pour faire apparaître la table qu'il venait de quitter et là, sur la nappe à carreaux rouges et blancs, une enveloppe était bel et bien posée, comme une serviette qu'on aurait pliée en mettant le couvert.

L'enregistrement n'allait pas plus loin, mais Ballard savait maintenant que Dupree avait pris l'enveloppe.

Elle rappela Bosch.

— Je pense que Kidd a filé du fric à Dupree, dit-elle. Il a laissé une enveloppe sur la table et Dupree l'a prise.

— Du fric pour quoi ?

— C'est ce qu'on va lui demander.

Chapitre 34

Ballard appela le patron des inspecteurs du South Bureau, se présenta, et lui demanda s'il avait une salle d'interrogatoire libre qu'elle pourrait emprunter pour parler à un type du coin. Le lieutenant l'informa qu'elles étaient toutes libres pour l'instant et qu'elle pouvait choisir. Elle téléphona à Bosch pour le prévenir que tout était en place.

— Juste un petit problème, dit-il.

— Quoi ?

— Je ne suis pas flic. Ils ne vont pas me laisser débarquer là-bas avec toi et un client.

— Oh, allons, Harry… Personne ne fait plus flic que toi. Mais… tu pourras laisser ta canne dans ta voiture ?

— Je ne l'ai même pas prise.

— Génial, alors on est prêts. Où es-tu ? Je veux ma radio pour demander un contrôle routier pour Dupree.

— Je vois ton van. Je t'y retrouve.

— Dupree n'a toujours pas bougé ?

— Non. Il est toujours au téléphone. Et je vois même que c'est un appareil à clapet.

— Un jetable. C'est parfait. Je me demande ce qu'il magouille.

— Il faudrait qu'on puisse l'écouter.

— Mais ça, c'est pas possible, et en plus, je doute que ce soit à Kidd qu'il parle. Il vient de le quitter. Parler, ils l'ont déjà fait.

— Bien reçu.

Elle attendit. Bientôt, Bosch s'arrêta à côté d'elle et lui tendit la radio par sa fenêtre. Elle demanda qu'une patrouille la retrouve au coin de la rue où Dupree était toujours garé.

Il fallut vingt minutes avant qu'une équipe en finisse avec un autre appel et arrive. Et pendant tout ce temps, Dupree ne bougea pas de sa voiture et continua de téléphoner. Ballard arrêta le véhicule de la patrouille et, son badge à la main, se pencha à l'intérieur pour regarder les deux officiers.

— Hé ! Ballard, division de Hollywood.

Ce fut le conducteur qui se chargea de la parlotte. Il était en manches courtes, mais avait trois galons tatoués sur le bras gauche. L'ancien flic de rue qui ne rigole pas. Son équipière était une Noire qui n'avait pas l'air assez vieille pour avoir plus de quelques années de boulot derrière elle.

— Vous savez qui est Marcel Dupree ? Un gars des Rolling 60's ?

Tous les deux firent non de la tête.

— OK, bon, c'est lui qui est garé là-bas, dans la Chrysler 300 noire… celui qui fait profil bas. Vous voyez de quoi je parle ?

Sur le badge du conducteur on pouvait lire *Devlin*. Ballard n'eut pas de mal à deviner les moqueries auxquelles il avait eu droit au fil des ans.

— Pigé, dit-il.

— Bon alors, il est recherché pour non-paiement de pension alimentaire. C'est comme ça qu'on va l'avoir. Vous l'arrêtez, vous me l'amenez au South Bureau et vous le collez dans une salle d'interrogatoire. Je prendrai la suite.

— Armé ?

— Je ne sais pas. Je ne l'ai vu qu'à l'extérieur de sa voiture et il n'en avait pas l'air. Mais vu son casier, c'est possible, et il pourrait en avoir une dans sa voiture. En fait, je l'espère. Parce qu'avec ça, on aurait quelque chose pour vraiment le travailler. Il a aussi un jetable, et s'en sert en ce moment même. Je le veux.

— Ça marche. Tout de suite ?

— Oui, arrêtez-le et faites gaffe. Oh, et encore un truc : ne refermez pas la portière quand vous l'aurez sorti de la bagnole.

— Reçu cinq sur cinq.

Elle recula, la voiture de patrouille repartit, et Ballard regagna vite son van, devant lequel Bosch l'attendait. Ils y montèrent et elle s'inséra dans la circulation. Fit un demi-tour qui déclencha un concert de klaxons. Mit les gyrophares, descendit la rue pied au plancher et s'arrêta derrière la voiture de patrouille. Celle-ci s'était rangée à l'arrière de la Chrysler de Dupree et selon un angle qui l'empêcherait de fuir sans l'emboutir ou le véhicule garé devant lui.

Devlin était déjà à la portière et parlait à Dupree par sa fenêtre ouverte. Sa coéquipière s'était postée de l'autre côté de la voiture, en position, main sur son arme.

Ballard et Bosch restèrent dans le van pour regarder, prêts à intervenir si nécessaire.

— Tu as une arme, Harry ? demanda Ballard.

— Non.

— Si t'en as besoin, j'en ai une de rab sous le tableau de bord, derrière la boîte à gants. Il faudra juste passer la main dessous.

— C'est gentil. Bien reçu.

Mais Devlin avait déjà persuadé Dupree de descendre de la Chrysler et de poser les mains sur le toit. Sa coéquipière fit le tour de la voiture, s'immobilisa devant la portière arrière au moment où Devlin s'avançait pour menotter Dupree et lui demandait de descendre une main du toit après l'autre. Après quoi, il lui fit les poches et, un objet après l'autre, posa le jetable, un portefeuille et une enveloppe blanche sur le toit.

Plusieurs personnes donnèrent du Klaxon en passant, apparemment pour protester contre une énième arrestation de Noir par un policier blanc.

Dupree, lui, ne semblait pas vouloir s'opposer à quoi que ce soit. Pour ce que Ballard en savait, il n'avait rien dit depuis qu'il était descendu de la Chrysler. Elle observa encore tandis qu'il était emmené à la voiture de patrouille et installé sur la banquette arrière.

Le suspect ainsi sécurisé, Ballard et Bosch sortirent du van et s'approchèrent de la Chrysler, dont la portière était toujours ouverte.

— S'il y a une arme là-dedans, elle sera forcément à portée du conducteur, dit Bosch. C'est toi qui devrais fouiller, pas moi.

— D'accord.

Mais elle commença par rejoindre Devlin et sa coéquipière.

— Emmenez-le au South et mettez-le-moi dans une cellule, dit-elle. J'ai parlé au lieutenant Randizi et j'ai son accord. On va vérifier la Chrysler et la fermer. On vous rejoint après.

— Bien reçu, dit Devlin. C'est un vrai plaisir de bosser avec vous.

— Merci pour le coup de main.

Les deux officiers remontèrent dans leur voiture et partirent avec Dupree. Ballard gagna la Chrysler et enfila des gants.

— Tu es inquiète côté mandat ? demanda Bosch.

— Non, répondit-elle. Le conducteur a laissé sa portière ouverte et il a un passé de violences avec arme à feu. S'il y a une arme là-dedans, on a un problème de sécurité publique et pour moi, ça nous autorise à mener une « fouille parallèle suite à arrestation légale ».

Elle se pencha au-dessus du siège du conducteur par la portière ouverte. La première chose qu'elle vérifia fut le compartiment de la console centrale, mais il ne contenait aucune arme. Elle passait la main à l'aveuglette entre les ressorts et les contrôles électroniques du siège lorsqu'elle tomba sur un objet qui lui parut être la crosse d'une arme de poing.

— J'ai quelque chose, lança-t-elle à Bosch.

Elle tira fort, sentit l'objet se décoller et sortit une petite arme de sous le siège, avec du ruban adhésif toujours attaché autour.

— Eh ben voilà ! dit-elle. On y est.

Elle posa l'arme sur le toit de la voiture avec les autres objets trouvés sur Dupree, prit le portable et l'ouvrit d'un coup de pouce. Là, à l'écran, elle vit que Dupree avait raté un appel à indicatif 213 qui lui parut vaguement familier. Il avait eu lieu à peine quelques minutes plus tôt, pendant que Dupree se faisait arrêter. Elle sortit son propre portable et appela le numéro. La connexion fut immédiate, le message enregistré indiquant qu'il s'agissait d'un numéro du comté de Los Angeles qui refusait les appels entrants.

— Qu'est-ce qu'il y a ? demanda Bosch arrivé à côté d'elle.

— Dupree vient de rater un appel d'un numéro du comté qui ne prend pas les appels entrants. Seulement les sortants.

— Men's Central, dit Bosch. Quelqu'un lui téléphonait de la prison.

Elle acquiesça d'un signe de tête. C'était probable. L'appareil ne semblait pas protégé par un mot de passe. Ballard aurait bien voulu savoir avec qui Dupree avait parlé avant son arrestation, mais n'avait pas envie de bousiller l'affaire en consultant la liste des appels précédents sans mandat.

— Qu'est-ce qu'il y a dans l'enveloppe ? reprit Bosch.

Ballard referma le portable, le reposa sur le toit de la Chrysler et prit l'enveloppe. Elle n'était pas fermée, elle l'ouvrit et feuilleta la liasse de billets à l'intérieur.

— Trente billets de 100 dollars, répondit-elle. Kidd a payé Dupree pour qu'il…

— Pour qu'il tue quelqu'un, dit Bosch. Appelle Men's Central tout de suite, il faut qu'ils mettent Dennard Dorsey en cellule de protection aussi vite que possible.

Elle ressortit son portable et appela le seul numéro de Men's Central qu'elle possédait, enregistré au cas où elle aurait voulu organiser l'interrogatoire d'un détenu. Elle eut de la chance. Ce fut l'adjoint Valens qui lui répondit.

— Valens, dit-elle, Ballard à l'appareil. Je suis passée chez vous il y a quelques jours pour parler à un gars de l'aile des Crips, un certain Dennard Dorsey. Vous vous rappelez ?

— Euh, oui, je me rappelle. On n'a pas souvent le plaisir de voir des beautés comme vous, ici.

Elle l'ignora. Il y avait urgence.

— Écoutez-moi, enchaîna-t-elle. Cet entretien a déclenché quelque chose, il faut que vous attrapiez Dorsey et le mettiez tout de suite sous protection. Personne ne doit s'approcher de lui. Vous avez saisi ?

— Eh bien, oui, mais pour ça, j'ai besoin d'un ordre du commandement. Je ne peux pas juste…

— Valens, vous ne comprenez pas. C'est d'un assassinat qu'il s'agit. Un contrat a été mis sur la tête de Dorsey et le meurtre pourrait se produire d'une minute à l'autre. Je me fous de ce que vous avez besoin de faire, vous me le sortez tout de suite de cette aile ou il va se faire buter.

— OK, OK, je vois ce que je peux faire. Je vais le coller dans une salle de parloir et lui dire que vous revenez. Et en attendant, je bosse à son transfert.

— Bien, faites ça. Je vous rappelle dès que j'en sais davantage.

Elle raccrocha et regarda Bosch.

— Ils vont le mettre en sécurité, d'une manière ou d'une autre. Je les rappelle tout à l'heure pour m'en assurer.

— Bien, dit-il. Et maintenant, voyons un peu ce que Dupree a à dire de tout ça.

Chapitre 35

Ballard et Bosch laissèrent Dupree mariner dans une salle d'interrogatoire du South Bureau pendant qu'ils buvaient un café et préparaient la manière dont Ballard allait mener l'affaire. Ils étaient tombés d'accord pour que ce soit elle qui parle – Bosch n'en avait plus le pouvoir. Si jamais l'interrogatoire devait être présenté lors d'un procès, il y avait risque d'effondrement de la procédure s'il était révélé que Dupree avait été interrogé par quelqu'un ne faisant pas partie des forces de police en exercice.

Ils étaient aussi tombés d'accord pour que Ballard s'assoie en face de Dupree et qu'elle garde son portable sur la jambe afin de pouvoir y jeter des coups d'œil et lire les messages de Bosch qui, lui, observerait les choses en direct de la salle des vidéos du bureau des inspecteurs.

Une heure s'était écoulée lorsque Ballard entra enfin dans la salle d'interrogatoire. Bosch et elle venaient juste d'être informés par l'adjoint Valens que Dennard Dorsey était en sécurité à l'isolement, loin des Crips. Valens leur avait aussi appris qu'en revoyant les appels passés depuis les deux téléphones payants de la prison, on avait découvert qu'un détenu du nom de Clinton Townes avait téléphoné en PCV au moment même où Dupree ratait celui enregistré sur son jetable.

Ballard était maintenant certaine d'avoir tout ce qu'il lui fallait pour retourner Dupree. Elle entra dans la salle avec un formulaire de renoncement aux droits constitutionnels du prisonnier et une grande enveloppe de pièces à conviction en contenant une plus petite, celle, pleine de liquide, qu'elle avait récupérée après l'arrestation de Dupree.

Celui-ci avait les mains menottées dans le dos et attachées à une chaise rivée au sol, la pièce sentait fort sa transpiration, signe qu'il était nerveux – comme le serait n'importe qui en détention.

— C'est quoi, ces merdes ? lança-t-il. Vous me retenez comme ça pour une putain de pension alimentaire ?

— Pas tout à fait, Marcel, lui renvoya Ballard. On vous a bien interpellé pour votre histoire de pension alimentaire, mais il ne s'agit pas de ça et je suis sûre que vous le savez.

Il vint brusquement à l'esprit de Dupree qu'il la reconnaissait.

— Vous ! s'exclama-t-il. J'vous ai vue Chez Dulan.

— C'est exact, répondit-elle en tirant sa chaise pour s'asseoir en face de lui. Je n'ai pas entendu tout ce dont vous avez parlé avec Kidd, mais j'en ai quand même pas mal.

— Nan ! Z'avez entendu que dalle !

Elle sortit son portable de sa ceinture et le tint en l'air pour le lui montrer.

— J'ai tout là-dedans, dit-elle. Nos techniciens font des merveilles côté audio. Jusqu'à capter des soupirs. Alors on verra bien, mais ça n'a pas d'importance.

Elle reposa l'appareil sur sa cuisse, où il ne pouvait pas voir l'écran.

— Je suis ici pour vous expliquer la situation dans laquelle vous êtes et comment moi, je peux vous aider, et vous, me rendre la pareille. Mais pour ça, Marcel, il va falloir que vous renonciez à vos droits constitutionnels et me parliez.

— J'cause pas aux flics, moi, reprit-il. Et j'renonce à rien.

C'était parfait. Il n'avait pas prononcé la formule magique – « Je veux un avocat » –, et jusqu'à ce qu'il le fasse, elle pouvait tenter de le convaincre qu'il était dans son intérêt de lui parler.

— Marcel, enchaîna-t-elle, vous êtes baisé. On a trouvé une arme dans votre voiture.

— Jamais entendu parler d'un flingue.

— Neuf millimètres, Smith & Wesson ? Finition satin ? Je vous l'aurais bien apporté, mais c'est interdit par le règlement.

— Jamais vu un flingue comme ça.

— Sauf qu'il était planqué sous le siège où vous étiez assis quand vous vous êtes fait gauler il y a deux ou trois heures de ça. Alors, vous pouvez toujours nous la jouer j'ai-jamais-vu-ce-truc, on vous descendra tout ça en flammes… et comme vous avez déjà été condamné deux fois pour possession d'arme à feu… Ça veut dire cinq ans de cabane, Marcel.

Et elle le laissa mijoter un moment. Dupree secoua la tête, l'air malheureux.

— C'est vous qui me l'avez mis là, dit-il.

— Et ça, ça va marcher aussi bien que votre « j'ai-jamais-vu-ce-truc ». Allons, Marcel, ne soyez pas stupide. Écoutez ma proposition.

— Et merde ! Allez-y.

— Je peux vous aider pour le flingue. Je peux même le faire disparaître. Mais c'est du donnant-donnant, Marcel. J'ai besoin que vous coopériez avec moi ou bien on arrête là et j'ouvre le dossier pour possession d'arme à feu et y ajoute tout ce que je pourrai trouver. Voilà, c'est ça le choix.

Elle attendit. Il garda le silence. Elle commença à lui réciter ses droits Miranda. Il l'interrompit :

— OK, OK, dit-il, je vais vous causer. Mais je veux ça par écrit.

— Je finis d'abord et après, vous me signez le papier de renoncement.

Elle recommença du début. Elle n'avait pas envie qu'un avocat lui reproche de ne pas avoir récité ses droits à Dupree comme il le fallait. Et quand elle eut terminé, elle lui demanda s'il était droitier ou gaucher.

— Droitier.

— OK, je vous enlève la menotte droite et vous signez. Ne jouez pas au con avec moi, j'ai quatre mecs qui nous observent de l'autre côté de la porte. Vous essayez de me faire mal et eux, ils vous en feront tellement que vous ne vous en remettrez jamais. Me comprenez-vous bien ?

— Oui, oui, c'est bon. Laissez-moi signer ce putain de papier.

Elle posa le formulaire et un stylo devant lui. Puis elle se leva, passa derrière lui, ôta sa menotte droite et en referma l'autre extrémité autour du barreau du milieu du dossier de sa chaise.

— Allez, signez-moi ça, dit-elle. Et après vous remettez la main ici.

Il signa le document et s'exécuta. Ballard refit le processus à l'envers, le remenotta, regagna son siège et reposa son portable sur sa jambe.

— Et maintenant, c'est vous qui m'signez votre papier ! lança-t-il. Pour dire que vous laissez tomber les charges pour mon flingue parce que j'vous ai aidée.

Elle fit non de la tête.

— Mais vous ne m'avez pas aidée, Dupree, lui renvoya-t-elle. Vous m'aidez maintenant et je demanderai au bureau du district attorney de vous mettre ça par écrit. C'est ça, le deal. Oui ou non ? Je commence à perdre patience.

Dupree hocha la tête avec véhémence.

— Je le sais bien que j'suis baisé, dit-il. Alors, allez-y, posez vos questions.

— OK, parfait. Je vais donc commencer par vous dire qu'on avait mis Elvin Kidd sur écoute… Tous ses appels et tous ses textos, Marcel. Et on l'a entendu organiser le rendez-vous d'aujourd'hui Chez Dulan. On vous a filmé en train de lui parler, et en plus, on a ça.

Elle ouvrit l'enveloppe des pièces à conviction et sortit celle pleine de liquide.

— Il vous a embauché pour tuer quelqu'un à la prison de Men's Central et vous avez accepté d'arranger le coup. Entente en vue de commettre un meurtre en plus de la possession d'arme à feu : vous êtes maintenant dans un trou sans fond dont vous ne sortirez jamais à moins que vous ne nous donniez quelque chose qui nous plaira bien plus que vous. Vous comprenez ? Parce que c'est comme ça que ça marche.

— Qu'est-ce que vous voulez ?

— Que vous me racontiez toute l'histoire. Que vous me disiez qui Kidd voulait faire tuer et pourquoi. J'ai besoin d'un nom pour arrêter ça. Parce que si c'est trop tard pour ce type, ça sera trop tard aussi pour vous. Pas de deal, et vous êtes cuit.

— Un type appelé D au carré.

— Ça ne m'aide pas. Qui est-ce ?

— J'sais même pas son prénom. Son nom de famille, c'est Dorsey. Comme le lycée.

— L'appel que vous avez passé dans votre voiture devant Chez Dulan… C'est vous qui avez mis ça en route ?

— Non, j'appelais juste un ami.

— Clinton Townes ? C'était lui, votre ami ?

— Mais bordel !

— Je vous l'ai déjà dit, Marcel. On a tout ça sur écoute depuis le début. Dorsey et Townes, on les connaissait. En attendant, vous avez organisé un meurtre et à côté, votre possession d'arme à feu, c'est de la rigolade. Entente pour commettre un meurtre, ça vous met dans la case perpète sans possibilité de conditionnelle, Marcel. Et vous le savez, non ?

— Putain d'enculés ! Vous m'avez roulé !

— C'est exact… sauf que maintenant, il y a de la lumière au bout de votre tunnel, et ça s'appelle « assistance substantielle ». Vous me dites tout. Tout ce que vous savez. En commençant par m'expliquer pourquoi Elvin Kidd voulait faire buter D au carré.

Dupree hocha la tête.

— J'en sais rien… Il m'a rien dit. Il m'a juste dit qu'il voulait qu'on s'occupe du mec.

Ballard se pencha au-dessus de la table.

— Elvin Kidd a pris sa retraite, dit-elle. Il n'est plus dans la course. Il dirige une entreprise du bâtiment à Rialto, bordel ! Et on ne commandite pas le meurtre d'un des siens à Men's Central moyennant trois mille dollars sans une bonne raison. Alors si vous voulez vraiment nous filer un bon coup de main, répondez à cette question : qu'est-ce qu'il vous a dit ?

Dupree avait baissé les yeux sur la table. La peur qu'il éprouvait était presque palpable. C'était un homme qui se rendait soudain compte que la vie telle qu'il la connaissait avait disparu. Il n'était maintenant plus qu'un mouchard de cinquante et un ans à jamais exclu de son monde. Il avait beau être un criminel violent, Ballard avait de l'empathie pour lui. Né dans un univers où le loup mange le loup, il était devenu la viande.

— Il m'a dit que l'type l'avait baisé y a longtemps et que maintenant il causait des problèmes, répondit Dupree. C'est tout. Écoutez, j'vous l'dirais si j'savais. Je veux bien coopérer, mais je sais pas tout. Il voulait qu'on le bute, il a payé et moi, avec un OG comme Kidd, j'pose pas de questions.

— Alors pourquoi était-il en colère contre vous Chez Dulan ? Il a élevé la voix.

— Il était en colère parce que j'avais donné son numéro à D au carré pour qu'il puisse lui parler. Je croyais que c'était OK parce que D, c'était son gars dans les rues y a longtemps. Je m'suis dit qu'ils faisaient peut-être encore des affaires ensemble. Je savais pas, moi. J'ai merdé en lui filant le numéro. C'est pour ça qu'E.K. était en colère.

— Bon alors, c'était quoi, ce coup de fil dans votre voiture après Dulan ?

— Fallait que j'organise le truc, vous voyez ? Que j'fasse passer la consigne à mon gars Townes.

Ballard savait que s'il y avait des téléphones payants permettant aux détenus d'appeler depuis Men's Central, il était interdit de leur téléphoner de l'extérieur… Mais il était de notoriété publique que les gangs utilisaient diverses méthodes pour faire passer des messages à l'intérieur de la prison. Les mères, les épouses, les petites amies et les avocats de membres de gang incarcérés servaient ainsi souvent de messagers aux détenus. Mais l'appel que Dupree avait reçu de Townes semblait être arrivé trop vite pour ça. Townes avait apparemment eu le message lui demandant d'appeler Dupree moins de trente minutes après la rencontre au restaurant. Depuis longtemps, des rumeurs faisaient état de gangs se servant de gardiens pour transmettre des messages à l'intérieur… sous la menace, par extorsion ou simplement en les payant.

— Comment avez-vous fait passer le message ? reprit Ballard.

— Par un gars que je connais. Il l'a transmis pour moi.

— Allons, Marcel. Quel gars ? Qui avez-vous appelé ?

— J'croyais qu'on parlait de Dorsey !

— On parle de tout, Marcel. Qui a fait passer le message à Townes ?

Elle sentit son portable vibrer sur sa jambe et baissa la tête pour lire le texto de Bosch :

Perds pas ton temps là-dessus. Ça sera dans son portable. Passe à autre chose.

Cela l'agaça : elle savait qu'il avait raison. Un mandat pour le portable leur donnerait le ou les numéros qu'avait appelés Dupree après sa rencontre avec Kidd Chez Dulan, et il y avait toutes les chances que cela les conduise au messager. Il fallait qu'elle en vienne à Elvin Kidd.

— OK, dit-elle, on laisse tomber la question de savoir qui vous avez appelé et vous me parlez de Townes. C'est lui le tueur à l'intérieur de la prison ?

Dupree haussa les épaules. Il ne voulait pas le reconnaître à haute et intelligible voix.

— Oui ou non, Marcel ? insista Ballard.

— Ouais, il fait ça de temps en temps.

— Il faut avoir le feu vert d'un supérieur pour faire un truc comme ça ? Vous avez appelé quelqu'un pour approuver le contrat sur Dorsey ?

— J'ai parlé à des gens, mais c'était pas pour « approuver ». Seulement pour leur faire savoir qu'il y avait un boulot à faire et que c'était Kidd qui payait. Dites, vous allez me protéger, hein ? Comme vous l'avez dit…

— Je dirai au district attorney que vous avez fourni une assistance substantielle à l'enquête.

— C'est que dalle, ça ! On avait un marché !

— Si on coince Kidd, cette assistance substantielle comptera pour beaucoup.

— J'vais avoir besoin du programme de protection des témoins après ça.

— On y réfléchit.

Ballard sentit de nouvelles vibrations sur sa cuisse.

Demande-lui d'appeler Kidd pour lui dire que le boulot a été fait.

Elle hocha la tête. C'était une bonne idée. Ils avaient encore deux jours d'écoute et pourraient enregistrer l'appel le plus légalement du monde. Que cela donne lieu à des aveux dans l'affaire Hilton n'était pas certain, mais ça étaierait la thèse de l'entente en vue de commettre un meurtre sans aucun doute. Et Ballard savait très bien que parfois, même si le suspect est bien le coupable, il faut se contenter de l'épingler pour un autre crime.

— Y a encore un truc qu'on va avoir besoin que vous fassiez, Marcel, reprit-elle. On va vous organiser un appel téléphonique avec Kidd et vous allez lui expliquer que Dorsey est mort. On veut savoir ce qu'il va dire. Et vous lui demanderez aussi pourquoi il voulait le faire buter.

— Nan, ça, je fais pas, dit-il. Pas avant d'avoir un truc par écrit sur mon « assistance substantielle ».

— C'est une grosse erreur, Marcel. Vous demandez au district attorney de venir vous écrire ce truc ici et lui, il va vous amener un avocat et tout explosera bien plus fort qu'on pourra gérer à ce niveau. On rate l'occasion de faire ça avec Kidd et c'est « Va te faire foutre, Marcel Dupree ». Ce qui est tout le contraire d'« assistance substantielle », et moi, je vous accuserai d'entente en vue de commettre un meurtre et rien qu'avec ça, je rentrerai tout heureuse à la maison.

Dupree garda le silence.

— Ça pue ici, reprit-elle. Je vais aller prendre un peu l'air. Et quand je reviendrai, vous me direz si vous voulez que ce soit à vous ou à Elvin Kidd qu'on s'en prenne.

Et elle se leva, glissa son portable dans sa poche, ramassa les enveloppes et fit le tour de la table pour gagner la porte.

— OK, je vais le faire, dit Dupree.

Elle se retourna vers lui et acquiesça d'un signe de tête.

— OK, dit-elle. On va vous organiser ça.

Chapitre 36

Ce samedi-là, Ballard quitta le boulot à 6 heures, après un quart de nuit sans événements marquants. Elle avait consacré l'essentiel de son temps à rédiger un rapport détaillé sur l'affaire Hilton la veille, mais ne l'avait toujours pas transmis. Elle travaillait sur ce dossier en douce, espérant qu'il soit plus facile de demander pardon que d'en obtenir la permission – surtout si elle arrivait à coffrer Elvin Kidd. Dans ce cas-là, en effet, on aurait peut-être besoin de son rapport dans l'instant.

Après avoir quitté le commissariat, elle gagna Venice en voiture et se fit une courte séance de paddle dans les brumes du matin, avec Lola assise à l'avant de sa planche telle la figure de proue d'un vieux navire. Puis elle se doucha et attendit 8 h 30 pour passer son appel sans risquer de réveiller quiconque.

Lorqu'elle travaillait aux Vols et Homicides, tout le monde avait un contact à joindre dans tel ou tel secteur du boulot. Il y avait le contact médecine légale, le contact pour les mandats, le contact juridique pour avoir des conseils et rédiger des charges dans les affaires branlantes – celles qui exigeaient du courage et de l'imagination pour les faire parvenir jusqu'au tribunal. Le contact de Ballard au bureau du district attorney était depuis toujours Selma Robinson, une adjointe de l'attorney pour la Major Crimes Unit qui préférait les défis aux affaires gagnées d'avance.

À cause de la nature même d'un quart de nuit, à l'issue duquel il fallait transférer ses enquêtes aux inspecteurs de jour, Ballard n'était que rarement passée au bureau du district attorney depuis quatre ans. Elle n'était même pas certaine que le numéro qu'elle appelait était toujours bon.

Il l'était, et Robinson lui répondit d'un ton si net et alerte qu'il fut clair qu'elle avait gardé celui de Ballard dans ses contacts.

— Renée ? Waouh ! Ça va ?

— Oui, ça va. Je ne te réveille pas ?

— Non, ça fait un moment que je suis debout. Quoi de neuf ? Ça fait plaisir d'entendre ta voix, ma belle.

— Même chose pour moi. J'ai une affaire dont je veux te parler si tu as un moment. J'habite à Venice, maintenant. Je pourrais passer et, disons, te payer le petit déjeuner. Je sais que ça tombe un peu comme un…

— Non, non, pas de problème. J'allais justement me prendre quelque chose. Où veux-tu qu'on se retrouve ?

Ballard savait que Robinson habitait à Santa Monica, dans une des « rues à université[1] ».

— Qu'est-ce que tu dirais de Little Ruby's ?

Ce restaurant se trouvait en retrait d'Ocean Boulevard et à peu près à mi-distance de là où elles habitaient. Et en plus, les chiens y étaient admis.

— J'y serai à 9 heures, dit Robinson.

— Prends tes écouteurs, j'ai des enregistrements à te faire écouter.

— OK. T'amènes Lola, j'espère.

— Je sais qu'elle t'adore.

Ballard arriva la première et trouva un coin où étudier tranquillement l'affaire. Lola se glissa sous la table, mais se redressa aussitôt en voyant débarquer sa vieille copine.

Grande et élancée, Robinson portait depuis toujours une courte coupe afro qui lui donnait du style et tous les matins lui économisait du temps pour se préparer aux combats du prétoire. Elle avait une dizaine d'années de plus que Ballard, et son prénom une origine prestigieuse, ses parents s'étant rencontrés lors de la célèbre marche pour les droits civiques de Selma, en Alabama.

Les deux femmes se serrèrent brièvement dans les bras l'une de l'autre, puis Robinson salua Lola pendant

---

1. On y trouve dans ce quartier Princeton Street, Harvard Street, Yale Street, Stanford Street et Berkeley Street, du nom des fameuses universités du pays.

une minute entière avant de revenir à l'affaire et au petit déjeuner.

— Bon alors, comme je te l'ai dit au téléphone, je travaille sur un truc, attaqua Ballard. Et j'aimerais savoir si ça tient la route ou pas.

— Vas-y, dis-moi tout, lui renvoya Robinson. Fais comme si j'étais dans mon bureau et que tu venais me soumettre des charges. Convaincs-moi.

Aussi succinctement qu'elle le pouvait, Ballard lui présenta l'affaire Hilton en lui donnant les détails du meurtre et lui rappelant le long moment pendant lequel le dossier s'était couvert de poussière dans le bureau d'un inspecteur à la retraite. Puis elle passa à l'enquête menée depuis peu et lui expliqua comment elle avait fini par se concentrer sur Elvin Kidd et le mobile qui, selon elle, l'animait vraiment. Elle lui révéla encore comment elle avait retourné Marcel Dupree, empêché le meurtre d'un détenu à Men's Central et pourquoi, avec la coopération de Dupree, elle pensait être à deux doigts de conclure l'enquête. Sur quoi, elle lui demanda d'écouter la conversation de quatre-vingt-dix secondes que Dupree et Kidd avaient eue la veille en fin d'après-midi, après lui avoir assuré que cette écoute avait été autorisée par le juge Billy Thornton.

L'une des complications que mentionna Ballard en lui présentant l'enregistrement était que les deux hommes parlaient d'un ton très similaire et avaient recours au même argot des rues. Elle lui répéta que la première voix était celle de Dupree, l'autre étant celle de Kidd. Robinson mit ses écouteurs et Ballard lança l'enregistrement en même temps qu'elle lui tendait un exemplaire de la transcription qu'elle avait faite pendant son quart.

DUPREE : Yo.
KIDD : Mec.
DUPREE : Le truc que j'te disais ? C'est fait.
KIDD : Vrai ?
DUPREE : C't'enculé est au paradis des gangstas.
KIDD : J'ai rien entendu dire.
DUPREE : Et probab' que t'entendras rien d'plus à Rialto. C'est pas comme si les shérifs allaient sortir un communiqué de presse sur des détenus qui s'font buter en taule. Ça a l'air moche. Mais si tu veux, tu peux vérifier, mon numé…
KIDD : Comment ça ?
DUPREE : Appelle le coroner. Il doit déjà l'avoir chez lui à c't'heure. Et j'ai entendu dire qu'ils vont lui faire un grand enterrement gangsta dans quelques jours. Tu pourrais passer le voir dans sa boîte.
KIDD : Nan, j'vais pas faire ça.
DUPREE : J'comprends, vu que c'est toi qui l'y as foutu.
KIDD : Dis pas des merdes comme ça, mec.
DUPREE : Excuse. Enfin, c'est fait. On est bons maintenant ?
KIDD : On est bons.
DUPREE : Et tu m'diras pourquoi un jour ? Non parce que… C't'enculé… c'était pas ton gars autrefois ? Et que c'en vienne là…

KIDD : Il me foutait la pression, mec, c'est tout.

DUPREE : La pression pour quoi ?

KIDD : Un boulot que j'ai dû gérer à l'époque. Un jeune Blanc qui devait trop d'fric.

DUPREE : Ah. Et il te ressortait ça maintenant ?

KIDD : Il m'disait que les flics étaient passés le voir à Bauchet Street et avaient posé des questions. Et après, il a mon numéro par toi et il m'appelle. J'vois bien qu'il cherche du pognon. Et qu'il va me causer des emmerdes.

DUPREE : Ben, plus maintenant.

KIDD : Nan, plus maintenant. Et j't'en remercie, mon frère.

DUPREE : De rien.

KIDD : On s'verra.

DUPREE : À plus, mec.

Robinson ôta ses écouteurs à la fin de l'appel et Ballard leva aussitôt la main pour l'empêcher de poser des questions.

— Attends une seconde, dit-elle. Il y a un autre appel. Il essaie de confirmer la mort de Dorsey et on avait organisé ça avec le bureau du coroner.

L'appel suivant avait été passé par Elvin Kidd au bureau du légiste du comté de Los Angeles, où il avait parlé avec un enquêteur du nom de Chris Mercer. Ballard tendit à Robinson une deuxième transcription et lui demanda de remettre ses écouteurs. Puis elle lui passa l'enregistrement.

MERCER : Bureau du légiste, que puis-je faire pour vous ?

KIDD : J'essaie de savoir si un de mes amis est chez vous. Il se serait fait tuer.

MERCER : Vous avez son nom ?

KIDD : Dorsey pour son nom de famille, et Dennard pour son prénom.

MERCER : Pouvez-vous l'épeler, s'il vous plaît ?

KIDD : D-E-N-N-A-R-D D-O-R-S-E-Y.

MERCER : Oui, il est bien ici. Vous êtes de sa famille ?

KIDD : Euh, non. Juste un ami. On sait comment il est mort ?

MERCER : L'autopsie n'est pas encore programmée. Tout ce que je sais, c'est qu'il a perdu la vie à la prison de Men's Central où il était détenu. Il y aura une enquête et l'autopsie aura lieu dans le courant de la semaine prochaine. Vous pourrez nous appeler pour avoir de plus amples renseignements. Vous savez qui sont ses proches ?

KIDD : Non, je ne sais pas. Merci.

Après avoir entendu l'appel au légiste, Robinson demanda à réécouter l'autre. Ballard l'observa. À certains moments, elle hochait la tête comme si elle vérifiait des points dans une liste. Enfin, elle ôta de nouveau ses écouteurs.

— Le changement de niveau de langue est intéressant, dit-elle. Il parle comme deux types différents dans les deux appels. Entièrement gangsta avec Dupree et léger et intelligent avec le bureau du légiste.

— Oui, il savait comment jouer le coup, dit Ballard. Alors, qu'est-ce que t'en penses ?

Avant que Robinson puisse lui répondre, une serveuse arriva. Elles commandèrent toutes les deux du café et des toasts à l'avocat. Puis, une fois la serveuse repartie, Robinson se pencha au-dessus de la table, fronça les sourcils, et Ballard vit sa peau lisse et couleur moka se couvrir de rides sur le front.

— J'étudie toujours les affaires du point de vue de la défense, dit-elle. Pour voir les faiblesses qu'elle pourrait exploiter à l'audience. Pour moi, l'entente en vue de commettre un meurtre est acquise. Sur ce point-là, il sera condamné sans aucun problème. L'appel au légiste est un coup de génie. Je meurs d'envie de passer l'enregistrement devant des jurés et de voir comment la défense pourra expliquer ça.

— Bien, dit Ballard. Et pour l'assassinat de Hilton ?

— Il ne dit jamais carrément : « J'ai tué le type. » Il dit seulement avoir « géré un truc », ce qui parfois est effectivement un euphémisme signifiant qu'il y a eu meurtre. Il parle aussi d'un « jeune Blanc », mais il ne donne jamais de nom.

— C'est vrai, mais quand on y ajoute l'entente en vue de commettre un crime, il est évident qu'il voulait tuer Dorsey pour maintenir le couvercle sur l'affaire Hilton.

— Évident pour toi et pour moi, mais peut-être pas aux yeux d'un jury. En plus du fait que lorsqu'on a un chef d'accusation où c'est gagné et un autre où il y a des problèmes, on laisse tomber le truc branlant et on y va à fond pour l'autre. Ne surtout pas montrer ses faiblesses à un jury. Bref, je sais bien que tu n'as aucune envie d'entendre ce que je vais te dire, mais pour l'instant, moi, je ne l'accuserais que d'entente. Je dirais que le mobile est le meurtre de Hilton et je n'en cacherais rien, mais je ne demanderais pas aux jurés de se prononcer sur cet assassinat. Je dirais : « Donnez-moi un verdict pour entente en vue de commettre un meurtre », et ce type finira en taule pour de bon de toute façon. Et je sais que ce n'est pas la réponse que tu voulais.

Déçue, Ballard referma son ordinateur et s'appuya au dossier de sa chaise.

— Et merde, dit-elle.

— As-tu revu Dorsey depuis qu'on l'a retiré du vivier à Crips ? reprit Robinson.

— Non, pourquoi ? Je devrais ?

— Tu dis qu'il ne coopérait pas avant. Peut-être que maintenant qu'il sait que son vieux boss Kidd a mis un contrat sur sa tête, il changera de chanson. Peut-être même sait-il quelque chose qu'il a gardé pour lui.

Ballard acquiesça et se rendit compte qu'elle aurait dû y penser plus tôt.

— Bonne idée, dit-elle.

— Où est Dupree ?

— Pour l'instant, il est en détention au South Bureau. Il cherche un deal pour « assistance substantielle ». On a jusqu'à lundi matin pour le mettre en accusation.

— Faudrait voir à bien s'occuper de lui. Si jamais Kidd découvre que Dorsey est toujours vivant, il saura qu'il a été dupé.

— Je sais. Dupree, on le tient provisoirement.

— À propos, « on », c'est qui ?

— Mon coéquipier est en congé. En fait, toute cette affaire m'a été apportée par un inspecteur des Homicides à la retraite, un certain Harry Bosch. Il a eu le livre du meurtre par la veuve de John Jack Thompson après l'enterrement de ce dernier.

— Harry Bosch. Oui, je me souviens de lui. Je ne savais pas qu'il avait pris sa retraite.

— Si, mais il est de réserve à San Fernando, et donc habilité.

— Fais attention. Ça pourrait poser problème s'il devait témoigner sur un point sur lequel toi, tu ne pourrais pas.

— On le sait. On en a déjà parlé.

— Et Kidd ? Tu vas le citer à comparaître pour qu'il s'explique ?

— On se disait que ce serait seulement en dernier recours.

Robinson hocha la tête d'un air pensif.

— Bon, dès que vous êtes prêts, ramène-moi tout ça, finit-elle par dire. J'aimerais beaucoup prendre l'affaire. Viens me voir lundi et je rédigerai les charges contre Dupree et élaborerai l'accord pour coopération. A-t-il un avocat ?

— Non, pas encore.

— Dès qu'il en a un, je mets le deal par écrit.

— OK.

— Et bonne chance avec Dorsey !

— On finit le petit déjeuner et je retourne en ville pour le voir.

Comme si elle n'attendait que ça, la serveuse vint leur apporter leur café et leurs toasts à l'avocat. Plus un biscuit pour Lola.

Chapitre 37

Ils amenèrent Dorsey dans la même salle d'interrogatoire de Men's Central. L'adjoint Valens dut l'y pousser lorsqu'il vit que c'était Ballard qui l'attendait.

— Tu m'as piégé, salope ! s'écria-t-il. J'te cause pas.

Ballard attendit que Valens ait quitté la pièce après avoir menotté Dorsey à sa chaise.

— Je vous ai piégé ? dit-elle alors. Comment ça ?

— Tout c'que j'sais, c'est que tu me traînes ici et cinq minutes après, j'suis au mitard avec une casquette de mouton. Parce que maintenant, y a des mecs qui cherchent à m'tuer.

— Peut-être, mais ce n'est pas à cause de moi.

— Et ça, c'est encore des conneries ! J'allais très bien jusqu'à c'que tu viennes me voir.

— Non, vous alliez très bien jusqu'à ce que vous appeliez Elvin Kidd. C'est là que vos ennuis ont commencé, Dennard.

— De quoi tu parles ?

— On avait Elvin sur écoute. On vous a entendu l'appeler, et devinez quoi ? On l'a entendu lancer le contrat. Sur vous.

— T'essaies encore de me rouler.

— Vraiment, Dennard ? lui renvoya Ballard en ouvrant son portable sur la table. Voyons ça ensemble et après, si vous pensez toujours que j'essaie de vous rouler, je leur dis de vous remettre dans l'aile Crips avec vos copains. Pour que vous vous sentiez à l'aise et en sécurité.

Elle ouvrit le fichier contenant les enregistrements des appels passés par Elvin Kidd.

— La première chose que vous devez savoir, c'est qu'on l'avait mis sur écoute. Ce qui fait que quand vous l'avez averti que j'étais venue vous poser des questions, on a tout enregistré.

Elle lança l'enregistrement afin qu'il reconnaisse sa voix et celle de Kidd. Sans même en avoir conscience, il se pencha en avant et tourna la tête comme pour mieux entendre, et Ballard mit sur pause.

— C'est pas légal, dit Dorsey.

— Oh que si. Approuvé par un juge de cour supérieure. Bon, et maintenant, passons à ce qui vous concerne.

Elle relança le son jusqu'au moment où, une minute plus tard, Kidd demandait qui lui avait donné son numéro et où lui, Dorsey, révélait qu'il s'agissait de Marcel Dupree. Elle mit sur pause à nouveau.

— Donc, vous dites à Kidd que c'est Marcel Dupree qui vous a donné son numéro et qu'est-ce qu'il fait ? Il vous raccroche au nez et envoie un texto à Marcel pour lui demander un rendez-vous.

Elle leva son téléphone en l'air et lui montra une photo où l'on voyait clairement Kidd et Dupree, de profil, assis à leur table.

— J'ai pris ce cliché hier, quand ils se sont retrouvés Chez Dulan, enchaîna-t-elle. Vous savez bien… Le restau dans Crenshaw Boulevard. Kidd a donné trois mille dollars à Marcel. Vous pensez que c'était pour quoi, Dennard ?

— J'imagine que tu vas me l'dire.

— C'était pour organiser un meurtre à Men's Central. Pour que vous vous fassiez buter par un de vos copains Crips. Parce que vous connaissez bien Clinton Townes, non ?

Dorsey hocha la tête comme s'il voulait empêcher le renseignement que lui donnait Ballard de lui entrer dans les oreilles.

— Tu fais qu'à inventer des histoires, là, dit-il.

— C'est pour ça qu'on vous a sorti de votre aile, Dennard. Pour vous sauver la vie. Ensuite, on a ramassé Marcel et on l'a retourné aussi facilement qu'une crêpe. On l'a poussé à rappeler Kidd pour lui dire que c'était fait et que vous n'alliez plus être un problème pour lui. Écoutez donc ça.

Elle relança l'enregistrement au bon endroit et lui passa toute la conversation entre Dupree et Kidd. Et le regarda changer d'expression au fur et à mesure qu'il se rendait compte que ses propres copains s'étaient unis contre lui. Elle savait ce qu'il ressentait pour avoir elle-même été trahie par son coéquipier, son patron, et son propre service de police tout entier.

— Et attendez, j'ai encore autre chose, reprit-elle quand ce fut fini. Kidd est allé jusqu'à appeler le bureau du légiste pour être certain que votre cadavre était bien à la morgue et n'attendait plus que d'être découpé à l'autopsie.

Elle lui passa le deuxième enregistrement, et Dorsey ferma les yeux et hocha la tête.

— Ah, l'enfoiré ! s'exclama-t-il.

Ballard éteignit l'ordinateur, mais garda son portable sur la table : il continuait d'enregistrer. Elle dévisagea Dorsey en train de fixer la table d'un regard empli de haine.

— Et donc…, reprit-elle. Elvin Kidd voulait votre mort et croit maintenant que c'est fait. Et vous, vous voudriez qu'il s'en sorte comme ça ? Vous ne préféreriez pas me dire ce que vous savez vraiment sur ce qui s'est passé dans cette ruelle où le jeune Blanc s'est fait assassiner ?

Dorsey la regarda sans rien dire. Elle savait qu'il était à deux doigts de craquer.

— Vous m'aidez et moi, je vous aide. Je viens juste de parler à quelqu'un du bureau du district attorney qui veut coincer Kidd pour ce meurtre. Elle est prête à parler à votre agent de probation, histoire de voir si on peut effacer votre violation de conditionnelle.

— T'étais pas censée t'en occuper toi-même ? répliqua Dorsey.

— J'allais le faire, mais avoir quelqu'un comme elle pour s'en occuper, c'est mieux. Et ça n'arrivera que si vous me donnez un coup de main.

— Comme j'te l'ai déjà dit, il nous a ordonné de pas rester dans la ruelle ce jour-là. Et juste après, y a eu un meurtre et la police nous a empêchés de travailler. L'a fallu qu'on trouve un nouvel endroit de l'autre côté de l'autoroute.

— Et c'est tout ? Vous n'en avez jamais parlé avec Kidd ? Vous ne lui avez jamais posé de questions là-dessus ? Je ne vous crois pas.

— Si, j'ai demandé. Et il m'a dit des trucs.

— Quels trucs, Dennard ? C'est le moment où vous m'aidez ou vous vous flinguez vous-même. Que vous a dit Elvin Kidd ?

— Il m'a dit qu'il fallait qu'il s'occupe du Blanc qu'il connaissait de l'époque où il était pas là.

— « Où il était pas là » ? Qu'est-ce que ça veut dire ?

— Où il était en prison. Ils étaient tous les deux à Corcoran et il m'a dit que le gamin lui devait du fric parce qu'il l'avait protégé.

— A-t-il mentionné le nom du gamin ?

— Nan. Il a juste dit que comme il voulait pas payer ce qu'il lui devait, il a arrangé la rencontre et nous a tous fait dégager. Et c'est là que le gamin a été abattu.

— Et vous vous êtes dit que c'était Elvin Kidd qui l'avait tué.

— Ben oui. C'était sa ruelle. Il y contrôlait tout. Personne s'y faisait abattre sans sa permission ou alors, c'était lui qui faisait l'boulot.

Ballard acquiesça d'un signe de tête. Ce n'était pas un aveu direct de Kidd à Dorsey, mais ce n'en était pas loin et elle se dit que ça suffirait à Selma Robinson. C'est alors que, sans même qu'elle le lui demande, Dorsey ajouta une cerise sur le gâteau.

— Même que quand on n'a plus trouvé d'endroits parce qu'on avait les flics aux fesses pour ce meurtre, j'ai cherché dans le journal. J'ai trouvé qu'un truc, mais je m'rappelle quoi : le gamin qui s'était fait buter avait un nom d'hôtel. Hilton, Hyatt ou autre. Alors j'me suis demandé pourquoi il avait pas payé s'il était plein aux as. Fallait être con. Il aurait dû payer, il serait en vie maintenant.

Dorsey venait de relier tous les éléments de l'affaire. Ballard exulta. Elle prit son téléphone, mit fin à l'enregistrement, glissa l'appareil dans sa poche et regretta que ce ne soit pas lundi et que Selma ne se trouve pas au palais de justice. Elle mourait d'envie de s'y rendre tout de suite et de rédiger son accusation de meurtre contre Elvin Kidd.

BOSCH

Chapitre 38

Le canapé en suédine de la salle d'attente du cabinet Michaelson & Mitchell était si confortable que Bosch faillit s'endormir. C'était lundi matin, mais il n'avait toujours pas rattrapé son sommeil en retard après avoir passé la nuit du samedi à dimanche à surveiller le pavillon de sa fille. Rien n'était arrivé et le rôdeur n'avait pas donné signe de vie, mais Bosch avait monté la garde et bu beaucoup de café jusqu'au matin. Il avait bien essayé de se reposer la veille, mais penser à l'affaire Montgomery l'avait empêché de dormir. Et maintenant, il était sur le point de rencontrer Clayton Manley et avait l'impression de sombrer dans le canapé.

Après un quart d'heure, il fut enfin appelé par le jeune homme de la réception, qui lui fit contourner un grand escalier circulaire, traverser un long couloir et longer des portes vitrées en verre dépoli portant les noms des associés. Arrivé devant la dernière, Bosch entra dans un grand bureau avec une paroi en verre donnant sur le funiculaire d'Angels Flight, seize étages plus bas.

Clayton Manley se leva de son bureau. À presque quarante ans, il avait les cheveux noirs, mais des fils gris parsemaient ses favoris. Il était vêtu d'un costume gris clair et d'une cravate rouge.

— Entrez, monsieur Bosch, dit-il. Asseyez-vous, je vous en prie.

Il lui tendit la main et Bosch la lui serra avant de prendre place dans un des fauteuils club en face de lui.

— Bien, reprit Manley, mon associé m'a dit que vous cherchez un avocat en vue de poursuites pour homicide par négligence, c'est bien ça ?

— Oui, répondit Bosch. J'ai effectivement besoin d'un avocat. J'ai déjà parlé de mon affaire à un de vos collègues, mais il ne pensait pas être à la hauteur. Voilà pourquoi je suis ici.

— S'agit-il d'un proche ?

— Je vous demande pardon ?

— La victime de cet homicide par négligence…

— Oh non, c'est moi. Je suis la victime.

Manley rit, puis s'aperçut qu'il n'y avait pas le moindre sourire sur le visage de Bosch. Il cessa de rire et s'éclaircit la gorge.

— Monsieur Bosch, dit-il, je ne comprends pas.

— Eh bien, il est clair que je ne suis pas mort, répondit Bosch. Mais mon médecin vient de m'apprendre que je suis atteint de leucémie, et c'est à mon boulot que je l'ai attrapée. Alors je veux poursuivre la boîte et récupérer de l'argent pour ma fille.

— Comment cela s'est-il produit ? Où travailliez-vous ?

— J'ai été inspecteur des Homicides pendant plus de trente ans et j'ai pris ma retraite il y en a quatre. Enfin non, on m'a viré, et j'ai attaqué le LAPD qui essayait de me priver de ma pension. Dans l'accord auquel nous sommes parvenus, mon assurance santé a été limitée à une certaine somme, ce qui fait qu'à ma mort, je ne pourrai rien laisser à ma fille.

Manley n'avait eu aucune réaction visible en apprenant que Bosch avait été inspecteur au LAPD.

— Comment avez-vous développé cette leucémie ? demanda-t-il. Et je pense que la meilleure question à poser serait : « Comment le prouver ? »

— Facile, lui renvoya Bosch. Il y avait eu un meurtre et une grosse quantité de césium avait été volée dans un hôpital. C'est le truc dont on se sert en toute petite quantité pour soigner le cancer. Mais là, ce qui avait disparu n'avait rien de minuscule. C'était tout le césium dont disposait l'hôpital, et il se trouve que c'est moi qui l'ai récupéré. Je l'ai retrouvé dans une camionnette, mais je n'ai su de quoi il s'agissait qu'après y avoir été exposé. J'ai été suivi à l'hôpital avec radios et consultations pendant cinq ans. Et maintenant, j'ai une leucémie et il ne fait aucun doute que c'est lié à mon exposition au césium.

— Et vous avez tous les justificatifs ? Dans des dossiers et autres ?

— Tout, oui. Il y a les rapports d'enquête sur l'homicide, les documents de l'hôpital et l'arbitrage à ma sortie. Tout ça, on peut l'avoir. Et en plus, l'hôpital a procédé à de grands changements dans sa sécurité après cette histoire… ce qui pour moi est un aveu de responsabilité.

— Bien sûr. Bon et maintenant, je n'ai pas envie de vous demander ça, mais vous parlez de votre mort. Quels sont vos diagnostic et pronostic ?

— Je viens juste d'avoir le diagnostic. J'étais tout le temps fatigué et je ne me sentais pas bien, alors je suis retourné à l'hosto où ils m'ont fait passer des tests et ils m'ont appris ce que j'avais. Je suis sur le point de commencer une chimio, mais on ne sait jamais. Ça va finir par m'emporter.

— Mais… ils ne vous ont pas donné une estimation de temps ou quelque chose comme ça ?

— Non, pas encore. Mais moi, je veux démarrer la procédure parce que, comme je vous l'ai dit, on ne sait jamais.

— Je comprends.

— Monsieur Manley, les avocats de la ville sont des durs à cuire. Je les ai déjà affrontés. Je suis retourné voir mon avocat pour ça et il ne m'a pas paru vraiment motivé à cause de la bagarre que ça allait déclencher. Alors j'ai besoin de savoir si c'est quelque chose que vous, vous pourriez faire. Et si vous le voulez…

— Je n'ai pas peur de la bagarre, monsieur Bosch. Ou… devrais-je plutôt vous appeler « inspecteur » ?

— « Monsieur » m'ira très bien.

— Bien. Monsieur Bosch, comme je vous l'ai dit, la bagarre ne me fait pas peur, ni à moi ni à ce cabinet. Et nous avons des contacts très puissants. Comme nous aimons le dire, nous pouvons tout faire. Tout.

— Eh bien, si ça marche, il y a d'autres personnes dont je ne détesterais pas m'occuper.

— Comment s'appelle votre avocat ?

— Michael Haller. Il travaille seul. On l'appelle « Mickey ».

— Ce n'est pas celui sur qui on a fait un film ? Celui qui travaille dans sa voiture…

— Voilà, c'est lui, et depuis qu'il est devenu célèbre, il ne prend plus d'affaires difficiles. Et il n'a pas voulu de celle-là.

— Et il vous a dit de venir me voir ?

— Oui, vous.

— Je ne le connais pas. Vous a-t-il dit pourquoi il me recommandait ?

— Pas vraiment. Il m'a seulement dit que vous tiendriez tête à la police.

— Eh bien, c'est gentil de sa part et oui, je tiendrai tête à la police. Il va me falloir toutes les pièces dont vous et maître Haller disposez sur cet arbitrage. Et tout ce qui concerne votre problème médical.

— Pas de pro…

Soudain un oiseau s'écrasa sur la paroi de verre à droite de Manley, qui bondit sur son siège. Bosch vit dégringoler, puis disparaître le volatile assommé – un corbeau. Il avait lu un article du *Times* où il était mentionné que les tours à miroirs de Bunker Hill attiraient les oiseaux comme des aimants. Il se leva et gagna la vitre. Regarda tout en bas vers le débarcadère du funiculaire. Aucun signe de l'oiseau.

Manley le rejoignit.

— C'est déjà la troisième fois cette année, dit-il.

— Vraiment ? Pourquoi rien n'est fait ?

— Il n'y a rien à faire. Les miroirs sont sur la face externe.

Sur quoi, il rejoignit son bureau, et Bosch alla se rasseoir dans son fauteuil.

— Comment s'appelle votre médecin ?

— Le docteur Gandle. Il est cancérologue à Cedars.

— Il va falloir que vous appeliez son cabinet et demandiez que tous les documents vous concernant me soient envoyés.

— Pas de problème. Mais il y a un truc dont nous n'avons pas encore parlé… Vos honoraires. Je n'ai que ma pension et rien d'autre.

— Eh bien, il y a deux façons de procéder. Vous pouvez me payer à l'heure, soit quatre cent cinquante dollars de l'heure. Ou alors nous nous mettons d'accord sur une commission au prorata. Vous ne payez rien et le cabinet prend un pourcentage de toutes les sommes gagnées ou négociées. Ce pourcentage est de trente pour cent au début, mais plus les gains sont élevés, plus il décroît.

— Je penche plutôt pour le pourcentage.

— Bien. Dans ce cas, je vais présenter l'affaire au conseil de direction qui déterminera si elle est jouable et décidera de la suite à y donner.

— Combien de temps cela va-t-il prendre ?

— Un jour ou deux. Le conseil se réunit les mardis et jeudis.

— OK.

— Avec ce que vous venez de me dire, je ne pense pas que ça posera de problème. Et je puis vous assurer que notre cabinet est bien celui qu'il vous faut pour vous représenter. Nous nous mettrons en quatre pour vous servir et remporter votre affaire. Je vous le garantis.

— C'est bon à savoir.

Bosch se leva et Manley l'imita.

— Plus vite vous nous communiquerez vos dossiers, plus vite le conseil pourra prendre sa décision, ajouta-t-il. Et nous, mettre tout ça en route.

— Merci. Je rassemble les pièces et je vous recontacte.

Il trouva la sortie en longeant les portes fermées de Mitchell et de Michaelson, et se demanda s'il avait accompli quoi que ce soit en donnant ainsi à Manley des raisons de se réjouir. Il avait remarqué qu'il n'y avait absolument rien de personnel dans son bureau : pas de photos de famille, pas même de clichés où on l'aurait vu serrer la main de notables. Il aurait même pu croire qu'il s'agissait d'un bureau d'emprunt si Manley n'avait pas mentionné que c'était le troisième oiseau qui s'écrasait sur la paroi de verre.

Une fois dehors, Bosch s'immobilisa sur la place où, assis à des tables, des employés prenaient un petit déjeuner tardif, ou un déjeuner anticipé, composé de mets achetés dans divers magasins et restaurants au niveau inférieur du building. Il regarda partout, ne vit pas l'oiseau et se demanda s'il n'avait pas survécu et filé avant de toucher le sol, ou si l'immeuble était entretenu par une équipe ultraréactive qui nettoyait les dégâts chaque fois qu'un volatile s'écrasait contre une vitre et tombait par terre.

Il traversa la place, gagna le funiculaire, s'acheta un ticket et descendit jusqu'à Hill Street dans une de ses rames antiques. Le voyage fut agité et bruyant, et il se rappela avoir jadis travaillé sur une affaire où deux personnes avaient été tuées dans le funiculaire[1]. Il gagna le Grand Central Market de l'autre côté de la rue et commanda un sandwich à la dinde et de l'eau minérale au Wexler's Deli.

Il les emporta à une table, s'y assit pour manger et en profita pour envoyer un texto à sa fille : il savait qu'il aurait plus de chances d'obtenir une réponse ainsi que s'il lui téléphonait. Parler de sa fille à Manley lui avait rappelé qu'il voulait la voir. Avoir passé la nuit à surveiller son pavillon ne suffisait pas. Il avait besoin de la voir et d'entendre sa voix.

> *Mads, faut que j'aille à Norwalk récupérer un dossier pour une affaire. C'est à mi-chemin de chez toi. On se prend un café ou on dîne ensemble ?*

Ce dimanche-là, Ballard avait appelé Bosch depuis Ventura, où elle était allée rendre visite à la grand-mère qui l'avait élevée pendant son adolescence. Dernier développement dans l'affaire Hilton, Selma Robinson,

---

1. Voir *L'Envol des anges*, Calmann-Lévy, 2012; Le Livre de Poche, 2012.

l'avocate du bureau du district attorney qu'elle avait consultée, était prête à poursuivre Kidd, et il y avait beaucoup de choses à régler pour bien border le dossier. Dont se procurer une copie de l'acte de naissance de Hilton. Robinson ne voulait pas de mauvaises surprises ou de pièces manquantes lorsqu'elle porterait l'affaire au tribunal.

Bosch ne s'attendait pas à ce que sa fille réponde vite à son texto. Elle ne le faisait presque jamais. Même si elle ne se séparait jamais de son portable, et recevait donc ses messages dans la seconde – y compris en cours –, elle semblait toujours longuement réfléchir avant de répondre.

Mais cette fois, il se trompait. Il n'avait pas fini son sandwich qu'elle lui écrivait :

Ça pourrait marcher. Mais j'ai cours de 7 à 9. Dîner tôt ?

Il lui renvoya un message pour lui dire que n'importe quelle heure lui convenait et qu'il partirait après le déjeuner, réglerait son affaire à Norwalk, s'installerait dans un café près de la fac et la retrouverait dès qu'elle voudrait.

En guise de réponse, il eut droit à un pouce levé.

Il jeta l'emballage de son sandwich dans une poubelle et emporta sa bouteille à sa voiture.

Chapitre 39

Il descendit les marches du bâtiment de l'état civil de Norwalk tête baissée, ses pensées si loin de tout qu'il passa devant des hordes de rédacteurs sans même remarquer les formulaires qu'ils lui tendaient ou répondre à leurs offres d'aide à leur rédaction. Il poursuivit sa route jusqu'au parking où il avait garé sa Jeep.

Il sortit son portable pour appeler Ballard, mais l'appareil vibra dans sa main avant même qu'il puisse le faire. C'était elle.

— Devine un peu ? lança-t-elle en guise de bonjour.

— Quoi ?

— Le bureau du district attorney vient d'accuser Elvin Kidd de meurtre et d'entente en vue de commettre un assassinat. On a réussi, Harry !

— C'est plutôt toi. Tu l'as serré ?

— Non, probablement demain. Pour l'instant, c'est tenu secret. Tu veux en être ?

— Vaudrait mieux pas. Que je n'aie pas d'insigne pourrait compliquer les choses. Mais tu ne vas pas faire ça toute seule, si ?

— Non, Harry, je ne suis pas folle. Je vais voir si le SWAT ne pourrait pas me prêter quelques gars. Il va aussi falloir que j'avertisse les flics de Rialto parce que c'est sur leur territoire.

— Bon plan.

— Où es-tu ?

— Je vais voir ma fille. Je reviendrai ce soir.

— Tu ne passerais pas par Norwalk, par hasard ? Sacramento ne m'a toujours rien envoyé et c'est sur la liste de Selma : on a besoin de l'acte de naissance de Hilton.

Il sortit les documents de la poche intérieure de sa veste et les déplia sur le volant.

— J'en sors à l'instant. J'ai dû montrer mon insigne de San Fernando pour y avoir accès et j'ai retrouvé Hilton par sa mère. Son nom de jeune fille était Charles, mais elle n'avait jamais été mariée avant d'épouser le beau-père du gamin.

— Donald Hilton.

— C'est ça.

— C'était une mère célibataire.

— Oui. J'ai donc cherché les naissances sous ce nom-là et j'en ai trouvé une qui correspond à celle inscrite sur le permis de conduire de John Hilton. C'était lui. Et le nom du père est John Jack Thompson.

Ballard ne réagit pas tout de suite.

— Putain ! s'écria-t-elle enfin.

— Ouais, lui renvoya-t-il. Comme tu dis.

— Ah bon sang, ça veut dire qu'il n'a rien fait pour retrouver l'assassin de son propre fils ! Il a volé le livre du meurtre de façon que personne ne puisse travailler sur l'affaire... si ce n'est lui-même. Comment a-t-il pu faire un truc pareil ?

Ils gardèrent tous les deux le silence un long moment, Bosch reprenant le fil des pensées qui le préoccupaient quand il avait quitté l'immeuble de l'état civil : le coup de poing à l'estomac qu'il avait ressenti en découvrant que son mentor s'était conduit de cette manière si peu éthique et avait fait passer sa fierté avant le devoir qu'il avait de rendre justice à son propre enfant.

— Voilà qui explique le comportement de Hunter et Talis, reprit Ballard. Ils l'avaient découvert et ont enterré l'affaire pour épargner à Thompson la honte que tout le service apprenne que son fils était au choix : un drogué, un ancien truand ou un homosexuel tombé amoureux d'un membre de gang.

Bosch resta muet : elle avait tout dit. La seule chose qu'elle avait laissée de côté était que Thompson avait peut-être aussi voulu protéger sa femme. Bosch repensa à ce que John Jack lui avait dit sur le fait d'élever des enfants dans ce monde. Il se demanda s'il avait su tout cela avant la mort de son fils ou seulement lorsque Hunter et Talis lui avaient fait part de leur découverte.

— Je vais rappeler Talis, dit Ballard. Et je vais lui dire que je sais pourquoi lui et son coéquipier ont enterré l'affaire. Histoire de voir ce qu'il va me sortir.

— Je le sais déjà, moi, rétorqua Bosch. Il va te dire que c'était une autre époque et que la victime ne comptait pas. Et qu'ils n'allaient pas bousiller le mariage de John Jack ou sa réputation en rendant tout ça public.

— Oui, ben, je m'en fous ! Rien ne justifie une chose pareille.

— Non, en effet. Mais fais attention en parlant à Talis.

— Pourquoi ? Tu ne vas pas me dire que tu soutiens ces conneries vieille école !

— Non, je ne les soutiens pas. Je pense seulement à l'affaire. Selma Robinson pourrait avoir à le faire témoigner et il vaudrait mieux ne pas en faire un témoin hostile à l'accusation.

— Bien vu. Je n'y avais pas pensé. Et je m'excuse pour ce « vieille école », Harry. Je sais que tu n'es pas comme ça.

— Bien.

Ils restèrent à nouveau sans rien dire un long moment avant que Bosch ne reprenne la parole :

— Alors, qui a réécrit le rapport dans le livre du meurtre, d'après toi ? Et pourquoi ?

— Jamais Talis ne le reconnaîtra maintenant, dit-elle. Mais je dirais qu'ils interrogent la mère et le beau-père de Hilton, s'entendent dire que le vrai père est Thompson et le mettent dans le rapport. Puis ils l'informent et il leur demande de tout effacer dans le livre du meurtre. Tu sais bien… par courtoisie professionnelle… de voyou à voyou.

Bosch trouva qu'elle y allait fort, même s'il pensait que ce que John Jack avait fait à son fils était impardonnable.

— Ou alors, ç'a toujours figuré dans le livre du meurtre et Thompson n'a fait ça qu'après l'avoir volé, ajouta Ballard. C'est peut-être même pour ça qu'il l'a volé, d'ailleurs. Pour s'assurer qu'il ne soit nulle part fait mention de l'identité du père biologique.

— Mais pourquoi ne pas se contenter de le jeter ou le détruire ? demanda Bosch. Il n'y aurait alors eu aucune chance que tout ça remonte à la surface.

— On ne le saura jamais. Il a emporté ce secret dans la tombe.

— J'espère qu'il y avait encore assez de flic en lui pour penser que quelqu'un reprendrait le dossier après sa mort, et chercherait à faire la lumière sur l'affaire.

— Ce quelqu'un n'étant autre que toi.

Bosch garda le silence.

— Tu sais ce que je me demande ? reprit-elle. Si Thompson connaissait même l'existence du gamin avant qu'il soit assassiné… La mère était célibataire. Le lui a-t-elle seulement dit ? Ou bien a-t-elle filé quelque part, eu l'enfant et mis son nom sur l'acte de naissance ? Il n'est pas impossible qu'il n'ait jamais rien su de tout ça avant que Talis et Hunter ne commencent leur enquête et ne lui posent des questions.

— C'est possible… effectivement, dit Bosch.

Le silence retomba tandis que les deux inspecteurs envisageaient les angles d'approche vu cet aspect-là du dossier. Bosch savait que dans une affaire de meurtre, dans n'importe quelle affaire, d'ailleurs, il restait toujours des questions sans réponse. Les naïfs parlaient de détails inexpliqués, mais pour lui ce n'étaient pas des détails. Ils lui restaient dans la gorge, lui collaient à la peau alors même qu'il passait à autre chose, parfois ils le réveillaient la nuit. Mais ils finissaient toujours par avoir une explication, et jamais il ne pouvait s'en débarrasser.

— Bon, je vais y aller, dit-il enfin. Ma fille n'est libre que jusqu'à 19 heures et je veux la voir.

— OK, Harry. Mais j'ai oublié de te demander : tu n'es pas déjà allé sur le campus samedi soir ?

— Si. Et il ne s'est rien passé.

— Donc tout va bien…

— Oui. Tiens-moi au courant pour demain. Tu crois que Kidd va parler ?

— Je ne sais pas. Et toi ?

— Je pense que c'est un de ces mecs qui renoncent à leurs droits constitutionnels, mais ne disent rien d'intéressant et essaient de savoir ce qu'on a sur eux.

— C'est probable. Mais je serai prête.

— Et n'oublie pas sa femme. Ou elle sait tout ou elle ne sait rien, mais dans un cas comme dans l'autre, tu devrais pouvoir lui soutirer des trucs utiles.

— Je ne l'oublierai pas.

— Tiens, un jour… J'arrête un gars pour un vieux 187[1] et, à l'audience préliminaire, le juge maintient l'accusation de meurtre, mais déclare que les preuves sont si maigres qu'il va lui accorder une caution de rien du tout jusqu'au procès. Le gars la paie et se met en devoir de tout faire pour retarder son passage au tribunal : il vire des avocats de la défense à la chaîne, et chaque fois

1. Code du LAPD pour meurtre.

qu'il en choisit un nouveau, celui-ci demande au juge plus de temps pour se préparer. Et ça dure et ça dure…

— Toujours jouir de sa liberté aussi longtemps que possible.

— Voilà. Et pourquoi pas, tant qu'on n'est pas en taule ? Même qu'il goûte si fort à sa liberté qu'il rencontre une femme et l'épouse, apparemment sans jamais lui dire : « Ah, à propos, ma chérie, un jour, je vais devoir être jugé pour meurtre. » Et donc…

— Tu plaisantes ?

— Non, c'est bien ce qu'il a fait, je l'ai découvert plus tard. Bref, après quatre années de délais, le juge en a assez, déclare que les conneries, c'est terminé, et le gars finit par passer en jugement. Mais il est toujours en liberté sous caution et a un boulot costume trois-pièces… genre agent immobilier ou autre. Et donc, tous les jours, il met son costume et sa cravate à la maison et annonce à sa femme qu'il part au boulot, sauf que c'est à son procès pour meurtre qu'il se rend sans le lui dire. Il espère toujours obtenir un verdict de non-culpabilité et qu'elle ne saura jamais la vérité.

— Et… ?

— Il est reconnu coupable. Caution révoquée aussitôt et on l'emmène en prison. Non mais, tu imagines un peu ? Tu reçois un appel de ton mari depuis la prison et il te dit : « Chérie, je ne serai pas là pour dîner ce soir… Je viens d'être condamné pour meurtre. »

Ballard se mit à rire.

— Les hommes sont sournois, dit-il.

— Non, tout le monde l'est.

— Mais je regretterai toujours de ne pas avoir su que sa femme était tenue dans l'ignorance. Je pense que j'aurais pu m'en servir. Tu sais bien… On lui parle, on lui donne tous les détails, peut-être même qu'on se la met dans la poche, et qui sait ce qui aurait pu en sortir ? L'histoire est drôle, mais j'ai toujours pensé que j'aurais dû savoir.

— D'accord, Harry, je m'en souviendrai. Bonne route, et dis bonjour à ta fille de ma part.

— Je n'y manquerai pas. Bonne chasse demain !

Il regagna la 5 et partit vers le sud. L'amusement que lui inspirait l'histoire qu'il avait racontée à Ballard finissant par s'estomper, ses pensées se tournèrent vite de nouveau vers John Jack, ce qu'il avait fait et les mobiles qui avaient pu l'animer. À ses yeux, la trahison était énorme. Celui-là même qui l'avait formé… qui lui avait instillé la conviction que toutes les affaires valent qu'on se donne à fond, que tout le monde compte… Que cet homme ait pu torpiller un dossier impliquant son propre fils !

La seule grâce salvatrice du moment était bien qu'il allait voir sa fille. Qu'il puisse passer cinq ou cinquante minutes avec elle, il le savait, suffirait à le sortir des ténèbres, à le régénérer et à le rendre capable de poursuivre.

Il arriva à Old Towne, cité d'Orange, à 16 h 15 et fit deux fois le tour du Circle avant de trouver une place où se garer. Il entra dans l'Uhr Café et commanda un jus. Envoya un texto à Maddie pour lui dire où il était et qu'ils pouvaient s'y retrouver – ou n'importe où ailleurs si elle voulait. Elle lui répondit qu'elle le préviendrait dès qu'elle sortirait de sa réunion avec des étudiants qui travaillaient sur un projet de psychologie.

Bosch avait emporté son portable ainsi qu'un dossier contenant tous les rapports sortis du livre du meurtre de Montgomery où était référencée l'affaire Clayton Manley. Il essaya d'oublier John Jack Thompson, se connecta au Wi-Fi du café et chercha tout ce qui concernait Dominick Butino. Il tomba sur trois articles du *Times* et les relut pour se rafraîchir la mémoire.

Le premier rapportait l'arrestation de Butino à Hollywood pour coups et blessures infligés à un homme à l'arrière d'un véhicule de restauration garé devant un studio indépendant de Lillian Street. D'après la police, le gérant du camion, qui fournissait des repas à des équipes de cinéma et de télévision, lui devait de l'argent, Butino ayant financé l'achat du véhicule. L'homme avait été attaqué à la batte de base-ball, Butino se livrant ensuite à un véritable carnage à l'intérieur du camion, y détruisant notamment de l'équipement servant à préparer la nourriture. La victime, Angel Hopkins, avait été transportée à l'hôpital de Cedars Sinai en état critique mais stable, souffrant d'une fracture du crâne, d'une rupture du tympan et d'un bras cassé.

D'après le journaliste, Butino avait été arrêté lorsqu'un officier de police, qui n'était pas en service mais assurait la sécurité du studio, avait gagné le camion pour y prendre un café et découvert, debout à la portière arrière du véhicule, le suspect en train d'essuyer du sang sur sa batte avec un tablier de cuisine. Hopkins, lui, avait été découvert peu après, inconscient sur le plancher de la camionnette.

Publié dès le lendemain, le deuxième article identifiait Butino comme étant de Las Vegas et soupçonné d'appartenir à une famille du crime organisé de Chicago, l'Outfit[1]. Le journaliste précisait que dans les cercles de ce même crime organisé, Butino était connu sous le pseudonyme de « Batman » à cause de ses prouesses avec la batte de base-ball noire qu'il avait toujours avec lui lorsqu'il allait récupérer les sommes d'argent dues à l'Outfit, spécialisé dans les prêts usuraires.

Paru trois mois plus tard, le troisième article s'étendait sur la manière dont le bureau du district attorney avait laissé tomber toutes les charges retenues contre Butino lorsqu'en plein procès, Angel Hopkins avait refusé de témoigner contre lui. L'accusation avait alors expliqué aux reporters que même si le policier qui s'était trouvé sur les lieux était prêt à témoigner, l'affaire ne pouvait aboutir si la victime ne racontait pas ce qui s'était passé aux jurés, ne leur désignait pas l'auteur des faits et ne disait pas pourquoi celui-ci s'était livré à ces actes. Le journal citait William Michaelson, l'avocat de Butino, expliquant que tout cela n'était qu'un malentendu doublé d'une erreur d'identification de son client… avant de faire l'éloge d'un système judiciaire parvenu à un juste verdict dans une affaire où son client avait souffert de stress suite à une publicité excessive.

---

1. Soit « la boîte » ou « le groupe ».

Pour Bosch, il était évident que Hopkins avait été intimidé ou payé par Batman ou ses associés, peut-être même ses avocats, pour ne rien dire.

Sur Google, il avait découvert plusieurs articles évoquant Butino et des méfaits perpétrés à Las Vegas. Dans l'un, il était question d'une donation faite à un candidat au poste de maire, qui l'avait refusée à cause du passé de Butino. Ce candidat avait déclaré : « Je ne veux pas de l'argent de Batman. »

Dans un autre article, le truand était mentionné comme s'étant trouvé au premier rang d'un match de boxe au MGM Grand.

Un autre encore, le plus récent, décrivait une enquête fédérale sur le racket et les pratiques de corruption d'une société de Las Vegas fournissant du linge à plusieurs casinos du Strip. Butino y était cité comme actionnaire minoritaire de cette société.

Bosch ouvrit ensuite le site Web du barreau de Californie et y chercha le nom de William Michaelson pour voir si des mesures disciplinaires avaient été prises à son encontre. Il n'en trouva qu'une, qui remontait à quatre ans. Il avait eu un blâme pour avoir reçu une cliente potentielle dans un litige contractuel. Plus tard, cette dernière avait en effet rapporté au barreau que Michaelson l'avait écoutée lui donner sa version de l'affaire pendant quarante minutes avant de lui dire que ça ne l'intéressait pas de la représenter. Elle avait alors découvert qu'il avait déjà été embauché par celui-là même qu'elle avait l'intention de poursuivre, et qu'il avait accepté ce rendez-vous afin d'obtenir des renseignements sur la partie adverse.

La manœuvre était vicieuse et si le barreau s'était montré indulgent envers lui, il n'en restait pas moins que cela en disait long sur le personnage et sa moralité. Et Michaelson étant un des grands associés du cabinet, qu'est-ce que cela pouvait bien vouloir dire de ceux qui travaillaient avec lui ? Qu'est-ce que cela disait plus particulièrement d'un Manley qui n'œuvrait qu'à une porte de la sienne, au bout du couloir ?

— Hé, p'pa !

Bosch leva la tête au moment même où sa fille se glissait sur la chaise en face de lui, et ses yeux brillèrent. La douleur qu'il éprouvait d'avoir appris ce qu'avait fait Thompson disparut avec tout le reste.

Chapitre 40

Maddie casa son sac à dos sous la table devant elle.

— Ça te va, ici ? demanda-t-il. Je croyais que tu allais m'envoyer un texto.

— Oui, mais j'adore cet endroit, répondit-elle. Et d'habitude, il n'y a pas moyen d'avoir une table.

— J'ai dû arriver au bon moment.

— Sur quoi tu travailles ?

Il referma son portable.

— Je fais des recherches sur un avocat du barreau de Californie. Je veux savoir si quelqu'un lui a déjà collé une plainte.

— Quoi ? Oncle Mickey ?

— Non, non, pas lui. Un autre.

— C'est pour une affaire ?

— Oui. En fait, c'est même pour deux. Une avec Renée Ballard… qui te dit bonjour… et une autre, disons… pour moi tout seul.

— Mon papa chéri, tu es censé être à la retraite.

— Je sais, mais je veux m'occuper.

— Comment va ton genou ?

— Pas mal du tout. Aujourd'hui, je n'ai même pas pris ma canne pour sortir. Et j'ai marché toute la journée.

— Le médecin est d'accord ?

— Il ne voulait pas que j'en aie une. C'est un dur. Bon alors, la fac ?

— Rasoir. Mais… tu es au courant de la grande nouvelle ? Ils ont attrapé le mec !

— Quoi ? Ce petit fumier ?

— Oui, il est entré dans le mauvais pavillon. C'est sur le site Web de l'Orange County Register… Un pavillon d'étudiantes. Il s'est faufilé à l'intérieur, sauf qu'il ne savait pas qu'une des filles avait invité son petit ami. Le type le coince, lui flanque une dégelée et appelle les flics.

— Et c'est bien le même mec que les fois précédentes ?

— Les flics ne nous ont pas encore contactées, mais ils ont dit au Register qu'ils allaient faire le test ADN pour voir s'il y a correspondance. En tout cas, le MO est le même. Le *modus operandi*… J'adore dire ces mots.

Il acquiesça d'un signe de tête.

— Sais-tu où se trouve ce pavillon ? demanda-t-il. Est-il près du tien ?

— Non, c'est à l'autre bout de la fac.

— Génial, je suis content qu'ils l'aient serré. Tes copines et toi devriez mieux dormir.

— C'est clair !

Bosch avait l'intention d'appeler son contact à la police d'Orange en retournant à L.A. afin d'en savoir plus sur l'arrestation, mais à elle seule, la nouvelle le ravissait. Il joua la réserve parce qu'il ne voulait pas que sa fille se rende compte à quel point cette situation l'avait inquiété, et décida de passer à autre chose.

— Bon alors, c'est quoi ce projet de psycho auquel vous travaillez ?

— Oh, juste un truc idiot sur la façon dont les médias influencent les gens. Rien de révolutionnaire. Il va falloir qu'on rédige un formulaire d'enquête et qu'après, on se répartisse des secteurs pour le présenter à des étudiants du campus. Dix questions sur la FOMO[1].

— C'est quoi, cette *fomo* ?

— Oh allons, papa. La peur de rater quelque chose.

— Pigé. Bon alors, tu veux commander ? Il faut aller au comptoir. Je garde la table.

Il mit la main dans sa poche.

— Non, dit-elle, je vais payer. Et toi, tu veux quelque chose ?

— On mange ?

— Oui, je vais prendre un petit truc.

— Alors achète-moi un sandwich poulet-salade s'ils en ont. Et un autre café. Noir. Tiens, j'ai de la monnaie.

— Non, j'ai ce qu'il faut.

---

1. Fear of Missing Out, soit la peur de rater quelque chose.

Elle se leva et gagna le comptoir. Cela l'amusait toujours de voir comment elle insistait pour payer avec sa carte de crédit alors même que c'était chez lui qu'arrivaient les factures.

Il la regarda passer sa commande à un jeune homme qui avait toutes les chances d'être un de ses camarades. Elle lui sourit, il lui sourit en retour, et Bosch commença à se dire qu'il y avait quelque chose entre eux.

Elle revint avec deux cafés, dont un avec de la crème.

— Tu as du travail, ce soir ? demanda-t-il.

— En fait, non. J'ai cours jusqu'à 21 heures et après, on sera quelques-uns à aller au D.

Bosch savait qu'il s'agissait d'un bar appelé « Le District » qu'aimaient bien les plus de vingt et un ans. Et Maddie en faisait partie. Ce rappel le poussa à lui poser une autre question :

— Bon alors, tu penches plutôt vers quoi, aujourd'hui ? Après ton diplôme.

— Ça ne va pas te plaire : le droit.

— Pourquoi crois-tu que ça ne va pas me plaire ?

— Je sais que tu aimerais que je devienne flic. Et en plus, le droit, ça signifie encore des années d'études alors que tu as déjà dépensé des tonnes de fric pour m'envoyer ici.

— Combien de fois avons-nous déjà eu cette discussion ? Je veux que tu fasses ce qui te plaît. Sans compter que le droit, c'est plus sûr, et que tu gagneras davantage. Le droit, c'est génial, et ne t'inquiète pas pour les frais. C'est couvert. Et non, je n'ai pas dépensé des tonnes de fric pour t'envoyer ici. Tes bourses ont couvert les trois quarts du coût. Ce qui fait que c'est tout le contraire. C'est toi qui m'as fait économiser de l'argent.

— Mais… et si je finis comme oncle Mickey… à défendre les damnés, comme tu aimes le dire ?

Il but un peu de son deuxième café pour retarder sa réponse.

— Ça serait ton choix, dit-il après avoir reposé sa tasse. Mais j'espère que tu iras au moins un peu voir du côté de l'accusation. Je pourrais t'organiser quelque chose si tu voulais parler à des gens du bureau du district attorney.

— Peut-être que toi et moi, on pourrait faire équipe. Tu les ferres et moi, je les défère.

— Je les ferre comme des poissons ?

— À propos d'aller à la pêche… C'est pour me demander ça que tu es venu ?

Il but encore un peu de café avant de répondre et la chance lui sourit alors que le beau jeune homme du comptoir leur apportait leur commande. Maddie le remercia à n'en plus finir. Il regarda l'assiette de sa fille et eut l'impression que tout le monde mangeait des toasts à l'avocat depuis peu. Ç'avait l'air horrible.

— C'est tout ce que tu prends ? demanda-t-il.

— Oui, un encas. Je mangerai au D. Le type du gril a des hot-dogs végétariens d'enfer. C'est probablement ce qui me manquera le plus quand je partirai.

— Parce que si tu fais du droit, ce ne sera pas ici ?

— Je veux retourner à L.A. Oncle Mickey a étudié à Southwestern et je crois que je pourrais l'intégrer. C'est bien si on veut travailler au bureau des avocats commis d'office.

Avant même que Bosch ne réagisse, le serveur revenait à la table pour demander à Maddie si son toast lui plaisait. Celle-ci ayant acquiescé avec enthousiasme, il regagna le comptoir sans même demander à Bosch ce qu'il pensait de son sandwich.

— Bon, et ce gars-là, tu le connais ?

— On a eu un cours ensemble l'année dernière, dit-elle. Il est mignon.

— Et moi, je vois qu'il te trouve très mignonne.

— Et moi, je me demande si tu ne serais pas en train de changer de sujet.

— Je ne peux donc pas venir voir ma fille, profiter de sa compagnie, boire un café, manger un sandwich et apprendre des nouveaux mots comme *fomo* ?

— Ce n'est pas un mot. C'est un acronyme. F-O-M-O. De quoi tu veux me parler, papa ?

— OK, OK. Oui, je voulais te dire un truc. C'est trois fois rien, mais comme tu te mets en colère chaque fois que tu t'imagines que je fais exprès de ne pas te dire des choses… Pour moi, ça serait plutôt FOLO, *the Fear of Being Left Out*, la peur d'être laissé de côté.

— Ça n'a pas de sens. En plus du fait que FOLO, *the Fear of Losing Out*, la peur d'y perdre, c'est déjà pris. Alors, c'est quoi, la nouvelle ? Tu vas te marier ?

— Non, je ne vais pas me marier.

— Quoi, alors ?

— Tu te rappelles quand je devais faire des radios de mes poumons à cause de l'affaire où j'ai retrouvé des matériaux radioactifs ?

— Oui, et je n'ai pas oublié que tu as arrêté quand ils t'ont dit que tout allait bien.

Déjà l'inquiétude se voyait dans ses yeux. Il ne l'en aima que plus.

— Eh bien, maintenant, j'ai hérité d'une forme très légère de leucémie parfaitement soignable, et qu'on me soigne, et si je te dis ça, c'est seulement parce que tu me crierais dessus si tu devais l'apprendre plus tard.

Maddie garda le silence. Elle baissa la tête et regarda son café comme si elle y lisait ce qu'il fallait dire et faire.

— C'est pas grand-chose, Mads, répéta-t-il. C'est juste un cachet. Un cachet à prendre le matin.

— Tu vas faire une chimio et tout ça ?

— Je suis sérieux. C'est juste un cachet. C'est ça, ma chimio. Ils m'ont dit de prendre ça, rien de plus, et que tout irait bien. Je voulais te le dire parce que ton oncle va se battre pour moi dans cette affaire et essayer d'en tirer de l'argent. C'est arrivé au travail et je ne veux pas perdre tout ce que j'ai mis de côté pour toi à cause de cette histoire. Il m'a dit que ça pourrait faire du bruit dans la presse et c'est ce que je voulais éviter… Que tu tombes dessus dans un journal et que ça te mette en colère que je ne te l'aie pas dit. Mais vraiment, tout va bien.

Elle tendit le bras au-dessus de la table et posa la main sur la sienne.

— Papa, dit-elle.

Il retourna sa main pour lui serrer les doigts.

— Mange, dit-il. Même si c'est ce truc à l'avocat.

— J'ai plus faim.

Lui non plus. Il détestait l'inquiéter.

— Tu me crois, hein ? C'est juste une formalité, et je voulais que tu l'entendes de ma bouche.

— Il faut qu'ils paient. Qu'ils te donnent beaucoup d'argent.

Il rit.

— Je crois que tu devrais aller en fac de droit.

Elle ne vit guère d'humour dans sa remarque. Elle n'avait toujours pas relevé la tête.

— Hé, si t'as pas envie de manger ça, on l'emporte, on va chez le marchand de glace que tu aimes et ils te l'infusent à froid, enfin… Je sais pas comment on dit.

— Papa, je ne suis plus une petite fille. Tu ne peux pas tout arranger en me payant une glace.

— OK, j'ai compris. J'aurais mieux fait de la fermer en espérant que tu ne le découvres jamais.

— Non, ce n'est pas ça. J'ai le droit d'éprouver ce que j'éprouve. Je t'aime, papa.

— Et moi, je t'aime aussi, et c'est ça que j'essaie de te dire : je vais être encore longtemps sur terre. Et je vais t'envoyer en fac de droit, et après j'irai m'asseoir au fond des salles d'audience pour te regarder expédier des tas de criminels en taule.

Il attendit une réaction, un sourire doux ou narquois, mais rien ne vint.

— Je t'en prie, insista-t-il, arrêtons de nous inquiéter. D'accord ?

— D'accord, répondit-elle. Allons chercher cette glace.

— Parfait. On y va.

Elle fit signe au joli garçon de venir et lui demanda des emballages à emporter.

Une heure plus tard, Bosch déposait sa fille à sa voiture et reprenait la 5 en direction du nord pour rentrer à L.A. Il avait eu droit à une double dose : John Jack Thompson qui injectait de la douleur et de l'incertitude dans sa vie, et lui qui infligeait la même chose à sa fille et avait l'impression d'être un criminel de l'avoir fait.

Au fond de lui, il avait toujours du mal à s'expliquer la conduite de Thompson. Il avait maintenant presque soixante-dix ans et avait vu certaines des pires horreurs que les hommes peuvent se faire les uns aux autres, mais cette chose perpétrée il y avait plusieurs décennies de cela, bien avant qu'il en ait eu conscience, le faisait vaciller. Il se demanda si ce n'était pas un effet secondaire des cachets qu'il prenait tous les matins. Le médecin l'avait averti qu'il pourrait avoir de brusques sautes d'humeur.

Et en plus de ça, il le comprenait, il était pris de la peur de rater quelque chose. Il tenait à être là quand Ballard arrêterait Elvin Kidd pour le meurtre du fils de John Jack Thompson. Ce n'était pas qu'il voulait voir l'arrestation en soi… Il n'avait jamais éprouvé du plaisir à passer les menottes à un assassin. Non, c'était pour le fils de John Jack qu'il voulait être présent. Pour la victime. Le propre père de John Hilton ne s'était apparemment pas intéressé à celui qui l'avait tué, mais Bosch, lui, s'en souciait et voulait être là. Tout le monde compte ou personne. Ce n'était peut-être qu'une idée creuse pour Thompson. Mais pas pour Bosch.

BALLARD

Chapitre 41

Ballard écoutait la playlist qu'elle s'était faite pour se donner du cran et le garder. Elle était coincée à l'arrière d'un SUV noir entre deux costauds des Special Ops. Il était 7 heures du matin et ils avaient pris la 10 pour rejoindre Rialto et arrêter Elvin Kidd.

Deux SUV, neuf officiers, plus un déjà en planque devant la maison du suspect. Le plan : arrêter Kidd au moment où il sortirait pour aller au boulot. Entrer chez un ex-membre de gang n'étant jamais une bonne idée, on attendrait qu'il mette le nez dehors. Le dernier rapport du guetteur était que Kidd avait garé son camion et sa remorque en marche arrière dans son allée. Pour l'instant, on ne signalait ni mouvement ni lumière dans la maison.

Le plan de l'arrestation avait été approuvé par le lieutenant des Special Ops assis dans le SUV de tête. Le rôle de Ballard serait d'observer l'assaut, puis d'arrêter Kidd. Elle entrerait en scène après qu'il aurait été mis en détention et lui lirait ses droits constitutionnels.

Dans le second SUV, les hommes parlaient entre eux comme si elle n'était pas là. La conversation passait d'un type à l'autre sans qu'on se donne la peine de seulement lui jeter un « Qu'est-ce que vous en pensez ? », ou de lui demander : « Et vous êtes d'où ? » Elle savait qu'il ne s'agissait que de bavardages inquiets et que tout le monde avait une manière différente de se préparer à la bataille. Elle écoutait donc Muse, Black Pumas, Death Cab et autres. Éclectiques, toutes ces chansons lui donnaient un élan qu'elle voulait conserver.

Puis elle vit l'officier qui conduisait parler dans sa radio et elle ôta ses écouteurs.

— Quoi de neuf, Griffin ? demanda-t-elle.

— Il y a de la lumière chez lui.

— On est loin ?

— Une vingtaine de minutes.

— Faut accélérer. Le mec pourrait être prêt à bouger. On peut passer en code 3 sur l'autoroute ?

Griffin relaya la demande par radio au lieutenant Gonzalez dans le SUV de tête et quelques instants plus tard, ils roulaient vers Rialto à plus de cent quarante kilomètres-heure, et tous sirènes et gyrophares allumés.

Ballard remit ses écouteurs et eut droit aux paroles entraînantes et rythmées de « Dig Down », de Muse.

We must find a way
We have entered the fray[1]

---

1. « Nous devons trouver un moyen / Nous sommes entrés en lice. »

Douze minutes plus tard, ils n'étaient plus qu'à trois rues de chez Kidd et s'entretenaient avec deux agents de la patrouille de Rialto qu'ils avaient appelés par courtoisie et respect du protocole. Gonzalez et l'équipe de l'autre SUV s'étaient mis en position à une rue de la maison, sur le trottoir d'en face. Ils attendaient l'appel de l'officier en planque leur signalant que le suspect sortait de chez lui. Ballard avait coupé sa playlist en plein milieu de « Dark Side », de Bishop Briggs. Elle était prête. Elle relia un de ses écouteurs à la radio et passa sur le canal simplex de l'équipe.

Trois minutes plus tard, ils recevaient l'appel du guetteur. Ballard ignorait s'il était dans un véhicule, ou perché dans un arbre ou sur le toit d'une maison voisine, mais il disait qu'un homme correspondant au signalement d'Elvin Kidd était maintenant devant le domicile de ce dernier et rangeait une boîte à outils dans sa remorque. Il s'apprêtait à partir.

L'appel radio suivant indiqua que Kidd ouvrait la portière du camion. Puis Ballard entendit Gonzalez ordonner à tout le monde d'y aller. Son SUV démarrant en trombe, elle fut projetée en arrière dans son siège. Les pneus hurlant, le véhicule tourna à droite et prit de la vitesse. Ballard sentit l'adrénaline courir dans ses veines. À travers le pare-brise elle vit arriver le premier SUV sur les lieux et s'arrêter en travers de l'allée. À peine une seconde plus tard, le second s'immobilisait sur la pelouse, bloquant ainsi toute possibilité de fuite au suspect.

Des tas de hurlements chargés de tension furent proférés tandis que les hommes des Special Ops se ruaient à l'extérieur de leurs véhicules, l'arme sortie et pointée sur le conducteur du camion qui ne se doutait de rien.

— Police ! Les mains en l'air ! Les mains en l'air !

Comme Gonzalez l'avait décidé, Ballard resta dans son SUV et attendit l'appel qui lui dirait que Kidd avait été maîtrisé et qu'il n'y avait plus de danger. Même en se tournant de côté, elle ne voyait pas complètement la scène et savait que c'était le moment où tout pouvait arriver. Un mouvement soudain, un geste furtif, un bruit, jusqu'au couinement d'une radio, tout pouvait déclencher un tir de barrage. Elle décida de ne pas attendre l'appel de Gonzalez – dès le début, elle s'était élevée contre l'idée de rester en retrait. Elle descendit du SUV, sortit son arme et fit le tour du véhicule. Elle avait enfilé un gilet pare-balles par-dessus ses vêtements.

Elle continua de tourner autour du SUV jusqu'à ce qu'enfin l'avant du camion lui apparaisse clairement. Elle vit alors Kidd dans la cabine, paumes sur le volant, doigts levés. Il avait l'air de se rendre.

La cacophonie de voix laissa la place à celle de Gonzalez, qui ordonna à Kidd de descendre du véhicule et de marcher à reculons vers les policiers. La scène parut interminable, mais ne dura que quelques secondes. Kidd fut ceinturé par deux officiers qui le plaquèrent au sol et le menottèrent. Puis ils le relevèrent, l'obligèrent à se pencher sur le capot de son véhicule et le fouillèrent.

— C'est quoi, ce bordel ? protesta-t-il. Vous venez m'emmerder chez moi ?

Puis Ballard entendit son nom dans la radio, signal qu'il n'y avait plus de danger et qu'elle pouvait venir parler avec Kidd. Elle remit son arme dans son holster, s'approcha du camion et fut surprise par le son de sa propre voix, que l'adrénaline étranglait. À tout le moins pour elle, elle eut l'impression de parler comme une gamine.

— Elvin Kidd, vous êtes en état d'arrestation pour meurtre et entente en vue de commettre un assassinat. Vous avez le droit de garder le silence. Tout ce que vous direz pourra être retenu contre vous dans une cour de justice. Vous avez le droit d'avoir un avocat. Si vous n'avez pas les moyens de payer les services d'un conseil, il vous en sera fourni un. Comprenez-vous ces droits tels que je viens de vous les réciter ?

Kidd tourna la tête pour la regarder.

— Pour « meurtre » ? répéta-t-il. De qui ?

— Comprenez-vous vos droits, monsieur Kidd ? Je ne peux pas vous parler tant que vous n'aurez pas répondu à ma question.

— Ouais, ouais, je les comprends, mes putain de droits. Et qui c'est que j'ai tué, d'après vous ?

— John Hilton, ça vous rappelle quelqu'un ?

— Je vois pas de qui vous parlez, bordel !

Ballard s'attendait à cette manœuvre d'évitement. Elle savait aussi que ce serait peut-être le seul moment où elle pourrait l'avoir en face d'elle. Il était plus que probable qu'il exige un avocat et jamais plus elle ne pourrait être aussi près de lui. En plus, elle se verrait vite retirer le dossier : cette arrestation allait mettre en lumière tout ce qu'elle avait entrepris sans autorisation. Ce n'était certes pas le meilleur endroit où faire ce qu'elle s'apprêtait à faire, mais pour elle, c'était maintenant ou jamais. Elle sortit son mini-enregistreur de sa poche et appuya sur la touche playback. L'enregistrement de sa conversation avec Marcel Dupree y étant pile au bon endroit, Kidd entendit sa voix monter de l'appareil :

« Un boulot que j'ai dû gérer à l'époque. Un jeune Blanc qui devait trop d'argent. »

Elle arrêta l'enregistrement et étudia sa réaction. Elle vit ses pensées se mettre en branle, puis s'arrêter net lorsqu'il entendit l'appel qu'il avait reçu de Dupree. Il venait de comprendre qu'il vivait ses derniers instants de liberté.

— On va vous ramener tout de suite à L.A., reprit-elle. Et vous aurez une chance de me parler si…

Une voix dans son oreillette l'interrompit. Le guetteur.

— Il y a quelqu'un qui sort. Une femme, peignoir bleu. Elle a… Je crois… Elle a une arme ! Une arme !

Tout le monde réagit. Les flingues sortirent et les gars des Special Ops se tournèrent vers la maison. Par l'espace étroit entre les deux SUV, Ballard vit la femme debout dans la partie dallée de l'allée. Elle était vêtue d'un peignoir trop grand… probablement celui de son mari… qui lui avait permis de dissimuler une arme de poing dans sa manche. Et maintenant elle la brandissait et hurlait :

— Vous pouvez pas l'emmener !

Et son regard tomba sur Ballard à côté du camion telle une cible facile : au lieu d'une arme, c'était son enregistreur qu'elle tenait à la main.

Ballard vit la femme lever le bras, presque au ralenti, et son geste se figea : son angle de tir était encore trop bas. Puis, chair et sang, sa tête explosa avant même que Ballard n'entende le coup de feu. Elle sut tout de suite que le patron des Special Ops venait de tirer.

Ses genoux pliant sous elle, la femme s'effondra sur le dos, au bout de l'allée que son mari avait très vraisemblablement carrelée lui-même devant chez eux.

Des officiers se ruèrent pour se saisir de son arme et voir dans quel état elle était. Ballard fit instinctivement un pas dans la même direction, puis se souvint de Kidd. Se retourna vers lui. Il avait disparu.

Elle rejoignit la rue en courant et le vit filer à toute allure, les mains toujours menottées dans le dos. Elle se lança à sa poursuite en criant :

— Il s'enfuit !

Kidd allait vite pour un homme de son âge chaussé de bottes de chantier et les bras tirés en arrière. Mais elle le rattrapa avant le bout de la rue, réussit à saisir la chaîne de ses menottes et l'immobilisa.

Elle sortit son arme et la tint le long de sa cuisse.

— Vous l'avez tuée ? lança Elvin Kidd à bout de souffle. Vous l'avez tuée, espèces de fils de putes ?

Ballard était essoufflée, elle aussi. Elle essaya d'avaler de l'air avant de répondre. Elle sentait la sueur monter dans son cou et ses cheveux. Déjà, un des SUV déboulait dans la rue. Elle savait qu'on allait s'emparer de Kidd et que c'étaient peut-être ses derniers moments avec lui.

— Si on l'a tuée, c'est à cause de toi, Elvin, lui lança-t-elle. Tout ça est de ta faute.

Chapitre 42

La mort de Cynthia Kidd avait fait venir le Critical Incident Vehicle, un camping-car de dix mètres de long réaménagé en centre mobile de commandement et d'interrogatoires. Il était garé à deux portes de chez Kidd. La rue avait été barrée à ses deux extrémités par un ruban, et des journalistes s'étaient installés le plus près possible. Les équipes du légiste et des premières constatations continuaient de travailler à l'intérieur, tandis que tous les officiers impliqués dans l'incident étaient débriefés par des inspecteurs de la Force Investigation Division dans la deuxième pièce du camping-car, aussi appelée la « Boîte » parce qu'elle était parfaitement carrée.

Les inspecteurs de la FID interrogeaient un par un les officiers des Special Ops sur cette arrestation qui avait mal tourné, et Ballard se retrouva dernière de la liste. Chaque policier avait un représentant syndical à ses côtés – tous savaient en effet que cette enquête pouvait décider de leur avenir. Il régnait un silence lourd : une équipe du SWAT hautement entraînée venait d'abattre la femme d'un suspect en état d'arrestation. Il ne pouvait pas y avoir pire échec tactique. Sans oublier que la victime était noire, ce qui ne manquerait pas de susciter des protestations et un examen rigoureux de la situation. Inévitablement, cela donnerait lieu à des rumeurs selon lesquelles la victime n'était pas armée et avait été purement et simplement abattue. La vérité – et elle était déjà mauvaise – serait déformée pour satisfaire les besoins de tous ceux avec des idées derrière la tête ou des comptes à régler dans l'arène médiatique. Tous le savaient, et cela faisait peser une chape d'inquiétude sur ce qui se déroulait dans cette rue résidentielle de Rialto.

Presque trois heures s'étaient écoulées depuis la fusillade lorsque enfin Ballard fut appelée. Dirigée par une inspectrice de la FID dénommée Kathryn Meloni, la séance dura vingt-six minutes et se concentra surtout sur la façon dont Ballard avait procédé à l'arrestation de Kidd et la tactique que l'équipe chargée de l'interpellation avait suivie. La représentante de Ballard était Teresa Hohman, qui avait été dans la même classe qu'elle à l'académie de police. Sévères concurrentes dans toutes les épreuves physiques pour le titre de la meilleure recrue féminine, elles n'en prenaient toujours pas moins des bières ensemble et se faisaient applaudir au club de l'académie après. C'était ce lien qui avait poussé Ballard à lui demander de la représenter.

Jusqu'aux dernières minutes de l'interrogatoire, Ballard pensait n'avoir donné aucune réponse qui puisse lui revenir dans la figure, ou causer du tort à l'équipe des Special Ops. Mais c'est alors que Meloni lui posa une question piège :

— À quel moment avez-vous entendu le lieutenant Gonzalez ou n'importe qui d'autre ordonner à quelqu'un de surveiller ou de garder la porte d'entrée ?

Ballard mit quelques secondes à composer sa réponse. Hohman lui souffla à l'oreille qu'il n'y en avait aucune de bonne, mais qu'elle devait en donner une.

— Il y avait beaucoup de cris, finit-elle par répondre. On hurlait fort sur Elvin Kidd dans son camion. Moi, je me concentrais sur lui et sur le rôle que je jouais dans l'arrestation. Ce qui fait que je n'ai pas entendu cet ordre particulier quand il a été lancé.

— Vous dites qu'il y en a eu un et que vous ne l'avez tout simplement pas entendu ? Ou bien qu'il n'y en a eu aucun ?

Ballard hocha la tête.

— C'est que… Je ne peux pas vous répondre ni dans un sens ni dans l'autre. Je me concentrais à fond sur ce que je faisais. C'est comme ça qu'on m'a formée, et j'ai suivi mon entraînement.

— Revenons à la réunion préparatoire avant l'opération, reprit Meloni. Avez-vous informé le lieutenant Gonzalez que le suspect était marié ?

— Oui.

— Lui avez-vous dit, à lui ou à des membres de son équipe, qu'il fallait s'attendre à ce que l'épouse se trouve à l'intérieur de la maison ?

— Je pense que nous savions tous qu'en procédant à une arrestation aussi tôt le matin, nous avions de fortes chances qu'elle soit sur les lieux. Dans la maison.

— Merci, inspectrice. Ce sera tout pour l'instant.

Elle avançait la main pour arrêter l'enregistreur lorsqu'elle suspendit son geste pour se retourner vers Ballard.

— Une dernière chose, dit-elle. Pensez-vous qu'avoir tué Mme Kidd a pu sauver des policiers ?

Cette fois, Ballard n'hésita pas une seconde :

— Absolument. Nous portions tous des gilets et les gars avaient des casques balistiques au cas où, mais moi, j'étais à découvert devant le camion et elle aurait très bien pu m'abattre. Sauf qu'elle a hésité un instant et c'est elle qui a été tuée à ma place.

— Mais si elle a hésité, ne pensez-vous pas qu'elle n'avait pas l'intention de tirer ?

— Non, ce n'est pas ça. Elle allait tirer, je l'ai senti. Mais elle a hésité parce que je me trouvais entre elle et son mari… jusqu'à ce qu'il se mette à courir. Pour moi, elle s'est dit que si elle tirait et me manquait, elle pouvait le tuer. Et c'est là qu'elle a hésité. Et elle a été abattue, et c'est peut-être ça qui m'a sauvé la vie.

— Merci, inspectrice Ballard.

— De rien.

— Si ça ne vous ennuie pas de rester dans cette pièce, votre capitaine veut vous parler.

— Mon capitaine ?

— Oui, le capitaine Olivas. C'est bien pour lui que vous travailliez sur cette affaire, non ?

— Si, bien sûr. Désolée, je suis encore sous le choc.

— C'est compréhensible. Je vous l'envoie.

Ballard était surprise qu'il soit là. Ils étaient à une heure de route de la ville et elle ne s'attendait pas du tout à ce qu'il soit impliqué dans l'enquête de la FID. Son esprit s'emballa et elle commença à trembler à l'idée qu'il ait été informé de l'affaire qui avait conduit à l'arrestation de Kidd, et qu'il sache ce qu'elle avait fait.

— Il m'a dit qu'il voulait te parler seul à seule, dit Hohman. Ça ira ?

Teresa et elle avaient gardé le contact, même si les chemins qu'elles avaient suivis dans le service étaient très différents. Et Ballard lui avait déjà raconté son histoire avec Olivas.

— Je peux aussi rester, ajouta Hohman.

— Non. Ça ira. Il peut venir.

La vérité était que Ballard n'avait aucune envie qu'un témoin assiste à ce qui pouvait arriver pendant cet entretien, même si ce témoin était une amie et sa représentante.

Teresa partie, Olivas monta dans le centre de commandement, traversa la pièce de devant et entra dans la Boîte. Puis il s'assit sans un mot en face de Ballard et la dévisagea longuement avant de parler.

— Je sais comment vous avez fait, dit-il.

— Comment j'ai fait quoi ?

— Comment vous avez obtenu ma signature pour le mandat d'écoute.

Ballard comprit qu'il était inutile de nier. Cela aurait été contre-productif.

— Et… ?

— Et je suis d'accord pour jouer.

— Pourquoi ?

— Parce qu'il ne me reste plus qu'un an avant de dégager et que je n'ai pas besoin d'une autre bagarre avec vous. Et là, tout de suite, c'est encore un succès dont je peux être fier : nous avons éliminé un assassin et résolu une affaire vieille de trente ans.

— « Nous » ?

— C'est comme ça que ça va se jouer. Nous gagnons tous les deux. Vous gardez votre badge et moi, j'en sors grandi. Je ne vois pas ce qu'il y a à redire.

— La femme qui a eu la tête explosée pourrait être d'un autre avis.

— Les gens font des bêtises dans les situations de grand stress. La femme d'un membre de gang ? Il n'y aura aucun retour de bâton dans cette histoire. En interne, en tout cas. Il y aura des protestations, des manifs de Black Lives Matter et le reste. Mais en interne, elle n'entrera pas dans l'équation. C'est du dommage collatéral. Ce que je vous dis, Ballard, c'est que je pourrais vous faire tomber. Vous reprendre votre insigne. Mais je ne vais pas le faire. Je vais mettre ça à votre crédit. Et vous, vous allez me renvoyer l'ascenseur.

Ballard comprit ce qui se passait. Le haut commandement était connu pour prendre soin des siens et Olivas cherchait une autre promotion avant de rendre son tablier.

— Vous voulez devenir chef adjoint de la police, c'est ça ? Partir avec une retraite de CA serait agréable.

On y ajoute un boulot de chef de la sécurité d'une corporation *x* ou *y* et c'est le pactole, non ? On profite de la plage.

Les pensions payées par la ville se calculaient sur le dernier salaire perçu. Le département de police avait un long passé de promotions à des postes de commandement juste avant la retraite – et c'étaient les contribuables locaux qui payaient la note. Il y avait aussi un autre passé, fait de rétrogradations punitives chez les hommes de troupe avec diminution de la pension et suppression des primes. Ballard pensa brusquement au combat qu'Harry Bosch avait engagé après sa retraite. Elle n'en connaissait pas tous les détails, mais elle savait que le service avait essayé de l'arnaquer.

— Mes affaires sont mes affaires, reprit Olivas. Tout ce dont nous avons besoin pour l'instant, c'est de nous mettre d'accord sur un plan d'action.

— Comment puis-je être sûre que vous n'allez pas essayer de me baiser au dernier moment ?

— J'étais sûr que vous alliez me demander ça. Et donc, voilà ce qu'on va faire : dès que ça se calme dans le coin, on rentre à L.A. et on tient une conférence de presse… vous et moi… et on raconte l'histoire. Ça, c'est pour le petit coup de pouce. À partir du moment où tout sera public, ça ne me mettrait pas en valeur de retourner ma veste et de vous attaquer avant mon départ. Compris ?

Elle trouva l'idée de participer à une conférence de presse avec ses persécuteur et némésis parfaitement révoltante.

— Je passe mon tour pour la conférence de presse, dit-elle. Mais je reçois les honneurs avec vous et je conserve mon badge. Et j'ai pas besoin d'un petit coup de pouce. Si jamais vous essayez, et de quelque manière que ce soit, de vous en reprendre à moi, je dévoile ce petit marché bien dégueulasse à tout le monde et vous partirez à la retraite au grade de lieutenant et pas de chef adjoint. Compris ?

Ballard se saisit de son téléphone et le posa sur la table. L'application dictaphone était allumée, le temps d'enregistrement affiché s'élevant à plus de trente et une minutes.

— Règle n° 1, reprit-elle. Si les Affaires internes ou la FID enregistrent ton interrogatoire, toi aussi, tu l'enregistres. Pour être à l'abri. Et j'ai oublié d'arrêter l'enregistreur.

Elle vit la peau se tendre sous les yeux d'Olivas au fur et à mesure que montait sa colère.

— Calmez-vous, capitaine. Ça ne nous mettrait en valeur ni l'un ni l'autre. Je ne peux pas vous détruire sans que vous, vous me détruisiez. C'est ça, le truc. Vous voyez ?

— Ballard, rétorqua Olivas, j'ai toujours su qu'en plus de votre beauté, vous aviez quelque chose qui me plaisait. Vous êtes une salope de première et j'aime ça. Depuis toujours.

Il pensait, elle le savait, que ces paroles lui feraient du mal, et la déstabiliseraient. Il essaya d'attraper le portable, mais elle s'y attendait et s'en empara. Leurs deux mains se frôlèrent. Elle se redressa, sa chaise allant cogner contre la paroi en aluminium.

— Vous voulez qu'on se batte pour l'avoir ? Je suis bien plus forte que lorsque vous m'avez fait ce que vous m'avez fait. Je vous botterais le cul sans problème.

Olivas resta assis. Puis il leva les mains en l'air, paumes ouvertes.

— Doucement, Ballard, dit-il. Doucement. C'est complètement fou. J'honorerai notre accord.

La porte du poste de commandement s'ouvrit et Teresa y passa la tête. Elle avait entendu le fracas de la chaise contre la paroi.

— Tout va bien ? demanda-t-elle.

— Oui, ça va, répondit Olivas.

Hohman regarda Ballard. Elle ne prenait pas la réponse du capitaine pour argent comptant. Ce ne fut qu'au moment où Ballard lui fit signe que ça allait qu'elle recula et referma la porte.

Ballard se tourna de nouveau vers Olivas.

— Alors, le marché tient toujours ? demanda-t-elle.

— Je vous ai déjà dit que oui, répondit-il.

Elle coupa l'enregistrement et remit son portable dans sa poche.

— Sauf que maintenant, je veux autre chose, enchaîna-t-elle. Deux ou trois, en fait.

— Putain ! s'écria Olivas. Quoi encore ?

— Si Elvin Kidd décide de parler, c'est moi qui mène l'interrogatoire.

— Pas de problème… mais il ne lâchera jamais le morceau. Ce serait son arrêt de mort en prison. Je sais déjà qu'il a dit à la FID d'aller se faire foutre quand ils ont essayé de l'interroger sur la mort de sa femme. Pas d'interrogatoire. Et il veut un avocat.

— D'accord, mais c'est mon affaire et ce sera mon interrogatoire… s'il y en a un.

— OK. Et l'autre chose ?

— L'affaire de l'incendie criminel… Vous me la rendez.

— Je ne peux tout simplement pas faire…

— À crime commis la nuit, inspecteur de nuit. C'est ce que vous direz et ce que vous ferez. Et vous avertirez tous ceux qui y travaillent qu'il y aura un briefing dès demain matin à 8 heures pour me mettre au jus.

— Bon, d'accord. Mais l'affaire reste aux Vols et Homicides, et mes gars gardent la direction de l'enquête.

— Bien. Je crois que nous en avons fini.

— Et je veux votre rapport sur mon bureau avant cette réunion.

— Aucun problème.

Elle se tournait vers la porte lorsque Olivas ajouta :

— Faites attention à vous, Ballard.

Elle le regarda. La menace était vaine.

— Vous aussi, capitaine, lui renvoya-t-elle avec un sourire sans humour.

Chapitre 43

Cette nuit-là, il fallut à Ballard pratiquement tout le reste de son service pour rédiger son rapport sur l'affaire Hilton. En plus d'être exhaustif, il devait être formulé avec précaution sur trois fronts. Un, il devait tenir Harry Bosch à l'abri et deux, inclure Olivas de façon que, respect du protocole et de la hiérarchie, tout y soit acceptable. Le plus délicat était bien le troisième point. D'un bout à l'autre de l'enquête, Ballard avait en effet laissé son superviseur direct, le lieutenant McAdams, complètement dans le noir. Écrire qu'elle avait travaillé sous la direction du capitaine Olivas la couvrirait, mais ne ferait rien pour atténuer les dommages qu'elle allait infliger à ses relations avec son patron. Elle comprit qu'elle ne couperait pas à un petit entretien avec lui – et le plus tôt serait le mieux –, pour essayer d'arrondir les angles. Et la conversation risquait de ne pas être agréable.

Ce fut un soulagement lorsqu'elle lâcha son ordinateur pour passer à autre chose et reposer ses yeux. Elle prit sa voiture et rejoignit le camion à tacos pour s'y acheter quelque chose à manger.

Digoberto était encore une fois seul au travail. Mais, pour le moment au moins, il servait une petite bande d'oiseaux de nuit – trois jeunes femmes et deux hommes à peine sortis d'un club qui venait de fermer à 4 heures du matin. Ballard attendit son tour en écoutant leurs bavardages insipides et en espérant qu'il resterait des crevettes fraîches lorsque viendrait son tour de commander.

Un des types ayant remarqué le badge qui pointait sous sa veste, tout le monde se mit à ne plus parler qu'en murmurant, puis, d'un commun accord, on la fit passer devant : il était clair qu'elle travaillait et en plus, on ne savait pas trop quoi commander. Ballard ne se fit pas prier et attendit que Digoberto lui prépare ses tacos à la crevette en répondant à leurs questions.

— Alors, vous êtes sur une affaire ? voulut savoir une des femmes.

— Comme toujours. Je suis de service de cimetière… C'est comme ça qu'on appelle le service de nuit, ou la « dernière séance » parce qu'il se passe toujours quelque chose à Hollywood.

— Waouh ! Et c'est quoi, votre affaire ?

— Euh… Un jeune mec… à peu près de votre âge, tiens. Il se trouvait au mauvais endroit au mauvais moment et s'est fait abattre dans une ruelle où on vend de la drogue.

— Et il est mort ?

— Il est mort, oui.

— C'est dingue !

— Des choses dingues, il s'en passe partout dans le coin. Vous devriez tous faire attention. Parce qu'il arrive de sales trucs même aux gens bien. Alors, restez ensemble et rentrez chez vous.

— Oui, officier.

— Je suis inspectrice, en fait…

Elle rapporta ses tacos au commissariat et passa devant un type torse nu et entièrement tatoué, menotté au banc des interpellés dans le couloir de derrière. Arrivée à son espace de travail, elle reprit la rédaction de son rapport en veillant à ne pas laisser tomber de miettes sur son clavier et s'attirer ainsi une plainte de son propriétaire de jour. L'emballage en alu ayant gardé tout au chaud, les tacos aux crevettes n'avaient rien perdu de leur saveur.

L'aube venue, elle imprima son rapport en trois exemplaires : un pour le lieutenant McAdams qu'elle glissa dans sa boîte à courrier avec une demande d'entretien, un pour elle-même, qui termina dans son sac à dos, et le troisième pour le capitaine Olivas. Elle inséra ce dernier dans un nouveau dossier et l'emporta avec elle pour rejoindre sa voiture.

Son portable vibra à l'instant où elle sortait du parking pour gagner le centre-ville. C'était Bosch.

— Alors comme ça, il faut que je lise le *Times* pour avoir les dernières nouvelles sur l'affaire Kidd ?

— Je suis désolée. J'ai couru partout comme une folle et après, je n'ai pas voulu t'appeler en pleine nuit. Je quitte juste le commissariat et j'allais te téléphoner…

— Ben voyons.

— C'est la vérité.

— Et donc, ils ont tué sa femme, reprit Bosch.

— C'est horrible, je sais. Mais c'était elle ou nous. Vraiment.

— Ils vont se faire taper sur les doigts ? Et toi ?

— Je ne sais pas. Ils ont merdé. Il n'y avait personne pour surveiller la porte. Alors elle est sortie et tout est parti en vrille. Je pense être hors de cause parce que je ne faisais que les accompagner, mais eux doivent commencer à recevoir des tas de courriers à l'heure qu'il est.

Bosch savait qu'il s'agissait de blâmes qui allaient atterrir dans leurs dossiers personnels.

— Au moins, tu es saine et sauve, dit-il.

— Harry, je crois qu'elle allait me tirer dessus. Et c'est là qu'elle a été…

— Ça veut dire que le type a fait ce qu'il fallait.

— N'empêche. On se regardait. Au moment où c'est arrivé, elle me regardait et moi, je la regardais, et après…

— T'éternise pas là-dessus. Elle a fait un choix. Le mauvais… Kidd s'est mis à table ?

— Il a pris un avocat et il ne dit rien. Il doit s'imaginer pouvoir traîner la ville en justice pour la mort de sa femme et en tirer assez de fric pour se payer un super avocat… peut-être même ton Haller.

— J'en doute. Il ne prend plus d'affaires de meurtre.

— OK.

— Et… est-ce que je dois m'attendre à un coup de fil pour mon implication dans l'affaire Hilton ?

— Je ne pense pas. Je viens de terminer mon rapport et je t'ai laissé en dehors. J'ai juste dit que c'est la veuve qui a trouvé le livre du meurtre après la mort de son mari et qu'elle a contacté un ami pour me le faire passer. Ton nom ne figure nulle part et tu ne devrais pas avoir d'ennuis.

— C'est bon à savoir.

Elle prit la 101 par la bretelle en retrait de Sunset Boulevard. L'autoroute était engorgée et la circulation difficile.

— J'apporte ça à Olivas, reprit-elle. De toute façon, j'ai une réunion au Police Administration Building.

— Une réunion pour…

— Pour l'affaire de l'incendie criminel sur laquelle je travaillais l'autre soir. On m'a remise dessus. Ils ont besoin d'un inspecteur de nuit. Et donc de moi.

— On dirait qu'ils commencent à devenir intelligents, là-bas.

— On ne peut que l'espérer.

— C'est pour Olivas, non ? C'est une de ses affaires…

— C'est lui le capitaine, oui, mais je vais travailler avec deux ou trois inspecteurs et les mecs des incendies criminels du LAFD. Bon et toi, qu'est-ce que tu fais ?

— Toujours sur l'affaire Montgomery. J'ai un truc sur le feu. On verra bien comment ça… Hé ! J'ai presque oublié de te le dire. Le mec d'Orange dont je t'ai parlé ? Celui qui visitait les pavillons de filles ? Ils l'ont serré !

— Fantastique ! Comment ?

— Samedi soir, il est entré dans un pavillon sans savoir qu'il y avait un petit ami qui y passait la nuit. Il l'a attrapé, lui a fait un peu sa fête et a appelé les flics.

— Bien joué.

— Hier soir, j'ai appelé le mec à qui j'avais dit de surveiller le pavillon de Maddie. Il m'a informé que le type avait un appareil photo à infrarouge et qu'il prenait des clichés des filles endormies dans leurs lits.

— C'est vraiment dégueu. On devrait enfermer ce type quelque part et jeter la clé. Parce qu'il a trouvé sa voie, si tu vois ce que je veux dire.

— Et c'est bien le problème. Aussi tordu que ce soit, pour l'instant ils ne le tiennent que pour tentative de cambriolage, et c'est tout jusqu'à ce qu'on ait les tests ADN pour ses trucs de voyeur. Cela dit, on craint qu'il bénéficie d'une conditionnelle avec caution et disparaisse.

— Merde ! Et c'est qui ? Un étudiant ?

— Oui, il fréquente bien la fac. On pense qu'il a suivi les filles du campus jusqu'à leurs pavillons et qu'il y est revenu pour prendre ses photos.

— J'espère qu'ils vont se grouiller pour l'ADN.

— Ils l'ont fait. Et mon gars va me dire s'il a droit à une conditionnelle. La mise en accusation est prévue ce matin et ils ont un district attorney qui va demander au juge d'y aller fort pour la caution.

— Ta fille sait-elle que tu descendais là-bas le samedi soir pour surveiller son pavillon ?

— Pas exactement, non. Ça n'aurait fait que l'inquiéter encore plus.

— Oui, je comprends.

Ils mirent fin à leur conversation. Ballard quitta l'autoroute à la sortie d'Alvarado et prit la 1re Rue jusqu'au centre-ville. Elle était en avance pour sa réunion, et sur les trois quarts de l'état-major. Elle eut l'embarras du choix pour se garer dans le parking en sous-sol du quartier général.

Elle arriva à l'étage de la division des Vols et Homicides vingt minutes avant le début de la réunion prévue par Olivas. Au lieu de gagner une salle des inspecteurs et devoir supporter les papotages d'individus qui, elle le savait, ne la portaient pas dans leur cœur, elle fit les cent pas dans le couloir en regardant les affiches encadrées qui, étape par étape, racontaient l'histoire de la division. Elle n'avait jamais pris le temps de le faire lorsqu'elle y travaillait. Les Vols et Homicides avaient vu le jour cinquante ans plus tôt, lorsque l'enquête sur l'assassinat de Robert Kennedy avait fait apparaître le besoin d'avoir une équipe d'inspecteurs d'élite capables de traiter les affaires les plus complexes, sérieuses et politiquement ou médiatiquement délicates susceptibles de se présenter.

Ainsi longea-t-elle des affiches qui, photos à l'appui, racontaient les meurtres de Charles Manson, des Hillside Stranglers, du Night Stalker et du Grim

Sleeper[1] – toutes des affaires qui avaient fait le tour du monde et la réputation du LAPD. En plus de donner de Los Angeles l'image d'une ville où tout peut arriver… en mal, évidemment.

Il y avait à n'en pas douter un esprit de corps aux Vols et Homicides, mais en tant que femme, Ballard n'avait jamais eu vraiment l'impression d'en être, et cela l'avait toujours irritée. À présent, c'était un plus, car elle ne regrettait rien de ce qu'elle n'avait jamais eu.

Elle entendit qu'on parlait devant les ascenseurs, regarda au bout du couloir et vit Nuccio et Spellman, les spécialistes en incendies criminels du Fire Department, entrer aux Vols et Homicides par la grande porte. Eux aussi étaient en avance – à moins qu'Olivas ne leur ait indiqué une autre heure pour le début de la réunion ?

Ballard franchit une porte qui, elle, donnait sur l'autre extrémité de la salle des inspecteurs. Elle emprunta l'allée principale, passa devant d'autres affiches, dont certaines de films, et atteignit enfin l'unité de l'Homicide Special et la salle de crise. Elle y entra en espérant que Nuccio et Spellman arrivent les premiers et qu'elle puisse alors parler avec eux avant qu'Olivas et ses hommes ne se pointent.

Mais il n'en fut rien. Après avoir frappé une fois à la porte, elle tomba sur les mêmes cinq individus qui

1. Les « étrangleurs des collines » tuèrent dix femmes et jeunes filles entre octobre 1977 et février 1978 ; Richard Ramirez, alias le « Traqueur de la nuit », fut condamné à mort pour onze viols et quatorze assassinats ; Lonnie David Franklin Junior, dit le « Lugubre dormeur », est responsable d'au moins dix meurtres de femmes.

y avaient siégé la fois précédente – et exactement aux mêmes places. Olivas inclus. Ils étaient en pleine discussion, et cessèrent de parler dès qu'ils la virent. Tout le monde se trouvant là au moins un quart d'heure en avance, elle eut la confirmation qu'Olivas leur avait bien donné rendez-vous plus tôt, peut-être même, qui sait, pour l'exclure des débats. Ce qui voulait au moins dire qu'il avait enjoint aux autres enquêteurs de la tenir à distance, et c'était là quelque chose qu'elle allait devoir rectifier.

— Ballard ! Asseyez-vous donc, lança le capitaine en lui indiquant un siège tout au bout de la table rectangulaire, soit juste en face de lui, les deux types du LAFD se trouvant à sa droite et Drucker et Ferlita, des Vols et Homicides, à sa gauche.

Sur la table étaient posés un livre du meurtre contenant très peu de pages et quelques dossiers, dont un très épais.

— On parlait justement de vous et de la façon dont nous allons travailler, reprit Olivas.

— Non, vraiment ? répliqua Ballard. En mon absence... C'est sympa. Des conclusions qu'on aurait tirées ?

— Eh bien, pour commencer, nous savons tous que vous êtes au service de nuit à Hollywood, et rechercher des témoins est toujours important. Je sais que vous avez déjà posé quelques questions, mais les individus qui traînent dans la rue vont et viennent beaucoup et... Ce serait bien d'aller y refaire un tour.

— Autre chose ?

— On venait juste de démarrer.

— Parfait. Peut-être pourriez-vous donc me mettre au courant des derniers développements de l'enquête. Qu'a donné la bouteille que je vous ai confiée ?

— Bonne idée. La Ferraille ? Et si vous nous résumiez la situation ?

Drucker parut surpris d'être appelé ainsi par Olivas. Il ouvrit un dossier posé sur la table devant lui et y relut quelques notes, probablement pour rassembler ses idées avant de parler.

— Bon alors, la bouteille, dit-il. On a fait une recherche d'empreintes comme suggéré et on a effectivement obtenu une correspondance en douze points avec une empreinte du pouce de la victime, Edison Banks. Tout va donc bien de ce côté-là. Hier soir, on est allé interroger le collectionneur de bouteilles qui te l'avait filée pour voir s'il n'avait pas des trucs à nous dire maintenant que la correspondance d'empreintes est confirmée, mais… Malheureusement, on ne l'a pas trouvé et…

— À quelle heure y êtes-vous allés ?

— Vers 20 heures.

La conversation avait quelque chose de gauche, signe qu'il reconnaissait ne faire que maintenant ce dont il aurait fallu s'acquitter dès le début – à savoir inclure l'experte de Hollywood la nuit.

— Y avait-il d'autres empreintes sur la bouteille ? demanda-t-elle.

Drucker tourna une page de son rapport.

— Oui, une empreinte de paume. Celle de Marko Linkov, le type qui a la licence d'exploitation du magasin Mako où on pense que la bouteille a été achetée. On est allés le voir et on a regardé la vidéo dont tu nous avais parlé. On est donc à jour de ce côté-là.

— Et la femme de la vidéo ?

— On a tracé sa plaque... Un Pour Toi, Deux Pour Moi... et il se trouve qu'elle avait été volée sur une Mercedes du même modèle un peu plus tôt ce jour-là. Conclusion, nous pensons que c'est cette femme qui a acheté la bouteille et l'a donnée à la victime. Mais nous ne savons pas si ça faisait partie de son plan pour le tuer. Parce que pour l'instant, nous n'avons toujours pas réussi à l'identifier.

— Et le distributeur de billets ? Elle a retiré du liquide...

— Elle s'est servie d'une fausse carte, avec numéro et code parfaitement réglos appartenant à un type de soixante-douze ans qui habite à Las Vegas.

— Il y avait une caméra de surveillance au-dessus de la tirette ? On a une photo utilisable ?

— Tu as vu la vidéo du magasin, tu sais bien qu'elle a mis sa main dessus. Elle savait ce qu'elle faisait, lui fit remarquer Ferlita.

— Non, pas de photo, ajouta Drucker.

Ballard laissa passer. Elle se renversa dans son siège et prit tous ces nouveaux renseignements en considération. La complexité de tout ce qu'avait fait la femme mystère paraissait bien suspecte et soulevait encore plus de questions.

— Je pige pas, finit-elle par dire.

— Vous ne pigez pas quoi ? demanda Olivas.

— Partons du principe que cette femme est notre suspect : plaque et carte de crédit volées. Mais pour quelle raison ? Pourquoi ne s'est-elle pas contentée d'acheter la bouteille ailleurs, où elle n'aurait été reliée à rien ?

— Qui sait ? lança Nuccio.

— C'est comme si elle avait voulu être vue, mais pas identifiée. Il y a un truc psychologique là-dedans.

— Sa psychologie, on s'en fout, lâcha Drucker. Tout ce qu'on veut, c'est la trouver.

— Tout ce que je dis, moi, c'est que la comprendre nous y aidera peut-être.

— Si tu le dis.

Elle le laissa triompher avant de passer à autre chose.

— Bon, dit-elle. Quoi d'autre ?

— Parce que ça ne suffit pas ? s'écria Ferlita. On n'a l'affaire que depuis deux jours et les trois quarts de ces deux jours, on les a passés à se mettre à ton niveau.

— Et vous n'auriez rien eu de tout ça sans moi, lui rétorqua Ballard. Qu'en est-il de l'homologation du testament de la victime ? C'est une copie du dossier ? demanda-t-elle en montrant le gros fichier posé sur la table à côté de Drucker.

— Oui, répondit-il. On l'a parcouru deux ou trois fois et on n'y a rien trouvé qui ait un rapport avec notre affaire. On sent bien qu'il y a quelque chose, mais aucune preuve de quoi que ce soit.

— Je peux donc le prendre, non ? Je vais y jeter un coup d'œil ce soir dans la voiture pendant que je surveillerai le type des bouteilles. Comme ça je serai au jus comme tout le monde.

Drucker se tourna vers Olivas pour avoir son accord.

— Bien sûr, dit celui-ci. On va t'en faire une copie. Éclate-toi !

— Quelqu'un a-t-il parlé aux parents de Banks ? reprit Ballard.

— On descend à San Diego aujourd'hui pour interroger le frère, répondit Drucker.

— Vous voulez venir ? demanda Ferlita avec un petit ton provocant.

— Non merci, lui répondit Ballard. Je suis sûre qu'à vous deux, vous devriez pouvoir gérer.

BOSCH

Chapitre 44

Bosch passa sa matinée du mercredi à rassembler des dossiers pour un rendez-vous de suivi prévu avec Clayton Manley. L'avocat l'avait appelé la veille pour l'informer que le comité des litiges de la firme avait accepté de prendre sa plainte à la commission. Bosch avait sorti tous les documents concernant la disparition du césium d'une boîte où il conservait les pièces des affaires les plus importantes de sa carrière – les trois quarts résolues, mais pas toutes.

Il prit son téléphone, passa un appel et laissa un message pour annuler une séance de soins pour son genou. Il savait que le kiné se vengerait la fois suivante et en souffrait d'avance.

Son portable vibrant deux minutes plus tard, il pensa que c'était son thérapeute qui allait lui dire qu'il devrait quand même payer la séance parce qu'il l'avait annulée le jour même. Mais c'était Haller.

— Ton mec l'argileux a appelé comme il t'a dit qu'il le ferait.

— Qui ça ?

— Clayton Manley. Son adresse e-mail professionnelle est au nom de « clayman[1] ». Il m'a demandé de lui envoyer tes trucs de retraite parce qu'il a décidé de prendre ton affaire… Tu lui as vraiment dit que tu allais mourir ?

— Peut-être. Et donc, tu coopères ? Parce qu'il m'a laissé un message pour me dire qu'il voulait qu'on se voie aujourd'hui. Ça doit être pour ça.

— Tu m'as demandé de coopérer, je coopère. Mais tu ne vas pas le laisser déposer plainte, si ?

— J'arrêterai avant. Tout ce que j'essaie de faire, c'est d'entrer dans la place.

— Et tu ne veux pas me dire pourquoi ?

Pile à cet instant, Bosch reçut un autre appel. Il consulta son écran et vit que c'était Ballard.

— T'as pas besoin de le savoir tout de suite, répondit-il à Haller. On se reparle de tout ça plus tard.

— D'accord, fran…

Bosch prit l'appel de Ballard et eut l'impression qu'elle se trouvait dans une voiture.

— Renée…

— Harry, t'as quoi sur le feu aujourd'hui ? Je voudrais te parler de quelque chose. C'est pour une autre affaire.

— J'ai rendez-vous à 11 heures en centre-ville. Mais ensuite, j'ai du temps libre. Tu es en route pour la plage ?

1. Littéralement l'« homme d'argile ».

— Oui, je vais dormir quelques heures, mais on peut se retrouver après ton truc. On déjeune ensemble ?

— Chez Musso fête ses cent ans d'existence.

— Parfait. À quelle heure ?

— Disons 13 h 30 au cas où mon affaire traînerait en longueur. Et comme ça, tu pourras dormir plus longtemps.

— À toute.

Elle raccrocha, et il se remit au travail afin de présenter un dossier soigneusement monté à Clayton Manley. Il sortit de chez lui à 10 heures et se rendit à son rendez-vous en centre-ville en sachant par la visite qu'il avait rendue à Manley la veille que Michaelson & Mitchell était maintenant dans le coup.

La veille, il avait noté quatre choses. D'abord, dans un cabinet qui comptait au moins deux étages remplis d'avocats, le bureau de Manley, même situé tout au bout du couloir, ne se trouvait en fait qu'à deux portes de ceux des deux fondateurs de la firme. Il devait y avoir une raison, surtout à la lumière de l'accrochage embarrassant que Manley avait eu avec le juge Montgomery. Ce genre d'humiliation publique se terminait en général par l'ordre de ranger ses affaires et de disparaître avant la fin de la journée. Au lieu de quoi, Manley avait toujours son bureau, juste à côté de ceux des deux puissants de la firme.

Ensuite, Manley n'avait apparemment aucun clerc ou secrétaire particulier – en tout cas pas dans l'antichambre de son bureau. Et il n'y avait aucun personnel dans ce couloir. Il s'était dit que les portes des bureaux devant lesquelles il était passé donnaient sur de véritables suites avec chacune son comptant de clercs et d'assistants pour garder l'entrée des salles du trône. Il devait donc y avoir une raison au fait que Manley n'avait rien de tout ça, mais Bosch s'intéressait déjà plus à la façon dont cela pouvait affecter ce qu'il avait prévu d'accomplir lors de son tête-à-tête avec lui.

Les deux dernières choses qu'il avait remarquées à l'occasion de cette première visite étaient que le bureau de Manley ne semblait équipé ni de toilettes ni d'imprimante. Il en avait conclu que l'avocat s'en remettait à un pool de secrétaires ou de clercs installés ailleurs dans l'immeuble et se servait d'une imprimante utilisée par des membres moins importants de la firme.

Ce ne fut que lorsqu'il se retrouva sur la 101 direction sud qu'il se rappela Haller. Il mit son portable sur haut-parleur. Sa Jeep était sortie d'usine environ deux décennies avant qu'on ait même l'idée du Bluetooth.

— Bosch, espèce d'enfoiré.

— Désolé de t'avoir raccroché au nez.

— Pas de problème et t'avais pas à me rappeler. Je t'ai dit ce que j'avais à te dire.

— Bon, mais je voulais voir un truc avec toi. Manley t'a-t-il demandé pourquoi tu me l'avais recommandé ?

— Eh bien, justement, oui.

— Et… ?

— C'est à peine si je t'entends, mec. Va falloir penser à t'acheter une bagnole du vingt et unième siècle.

— J'y réfléchirai. Qu'est-ce que tu lui as dit ?

— Que ce que tu voulais faire dépassait mes compétences. Je lui ai aussi dit qu'il n'avait pas eu de pot avec le juge Montgomery cette fois-là. Et qu'on ne doit jamais embarrasser ainsi un avocat, quelle que soit la raison. Et donc, que je t'avais envoyé chez lui parce que c'était une affaire qui ne pouvait que lui attirer de l'attention positive. Tout cela te convient- il ?

— C'est parfait.

— Je ne sais pas exactement à quoi tu joues, frangin, mais j'espère que tu ne vas pas me virer pour ce type. Parce que franchement… ce mec, je n'en ferais qu'une bouchée.

— Je le sais, frangin, et c'est pas mon intention. On reprendra bientôt nos vieilles habitudes. Fais-moi confiance.

— Je lui ai fait envoyer le dossier de ta pension par coursier. Veille à ce que je le récupère quand tout ça sera fini.

— Bien sûr.

Vingt minutes plus tard, Bosch se retrouvait sur le divan en suédine de la salle d'attente de la firme Michaelson & Mitchell, un dossier plein à craquer sur les genoux. Il était arrivé tôt pour pouvoir reprendre la mesure de l'endroit, observer les visages des avocats et du personnel et voir qui montait et descendait l'escalier circulaire. Il prit son portable, chercha le numéro de la firme et attendit.

Un téléphone vibra, le jeune homme de la réception prit l'appel et Bosch l'entendit répondre :

— Je vous l'amène tout de suite.

Puis le réceptionniste ôta son casque, fit le tour du comptoir, Bosch appuyant sur le bouton d'appel de son portable.

— Je vous emmène, dit le jeune homme. Vous voulez une bouteille d'eau ? Autre chose ?

— Non, ça ira, répondit Bosch.

Il se leva pour le suivre. Presque aussitôt, le téléphone sonna à la réception. Le jeune homme se retourna, l'air embêté.

— Je connais le chemin, dit Bosch. Je peux y aller tout seul.

— Oh, merci !

Et il fonça retrouver son poste pendant que Bosch faisait le tour de l'escalier et empruntait le couloir conduisant au bureau de Clayton Manley avant de mettre fin à l'appel.

Les bureaux avec des noms sur les portes se trouvaient tous du côté gauche du couloir et comportaient des baies vitrées donnant sur Bunker Hill. Mais il y avait aussi deux portes anonymes du côté droit du couloir. En continuant d'avancer vers le bureau de Manley, Bosch les ouvrit l'une après l'autre en sachant que si jamais il tombait sur quelqu'un, il pourrait toujours dire qu'il s'était perdu. La première pièce n'était qu'une petite salle de repos avec une machine à café et un frigo à porte vitrée contenant des sodas et des bouteilles d'eau design.

Il passa à la suivante et découvrit un grand placard à fournitures équipé d'une grosse photocopieuse juste à côté d'étagères pleines de ramettes de papier, d'enveloppes et de dossiers. La pièce comprenait aussi une sortie de secours.

Bosch y entra tout de suite, examina l'imprimante et fit tout ce qu'il y a de plus simple pour la mettre hors d'état de fonctioner en passant la main derrière et la débranchant. Le ventilo et l'écran numérique s'éteignirent.

Il revint vite dans le couloir, gagna le bureau de Manley et frappa poliment à la porte avant de l'ouvrir. L'avocat se leva derrière son bureau.

— Monsieur Bosch, entrez donc ! lança-t-il.

— Merci. Je vous ai apporté les documents que vous vouliez… pour l'affaire des radiations.

— Asseyez-vous, je dois juste envoyer cet e-mail à maître Haller, pour le remercier de m'avoir fait parvenir les pièces concernant votre arbitrage de retraite.

— Ah, d'accord. Ç'a été comment de travailler avec lui ?

Manley tapa quelques mots sur son écran et appuya sur le bouton « Envoi ».

— Maître Haller ? Très gentil. Apparemment content de m'aider. Pourquoi cette question ? J'aurais raté quelque chose ?

— Non, non, c'est juste qu'il regrette peut-être sa décision, vous voyez ?

— Je ne pense pas, non. Il m'a paru avoir envie d'aider et m'a fait porter tout ce qu'il avait par coursier. Et donc, voyons un peu ce que vous avez, vous. Ah oui… J'ai aussi un contrat et une procuration à vous faire signer.

Bosch lui tendit le dossier par-dessus le bureau. Il faisait presque trois centimètres d'épaisseur, bourré qu'il était de rapports sans intérêt sortis de son affaire d'irradiation au césium bien des années auparavant. Manley le parcourut rapidement et s'arrêta une fois pour lire un des documents qui avait attiré son attention.

— Tout cela est parfait, dit-il enfin. Ça va beaucoup nous aider. Il faut juste qu'on mette en forme l'accord selon lequel je vais vous représenter, la base du paiement étant une commission, et à partir de là, on se lance. Vous aurez alors toute la force de notre firme derrière vous. On va les poursuivre, ces fumiers !

Et de sourire à l'énoncé de ce dernier cliché.

— Euh, c'est très bien, dit Bosch. Cela dit... peut-être allez-vous me trouver parano, mais je n'ai pas envie de laisser ce dossier ici. Ce sont les seules preuves que j'ai de ce qui m'est arrivé. Y aurait-il moyen que vous en fassiez des copies et que je garde les originaux ?

— Aucun problème, répondit Manley sans hésitation. Je vous donne le contrat à lire et à signer pendant que je fais des photocopies de tout ça.

— Parfait.

Manley chercha une chemise sur son bureau, l'ouvrit et tendit à Bosch un projet d'accord en trois pages avec en-tête de la Michaelson & Mitchell. Puis il sortit un stylo d'un bloc lui aussi sur son bureau et le posa devant Bosch.

— Je reviens tout de suite, dit-il.

— Je vous attends.

— Je peux vous apporter quelque chose ? De l'eau ? Un soda ? Un café ?

— Euh, non, ça ira.

Manley quitta son bureau avec le dossier et laissa la porte entrouverte. Bosch se leva aussitôt et regarda Manley traverser le couloir jusqu'à la salle de la photocopieuse. Il l'écouta y disposer la pile de documents et l'entendit jurer lorsqu'il s'aperçut que la machine ne fonctionnait pas.

Le moment était arrivé. Bosch savait que Manley ou bien reviendrait à son bureau pour l'informer du problème et appeler un clerc pour le charger du boulot, ou bien s'enfoncerait plus avant dans le building pour y trouver une autre photocopieuse.

Il vit Manley ressortir de la salle et reprendre le couloir, les yeux baissés sur les documents qu'il portait. Il regagna vite son siège devant le bureau et lisait son contrat lorsque l'avocat passa la tête à la porte.

— On a des problèmes avec la photocopieuse, dit-il. Ça va me prendre quelques minutes pour faire une copie du dossier. Ça ira ?

— Pas de souci. Tout va bien.

— Et toujours rien à boire ?

— Non rien, merci, répondit Bosch en levant le contrat comme pour lui dire que ça allait l'occuper.

— À tout à l'heure, dit Manley.

Et il s'en fut, Bosch l'entendant s'éloigner dans le couloir. Il se releva rapidement, referma sans bruit la porte, et cette fois passa derrière le bureau. Puis il consulta sa montre pour chronométrer l'absence de

Manley et effectua un rapide survol de ce qui se trouvait sous ses yeux. Rien n'attira son attention, mais l'écran de l'ordinateur était toujours allumé.

Il l'examina et y découvrit toutes sortes de documents et de dossiers, dont un intitulé : « Papiers Bosch ». Il l'ouvrit et y trouva des notes sur leur premier rendez-vous. Il les lut en vitesse et estima qu'elles résumaient bien leur conversation. Il referma le dossier, parcourut les intitulés des autres à l'écran et ne vit rien d'intéressant.

Il consulta de nouveau sa montre et repoussa le fauteuil de Manley pour accéder aux meubles classeurs de part et d'autre de l'espace pour ses jambes. L'un d'eux avait sa clé dans la serrure. Bosch la tourna et ouvrit le tiroir. Il contenait des chemises de différentes couleurs, probablement en fonction du type d'affaire. Il les effleura du doigt jusqu'à celles commençant par un M, mais n'en trouva aucune sur Montgomery.

Il regarda encore sa montre – Manley avait disparu depuis déjà deux minutes. Il sortit la clé du tiroir et s'en servit pour ouvrir l'autre. Répéta la manœuvre et cette fois tomba sur un dossier Montgomery. Aussi épais que celui qu'il avait donné à copier à Manley, il semblait composé de pièces appartenant au procès en diffamation bien malheureux que celui-ci avait intenté contre le juge – ce qui aurait dû lui permettre de sauver la face, mais était condamné à l'échec dès le début.

Bosch remarqua que le rabat du dossier comportait plusieurs noms, numéros de téléphone et adresses e-mail écrits à la main. Il n'avait plus le temps d'en deviner le sens, il sortit son portable et en prit une photo en plus de celle de la table des matières sur l'autre rabat. Puis il referma le dossier et le replaça dans le tiroir. Le referma à clé et réinséra celle-ci dans sa serrure d'origine.

Et à nouveau il consulta sa montre. Trois minutes s'étaient écoulées et il avait donné à Manley plus de trois cents pages à photocopier, sans même parler des deux qu'il avait agrafées ensemble et qui ralentiraient les opérations si elles se coinçaient dans la machine. Mais il ne pouvait pas compter là-dessus et décida qu'il lui restait deux minutes maximum.

Il se focalisa de nouveau sur l'ordinateur et ouvrit la boîte e-mail de Manley. Il parcourut la liste de ses correspondants, puis les intitulés de ses e-mails. Rien ne lui sautant aux yeux, il lança une recherche sur Montgomery, mais ne trouva aucun message.

Il ferma la boîte e-mail et revint à l'écran d'ouverture. Avec Finder, il chercha encore un dossier Montgomery et en découvrit un. Il l'ouvrit sans attendre et s'aperçut qu'il contenait neuf sous-dossiers. Il regarda sa montre – il ne pouvait plus prendre le risque de les lire. La plupart portaient la mention « Montgomery » suivie d'une date. Tous étant antérieurs au procès en diffamation, il estima qu'il s'agissait de notes de préparation. Mais l'un d'eux avait un titre différent, qui se réduisait au seul mot « Transfert ».

Il l'ouvrit, il ne contenait qu'un nombre à douze chiffres suivi des initiales G.C., et rien d'autre. Ce mystère l'intriguant, il en prit aussi une photo.

Il allait refermer le dossier lorsqu'il entendit le petit tintement indiquant l'arrivée d'un nouvel e-mail. Il rouvrit la boîte de Manley et découvrit que le message venait de la firme Michaelson et avait pour sujet « Ton nouveau "client" ».

Bosch savait qu'il n'avait plus de temps et que s'il ouvrait l'e-mail, celui-ci serait marqué « lu » et risquait de mettre Manley au courant de ce qu'il était en train de manigancer. Mais les guillemets autour du mot « client » eurent raison de sa prudence et il lut le message. Il émanait du patron de Manley, William Michaelson.

> *Espèce d'idiot. Ton client travaille sur l'affaire Montgomery. Arrête tout avec lui. Immédiatement.*

Bosch fut stupéfait. Sans réfléchir plus d'une seconde, il effaça l'e-mail, puis le supprima aussi de la corbeille. Il referma la page, remit le fauteuil en place et traversa la pièce. Juste au moment où il entrouvrait la porte, Manley se pointa avec son dossier et les photocopies de ses documents.

— Vous alliez quelque part ? demanda-t-il.

— Oui, vous chercher, répondit Bosch.

— Je suis désolé, mais la machine s'est coincée et ça a pris plus longtemps que je pensais. Tenez, voici vos originaux, dit-il en les lui tendant.

Puis, les copies dans l'autre main, il regagna son bureau.

— Vous avez signé le contrat ?

— J'allais le faire.

— Tout est en ordre ?

— On dirait.

Bosch revint vers le bureau, mais ne s'assit pas. Il prit le stylo et griffonna une signature au bas du contrat. Ce n'était pas son nom et il aurait été difficile de dire de qui il s'agissait.

Manley fit le tour de son bureau et s'apprêtait à s'y installer lorsqu'il lança :

— Asseyez-vous donc.

— C'est que j'ai un autre rendez-vous, dit Bosch, et il faut que j'y aille. Pourquoi ne me passeriez-vous pas un coup de fil pour discuter de la suite après avoir lu tout ça ?

— Ah, je pensais qu'on aurait plus de temps. Je voulais vous proposer de faire venir une équipe vidéo et de reprendre toute l'histoire avec vous.

— Vous voulez dire, au cas où je mourrais avant qu'on passe au tribunal ?

— Non. En fait, c'est le dernier cri en matière de négociations : on fait raconter l'histoire à la victime plutôt qu'à son avocat. Et quand on en a une géniale, et la vôtre l'est, ça donne un vrai aperçu de ce à quoi il faut s'attendre au prétoire. Mais bon, on fera ça la prochaine fois. Permettez que je vous raccompagne.

— Ne vous inquiétez pas, je connais le chemin.

Quelques instants plus tard, il redescendait le couloir lorsque, au moment où il passait devant la porte marquée *William Michaelson* sur le verre dépoli, un homme apparut dans l'encadrement. Il donnait l'impression d'avoir environ soixante ans. Un rien de cheveux grisonnants et la panse qui convient, il avait tout de l'homme d'affaires relax et couronné de succès. Il dévisagea Bosch qui passait et Bosch le dévisagea en retour.

Chapitre 45

Le Musso & Frank Grill avait survécu à toute la concurrence et accueillait encore, et tous les jours, les foules aux déjeuner et dîner dans ses deux salles à haut plafond. Il émanait de ce lieu une élégance d'un autre temps et un charme qui ne se démentait pas – et le menu ne dérogeait pas à cet esprit. Les trois quarts des serveurs n'étaient plus tout jeunes, toujours accompagnés d'un *sidecar on ice*, les cocktails martini étaient d'un froid brûlant, et il n'y avait pas meilleur pain au levain dans toute la Californie.

Ballard avait déjà pris place dans un box semi-circulaire d'une « nouvelle salle » qui n'avait que soixante-quatorze ans d'âge, et y avait étalé des documents devant elle, ce qui rappela à Bosch comment il avait lui-même étudié le dossier Montgomery. Il se glissa à sa gauche.

— Salut !

— Salut ! Laisse-moi débarrasser un peu des trucs.

— Non, ça ira. C'est toujours bien d'étaler les dossiers devant soi pour voir ce qu'on a.

— Je sais. Et j'adore ça. Mais on va quand même finir par manger.

Elle disposa ses piles de rapports en croix superposées de façon à ne pas les mélanger, puis les plaça à côté d'elle sur la banquette.

— Je croyais que tu voulais me parler de ton enquête, lança Bosch.

— Oui, mais commençons par manger. J'aimerais aussi que tu me dises ce qui t'occupe de ton côté.

— Et ne m'occupera probablement plus très longtemps. Je suis à peu près sûr d'avoir merdé.

— Quoi ? Qu'est-ce que ça veut dire ?

— Il y a un type… un avocat de Bunker Hill… Je pense qu'il a mis un contrat sur la tête de Montgomery. Son alibi est un peu trop parfait et il y a deux ou trois autres trucs qui ne collent pas. Alors je me suis fait passer pour un client et suis allé le voir, mais ils m'ont grillé ce matin. Son patron, je veux dire. Bref, c'est mort de ce côté-là.

— Qu'est-ce que tu vas faire ?

— Je ne sais pas encore. Mais le simple fait qu'ils aient compris ma manœuvre me fait penser que je suis sur la bonne piste. Il va seulement falloir que je trouve un plan B.

Un serveur en gilet rouge arriva, posa de petites assiettes de pain et de beurre sur la table et leur demanda s'ils étaient prêts à commander. Bosch n'avait pas besoin d'un menu et Ballard en avait un devant elle.

— Dommage qu'on ne soit pas demain, dit Bosch.

— Comment ça ?

— Jeudi, c'est le jour de la tourte au poulet.

— Oooh.

— Je vais prendre le turbot de sable et du thé glacé, conclut-il.

Le serveur prit note et se tourna vers Ballard.

— C'est bon, ce truc ? demanda Ballard à Bosch.

— Pas vraiment. C'est pour ça que j'en ai commandé.

Ballard rit, en commanda elle aussi, et le serveur repartit.

— C'est quoi, ce turbot de sable ?

— Tu ne sais pas ? C'est du poisson. Petit et qui se mange pané et frit. Avec du jus de citron, ça te plaira.

— Bon, et quel est le mobile de l'avocat… dans ton affaire ?

— L'orgueil. Montgomery l'a humilié en plein tribunal et l'a banni de son prétoire pour incompétence. Le *Times* a repris l'info et c'est de là que tout est parti. Le mec a poursuivi le juge en diffamation et sa plainte bancale a été rejetée, ce qui a encore plus défrayé la chronique et enfoncé sa réputation dans les chiottes. Et comme il s'appelle « Manley », les gens ont commencé à le qualifier d'« UnManley ».

— Et il travaille toujours dans un cabinet d'avocats de Bunker Hill ?

— Oui, sa firme l'a soutenu. Pour moi, il a donc des liens avec quelqu'un d'important. C'est probablement le gendre de Michaelson ou un truc comme ça. Ils le gardent dans un bureau au bout d'un couloir où les vedettes peuvent le surveiller.

— Une seconde… « Michaelson », c'est qui ?

— C'est lui qui a découvert que je travaillais sur l'affaire Montgomery. C'est le cofondateur de la firme « Michaelson & Mitchell ».

— Putain !

— Ouais. J'ai vu un e-mail où il révélait à mon suspect ce que j'étais en train de fabriquer.

— Non, je te parlais pas de ça, mais de ceci, lui renvoya Ballard, et elle reposa ses documents sur la table et se mit à en séparer les piles.

En feuilleta une jusqu'à ce qu'elle trouve ce qu'elle cherchait et la lui tendit. Il s'agissait d'une requête avec tampon de réception du tribunal. Bosch ne comprit ce qu'il regardait qu'au moment où Ballard lui montra le haut de la feuille, et il découvrit l'en-tête de la Michaelson & Mitchell.

— Qu'est-ce que c'est ? demanda-t-il.

— Mon affaire à moi. Celle du mec qui a cramé l'autre nuit. Le coroner a réussi à l'identifier et il s'avère que ce monsieur valait une petite fortune. Mais poivrot sans domicile fixe qu'il était, il ne le savait probablement pas lui-même. Et l'année dernière, Michaelson & Mitchell a lancé une requête pour essayer de le virer de la fiducie familiale parce qu'il avait disparu de la circulation depuis près de cinq ans. Son frère voulait qu'il n'ait plus accès au fric et avait engagé Michaelson & Mitchell.

Bosch lut la première page du document.

— Mais ça vient de San Diego, dit-il. Pourquoi le frangin a-t-il embauché un cabinet de Los Angeles ?

— Je ne sais pas. Peut-être y a-t-il une succursale. Mais c'est bien le nom de Michaelson qui figure dans la requête. Et je le trouve partout dans l'affaire que j'ai reçue d'Olivas.

— Le frère a-t-il obtenu ce qu'il voulait ?

— Non, justement, il n'a pas gagné. Et un an plus tard, son frangin est réduit en bouillie dans sa tente par un appareil de chauffage au kérosène trafiqué.

Ballard passa les dix minutes suivantes à lui expliquer pas à pas le meurtre d'Edison Banks Junior, Bosch essayant, lui, de comprendre comment il se faisait que le cabinet Michaelson & Mitchell était impliqué dans leurs deux affaires. Il ne croyait pas aux coïncidences, mais savait qu'elles existaient, et voilà que deux inspecteurs travaillant sur des dossiers différents venaient de trouver un lien entre eux. Si ça, ce n'était pas une coïncidence…

Ballard ayant terminé son exposé, il se concentra sur un point de l'affaire qu'elle avait mentionné.

— La femme qui a apporté la bouteille de vodka, dit-il. Aucune identification d'elle ou de la voiture ?

— Pas pour l'instant. La plaque minéralogique avait été volée et la carte de retrait dont elle s'est servie aussi… à Las Vegas.

— Et pas de photo ?

— Rien de bien clair. J'ai la vidéo du magasin sur mon portable si tu veux la regarder.

— Oui.

Ballard sortit son ordinateur de son sac à dos, l'ouvrit sur la table et tourna l'écran vers Bosch. Celui-ci regarda la femme se garer, puis entrer dans le magasin, passer au distributeur de billets, acheter la bouteille de vodka et repartir. Il remarqua aussi une échelle de hauteurs sur le cadre de la porte du magasin : avec ses talons aiguilles, la femme mesurait presque un mètre quatre-vingts.

Mais si l'on pouvait discerner sa taille, son visage n'apparaissait jamais clairement sur la vidéo. Bosch observa ses gestes et la façon dont elle marchait lorsqu'elle regagnait la Mercedes. Il savait que, perruque et rembourrages, elle pouvait porter toutes sortes de déguisements, mais la manière dont on marche est en général toujours la même. Et elle, elle avançait à petits pas, peut-être à cause de ses talons aiguilles et de son pantalon moulant en cuir, mais il y avait autre chose.

Il la regarda encore une fois descendre de la Mercedes et entrer dans le magasin. La voir avancer ainsi vers la caméra offrait un autre angle de vue sur sa démarche.

— Elle marche avec un pied légèrement en dedans, dit-il. Le gauche.

— Quoi ?

Il rembobina la vidéo, puis retourna l'écran de l'ordinateur vers Ballard avant d'appuyer sur la touche « Play » et de se pencher en avant.

— Regarde-la marcher, dit-il. Elle a le pied gauche légèrement en dedans. Ça se voit à la pointe avant de sa chaussure.

— Genre orteil de pigeon ?

— Les médecins parlent d'œdème pédiatrique. Ma fille en a eu un, mais ça a disparu quand elle a grandi. Mais chez certains… Le pied gauche de cette femme… Tu le vois ?

— Oui, à peine. Et ça nous mène où ? Peut-être qu'elle faisait semblant pour tromper des observateurs aussi pointus que toi.

— Je ne crois pas, répondit Bosch.

Ce fut à son tour d'ouvrir sa mallette et d'en sortir son ordinateur. Pendant qu'il l'allumait, le serveur lui apporta son thé glacé, Ballard se contentant de boire de l'eau.

— Bon alors, regarde ça, reprit Bosch.

Il afficha la vidéo de surveillance de Grand Park.

— Ç'a été pris le matin où le juge Montgomery a été assassiné. Le voilà en train de descendre l'escalier pour gagner le tribunal. Regarde la femme qui marche devant lui. C'est Laurie Lee Wells.

Ils regardèrent la scène un instant sans rien dire. La femme portait un chemisier blanc et un pantalon marron. Cheveux blonds, charpente fragile, et quelque chose qui ressemblait à des sandales ou à des chaussures plates aux pieds.

Bosch reprit la parole :

— Ils passent tous les deux derrière le bâtiment des ascenseurs. Elle la première, et lui derrière. Elle ressort de l'autre côté, mais pas lui. Il a été poignardé trois fois. Et elle, elle continue d'avancer vers le tribunal.

— Elle marche avec un pied en dedans, je le vois ! s'écria Ballard. Le gauche.

Cela apparut encore plus clairement lorsque la femme se tourna et se mit à marcher droit vers le tribunal et la caméra.

— Une blonde et une brune, dit-elle. Tu crois que c'est la même ?

— Même façon de marcher dans les deux vidéos, oui, je le pense.

— Et donc ?

— On a deux affaires différentes avec le même cabinet d'avocats dans le coup. Un cabinet avec un avocat qui en veut au juge Montgomery. Un cabinet qui représente aussi le frère d'Edison Banks. En plus de quoi, notre cabinet a déjà représenté une vedette du crime organisé de Las Vegas… où, comme par hasard, le numéro de carte de retrait de la femme en noir a été volé.

— Quelle vedette du crime ?

— Un certain Dominick Butino, un collecteur de fonds connu sous le nom de « Batman », et pas du tout parce qu'il adore les dessins animés et les super-héros. Sans oublier que Clayton Manley… soit l'avocat que Montgomery a jeté de son prétoire… est toujours chez Michaelson & Mitchell. On le cache et ce sont les fondateurs de la boîte qui le surveillent. Sauf que quand on a un avocat qui merde comme ça et fait la honte d'une firme, qu'est-ce qu'on fait ?

— On coupe tous les liens avec lui.

— Exactement. On s'en débarrasse. Mais eux, ils ne le font pas.

— Pourquoi ?

— Parce qu'il sait quelque chose. Quelque chose qui pourrait flinguer la boîte.

— Ce que tu me dis, c'est que ce cabinet a ordonné ces meurtres ? Que Manley était dans le coup et qu'ils n'ont aucune envie de le voir cavaler partout ?

— On n'en a aucune preuve, mais oui, c'est exactement ce que je pense.

— Un tueur à gages qu'ils ont probablement contacté par leur clientèle du crime organisé.

— Non, une tueuse à gages.

— Quoi ?

— Une tueuse à gages.

Le serveur leur apporta leurs turbots de sable, et ils gardèrent le silence jusqu'à ce qu'il reparte.

— Et les premiers inspecteurs sur l'affaire Montgomery n'ont pas cherché à la retrouver ? demanda Ballard. On dirait pourtant bien qu'elle portait un badge de juré.

— Si. Ils lui ont parlé, mais elle leur a dit qu'elle n'avait rien vu.

— Et ils se sont contentés de la croire sur parole ?

— Elle leur a dit qu'elle portait des écouteurs, qu'elle écoutait de la musique et qu'elle n'avait pas entendu le juge se faire agresser derrière elle. Ils ont marché et l'ont laissée tomber tout de suite.

— Mais… elle n'aurait pas eu du sang sur elle ? Tu ne m'as pas dit que le juge avait été poignardé trois fois et qu'elle portait un chemisier blanc ?

— C'est ce qu'on pourrait croire, mais c'était du travail de pro. Montgomery a été frappé trois fois sous le bras droit, la blessure n'étant pas plus large qu'une pièce de 50 *cents*. La lame a tranché l'artère axillaire, soit l'une des trois au flux sanguin le plus fort. C'est l'endroit idéal parce que le jet de sang étant retenu par le bras, l'assassin s'en sort sans tache. Alors que la victime…

— Comment sais-tu tout ça ?

Il haussa les épaules.

— Entraînement à l'armée.

— Et je peux savoir ce que tu foutais dans l'armée ?

— Non.

— Bon et donc, qu'est-ce qu'on fait de cette tueuse à gages ?

— On la trouve.

Chapitre 46

La première mesure qu'ils prirent fut de s'assurer que Laurie Lee Wells était bien Laurie Lee Wells. Bosch, qui avait sorti le rapport sur les témoins des fiches du livre du meurtre, le partagea avec Ballard. Le document avait été rédigé par Orlando Reyes, l'inspecteur qui avait mené l'interrogatoire. On y lisait que, pure routine, il avait entré le nom de Wells dans la base de données du NCIS et ne lui avait trouvé aucun casier. Cela n'avait rien d'inattendu : le comté de Los Angeles interdisait à tout individu détenteur d'un casier de faire partie d'un jury et la pièce ne mentionnait aucun suivi d'enquête.

Ballard et Bosch gagnèrent la Valley et l'adresse inscrite dans le rapport après avoir terminé leurs turbots de sable. Bosch ayant pris le volant, Ballard chercha Laurie Lee Wells dans l'Internet Movie Database et d'autres bases de données du spectacle et détermina qu'il y avait bien une actrice qui portait ce nom et qu'elle avait connu un certain succès dans diverses séries télévisées où elle apparaissait comme invitée spéciale.

— Tu sais que HBO a une série où un tueur à gages veut devenir acteur ? demanda Ballard.

— Je n'ai pas HBO.

— Je regarde ça chez ma grand-mère. Quoi qu'il en soit, elle a bien joué dedans.

— Et alors… ?

— Et alors, c'est bizarre. La série parle d'un tueur à gages qui veut être acteur et c'est une comédie noire. Et nous, on a une actrice qui, elle, pourrait bien être une tueuse à gages.

— Il ne s'agit pas d'une comédie, même noire. Et je doute que l'actrice Laurie Lee Wells soit la Laurie Lee Wells que nous cherchons. Dès que nous en aurons la confirmation, nous devrons comprendre comment et pourquoi notre suspect lui a piqué son identité.

— Bien reçu.

Laurie Lee Wells, l'actrice, habitait à Sherman Oaks, dans une copropriété de Dickens Street. Le bâtiment étant hautement sécurisé, ils durent entrer en contact avec elle par un Interphone – ce qui n'est jamais la meilleure façon de procéder. Ballard avait son badge d'inspecteur, ce fut elle qui se présenta. Wells était chez elle et accepta de recevoir les deux policiers. Mais elle ne leur ouvrit pas le portail avant presque trois minutes, et Bosch en déduisit qu'elle faisait le ménage… en cachant ou jetant des substances interdites dans les toilettes.

Le portail étant enfin débloqué, ils entrèrent. Prirent un ascenseur jusqu'au quatrième et y trouvèrent une femme qui les attendait devant sa porte. Elle ressemblait à la photo de permis de conduire qu'ils avaient consultée, mais Bosch se rendit tout de suite compte que ce n'était pas la femme qu'ils avaient vue dans les vidéos : elle était trop petite. Même avec des talons aiguilles, son mètre cinquante n'aurait jamais fait d'elle la tueuse d'un mètre quatre-vingts de chez Mako.

— Laurie ? lança Ballard.

Elle voulait que l'interrogatoire reste amical et attaquer avec un prénom était prudent.

— C'est bien moi, répondit Wells.

— Bonjour, moi, c'est Renée, et voici mon collègue Harry.

Wells sourit, mais regarda longuement Bosch, incapable qu'elle était de cacher sa surprise en constatant son âge et le fait que ce n'était pas lui qui parlait.

— Entrez, reprit-elle. Je déteste vous demander ça parce que j'ai bel et bien dit un truc pareil dans une série télé, mais… De quoi s'agit-il ?

— Eh bien, nous espérons que vous allez pouvoir nous aider, répondit Ballard. On peut s'asseoir ?

— Oh oui, bien sûr. Excusez-moi.

Elle leur indiqua le séjour équipé d'un canapé et de deux fauteuils disposés autour d'une cheminée où brûlaient de fausses bûches.

— Merci, dit Ballard. Commençons par les préliminaires. Vous êtes bien Laurie Lee Wells, née le 23 février 1987, correct ?

— Oui, c'est moi.

— Avez-vous été juré au cours de ces cinq dernières années ?

Elle plissa le front. Elle ne s'attendait pas à cette question.

— Je ne... je ne crois pas, répondit-elle. La dernière fois remonte à loin.

— Et pas à l'année dernière ?

— Non, pas depuis longtemps et je suis catégorique. Qu'est-ce que...

— Avez-vous été interrogée l'année dernière par deux inspecteurs du LAPD qui enquêtaient sur un meurtre ?

— Quoi ? Mais qu'est-ce qui se passe ? Il faut que j'appelle un avocat ?

— Non, vous n'en aurez pas besoin. Nous pensons que quelqu'un s'est fait passer pour vous.

— Ah ça, oui... Et ça fait maintenant presque deux ans que ça dure.

Ballard marqua une pause et coula un regard à Bosch. C'était maintenant à eux qu'on jetait un fait inattendu.

— Que voulez-vous dire ? demanda enfin Ballard.

— Que quelqu'un m'a volé mon identité et que ça fait deux ans que ce quelqu'un se fait passer pour moi, répondit Wells. L'année dernière, cet individu est même allé jusqu'à rédiger ma déclaration d'impôts et toucher mon trop-perçu, et on dirait que personne ne peut y faire quoi que ce soit. Même que ce quelqu'un a de telles dettes que je ne pourrai plus jamais m'acheter une voiture ou obtenir un prêt. Je suis obligée de rester dans cet appartement parce que j'en suis la propriétaire, mais maintenant, j'ai une solvabilité de merde et personne ne veut me croire quand je dis que ce n'est pas moi. J'ai essayé d'acheter une voiture et on m'a répondu qu'il n'en était pas question alors même que j'avais des certificats de sociétés de cartes de crédit.

— C'est horrible, dit Ballard.

— Savez-vous comment votre identité vous a été volée ? demanda Bosch.

— Quand je suis allée à Las Vegas, répondit-elle. Je me suis fait voler mon portefeuille à un spectacle. Par un pickpocket ou autre.

— Comment savez-vous que c'est là que c'est arrivé ? s'enquit Ballard.

Wells rougit d'embarras.

— Parce que j'étais à un spectacle où ce sont les hommes qui dansent, répondit-elle. J'ai dû payer pour entrer... c'était un enterrement de vie de jeune fille... et après, quand j'ai voulu donner un pourboire aux danseurs, mon portefeuille avait disparu. C'est donc là que ça s'est passé.

— Et vous l'avez déclaré à la police de Las Vegas ? demanda Ballard.

— Oui, mais ça n'a rien donné, répondit Wells. Je n'ai plus jamais entendu parler de ma plainte et ensuite, quelqu'un a commencé à faire des demandes de cartes de crédit à mon nom et maintenant, pardonnez-moi ma façon de parler, mais je suis baisée jusqu'à la fin de mes jours.

— Auriez-vous par hasard une copie de votre déclaration de vol ? demanda Ballard.

— J'en ai des tonnes parce que je dois en envoyer une chaque fois que je me fais dépouiller, répondit Wells. Attendez une minute.

Elle se leva et sortit de la pièce, Bosch et Ballard restant à se dévisager.

— Las Vegas, dit Ballard.

Bosch acquiesça.

Wells revint sans tarder et tendit à Ballard une copie de la déclaration de deux pages qu'elle avait faite à la police de Las Vegas.

— Merci. Nous n'allons pas vous retenir plus longtemps, mais est-ce que je peux vous demander si… Recevez-vous des rapports réguliers sur l'usage qui est fait de votre nom par l'individu qui vous a volé votre identité ?

— Pas tout le temps, mais oui, l'inspecteur m'appelle de temps en temps et me dit ce que fabrique cette personne, répondit Wells.

— De quel inspecteur s'agit-il ?

— L'inspecteur Kenworth de la Metro Police de Las Vegas. C'est le seul à qui j'aie jamais eu affaire.

— Ken… worth, dit Ballard. En un mot ou en deux ?

— Un. Je ne me rappelle plus son prénom. Je crois qu'il figure dans la déclaration.

— Bien, mais que vous dit-il ? Qu'il ne s'agit que d'achats effectués dans la région ?

— Non, cette personne se déplace beaucoup. Il s'agit de billets de voyage et de notes d'hôtels et de restaurants. Elle n'arrête pas de faire de nouvelles demandes de cartes parce que dès qu'il y a alerte à la fraude, elle fait opposition. Mais un mois plus tard, elle en obtient une autre.

— C'est vraiment abominable.

— Tout ça pour un enterrement de vie de jeune fille, répéta Wells.

— Vous rappelez-vous le nom de l'endroit où ça s'est produit ? demanda Bosch. C'était dans un casino ?

— Non, pas dans un casino. Ça s'appelait le Devil's Den[1] et d'habitude, c'est un bar de strip-tease pour les mecs. Ce que je veux dire, c'est que ce sont des femmes qui y dansent… mais le dimanche soir, c'est pour les femmes.

— Bien, dit Ballard.

— Est-ce que vous votez ? interrogea Bosch.

Encore une question qui sortait de nulle part, mais Wells y répondit :

— Je sais que je devrais, mais ça n'a pas l'air d'avoir beaucoup d'importance en Californie.

— Vous n'êtes donc pas enregistrée sur les listes électorales, fit remarquer Bosch.

— Pas vraiment, non, répondit Wells. Mais pourquoi me demandez-vous ça ? Qu'est-ce que ç'a à voir avec…

— Nous pensons que la personne qui vous a volé votre identité s'est fait passer pour vous pour être jurée

1. Le repaire du diable.

dans un procès. Et il faut être enregistré comme votant pour pouvoir être sélectionné dans un pool de jurés.

— Mon Dieu, je me demande si elle a fait de moi une démocrate ou une républicaine.

De retour à leur voiture, Bosch et Ballard reprirent tout ça avant de passer à la suite.

— Il faut qu'on obtienne l'adresse inscrite sur sa déclaration de vote, dit Bosch. Ça nous dira où sa citation à être juré a été envoyée.

— Je peux m'en occuper. Mais c'est quoi, l'idée ? Toute cette mise en scène… ce contrat… aurait dépendu du fait que le tueur soit appelé comme juré ? Ça me semble… je sais pas. Un peu tiré par les cheveux, si tu veux mon avis.

— Oui, mais pas autant que tu crois. Ma fille a reçu une citation à être jurée il y a deux mois, juste après s'être enregistrée comme votante. C'est censé être fait au hasard, mais chaque fois qu'ils sélectionnent un nouveau pool de jurés, ils excluent ceux qui ont déjà servi, ou qui n'ont pas répondu à la citation et ont été sanctionnés[1]. D'où le fait que le nouveau votant a plus de chances d'être appelé.

Ballard acquiesça, mais d'une façon qui lui montra son scepticisme.

— On ne sait pas non plus depuis quand c'était planifié, ni même comment, reprit-il. Laurie s'est fait piquer son portefeuille l'année dernière, il n'est pas impossible que le voleur ait demandé de se faire refaire

1. La peine peut être de 1 000 dollars et de six mois de prison.

tous les papiers, et une carte d'électeur peut servir de deuxième preuve d'identité dans un coup tordu. Il aurait pu avoir cette idée depuis longtemps, et un jour, comme ça, tout se met en place.

— Il faut qu'on trouve s'il y a un lien entre le Devil's Den et Batman Butino.

— Et parler à l'inspecteur de la Metro Vegas. Histoire de voir jusqu'où il a suivi l'affaire.

— Peut-être a-t-il des photos ou des vidéos de la fausse Laurie Lee Wells, dit Ballard. Quoi d'autre ?

— Il faut aussi qu'on parle à Orlando Reyes, répondit Bosch. C'est lui qui l'a interrogée.

— C'est ça que je ne comprends pas. Cette fille tue un juge et se présente ensuite comme juré à un procès ? Pourquoi ? Pourquoi ne dégage-t-elle pas à toute allure ?

— Pour finir le boulot.

— Ce qui veut dire… ?

— Pour préserver sa couverture. Si elle n'avait fait que passer au tribunal, ils auraient su que c'était elle. Elle est restée pour que Reyes puisse la trouver, l'interroger et passer à autre chose.

— Comme le coup de la vodka Tito's. Elle aurait pu le faire n'importe où ailleurs, mais non, il a fallu qu'elle l'achète à deux rues de l'endroit où Banks s'est fait assassiner… et en plus, dans un lieu où elle sait qu'il y a des caméras auxquelles nous finirons par avoir accès. C'est ce que j'ai dit à Olivas et aux autres : il y a du psychologique là-dedans. Elle aime se montrer. Pour moi, ça l'amuse de se cacher au nez et à la barbe de tout le monde. Je ne sais pas pourquoi, mais c'est évident.

Il acquiesça. Pour lui, elle ne se trompait pas.

— Il sera intéressant d'entendre ce que Reyes pense d'elle, dit-il.

— Je croyais que ces mecs ne te parlaient plus. Peut-être devrais-je me charger de Reyes.

— Non. Si tu fais ça, l'affaire te sera aussitôt piquée par eux et par les gars des Vols et Homicides. C'est moi qui m'en occupe. Quand je lui aurai expliqué que tout ça pourrait bien finir par être très embarrassant pour lui, je suis sûr qu'il acceptera de me rencontrer quelque part pour parler.

— Parfait. Tu fais ça et moi, je travaille les autres trucs.

— Tu es sûre ?

— Oui, mon badge me donne un meilleur accès à tout. Tu prends Reyes, je prends le reste.

Bosch démarra la Jeep pour ramener Ballard à sa voiture à Hollywood.

— Il va aussi falloir qu'on trouve une façon d'approcher Clayton Manley, enchaîna-t-il en déboîtant du trottoir.

— Mais… tu ne m'as pas dit qu'il avait compris à quoi tu jouais ? Tu ne penses quand même pas retourner le voir en te faisant encore une fois passer pour un client, si ?

— Non, ça, c'est cuit. Mais si j'arrive à le coincer quelque part tout seul, je devrais pouvoir tout lui expliquer et l'obliger à coopérer.

— J'aimerais bien en être.

— Ce que je veux, c'est que tu y sois avec ton badge et ton flingue. Pour qu'il comprenne qu'il a le cul à l'air.

— La fois où tu étais avec lui dans son bureau…

— Oui… ?

— Tu n'as pas fait quelque chose qu'il vaudrait mieux que je sache, dis ? Quelque chose qui pourrait compromettre l'affaire…

Il réfléchit à ce qu'il allait devoir lui dire. À ce qu'il avait fait et à ce qui pouvait prouver qu'il l'avait fait.

— J'ai juste lu un de ses e-mails, répondit-il enfin. Je te l'ai déjà dit. Juste au moment où il quittait la pièce pour aller faire ses copies. J'ai entendu une alerte, j'ai regardé l'e-mail et c'était son patron, Michaelson, qui le traitait d'idiot pour avoir laissé entrer le renard dans le poulailler… Un truc comme ça.

— Et le renard, c'était toi.

— Et le renard, c'était moi, oui.

— Et c'est tout ?

— C'est-à-dire que… je l'ai effacé.

— Tu as effacé le message ?

— Oui, je ne voulais pas courir le risque qu'il le lise pendant que j'étais dans son bureau. Il fallait que je parte avant qu'il comprenne.

— Bon d'accord, tu ne m'as jamais parlé de ça, compris ?

— Jamais.

— Et… c'est vraiment tout ce que tu as fait ?

Il pensa aux photos qu'il avait prises avec son téléphone dans le bureau de Manley et décida de garder ça pour lui. Pour l'instant.

— C'est vraiment tout, oui, répondit-il.

— Parfait.

Chapitre 47

En revenant à Hollywood pour ramener Ballard à sa voiture, Bosch appela Reyes sur sa ligne directe aux Vols et Homicides et le mit sur haut-parleur.

— Reyes, Vols et Homicides.

— Reyes, un coup de bol comme ça, vous n'en avez encore jamais reçu par téléphone.

— Qui c'est qui… Bosch ? C'est Bosch ? Je raccroche.

— Tu fais ça et tu liras tout dans le journal.

— C'est quoi encore, ces conneries ? Et je suis sur haut-parleur ?

— Oui, je suis au volant. Et c'est du vrai assassin du juge Montgomery que je vais te parler. Ça sera public dans pas longtemps et tu pourras soit avoir l'air d'être dans le coup, soit de t'être complètement gouré, avec ton coéquipier… ce qui n'est pas loin de la vérité, Reyes.

— Bosch, je ne joue pas à vos petits jeux. Je…

— C'est pas un jeu, Orlando. C'est l'occasion ou jamais de réparer vos merdes. Retrouve-moi aux bancs roses près des ascenseurs de Grand Park dans une heure.

— Pas question. Dans une heure, je rentre chez moi, avant l'heure de pointe.

— Alors n'oublie pas que je t'aurai donné la possibilité d'être avec nous quand toute la merde t'éclaboussera. Dans une heure, Reyes. Tu y es ou tu préfères éviter la circulation. Moi, je m'en fous. J'ai fait partie des Vols et Homicides, Reyes, et je voulais te faire une fleur. *Adios !*

Et il raccrocha.

— Tu crois qu'il va venir ? demanda Ballard.

— Oh oui ! La dernière fois que je lui ai parlé, je pense qu'il a senti qu'on n'était pas dans une RPA. Pour moi, c'est son coéquipier qui lui a forcé la main. Ça arrive.

— Je sais.

Il lui coula un regard, puis se concentra de nouveau sur la route.

— C'est de moi que tu parles ?

— Non, bien sûr que non, répondit-elle. Sans compter qu'on n'est pas coéquipiers. Officiellement.

— On résout l'enquête et ça pourrait se savoir… Ce qu'on a fait, je veux dire.

— Je ne sais pas. C'est Olivas qui m'a confié l'affaire Banks. Et moi, je l'ai reliée à toi et à tout ça. Je ne vois pas de retours de bâton. Surtout maintenant que je tiens Olivas en laisse.

Il sourit. Ballard lui avait raconté la conversation qu'elle avait eue avec le capitaine au poste de commandement mobile. Elle pensait que le contrat qu'elle avait passé avec lui et l'enregistrement qu'elle en avait en guise d'assurance lui donnaient l'avantage.

— Parce que tu crois vraiment tenir ce mec en laisse ?

— Pas vraiment, non. Mais tu vois ce que je veux dire. Il ne veut pas de vagues. Il veut du calme plat sur lequel pagayer gentiment jusqu'à la retraite l'année prochaine. S'il me fait chier, je lui renvoie tout ça à la figure. Et il le sait.

— Tu le tiens complètement. Ils sont tous impliqués, désormais.

— Pour l'instant. Mais rien n'est éternel.

Elle avait garé son véhicule près de Chez Musso, Bosch s'arrêta juste derrière.

— Qu'est-ce que tu vas faire, maintenant ? demanda-t-il.

— Je passe au commissariat et je me prends quelques heures de sommeil dans la salle de repos avant l'appel.

— De mon temps, quand j'étais à la division de Hollywood, on appelait ça la « suite de la lune de miel ».

— Ça se dit encore… Certains types de la vieille école. Dans le service, il y a des choses qui ne changent pas.

Il se dit qu'elle parlait de choses plus sérieuses que la salle des petits sommes du commissariat.

— Bon d'accord, dit-il, je ne te rappellerai pas après avoir vu Reyes. Appelle-moi quand tu te réveilles.

— Ce sera fait.

Elle descendit de la voiture et Bosch poursuivit sa route. Une demi-heure plus tard, il s'asseyait sur un des bancs roses au pied d'un bâtiment de Grand Park. Le plus proche était occupé par un sans-abri, la tête posée sur un sac de marin crasseux pour lire un livre de poche à la couverture arrachée. Bosch ne savait pas si Reyes savait à quoi il ressemblait, mais douta qu'il le prenne pour ce type-là.

Dix minutes après l'heure prévue pour le rendez-vous, Bosch allait renoncer. Il s'était assis sur le banc selon un angle qui lui permettait de voir tout individu qui aurait traversé le parc en venant du Police Administration Building, mais personne ne se montrait. Il se penchait en avant pour se lever sans exercer trop de pression sur son genou lorsqu'il entendit quelqu'un l'appeler dans son dos. Il ne se retourna pas. Il attendit et un type en costume fit le tour du banc. Bosch remarqua le tombé de sa veste de costume et comprit qu'il était armé. Milieu de la trentaine, entièrement chauve sur le dessus mais avec une frange de moine sur les côtés.

— Reyes ? lança-t-il.

— Lui-même.

Reyes s'assit sur le banc.

— J'ai failli aller là-bas, vers le type avec son livre. Mais je me suis dit que vous aviez peut-être un peu plus de dignité que ça.

— Ça c'est drôle ! lui renvoya Bosch.

— Bon, qu'est-ce que je peux faire pour vous ? Faut que je rentre à Duarte et la circulation va être dégueulasse.

Bosch lui montra le bâtiment des ascenseurs. Il était orienté selon un angle semblable à celui de la caméra du tribunal derrière eux. Ils ne pouvaient pas voir l'endroit où le juge Montgomery avait été poignardé à mort.

— Parle-moi de la femme jurée, dit Bosch.

— De qui ? Quelle femme jurée ?

— Le témoin. Laurie Lee Wells. Ton nom figure dans le rapport. C'est toi qui l'as interrogée.

— Parce que c'est de ça qu'il s'agit ? On laisse tomber. Pas question de reprendre toutes les étapes de l'enquête. Elle m'a fait perdre mon temps et maintenant, c'est votre tour. Je rentre.

Il se leva pour partir.

— Assis, Orlando, ordonna Bosch. C'est elle la meurtrière et tu l'as loupée. Assieds-toi et je vais tout t'expliquer.

Reyes resta debout et le pointa du doigt.

— Des conneries, oui ! Tu cherches juste à te faire pardonner. Tu as fait libérer l'assassin et maintenant tu t'accroches à des brins d'herbe. Cette femme n'a rien vu ni entendu. Elle écoutait les Guns N' Roses. Volume maximum.

— Sympa, comme détail. Mais ce n'était pas dans ton rapport. Où il n'est pas non plus dit que t'as vérifié qui elle était.

— Je l'ai fait, et il n'y a rien à dire.

— Oui, tu as entré son nom dans l'ordi. Mais si tu étais allé à son appartement et avais frappé à sa porte, tu aurais vu que la vraie Laurie Lee Wells de Dickens

Street à Sherman Oaks n'était pas celle que tu as interrogée. Tu t'es fait avoir, Orlando. Alors assieds-toi, qu'on puisse échanger des infos.

Reyes était hésitant, nerveux même. C'était comme s'il avait un pied prêt à rejoindre Duarte et l'autre à gagner le banc. Bosch lui décocha son dernier argument :

— Est-ce que tu sais que cette femme, ce prétendu juré que tu as interrogé, est le suspect nº 1 dans une autre affaire des Vols et Homicides ? Celle du carbonisé retrouvé l'autre soir. Eh bien, c'était un meurtre déguisé en autre chose. Exactement comme pour Montgomery.

Reyes finit par s'asseoir.

— OK, Bosch, je t'écoute. Et vaudrait mieux que ça soit du bon.

— Non, non, c'est pas comme ça que ça marche. C'est toi qui commences par me parler. Je veux tout savoir sur cet interrogatoire. Comment tu as trouvé cette fille et où tu lui as parlé. Tu causes et après, c'est moi qui te dis.

Reyes hocha la tête, agacé d'avoir à parler le premier. Mais il se mit à table.

— C'est simple. On a récupéré la vidéo et on l'a regardée. On a vu la femme et identifié son badge de juré. J'ai oublié ce que fabriquait Gussy, mais c'est moi qui me suis déplacé. Comme on n'avait évidemment pas de nom, j'ai demandé à jeter un coup d'œil dans la salle où les jurés étaient rassemblés. Et personne ne correspondait. Le clerc m'a dit que ce jour-là, trois groupes avaient été envoyés dans des prétoires pour sélection et je savais qu'elle ne pouvait pas être déjà en session parce qu'elle arrivait trop tôt. Sur la vidéo, je veux dire. Les auditions ne commencent jamais avant 10 heures et sur l'enregistrement, elle apparaît avant 8 heures.

— Alors comment l'as-tu retrouvée ?

— Le clerc m'a dit d'aller voir à la cafète à côté de la salle où les candidats se réunissent. J'ai voulu la ramener au PAB pour l'interroger, mais elle m'a dit qu'elle avait été sélectionnée comme juré et qu'elle voulait rester sur place. C'est donc là qu'on a parlé.

— Et tu ne l'as pas enregistrée ?

— Non, si son témoignage avait eu de la valeur, j'aurais suivi tout le protocole. Mais j'ai vite compris que non, quand il est apparu clairement qu'elle ne savait pas ce qui s'était passé cinq mètres derrière elle. Elle avait des écouteurs sur les oreilles, tu te rappelles ?

— Oui, et elle écoutait Guns N' Roses. Et tu as vérifié son identité ?

— Je n'ai pas regardé son permis de conduire, si c'est ça que tu veux dire. Je savais que le clerc aurait tout ça si jamais on en avait besoin. Écoute, Bosch, c'est à toi de causer maintenant. Dis-moi ce que tu crois avoir et savoir.

— Encore une question : es-tu allé voir le clerc pour confirmer que c'était bien un vrai juré après lui avoir parlé ?

— Pourquoi j'aurais fait ça ?

— Et donc, la réponse est non. Tu l'as trouvée installée à la cafète, mais tu n'as pas vérifié qu'elle y était en qualité de juré sélectionné.

— Je n'en ai pas eu besoin. Elle n'avait rien vu ni entendu, elle ne me servait donc à rien comme témoin. Bon et maintenant, tu vas enfin me dire ce que tu crois savoir sur elle, oui ou non ?

— Je sais que la vraie Laurie Lee Wells qui habite à l'adresse que tu mentionnes dans ton rapport n'a jamais été juré au moment du meurtre. Et ce n'est pas la femme de la vidéo.

— Tu déconnes ! Et comment tu relies la femme de la vidéo à l'avocat avec qui Montgomery avait un problème ?

— J'y travaille. Le cabinet de cet avocat représente un client qui pourrait bien être impliqué dans un meurtre par incendie, et la même femme apparaît sur la vidéo de surveillance tout près du lieu du meurtre. Pour moi, c'est une tueuse à gages qui travaille pour quelqu'un que représente ce cabinet d'avocats. Il y a d'autres liens… essentiellement à Las Vegas… et on y travaille aussi.

— Et qui est ce « on », Bosch ? Ne me dis pas que tu as mis ce Haller sur le coup !

— Non, ce n'est pas lui. Mais tu n'as pas besoin de savoir de qui il s'agit. Tu as besoin de te tenir tranquille jusqu'à ce que je puisse tout mettre en ordre et après, on, oui « on », t'apportera tout. Ça te va, Orlando ?

— Bosch, tu ne…

Il fut interrompu par des vibrations dans sa poche. Il sortit son portable, regarda un SMS et s'apprêtait à y répondre lorsqu'il reçut un appel, le prit et leva la main pour signifier à Bosch de ne pas l'interrompre. Il écouta son correspondant et lui posa une seule question : « Quand ? » Écouta encore avant de dire : « OK, je me mets en route. Passe me prendre devant le bâtiment. »

Sur quoi, il raccrocha et se leva.

— Faut que j'y aille, Bosch, dit-il. Et on dirait que t'arrives un peu tard, mec.

— Qu'est-ce que tu racontes ?

— Clayton Manley vient de se jeter du haut d'une tour de Bunker Hill. Et il a éclaboussé tout le bitume dans California Plaza.

Bosch en resta stupéfait. Puis, l'espace d'un bref instant, il pensa à la façon dont le corbeau qui s'était cogné dans la baie vitrée du bureau de Manley avait dégringolé jusqu'en bas de la tour.

— Comment sait-on qu'il s'agit bien de lui ? demanda-t-il.

— Il a envoyé un e-mail d'adieu à toute la firme, répondit Reyes. Après quoi, il est monté sur le toit et a sauté.

Reyes tourna les talons et s'éloigna, direction le PAB où son coéquipier l'attendait.

BALLARD

Chapitre 48

Au lieu de dormir, Ballard appela le numéro de la Las Vegas Metro qu'elle avait trouvé dans la déclaration de vol que lui avait donnée Laurie Lee Wells. Mais fut surprise lorsque la voix qui lui répondit lui lança :

— OCI[1].

Toutes les agences des forces de l'ordre ont un glossaire bien précis d'acronymes et de codes sténo pour désigner telle ou telle unité, bureau et lieu. En guise de plaisanterie, Harry Bosch lui avait un jour affirmé que le LAPD avait une unité entière spécialisée dans l'art de trouver des acronymes pour ses divers services. Mais Ballard savait qu'en général, « OC » correspondait au crime organisé, or Wells ne leur avait parlé que d'un vol de portefeuille.

— OCI, vous désirez ? répéta la voix.

— Euh, oui, je cherche à joindre l'inspecteur Tom Kenworth.

1. Organized Crime Intelligence Unit, unité du renseignement sur le crime organisé.

— Un instant, s'il vous plaît.

Elle attendit.

— Kenworth.

— Inspecteur, je suis l'inspectrice Renée Ballard du LAPD. Je vous appelle parce que je pense que vous pourriez me donner des renseignements concernant un homicide sur lequel j'enquête.

— Un homicide à Los Angeles ? Comment pourrais-je vous aider alors que je suis à Las Vegas ?

— L'année dernière, vous avez reçu la plainte d'une certaine Laurie Lee Wells. Cela vous dit-il quelque chose ?

— Laurie Lee Wells, Laurie Lee Wells. Euh, non, pas vraiment. C'est votre victime ?

— Non, elle va bien.

— Votre suspect ?

— Non, inspecteur. Son portefeuille lui a été dérobé à Las Vegas, au Devil's Den, le résultat étant qu'on lui a volé son identité. Ça ne vous dit toujours rien ?

S'ensuivit une longue pause avant que Kenworth ne réponde :

— Vous pourriez me redonner votre nom ?

— Renée Ballard.

— Et vous avez bien dit « Hollywood » ?

— Oui, division de Hollywood.

— OK, je vous rappelle dans cinq ou six minutes, d'accord ?

— J'ai vraiment besoin de ces renseignements. Il s'agit d'un homicide.

— Je sais, et je vais vous rappeler. Cinq minutes.

— OK, je vous donne le numéro de ma ligne directe.

— Non, je n'en veux pas. Si vous êtes réglo, je vous trouverai. À plus.

Et il raccrocha avant qu'elle puisse ajouter quoi que ce soit.

Elle posa son portable et attendit. Elle savait ce que fabriquait Kenworth – il s'assurait de bien parler à un vrai flic d'une vraie affaire. Elle relut le rapport de la Metro Police de Las Vegas que Laurie Lee Wells lui avait donné. Moins d'une minute plus tard, elle entendit son nom à l'interphone du commissariat : elle avait un appel sur la 2. C'était Kenworth.

— Désolé, dit-il. Mais on n'est jamais trop prudent depuis quelque temps.

— Vous travaillez au crime organisé, je comprends, dit-elle. Et donc, qui a volé l'identité de Laurie Lee Wells ?

— Attendez une seconde, inspecteur Ballard. Et si vous commenciez par me dire sur quoi vous travaillez… Qui est mort et comment le nom de Laurie Lee Wells est-il mêlé à tout ça ?

Ballard savait que si c'était elle qui parlait la première, Kenworth contrôlerait le flot d'informations dans les deux sens. Mais elle n'avait pas le choix. Qu'il l'ait rappelée, et aussi sa méfiance lui disaient qu'il ne lâcherait pas avant d'avoir ce qu'il voulait.

— En réalité, nous avons affaire à deux meurtres, un commis l'an passé et l'autre la semaine dernière, dit-elle. La victime du premier est un juge de cour supérieure poignardé alors qu'il se rendait au tribunal. Celle du second a été brûlée vive. Pour l'instant, nous avons deux choses qui les relient : le cabinet d'avocats qui représente des individus probablement impliqués dans ces deux affaires apparemment sans lien… et la femme.

— La femme ? répéta Kenworth.

— On a la même femme en vidéo à proximité immédiate des deux scènes de crime. Elle porte des vêtements et des perruques différents, mais c'est bien elle. Dans la première affaire, celle de l'assassinat du juge, elle a même été sélectionnée comme juré, s'est identifiée à la police sous le nom de Laurie Lee Wells et a donné l'adresse exacte de la Laurie Lee Wells qui, elle, s'était fait voler son portefeuille et son identité l'année précédente à Las Vegas. Nous nous sommes rendus chez la vraie Laurie Lee Wells et ce n'est pas la femme de la vidéo. Elle nous a raconté ce qui s'était passé à Vegas et c'est ça qui m'a conduite à vous.

Silence du côté de Kenworth.

— Vous êtes toujours là ? le pressa Ballard.

— Oui, oui. Je réfléchissais. Et dans ces vidéos, vous avez une vision claire de cette femme ?

— Pas vraiment. Elle a joué fin. Mais nous l'avons identifiée à sa façon de marcher.

— À sa façon de marcher.

— Elle a un orteil en dedans. On le voit dans les deux vidéos. Cela vous dit-il quelque chose ?

— Un orteil en dedans ? Non. Je ne sais même pas ce que ça veut dire.

— D'accord, mais que pouvez-vous me dire de l'affaire Laurie Lee Wells ? Avez-vous identifié la personne qui lui a volé son identité ? Comme vous travaillez au crime organisé, je suppose que cette affaire est reliée à quelque chose de plus important.

— Eh bien, à Las Vegas, nous avons effectivement des groupes du crime organisé spécialisés dans le vol d'identité à grande échelle, ce qui fait que beaucoup d'affaires atterrissent chez nous. Mais si nous avons pris celle-là, c'est parce qu'elle s'est produite à un endroit sur lequel nous enquêtons.

— Le Devil's Den.

Kenworth garda le silence pour bien marquer qu'il ne confirmait pas son hypothèse.

— Bon, d'accord, si vous ne voulez pas parler du Devil's Den, parlons de Batman, lança-t-elle.

— De… « Batman » ?

— Oh, allons, Kenworth ! De Dominick Butino.

— C'est la première fois que vous le mentionnez. Que vient-il faire dans tout ça ?

— Le cabinet d'avocats impliqué représente aussi Butino dans une affaire jugée ici. Et qu'il a gagnée. Permettez que je vous demande ceci, inspecteur, puisque vous travaillez au crime organisé… Avez-vous jamais entendu parler d'une tueuse à gages qui pourrait travailler pour Butino ou pour l'Outfit ?

Comme cela commençait à devenir une habitude, Kenworth ne répondit pas tout de suite. Il donnait l'impression d'être obligé d'évaluer avec beaucoup de précaution tout ce qu'il lui disait.

— La question n'est pas si difficile que ça, inspecteur, finit-elle par lui dire. Vous en avez entendu parler ou pas ? Votre hésitation me suggère que la réponse est oui.

— Eh bien, oui, lâcha-t-il enfin. Mais il s'agit plus d'une rumeur que d'autre chose. On a effectivement eu des infos ici et là sur une femme qui exécuterait des contrats pour l'Outfit.

— Que disent ces rumeurs ?

— On a eu un type… connecté, le type… qui est venu ici de Miami. Et il a fini mort dans sa suite au Cleopatra. Les caméras de surveillance du casino le montrent en train de monter avec une femme. Et la scène de crime ressemble à un suicide… Il aurait mangé son arme. Sauf que plus on enquête, plus on pense qu'il s'agit d'un contrat. Mais ça date de neuf mois et ne nous a menés à rien. C'est devenu un cold case.

— Ça ressemble assez à notre fille. J'aimerais beaucoup voir la vidéo.

Kenworth s'enferma encore dans le silence.

— Je vous montre ma vidéo si vous me montrez la vôtre, le pressa-t-elle. On peut se donner un sacré coup de main. Si c'est bien la même femme, on tient quelque chose d'énorme. Donnez-moi votre adresse e-mail et je vous envoie ce qu'on a. Et vous, ensuite, vous m'envoyez ce que vous avez. C'est ce qu'on fait quand on collabore entre forces de l'ordre.

— Ça devrait marcher, répondit-il enfin. Mais on n'a pas son visage. Et dans cette ville où il y a des caméras partout, elle semblait connaître l'emplacement de chacune.

— Même chose ici. C'est quoi votre adresse e-mail ? Je vous envoie la première vidéo. Vous me renvoyez la vôtre et je vous envoie la seconde. Marché conclu ?

— Marché conclu.

Elle raccrocha et téléchargea la vidéo de chez Mako où on voyait la femme acheter la bouteille de Tito's et tirer de l'argent au distributeur. En intitulé de courriel, elle écrivit *Veuve noire*, parce que c'était le nom qui lui était venu à l'esprit pour désigner la version femme aux cheveux et aux vêtements noirs de l'assassin présumé.

Kenworth lui répondit comme il avait répondu au téléphone : au bout d'une demi-heure, elle n'avait toujours rien reçu de sa part. Elle commençait à se dire qu'il s'était fichu d'elle et s'apprêtait à le rappeler lorsqu'un e-mail lui parvint avec l'intitulé *Veuve noire* et deux pièces jointes : *CLEO 1* et *CLEO 2*. Et une seule phrase en guise de message : « La voiture de CLEO 2 était volée et a brûlé à Summerland. »

Elle téléchargea les vidéos et les visionna.

La première suivait les mouvements d'un homme en chemise Jimmy Buffett assis à une table de black-jack du Cleopatra. Ballard se dit qu'il devait s'agir de la victime. La femme assise à côté de lui n'avait rien dans les mains. Longs et fournis, ses cheveux blonds faisaient penser à une perruque. Une épaisse frange lui servait de visière interdisant toute prise de vue de son visage tourné vers le bas.

L'homme touchait ses jetons, puis l'angle de la caméra changeait lorsque le couple quittait la table pour se diriger vers les ascenseurs menant aux suites de la tour. La femme gardait la tête baissée et à l'abri de toute caméra de surveillance. Elle portait ce qui semblait être un grand sac blanc jeté par-dessus une de ses épaules et était vêtue d'un haut et d'un pantalon parachute noir. Les derniers plans de la vidéo montraient le couple dans un ascenseur avec le bouton du quarante-deuxième étage allumé. Ils descendaient de la cabine à 1 h 12 mn 54 s, la vidéo s'arrêtant juste après.

Ballard passa à CLEO 2. Prise par la caméra de l'ascenseur à 1 h 34 mn 31 s, la vidéo montrait une femme en train de monter dans la cabine au quarante-deuxième étage. Elle portait un chapeau à large bord qui lui cachait entièrement le visage. Seule une petite masse de cheveux noirs lui descendait dans le dos. Pantalon noir, chemisier et sandales. Le sac passé par-dessus son épaule était noir, mais de même dimension que celui de CLEO 1.

Puis la femme quittait l'ascenseur au rez-de-chaussée du casino, et les caméras la suivaient en train de traverser les salles de jeu et de sortir pour rejoindre le parking. Elle y longeait une allée, montait dans un SUV Porsche couleur argent, et s'éloignait.

Grâce au message de Kenworth, Ballard savait ce qu'il était advenu du véhicule.

Elle rembobina l'enregistrement et regarda à nouveau la femme en train de longer l'allée du parking. Et remarqua qu'elle marchait bien avec un orteil en dedans.

— La Veuve noire, murmura-t-elle.

Pour respecter les termes du marché, elle téléchargea la vidéo de Grand Park et l'envoya à Kenworth avec ce message :

C'est la même femme dans les deux vidéos. On en est donc à trois 187. Faut qu'on cause.

Puis, juste après l'avoir envoyé, elle se rendit compte que ce « 187 » n'était peut-être pas le code de l'assassinat au Nevada. Elle se rendit aussi compte que non seulement la Vegas Metro et le LAPD avaient besoin de se parler, mais que les gens du LAPD avaient, eux aussi, à se parler. L'affaire avait atteint un niveau tel qu'elle se devait de mettre Olivas au courant et de lui enjoindre de parler coopération interagences avec la police de Las Vegas.

Mais avant ça, il fallait surtout qu'elle informe son propre coéquipier de ces dernières avancées.

Elle l'appela, il décrocha aussitôt. Mais sa voix était étouffée par des bruits de circulation et le hurlement d'une sirène. Elle réussit néanmoins à l'entendre lui dire :

— Ne quitte pas.

Elle attendit tandis qu'il devait remonter sa vitre et mettre ses écouteurs.

— Renée ?

— Où es-tu, Harry ? Qu'est-ce qui se passe ?

— Je suis en route pour Bunker Hill et je suis une ambulance. Clayton Manley vient de descendre trente-deux étages sans ascenseur.

— Ah, merde ! Il a sauté ?

— C'est ce qu'on dit. Qui sait ? Les Vols et Homicides prennent l'affaire. Gustafson et Reyes. J'y vais, histoire de voir ce que je peux glaner.

— Écoute, Harry, fais attention. Tout commence à se mettre en place. Je viens de parler à la Vegas Metro et eux aussi, ils ont une affaire de meurtre. Ils m'ont envoyé la vidéo et c'est bien notre nana. La Veuve noire.

— C'est comme ça qu'ils l'appellent ?

— Non, en fait, c'est moi qui lui ai donné ce surnom en leur envoyant la vidéo.

— Et c'est quoi, leur affaire ?

— Ç'a à voir avec la mafia. Un type du crime organisé de Miami qui a pris une chambre au Cleopatra et n'en est jamais ressorti. Apparence de suicide… comme s'il avait bouffé son flingue. Mais ils l'ont sur vidéo en train de monter à sa chambre avec la Veuve noire. Après, elle redescend, avec une autre perruque et l'air complètement différente. Sauf sa façon de marcher. C'est elle. J'en suis sûre.

S'ensuivit un silence, mais avec Bosch, elle s'y attendait.

— Faux suicide, dit-il enfin.

— Comme avec Manley, répliqua-t-elle. Mais pourquoi est-ce que les Vols et Homicides prennent l'affaire si c'est un suicide… en tout cas apparemment ?

— Je ne sais pas. C'est peut-être ce que j'ai dit à Reyes qui les a obligés à remettre Manley dans leur collimateur. J'étais en train de lui dire comment ils l'avaient loupé quand il a reçu l'appel. Bon, bref, j'y suis. J'essaie de monter au cabinet d'avocats.

— Harry, elle pourrait y être. Ou au moins être toujours dans le coin.

— Je sais.

— Ce que… s'ils ont éprouvé le besoin de se débarrasser de Manley, ils pourraient très bien avoir aussi envie de se débarrasser de toi. C'est toi qui es allé les voir et as secoué le cocotier.

— Je sais.

— Alors n'y va pas tout de suite. Attends-moi. J'arrive.

BOSCH

Chapitre 49

Bosch se gara le long du trottoir un peu après le musée de Grand Avenue. Il déverrouilla la boîte à gants et en sortit deux objets : un petit pistolet six coups dans son holster et un vieil insigne du LAPD qu'il aurait dû rendre en prenant sa retraite, mais avait prétendu avoir perdu.

Il fixa l'arme à sa ceinture, glissa sa pièce d'identité dans la poche de sa veste, enclencha les feux de détresse de la Jeep et en descendit. Il longeait le musée pour gagner California Plaza lorsqu'il vit Gustafson et Reyes en train de sortir du coffre de leur voiture banalisée l'équipement dont ils auraient besoin pour leur enquête. Il se dirigea droit sur eux et Gustafson l'interpella.

— Qu'est-ce que tu fous ici, Bosch ? s'écria-t-il. Tu n'es plus au LAPD. On veut pas de toi ici.

— Sans moi, vous ne seriez même pas là, rétorqua Bosch. Vous…

— Pour info, Bosch : je pense toujours que tu divagues complètement. Bref, tu peux dégager. Allez, *bye bye*.

Et il claqua violemment le coffre pour souligner qu'on le renvoyait.

— Tu ne m'écoutes toujours pas, le reprit Bosch. Ce n'est pas un suicide et l'assassin pourrait être encore dans l'immeuble.

— Ah oui ! Orlando vient de me dire pour ta tueuse à gages. Elle est bien bonne, celle-là !

— Alors pourquoi t'es là, Gustafson ? Depuis quand les Vols et Homicides se déplacent-ils pour un suicide ?

— Le mec plonge, son nom apparaît dans notre dossier, on a droit au coup de fil. Et ça me fait perdre mon temps.

Il passa devant Bosch et se dirigea vers la place, Reyes le suivant religieusement sans dire un mot.

Bosch les regarda partir et examina les lieux. Un attroupement s'était formé à l'autre extrémité du bâtiment, des hommes de la sécurité commençant à y délimiter un périmètre interdit autour d'une bâche en toile bleue jetée sur le cadavre de Clayton Manley. Des ambulanciers s'y dirigeaient, Gustafson et Reyes pas loin derrière. Même de loin, Bosch comprit que la bâche bleue n'était qu'à un petit mètre de la tour.

Les suicides ne sont jamais identiques, mais les années qu'il avait données à la police lui avaient appris que ceux qui se jettent dans le vide s'écartent en général le plus possible du bâtiment d'où ils sautent. Il y a toujours ceux qui « enjambent », mais cette méthode n'est ni aussi précise ni aussi définitive. Nombre d'immeubles sont munis de parapets, d'échafaudages pour nettoyer les vitres, d'auvents et autres structures qui peuvent arrêter la chute. Et la dernière chose dont a envie un individu qui veut se suicider est bien d'être stoppé dans sa descente et de rebondir sur la paroi de l'immeuble, voire de se retrouver en vie tout en bas.

Bosch s'écarta du chemin que tous avaient pris et se dirigea vers l'entrée de la tour – sans cesser de surveiller l'esplanade entourée d'immeubles de bureaux sur trois côtés. Celui vers lequel il avançait était le plus haut, mais il se dit que quelque part sur la place des caméras avaient dû filmer la chute de Manley. En les examinant, il serait peut-être possible de déterminer s'il était conscient lorsqu'il était tombé.

Bosch glissa la main dans sa poche en arrivant au tambour d'entrée, sortit son badge et le fixa à la pochette de sa veste. Il savait qu'il allait devoir avancer et ne jamais s'arrêter assez longtemps pour qu'on puisse lire la date qui figurait dessus.

Une fois passé le tambour, il vit le bureau circulaire de la sécurité avec son panneau indiquant que les visiteurs devaient montrer une pièce d'identité avant de pouvoir monter dans les étages. Il s'avança d'un air confiant. Un homme et une femme étaient assis derrière le comptoir, l'un et l'autre vêtus d'un blazer bleu avec plaque d'identité.

— Inspecteur Bosch, LAPD, lança-t-il. Un de mes collègues vous a-t-il demandé si des visiteurs étaient montés au cabinet Michaelson & Mitchell au seizième ?

— Non, pas encore, répondit la femme – Rachel, d'après son tag.

Bosch se pencha au-dessus du comptoir comme pour regarder l'écran d'ordinateur installé devant elle. Il posa le coude sur le plateau en marbre et, le menton dans sa main, fit comme s'il réfléchissait à sa réponse, ce qui lui permit de l'empêcher de voir son nom.

— On peut jeter un coup d'œil ? demanda-t-il. Tous les visiteurs.

Rachel se mit à taper sur son clavier, Bosch voyant son écran sous un angle trop serré pour savoir ce qu'elle faisait.

— Je ne peux vous donner que les noms des visiteurs attendus ce matin, reprit-elle.

— Ça ira, dit-il. Et cette liste nous fournira aussi les noms des avocats qu'ils voulaient voir ?

— Oui, je peux vous donner ça si c'est nécessaire.

— Merci.

— C'est pour le suicide ? demanda-t-elle.

— On ne parle pas de suicide pour l'instant. Il faut enquêter et c'est pour ça qu'on veut savoir qui est monté là-haut aujourd'hui.

Il se retourna et regarda à travers les parois de verre de la réception. Il ne voyait pas l'endroit où Manley était mort, mais sentait qu'il n'avait que quelques secondes d'avance sur Gustafson et Reyes. L'un d'eux allait se pointer dans pas longtemps.

— OK, reprit Rachel, j'ai tout ça ici.

— Vous pourriez me l'imprimer ?

— Pas de problème.

— Merci.

Elle longea le comptoir jusqu'à une imprimante, prit deux pages dans le bac et les tendit à Bosch, qui s'en empara en faisant le tour du comptoir pour gagner les ascenseurs.

— Je monte au seizième, dit-il.

— Attendez ! cria-t-elle.

Il se figea sur place.

— Quoi ? demanda-t-il.

— Vous avez besoin d'un pass pour prendre les ascenseurs.

Il avait oublié que leur accès était protégé par des tourniquets électroniques. Rachel lui programma une carte et la lui tendit.

— Tenez, inspecteur. Glissez-la juste dans la fente du tourniquet.

— Merci. Comment arrive-t-on au toit ?

— Vous pouvez monter au trente-deuxième par l'ascenseur, mais à partir de là, il faudra prendre l'escalier de service. Il est censé être fermé, mais il faut croire qu'aujourd'hui, il ne l'était pas.

— Comment les employés rejoignent-ils leurs bureaux ?

— Ils passent par le parking souterrain de Hill Street, prennent un ascenseur jusqu'ici et ensuite, tout le monde franchit les tourniquets. Les employés ont des badges professionnels.

— OK, merci.

— Faites attention, là-haut.

Il décida de commencer par monter jusqu'au toit. Dans l'ascenseur, il essaya de penser à la manière dont la Veuve noire avait procédé. Elle avait, d'une façon ou d'une autre, réussi à attirer Manley en haut de la tour, puis l'avait poussé, ou l'avait neutralisé avant de le pousser. Toute la question était de savoir comment elle s'y était prise. L'obliger à traverser la firme et à prendre un ascenseur sous la menace d'une arme aurait été trop risqué. Cela étant, Dieu sait comment, elle avait réussi à le faire monter tout en haut.

Bosch jeta pour la première fois un coup d'œil au papier qu'on lui avait tendu à l'accueil. Il savait, bien sûr, que la Veuve noire pouvait être arrivée déguisée en employée ou avec l'un d'entre eux, mais il n'en examina pas moins les noms des dix-sept visiteurs mentionnés. Pas de Laurie Lee Wells. Ç'aurait été trop facile. Il n'y avait que quatre femmes, aucune n'avait rendez-vous avec Manley et une seule était allée voir Michaelson ou Mitchell. Elle s'appelait Sonja Soquin et était arrivée à 14 h 55 pour un rendez-vous à 15 heures avec Michaelson. Compte tenu du moment où Reyes avait reçu l'appel, Bosch estima que Manley avait sauté de l'immeuble et trouvé la mort entre 15 h 50 et 16 heures.

L'ascenseur s'ouvrit, il scruta le couloir dans les deux sens et aperçut un policier en uniforme devant une porte ouverte, probablement celle de l'escalier de service permettant d'accéder au toit.

— Quelqu'un est-il déjà monté ? demanda-t-il.

— Non, pas encore, répondit le policier. Ça pourrait être une scène de crime.

Bosch s'approcha, regarda son insigne et vit qu'il s'appelait Ohlman.

— Bon, je monte, dit-il.

Le policier hésita et jeta un coup d'œil au badge de Bosch, mais ce dernier se retourna comme s'il voulait examiner encore une fois le couloir.

— C'est le seul moyen d'accéder au toit ? demanda-t-il.

— Oui, chef, répondit Ohlman. La porte était ouverte quand je suis arrivé.

— OK, je vais voir. Mon coéquipier, Reyes, sera ici dans pas longtemps. Dites-lui que je suis là-haut.

— Oui, chef.

Ohlman s'écarta et Bosch entra dans une grande salle de maintenance avec un escalier en fer montant jusqu'au toit.

Il le prit lentement, en s'appuyant surtout sur son genou réparé. Trente marches au moins. Arrivé en haut, il s'adossa à une rambarde en acier pour reprendre son souffle, puis il poussa la porte.

Des corbeaux s'enfuirent lorsque poussée par le vent, la porte en métal claqua violemment contre le mur. Bosch sortit. La vue était magnifique. À l'ouest, le soleil commençait à descendre vers le Pacifique, disque orange qui se reflétait sur des eaux bleu-noir à au moins trente kilomètres de là.

Il s'approcha du bord le plus éloigné où, l'immeuble s'incurvant, il pensa que Manley avait sauté. D'un pas lent, il examina le sol et traversa une hélisurface, puis une étendue de bitume. Un hélicoptère du LAPD décrivait des cercles au-dessus de lui, un vent violent lui battant le corps et lui rappelant qu'il valait mieux ne pas trop s'approcher du bord.

Sous ses pieds, il sentit que le goudron avait légèrement fondu sous les rayons du soleil.

La porte claqua derrière lui. Il fit volte-face, la main déjà à sa hanche.

Il n'y avait personne.

Ce n'était que le vent.

Un parapet de soixante centimètres de haut longeait tout le bord du bâtiment. Tout au bout, un capuchon en métal fermait la bande de lumière bleue qui illuminait les contours de l'immeuble la nuit. La tour à miroirs n'avait rien de spécial le jour, mais, superbe, elle se détachait sur la ligne d'horizon de la ville après le coucher de soleil.

Tout près du bord, il remarqua une anomalie dans le bitume – une ligne de un mètre de large où le gravier avait disparu du goudron. Il se baissa, cala son genou avec sa main pour s'accroupir, étudia les marques et décida qu'elles pouvaient avoir été faites par un corps qu'on tire ou qui glisse au cours d'une bagarre. Mais elles semblaient récentes : le goudron n'était pas encore devenu gris sous le soleil et le smog comme il l'était déjà à d'autres endroits.

Un deuxième hélicoptère passa bruyamment au-dessus de lui. Bosch ne leva pas la tête. Il examina ce qui, il en était sûr, était une marque laissée par Clayton Manley avant qu'il ne passe par-dessus le rebord et ne s'écrase violemment au sol tel un corbeau brisé.

Chapitre 50

Un autre policier en uniforme montait la garde à la réception du seizième étage. D'après son insigne, il s'appelait French.

— Un de mes gars est-il déjà monté ? s'enquit Bosch.

— Pas encore, non.

— Vous empêchez les gens de partir ?

— C'est ça.

— Quand êtes-vous arrivé ?

— On était en code 7 à l'aire de restauration en face. On est arrivés ici très vite après l'appel. Il y a environ vingt-cinq minutes.

— « On » ?

— Mon coéquipier est à l'étage au-dessus. Il y a aussi des ascenseurs au deuxième niveau.

— OK. Faut que je retourne au bureau de la victime.

— Oui, chef.

Bosch passa devant le canapé en suédine et commençait à faire le tour de l'escalier lorsqu'il pensa à quelque chose et revint vers le policier.

— Quelqu'un a-t-il essayé de partir depuis que vous êtes là ?

— Deux personnes.

— Noms ?

— Je ne les ai pas notés. On ne m'avait pas dit de le faire.

— Homme ou femme ?

— Deux hommes. Ils m'ont dit qu'ils devaient aller au tribunal. Je les ai informés qu'on leur donnerait la permission de partir aussi vite que possible. Ils m'ont répondu qu'ils allaient avertir le prétoire.

— D'accord, merci.

Bosch reprit le chemin de l'escalier. Il était persuadé que la Veuve noire avait filé et il pressa le pas. La porte du bureau de Michaelson était fermée, mais pas celle de Mitchell. Il passa devant et aperçut un homme d'un certain âge en train de regarder l'esplanade debout devant sa baie vitrée.

La porte du bureau de Manley était fermée elle aussi. Bosch y colla l'oreille, écouta, mais n'entendit rien. Il tira la manche de sa veste par-dessus sa paume et abaissa la poignée de la porte.

Le bureau était vide. Il entra, referma derrière lui, fit un pas de côté et examina toute la pièce. Il commença par le plancher et ne vit aucune marque suspecte sur le tapis ou ailleurs. Il scruta le reste et ne décela aucun signe de lutte.

Il se releva, passa derrière le bureau et se servit de la manche de sa veste pour appuyer sur la barre d'espacement de l'ordinateur. L'écran s'alluma, mais il était protégé par un mot de passe. Toujours en couvrant sa main, il ouvrit des tiroirs et ne trouva rien d'intéressant avant d'arriver aux dossiers rangés dans celui du bas. La clé était toujours dans la serrure, il réussit à la tourner et là, au-dessus de plusieurs chemises, se trouvaient les papiers qu'il avait confiés à Manley le matin même. Il remarqua que des notes avaient été portées dans la marge de la première feuille.

Juste au moment où il sortait les documents du tiroir, la porte du bureau s'ouvrit en grand et l'homme qu'il avait vu devant la baie vitrée du bureau de Mitchell apparut. Il était plus grand que Bosch ne l'avait cru au premier abord. Épaules bien découpées, ventre solide, mais pas de gras. Quarante ans plus tôt, il aurait pu être avant de football américain.

— Qui êtes-vous ? demanda l'homme. Vous êtes de la police ? Vous n'avez absolument pas le droit de fouiller dans les papiers d'un avocat, mort ou vivant. Votre conduite est scandaleuse.

Bosch savait qu'il n'avait aucune bonne réponse ou bluff à lui servir. Il était coincé. La seule chose qui pouvait l'aider était que Mitchell – si c'était bien lui – ne le reconnaissait pas. Bosch en déduisit qu'il était isolé et pas du tout au courant des coups bas qui se tramaient dans sa propre société.

— Je vous ai demandé qui vous étiez, bon sang, pour vous permettre d'entrer ici et de fouiller dans des documents confidentiels, insista l'homme.

Bosch décida que sa seule défense possible était l'attaque.

Il ôta son badge de sa veste, le tendit devant lui, puis le remit vite dans sa poche.

— J'ai été flic, dit-il. Et ce n'est pas par hasard que je fouille dans les papiers de Manley. Ils sont à moi et je suis venu les chercher. Comme il est mort, je veux les reprendre.

— Ce qu'il faut faire, c'est engager un nouvel avocat qui les demandera en votre nom. On n'entre pas dans un bureau par effraction pour y prendre des documents dans un tiroir.

— Je ne suis pas entré ici par effraction, et je ne peux pas voler ce qui m'appartient.

— Votre nom, s'il vous plaît ?

— Bosch.

Son nom n'eut aucun impact discernable sur l'homme, ce qui ne fit que renforcer l'hypothèse de Bosch.

— J'avais rendez-vous avec Manley, reprit-il. J'étais venu signer des papiers et je le découvre aplati sur l'esplanade. Je veux mon dossier et les documents que je lui ai confiés, et je file.

— Je vous ai déjà dit que ça ne marche pas comme ça. Vous ne sortirez rien d'ici, c'est compris ?

Bosch décida de la jouer autrement.

— Vous, c'est Mitchell, n'est-ce pas ?

— Samuel Mitchell, et c'est moi qui ai cofondé ce cabinet il y a vingt-quatre ans de ça. J'en suis le président et l'associé principal.

— L'associé principal. Ce qui veut dire que vous collectez les fonds, mais n'êtes pas impliqué dans les affaires, n'est-ce pas ?

— Monsieur, je n'ai aucune intention de vous parler de mon travail ou de ce cabinet d'avocats.

— Et vous ne savez donc sans doute pas dans quoi trempaient Manley et votre associé Michaelson. Vous ne savez rien de cette femme ?

— De cette femme ? Quelle femme ? De qui parlez-vous ?

— De Sonja Soquin. De Laurie Lee Wells. De La Veuve noire… peu importe son nom. La femme à qui ils faisaient appel pour régler des trucs quand il n'y avait pas d'autre moyen de le faire… légalement, je veux dire.

— Ce que vous me dites n'a pas de sens et j'exige que vous partiez. Tout de suite. La police va arriver d'un instant à l'autre.

— Je sais. Et ça ne sera pas bon pour vous, Samuel. Tout va sortir au grand jour. Où est-elle ? Où est Sonja Soquin ?

— Je ne sais ni de qui ni de quoi vous parlez.

— Je vous parle de la femme que ces deux associés ont embauchée pour tuer le juge Montgomery après ce qu'il avait infligé à Manley en plein tribunal. La femme qu'ils ont embauchée pour tuer Edison Banks Junior pour qu'il ne menace pas la fortune d'un de vos plus gros clients. La femme qu'ils ont embauchée allez savoir combien d'autres fois avant ça.

Mitchell lui donna l'impression d'avoir reçu un seau d'eau glacée sur la tête. Il se raidit. Ouvrit grand les yeux, un début de compréhension dans le regard, et Bosch sut que c'était sincère. Surprise authentique, puis horrible compréhension.

Il hocha violemment la tête et se reprit.

— Monsieur, dit-il, je vous demande de quitter ce bureau dans l'ins…

Il y eut un claquement métallique et un bruit sourd. L'un couvrant l'autre de la même façon qu'un batteur peut frapper la caisse claire et la grosse caisse en même temps. Le haut du crâne soigneusement coiffé de Mitchell s'ouvrit d'un coup et Bosch entendit le projectile percuter le plafond à caissons. Alors Mitchell tomba violemment sur les genoux, les yeux vides et qui ne voyaient plus. Il était déjà mort lorsqu'il partit en avant et tomba tête la première sur le plancher sans même essayer d'enrayer sa chute d'un geste de la main.

Bosch regarda la porte ouverte derrière son cadavre. Il s'attendait à voir entrer Michaelson, mais ce fut la Veuve noire. À la hanche, elle tenait un automatique noir en acier muni d'un silencieux. Elle avait mis sa tenue noire, perruque comprise.

Bosch écarta les coudes et leva les mains pour montrer qu'il n'était une menace pour personne. Il espéra que le bruit métallique du coup de feu et celui du corps de Mitchell s'effondrant sur le plancher alertent le policier, ou que Gustafson et Reyes arrivent enfin et lui sauvent la mise.

Il hocha la tête et regarda le corps de Mitchell.

— Il y a des chances qu'on ne gobe plus trop le prétendu suicide de Manley, dit-il.

Elle ne mordit pas tout de suite à l'hameçon. Elle se contenta de le regarder avec quelque chose qui tenait du ricanement ou du sourire tordu. Comme cette actrice que Bosch avait toujours aimée. Assez bizarrement, il se mit à penser aux films dans lesquels elle avait joué : *Diner* et *Mélodie pour un meurtre*, celui où, inspectrice de police, elle travaille sur des meurtres en série et…

— Pourquoi avez-vous fait ça ? demanda-t-elle. Vous n'êtes même pas flic.

— Je ne sais pas. Flic un jour, flic toujours, faut croire.

— Vous n'auriez pas dû vous en mêler.

Il remarqua un léger accent, mais ne put le situer. Il savait qu'elle allait l'abattre et il n'avait aucune chance de sortir son arme à temps.

— Pourquoi vous n'êtes pas partie… après Manley ? Vous auriez dû disparaître il y a un bon moment.

— C'est ce que j'ai fait. J'avais fini. Mais c'est là que je vous ai vu. Et je suis revenue… pour vous. Mon boulot, c'était Manley et vous. Vous venez de m'économiser pas mal de temps.

Bosch reconstitua les faits : Michaelson faisait le ménage. Que Manley ait de quoi faire chanter le cabinet d'avocats ne comptait plus, il avait fini par devenir gênant en laissant entrer le renard dans le poulailler. Il fallait qu'il disparaisse… et le renard avec lui.

— Et Mitchell ? reprit Bosch. C'était la cerise sur le gâteau ?

— Non, il était juste au milieu, répondit-elle. Mais je peux arranger ça. Et vous en donner le crédit.

Bosch acquiesça.

— Je vois, dit-il. Un ex-flic en colère se déchaîne. Il jette son avocat du toit et tue le fondateur de la boîte. Ça ne marchera pas. J'étais avec un flic quand vous avez poussé Manley dans le vide.

Elle fit un geste avec son arme.

— Vu les circonstances, c'est ce que je peux faire de mieux, dit-elle. Et je serai loin quand ils finiront par comprendre.

Elle assura son tir et il sut que c'était fini. Soudain il pensa à Tyrone Power en train de mourir au cours d'un duel bidon et faisant ainsi ce qu'il avait toujours aimé faire. Et à John Jack Thompson allant à la mort avec un terrible secret. Il n'était pas prêt à partir d'aucune de ces façons.

— Permettez que je vous pose une question, reprit-il.

— Dépêchons !

— Comment avez-vous réussi à le faire monter là-haut ? Manley, je veux dire. Comment ?

Elle y alla à nouveau de son sourire tordu avant de répondre, et Bosch la vit baisser son arme.

— Facile, répondit-elle. Je lui ai dit que vous veniez l'arrêter, mais qu'on avait un hélico qui l'attendait sur le toit. Je lui ai raconté qu'on allait à Las Vegas où il aurait un nouveau nom et mènerait une nouvelle vie. Et que c'était Michaelson qui avait tout arrangé.

— Et il vous a crue.

— Ç'a été son erreur. On a nettoyé son ordinateur et il a envoyé un e-mail pour dire au revoir à tout le monde. Une fois là-haut, le reste a été facile. Exactement comme avec vous maintenant.

BALLARD

Chapitre 51

Ballard sortit de l'ascenseur et repéra tout de suite le policier en tenue debout dans l'aire d'attente à gauche. Elle alla droit sur lui en ouvrant grand sa veste pour lui montrer son badge et vit qu'il s'appelait French.

— Je cherche un gars… La soixantaine, moustache, l'air d'un flic, dit-elle.

— J'en ai vu un, mais il avait une pièce d'identité en règle, répondit French.

— Où est-il ?

— Il a fait le tour de l'escalier, dit-il en le lui montrant.

— OK.

Elle gagna la réception, où un jeune jouait au solitaire sur son portable.

— Le bureau de Clayton Manley, lança-t-elle.

— Vous faites le tour de l'escalier et c'est le dernier au bout du couloir, juste après ceux de Michaelson et de Mitchell. Je peux vous y conduire.

— Non, restez ici. Je trouverai.

Elle rejoignit rapidement l'escalier, puis le couloir, et remarqua que les deux premières portes sur la gauche étaient fermées, mais que la dernière était ouverte et que des voix s'y faisaient entendre – la première celle d'une femme et l'autre celle de Harry Bosch, on ne pouvait s'y tromper.

Elle sortit vite son arme, la tint devant elle à deux mains et s'approcha de la porte ouverte, à l'affût de ce qui se disait.

— Ç'a été son erreur, dit alors la femme. On a nettoyé son ordinateur et il a envoyé un e-mail pour dire au revoir à tout le monde. Une fois là-haut, le reste a été facile. Exactement comme avec vous maintenant.

Arrivée à la porte, Ballard découvrit une femme qui lui tournait le dos. Cheveux et tenue noirs. *La Veuve noire*, pensa-t-elle. Plus loin devant elle, un homme était allongé, visage contre le plancher. Cheveux gris, mais pas comme ceux de Bosch.

Déjà la femme levait une arme munie d'un silencieux.

— Vous bougez, vous mourez, lança Ballard.

La femme se figea, le bras tendu, mais son arme seulement à mi-chemin de la bonne position de tir.

— Lâchez votre arme et montrez-moi vos mains, lui ordonna Ballard. Tout de suite !

La femme ne fit pas un geste et Ballard sut qu'elle allait devoir l'abattre.

— Dernière chance. Lâchez… votre… arme !

Ballard leva légèrement les bras afin de voir le bout du canon de son pistolet. Elle allait trancher les cordes vocales de la femme d'un coup de feu dans la nuque.

La femme ouvrit la main avec laquelle elle tenait son arme, le poids du canon muni du silencieux entraînant la bouche vers le bas et faisant remonter la crosse.

— La détente est ultrasensible, dit-elle. Je la laisse tomber et le coup pourrait partir. Je vais la poser par terre.

— Tout doucement, dit Ballard. Harry ?

— Ici, dit-il. À droite.

— Tu es armé ?

— Oui, et je l'ai en joue.

— Parfait.

La femme commença à plier les genoux, Ballard suivant ses gestes de la pointe de son pistolet et retenant son souffle jusqu'à ce qu'enfin elle ait posé son automatique sur le plancher.

— OK, et maintenant debout, lui ordonna Ballard. Allez à la fenêtre et posez les mains à plat sur la vitre.

La femme s'exécuta.

— Tu l'as toujours en joue ? lança Ballard à Bosch.

— Toujours, oui.

Il remonta le bras pour l'assurer qu'il l'avait toujours bien dans sa ligne de mire. Ballard rangea son arme dans son holster et s'avança pour fouiller la femme.

— Avez-vous d'autres armes sur vous ? demanda-t-elle.

— Non, juste celle par terre.

— Je vais vous fouiller. Si jamais j'en trouve une autre, vous aurez un gros problème.

— Vous n'en trouverez pas d'autre.

Ballard s'avança encore et lui écarta les jambes d'un coup de pied. Puis elle commença sa palpation par le bas et remonta le long de ses jambes.

— Faut vraiment que vous fassiez ça ? s'enquit la femme.

— Avec vous, oui.

— Et je parie que ça vous plaît.

— Ça fait partie du boulot.

Sa palpation terminée, Ballard posa la main sur le dos de la femme pour l'immobiliser, puis elle détacha les menottes de sa ceinture.

— OK, dit-elle, une à la fois. Je veux que vous ôtiez la main de la vitre et la mettiez dans le dos. La droite d'abord.

Elle tendit le bras et lui attrapa le poignet alors que la femme le descendait. Elle était en train de le lui ramener dans le dos lorsque la Veuve noire se retourna comme si c'était Ballard qui la faisait pivoter.

— Non ! s'écria celle-ci en essayant de l'arrêter, et elle le vit avant de le sentir.

Dans la main de la femme, il y avait un couteau pliant à lame courbe comme une corne. Noir mat, sauf au bord de la lame qui brillait tant elle était aiguisée. La Veuve noire la plongea sous l'aisselle gauche de Ballard et lui prit le cou en tenaille de l'autre bras. Maintenant derrière elle, elle se servit de l'inspectrice comme d'un bouclier alors que Bosch cherchait un tir possible avec son six coups, alors qu'il n'y en avait pas.

— Je lui ai ouvert une grosse artère sous le bras, reprit la femme. Elle a trois minutes avant de se vider de son sang. Alors, tu poses ton arme, je sors d'ici et elle vit.

— Tire, Harry ! cria Ballard.

La femme se cala derrière Ballard pour améliorer son bouclier, Ballard la sentant respirer dans son cou. Déjà le sang coulait sur ses côtes, le long de son flanc.

— Deux minutes et demie, dit la femme.

— Il y a un flic à l'entrée, dit Bosch.

— Mais une sortie de secours dans la salle de la photocopieuse. On est presque à deux minutes.

Bosch se rappela avoir vu la porte. Il lui montra la sortie du bout de son arme.

— Filez, dit-il.

— Le flingue, dit-elle.

Bosch le posa sur le bureau.

— Non, Harry, non ! réussit à murmurer Ballard.

Puis elle se laissa traîner vers la porte du bureau.

— Recule jusqu'aux rayonnages, ordonna la femme à Bosch.

Il leva les mains en l'air et recula, Ballard étant traînée vers la porte.

— Bon, reprit la femme, et maintenant, tu as le choix. Ou tu la sauves ou tu me cours après.

Ballard la sentit lâcher prise, tomba en arrière contre le chambranle de la porte et s'affaissa en position assise.

Bosch fit vite le tour du bureau pour la rejoindre, glissa la main dans sa veste au niveau de sa ceinture et y prit sa radio.

— Officier à terre ! cria-t-il. Assistance immédiate au seizième étage de California Plaza West. Bureau de Clayton Manley. Je répète : officier à terre. Officier poignardé, perd son sang, demande assistance immédiate.

Puis il posa la radio par terre et ouvrit la veste de Ballard pour voir sa blessure.

— Harry… Ça va, Harry, attrape-la.

— Je vais te mettre sur le côté droit pour que ta blessure soit en haut. Tu vas t'en sortir. Je vais comprimer la plaie.

— Non, vas-y.

Il l'ignora. Il l'allongeait doucement sur le flanc lorsqu'il entendit des bruits de pas dans le couloir et vit French à la porte.

— French ! cria-t-il. Ramenez-moi les secours. Il y en a une équipe sur l'esplanade. Faites-les monter ici tout de suite. Et après, passez un avis de recherche. Femme, la trentaine, blanche, cheveux et tenue noirs, armée et dangereuse. Elle est passée par l'escalier de secours. Elle essaie de filer.

French ne bougea pas. Il semblait figé sur place par ce qu'il découvrait.

— Allez ! hurla Bosch.

French disparut. Ballard regarda Bosch. Elle sentait que le temps allait lui manquer. Pour une raison inconnue, elle sourit. À peine si elle l'entendait lui parler.

— Reste avec moi, Renée. Je vais me servir de ton bras pour appuyer sur la blessure. Ça va faire mal.

En la tenant par le coude, il lui bougea le bras de façon à presser son biceps contre la plaie. Cela ne lui fit absolument aucun mal, et de nouveau elle sourit.

— Harry…

— Ne parle pas. Ne gaspille pas ton énergie. Tu restes juste avec moi, Renée. Tu ne me lâches pas.

BALLARD ET BOSCH

Chapitre 52

Ballard semblait ne pas pouvoir bouger sur le lit sans déclencher des douleurs brûlantes qui couraient tels des éclairs dans tout son côté gauche. Elle était soignée au White Memorial Hospital de Boyle Heights. Deux jours s'étaient écoulés depuis les événements de California Plaza et elle avait quitté l'unité des soins intensifs. La Veuve noire ne lui avait entamé que très légèrement l'artère axillaire avec sa lame courbe, mais Ballard avait perdu beaucoup de sang. Les secouristes avaient contenu l'hémorragie jusqu'à ce qu'un médecin des urgences lui suture enfin tous ses vaisseaux sanguins endommagés, au terme d'une opération de quatre heures. À présent, son bras gauche lui donnait l'impression d'avoir été ficelé à son corps avec des élastiques et le moindre mouvement qu'elle faisait déclenchait des douleurs comme jamais encore elle n'en avait éprouvé de toute sa vie.

— Arrête de bouger.

Elle tourna la tête et découvrit Bosch.

— Plus facile à dire qu'à faire, rétorqua-t-elle. Tu as eu du mal à entrer ?

— Non, dit-il. Je suis enfin sur la liste des personnes agréées.

— Je leur ai dit que tu étais mon oncle.

— C'est mieux que grand-père.

— J'aurais dû y penser. Bon alors, quelles sont les nouvelles ? Elle est toujours dans la nature ?

Il s'assit sur une chaise à côté du lit. La table à sa gauche croulait sous les fleurs, les peluches et les vœux de prompt rétablissement.

— Oui, la Veuve noire est toujours dans la nature, répondit-il. Mais maintenant, ils savent au moins qui chercher. Ils ont trouvé une empreinte sur une des cartouches de l'arme qu'elle a laissée derrière elle et l'ont identifiée… pensent-ils. Il s'avère que le FBI la recherchait depuis un certain temps pour des crimes à Miami.

— Ils ont son nom ?

— Catarina Cava.

— C'est quoi ? Italien ?

— Non, cubain.

— Comment s'est-elle acoquinée avec Batman ?

— Tu oublies que je ne fais plus partie du club. Les gens de ton service ne me disent que dalle. Ce que j'ai trouvé, je l'ai eu par un fédé qui m'a interrogé et fait partie du détachement spécial qu'ils sont en train de monter entre le Bureau, la Vegas Metro et le LAPD. Il m'a dit que Butino et ses copains l'avaient embauchée un jour pour un boulot rentable pour tout le monde. C'est là qu'elle est devenue sa personne de confiance. Ce qui a fini par attirer l'attention de Michaelson & Mitchell.

— Et Michaelson… ?

— Oui, ils l'ont attrapé à l'aéroport de Van Nuys. Il s'apprêtait à monter dans un jet privé à destination de Grand Cayman. Il essaie de s'en sortir en mettant tout sur le dos de Manley. Évidemment, maintenant qu'il est mort et que son ordinateur a été purgé avant qu'on le pousse du toit… Mais je leur ai raconté ce que m'a dit Cava : que c'était bien Michaelson qui avait ordonné le contrat sur Manley et sur moi.

— Eh bien, j'espère qu'ils vont lui coller au moins cent ans.

— Le tango a commencé. Mais il finira bien par comprendre qu'il devra tout dire s'il veut avoir une chance de s'en sortir.

— Ton type du FBI a-t-il une idée du moyen de pression que Manley avait sur Michaelson ? Pourquoi ne se sont-ils pas débarrassés de lui plus tôt ?

— Ils se disent seulement qu'il en savait trop. Ils pensent découvrir d'autres affaires où Michaelson a fait appel à Cava. Le juge Montgomery n'était pas son premier contrat. Il se pourrait bien qu'il se soit agi d'une opération voyou… où Manley se serait servi de leur tueuse attitrée sans l'accord de Michaelson. Mais que pouvait-il faire ? Le virer ? Il en savait trop. Michaelson allait sans doute attendre qu'Herstadt soit condamné et que l'affaire retombe un peu avant de s'attaquer à Manley.

— Mais c'est là que tu es arrivé et que ça a accéléré les choses.

— On peut dire ça, oui.

Sans faire attention, Bosch prit un chien en peluche que quelqu'un avait envoyé à Ballard avec une carte de bon rétablissement.

— C'est mon amie Selma Robinson qui me l'a donné, dit Ballard. Robinson, l'adjointe de l'attorney dans l'affaire Hilton.

— Mignon, dit-il.

Et il remit le chien à sa place, Ballard jetant un coup d'œil à la table encombrée. Il lui semblait bizarre de recevoir des bouquets et des cartes de prompt rétablissement après avoir été lacérée de coups de couteau – Hallmark ne devait pas avoir de carte spéciale pour ça. Mais la table et à peu près toutes les surfaces horizontales de la pièce paraissaient crouler sous les fleurs, les cartes et les peluches envoyées par des gens qui lui voulaient du bien, les trois quarts d'entre eux étant des collègues de la police. Avoir droit à une attention pareille et à autant de bons sentiments de la part d'individus qui, pensait-elle, lui avaient depuis longtemps tourné le dos… La contradiction était bizarre. Le médecin lui avait rapporté que plus de trente flics s'étaient pointés le soir de son opération pour lui donner du sang. Et il lui en avait montré la liste. Beaucoup d'entre eux travaillaient au service de nuit, mais les autres étaient de parfaits inconnus. Lorsqu'elle avait lu leurs noms, une larme avait roulé sur sa joue.

Bosch semblait comprendre ce qui se passait. Il lui laissa un moment avant de lui demander :

— Alors, Olivas est-il passé ?

— Oui, répondit-elle. Ce matin. Il a dû se dire qu'il n'avait pas le choix.

— Pour lui, la semaine a été bonne.

— Et comment ! On lui attribue tous les mérites dans l'affaire Hilton, et maintenant, tout ça ! Il va avoir résolu les affaires Montgomery, Banks et Manley. Ça lui fera du quatre sur quatre !

— Sacrée moyenne. Et tout ça grâce à toi.

— Et toi.

— Peut-être va-t-il te sortir du service de nuit.

— Non, je ne veux pas. Il n'est toujours pas question que je travaille pour lui. Et si c'est pas aux Vols et Homicides, où est-ce que j'irais ? En plus, c'est après minuit que tout se passe dans cette ville. J'aime bien les heures sombres, moi. Dès qu'ils me laissent filer d'ici, j'y retourne.

Il sourit et hocha la tête. Il savait que ce serait sa réponse.

— Et toi ? lui renvoya-t-elle. Qu'est-ce que tu vas faire, maintenant ?

— Aujourd'hui, c'est jour de visite, répondit-il. Après toi, je vais aller voir Margaret Thompson.

Elle acquiesça.

— Tu vas lui dire pour John Hilton ?

— Je ne sais pas. Je ne suis pas certain qu'elle ait besoin de savoir ça.

— Peut-être qu'elle le sait déjà.

— Peut-être. Mais j'en doute. Je ne crois pas qu'elle m'aurait appelé si ç'avait été le cas. Je ne pense pas qu'elle m'aurait fait ça, tu vois ? Me pousser à trouver tout ça sur lui…

Bosch se tut, et Ballard attendit un instant avant de reprendre la parole.

— Je suis désolée, dit-elle. Je sais que c'était quelqu'un d'important pour toi. Et que ce soit… cette vérité qui sort…

— Ouais, bah… Faut croire que les vrais héros sont rares.

Ils gardèrent le silence encore un moment, puis Bosch changea de sujet.

— Quand j'y suis passé la dernière fois, chez elle, dit-il, tu sais, pour voir dans son bureau… avant qu'on sache qu'il avait pris le livre du meurtre… eh bien, j'ai trouvé un carton dans la penderie où il conservait ses vieux dossiers. Pas des livres du meurtre entiers, mais des copies de suivis chronologiques, des rapports et des résumés de vieilles affaires.

— Sur lesquelles il avait travaillé ?

— Oui, des dossiers à lui. Et j'en ai trouvé un… un suivi de soixante jours sur lequel j'avais bossé avec lui. L'histoire d'une fille qui était passée à vélo sous l'autoroute de Hollywood… et avait disparu. Et qu'on avait retrouvée morte quelques jours plus tard. Assassinée. Et on n'avait jamais résolu l'affaire.

— Comment s'appelait-elle ?

— Sarah Freelander.

— Et le meurtre remontait à… ?

— 1982.

— Waouh, ça, c'est vieux. Et… jamais résolu ?

Il fit non de la tête.

— Je vais demander ce carton à Margaret.

À ses yeux, Ballard comprit qu'il revoyait déjà l'affaire. Puis il lui donna l'impression de revenir au présent. Son visage s'éclaircit et il lui sourit.

— OK, bon, dit-il. Je te laisse te reposer. Une idée du jour où tu pourras sortir ?

— Ils ont peur que ça s'infecte, lui répondit-elle. En dehors de ça, tout va bien. Je pense qu'ils vont surveiller ça encore une journée avant de me laisser partir. Deux, au pire.

— Alors, je repasserai demain. Tu as besoin de quelque chose ?

— Non, ça va. À moins que tu veuilles aller promener ma chienne à ma place.

Il marqua une pause.

— Je ne le pensais pas vraiment, dit-elle en souriant.

— Je ne suis pas très doué avec les animaux. Non, parce que… tu voulais vraiment que… ?

— T'inquiète pas pour ça. Selma s'occupe d'elle et l'emmène se balader…

— Bien, très bien. C'est parfait.

Il se leva, lui serra la main droite et se dirigea vers la porte.

— Sarah Freelander, dit-elle.

Il s'arrêta et pivota sur ses talons.

— Si tu travailles dessus, je le fais avec toi.

— Oui, dit-il en hochant la tête. Marché conclu.

Il reprenait la direction de la sortie lorsqu'elle l'arrêta de nouveau.

— Harry, en réalité, j'ai besoin que tu fasses quelque chose pour moi.

Il revint vers le lit.

— Oui, quoi ?

— Tu peux prendre une photo de toutes ces fleurs et peluches ? Je ne veux pas les oublier.

— Évidemment.

Il sortit son portable et fit un pas de côté pour avoir toutes les cartes de prompt rétablissement dans son viseur.

— Et tu veux être dedans ?

— Grand Dieu, non !

Il prit trois clichés selon des angles légèrement différents, puis il ouvrit l'application photo pour choisir le meilleur à lui envoyer. Et là, au moment où il choisissait l'option « toutes les photos », il vit celle qu'il avait prise en fouillant dans le bureau de Clayton Manley. Il l'avait complètement oubliée avec tout ce qui s'était passé. On y voyait un document affiché sur l'écran de Manley avant qu'il ne soit purgé.

Intitulé *Transfert*, il ne contenait qu'un nombre à treize chiffres suivi des lettres *G.C.* Et là, Bosch comprit que ce G.C. pouvait bien vouloir dire Grand Cayman.

— Harry, dit-elle, quelque chose ne va pas ?

— Euh non, répondit-il. Ça va très bien, au contraire.

Épilogue

Elle s'asseyait toujours face à la porte. Elle se pointait dès qu'ils ouvraient à 11 heures pour avoir son *cafe con leche* et son toast cubain avant qu'il n'arrive. Cette fois-ci n'avait rien de différent. Il était tôt, c'était avant l'heure de pointe du déjeuner chez El Timajon. Plus tard, ils ne faisaient plus le toast cubain. Ce n'était pas au menu… Il fallait demander.

Du coin de l'œil, elle vit une femme arriver de la cuisine et crut que c'était Marta qui lui apportait son toast. Mais ce n'était pas elle. La femme s'assit en face d'elle et… elle avait quelque chose de familier.

— Batman ne viendra pas, lâcha l'inconnue.

Alors Cava la reconnut.

— Vous en avez réchappé, dit-elle.

Ballard acquiesça d'un signe de tête.

— Il m'a donnée, non ? demanda Cava.

— Non. Batman ne cause pas. C'est Michaelson.

— Michaelson, répéta-t-elle, authentiquement surprise.

— Grand Cayman, reprit Ballard. C'était là qu'il allait quand ils l'ont serré. Après, ils ont découvert votre compte *offshore*… grâce à Harry Bosch. C'est ce qui a conduit les fédéraux à trouver le sien à la même banque. Et dès qu'ils ont mis la main sur son argent, la partie était terminée. Il a donné tout le monde histoire d'en garder assez pour subvenir aux besoins de sa famille.

— La famille d'abord, dit Cava.

— Et il nous a dit comment vous trouver.

— Les seules erreurs que j'aie jamais commises ont été de faire confiance aux hommes.

— Ça leur arrive de vous laisser tomber, oui. Certains d'entre eux…

Cava acquiesça. Ballard observa ses mains.

— Ne bougez pas les mains, dit-elle. Vous êtes en état d'arrestation.

Ces mots étaient le signal. Dans l'instant, des membres du détachement spécial – FBI, Vegas Metro et LAPD – descendirent le couloir de derrière, traversèrent la cuisine et franchirent la porte, l'arme sortie : pas question de prendre des risques avec la Veuve noire.

Ballard se leva et s'écarta de la table, des hommes encerclèrent Cava, la prirent par les bras et la tinrent fermement avant de la fouiller. Ils trouvèrent sa lame courbe dans le fourreau fait maison que Ballard n'avait pas vu quatre semaines plus tôt. Et un pistolet dans le sac à main qu'elle avait posé par terre.

Cava garda les yeux fixés sur Ballard tandis qu'on la menottait. Elle eut un léger sourire lorsqu'on l'éloigna de la table et la dirigea vers la porte. Il y avait un fourgon qui l'attendait pour l'emmener à l'antenne de Las Vegas du FBI. Il démarra dès que la porte coulissante fut fermée d'un coup sec.

— Bien joué, Renée !

Kenworth, de la Vegas Metro. Il passa derrière elle et lui prit l'enregistreur tandis qu'elle détachait le minimicro fixé à l'intérieur de son chemisier.

— En fait, elle n'a rien lâché, dit-elle.

— Elle a montré qu'elle était au courant du complot et de ces crimes, lui renvoya Kenworth. C'est ce que dira le district attorney. Et moi je dis : beau boulot !

— Il faut que je passe un appel.

Elle sortit son portable et sélectionna un de ses correspondants préférés en gagnant le couloir de derrière pour être au calme.

— Harry, dit-elle, c'est fait.

— Des problèmes ?

— Non, aucun. Elle avait même sa lame sur elle. Dans une bande élastique sur son avant-bras. Je l'avais loupée.

— Tout le monde l'aurait loupée.

— Peut-être.

— Bon, et… elle t'a causé ? Dit des trucs ?

— Elle m'a dit qu'on ne pouvait jamais faire confiance aux hommes.

— Sage parole, il faut croire. Comment te sens-tu ?

— Bien. Mais elle a eu un drôle de sourire quand ils l'ont sortie. Comme si elle me laissait entendre que ce n'était pas fini.

— Qu'est-ce qu'elle aurait pu faire d'autre ? Moi aussi, elle me l'a fait, ce sourire.

— C'est quand même bizarre.

— Vegas est bizarre. Quand vas-tu revenir ?

— Je dois passer à l'antenne du FBI pour voir ce qu'ils me veulent. Et je file dès qu'ils me libèrent.

— Bien. Avertis-moi.

— Tu travailles sur l'affaire Freelander ?

— Oui, et j'ai retrouvé le type. Celui auquel elle avait dit non. Il est toujours dans le coin.

— Tu ne fais rien de plus avant que j'arrive.

— Reçu cinq sur cinq.

Remerciements

L'auteur a reçu beaucoup d'aide dans la rédaction de cet ouvrage. Je tiens à remercier Rick Jackson, Mitzi Roberts, Tim Marcia et David Lambkin pour le côté police, et Daniel Daly et Roger Mills pour le juridique.

Pour les recherches et la mise en forme, je remercie Asya Muchnick, Linda Connelly, Heather Rizzo, Terrill Lee Lankford, Denis Wojciechowski, John Houghton, Henrik Bastin, Pamela Marshall et Allan Fallow.

Merci à vous tous.

Nombreuses sont les démarches que doit entreprendre une agence des forces de l'ordre pour obtenir un mandat de mise sur écoute. Elles ont été réduites pour renforcer l'effet dramatique de ce livre.

Du même auteur :

Les Égouts de Los Angeles
Prix Calibre 38, 1993
1re publication, 1993
Calmann-Lévy, l'intégrale
MC, 2012
Le Livre de Poche, 2014

La Glace noire
1re publication, 1995
Calmann-Lévy, l'intégrale
MC, 2015
Le Livre de Poche, 2016

La Blonde en béton
Prix Calibre 38, 1996
1re publication, 1996
Calmann-Lévy, l'intégrale
MC, 2014
Le Livre de Poche, 2015

Le Poète
Prix Mystère, 1998
1re publication, 1997
Calmann-Lévy, l'intégrale
MC, 2015
Le Livre de Poche, 2017

Le Cadavre dans la Rolls
Calmann-Lévy, l'intégrale
MC, 2017
Le Livre de Poche, 2018

Créance de sang
Grand Prix de littérature
policière, 1999
1re publication, 1999
Calmann-Lévy, l'intégrale
MC, 2017
Le Livre de Poche, 2020

Le Dernier Coyote
1re publication, 1999
Calmann-Lévy, l'intégrale
MC, 2017
Le Livre de Poche, 2019

La lune était noire
1re publication, 2000
Calmann-Lévy, l'intégrale
MC, 2012
Le Livre de Poche, 2012

L'Envol des anges
1re publication, 2000
Calmann-Lévy, l'intégrale
MC, 2012
Le Livre de Poche, 2012

L'Oiseau des ténèbres
1re publication, 2001
Calmann-Lévy, l'intégrale
MC, 2012
Le Livre de Poche, 2011

Wonderland Avenue
1re publication, 2002
Calmann-Lévy, l'intégrale
MC, 2013

Darling Lilly
1re publication, 2003
Calmann-Lévy, l'intégrale
MC, 2014

Lumière morte
1re publication, 2003
Calmann-Lévy, l'intégrale
MC, 2014

Los Angeles River
1re publication, 2004
Calmann-Lévy, l'intégrale
MC, 2015

Deuil interdit
1re publication, 2005
Calmann-Lévy, l'intégrale
MC, 2016
Le Livre de Poche, 2021

La Défense Lincoln
1re publication, 2006
Calmann-Lévy, l'intégrale
MC, 2018

Chroniques du crime
1re publication, 2006
Calmann-Lévy, l'intégrale
MC, 2018

Echo Park
1re publication, 2007
Calmann-Lévy, l'intégrale
MC, 2018

À genoux
1re publication, 2008
Calmann-Lévy, l'intégrale
MC, 2019

Le Verdict du plomb
1re publication, 2009
Calmann-Lévy, l'intégrale
MC, 2020

L'Épouvantail
Seuil, 2010
Points, n° P2623

Les Neuf Dragons
Seuil, 2011
Points n° P2798 ; Point Deux

Volte-face
Calmann-Lévy, 2012
Le Livre de Poche, 2013

Angle d'attaque
Ouvrage numérique
Calmann-Lévy, 2013

Le Cinquième Témoin
Calmann-Lévy, 2013
Le Livre de Poche, 2014

Intervention suicide
Ouvrage numérique
Calmann-Lévy, 2014

Ceux qui tombent
Calmann-Lévy, 2014
Le Livre de Poche, 2015

Le Coffre oublié
Ouvrage numérique
Calmann-Lévy, 2015

Dans la ville en feu
Calmann-Lévy, 2015
Le Livre de Poche, 2016

Mulholland,
vue plongeante
Ouvrage numérique
Calmann-Lévy, 2015

Les Dieux du verdict
Calmann-Lévy, 2015
Le Livre de Poche, 2016

Billy Ratliff, dix-neuf ans
Ouvrage numérique
Calmann-Lévy, 2016

Mariachi Plaza
Calmann-Lévy, 2016
Le Livre de Poche, 2017

Jusqu'à l'impensable
Calmann-Lévy, 2017
Le Livre de Poche, 2018

Sur un mauvais adieu
Calmann-Lévy, 2018
Le Livre de Poche, 2019

En attendant le jour
Calmann-Lévy, 2019
Le Livre de Poche, 2020

Une vérité à deux visages
Calmann-Lévy, 2019
Le Livre de Poche, 2020

Nuit sombre et sacrée
Calmann-Lévy, 2020
Le Livre de Poche, 2021

Séquences mortelles
Calmann-Lévy, 2021

L'Innocence de la loi
Calmann-Lévy, 2021

PAPIER À BASE DE FIBRES CERTIFIÉES

Le Livre de Poche s'engage pour l'environnement en réduisant l'empreinte carbone de ses livres. Celle de cet exemplaire est de :
350 g éq. CO_2
Rendez-vous sur
www.livredepoche-durable.fr

Composition réalisée par Belle Page

Achevé d'imprimer en France par
CPI BRODARD & TAUPIN (72200 La Flèche)
en septembre 2021
N° d'impression : 3044783
Dépôt légal 1re publication : octobre 2021
LIBRAIRIE GÉNÉRALE FRANÇAISE
21, rue du Montparnasse – 75298 Paris Cedex 06

44/7100/8